Bibliothek der Romane · Band 6
Herausgegeben von Jürgen Manthey

Henry de Montherlant

# Tiermenschen

Roman

Aus dem Französischen
von Hans Kauders,
durchgesehen und revidiert
von Ernst Sander

Steidl

»Les Bestiaires« (Tiermenschen)
erschien erstmals 1926.


1. Auflage 1998

Einbandgestaltung: Klaus Detjen
unter Verwendung eines Bildes von Goya,
»Corrida de toros«, © AKG, Berlin
Satz, Druck, Bindung:
Steidl, Düstere Straße 4, D-37073 Göttingen
Printed in Germany
ISBN 3-88243-616-6

## Erstes Kapitel

Als im Jahre 1909 die großen Ferien herannahten, beschloß die Gräfin Bricoule, ihren Sohn nach Lourdes zu schicken, damit er sich dort den Krankenträgern zugeselle und etwas für das Heil seiner Seele tue. Alban beendete damals auf einer Schule in Auteuil die vierte Klasse. Da Frau von Bricoule krank war, und den Grafen der Gedanke an ein vierzehntägiges Zusammensein mit seinem Sohn mit Schrecken erfüllte, bat sie ihre Mutter, die Gräfin Coantré, den Knaben Alban zu begleiten.

In Lourdes lief Alban drei Wochen lang den Krankenträgern zwischen die Beine. Um ihn in die geziemende Gemütsverfassung zu versetzen, hatte ihm Frau von Bricoule eine Geschichte der Büßerorden geliehen, so daß Alban sich vorkam wie ein Verworfener, der Buße tut. Der Gedanke, ein großer Sünder zu sein, riß ihn hin, ebenso der Gedanke, ein großer Christ zu sein.

In der Arena von Bayonne war ein Stierkampf angekündigt. Es wurde beschlossen hinzufahren, einfach darum, weil das Wort *Arena* auf Alban wie ein elektrischer Schlag wirkte. Zur Zeit seiner Vorbereitung auf die erste Kommunion hatte Frau von Coantré nämlich ihrem Enkel ›Quo vadis‹ in einer Ausgabe für die Jugend geschenkt. Seitdem war Alban Römer. Die dem Apostel Petrus gewidmeten Seiten hatte er übersprungen.

Der Stierkampf war für den Knaben die zweite unter den großen Offenbarungen – soll man nun sagen seiner Jugend oder seines Lebens? Die erste war die Offenbarung des Heidentums durch ein Buch mit erbaulichen Absichten gewesen. Die dritte sollte die Offenbarung der Sinnenlust durch das Herz sein.

Alban war ein Zuschauer voller Leidenschaft, er wetzte auf seinem Kissen herum und stieß zu gleicher Zeit wie der Stier den Kopf vor. Ohne von der Technik des Spieles das geringste zu verstehen, schrie er die spanischen Worte, die er nicht verstand, lauter als die versierten Leute ringsum, die sie ebenfalls nicht verstanden. Und dennoch, obwohl er keine Ahnung hatte, war er erbittert, zwischen zwei Damen zu sitzen: das, was die begriffen, dachte er, müßte noch schlimmer sein als nichts. Als das Publikum gegen den ungeschickten Matador losbrach, rollte Alban, ganz außer sich, das prächtige Programm, das er als Andenken hatte aufbewahren wollen, zu einer Kugel zusammen und schleuderte sie nach dem Kopf des Ruchlosen. Er verfehlte sein Ziel. Aber er hatte weit ausholend und mit aller Gewalt geworfen, in der Absicht zu treffen und wehzutun.

Unverzüglich, ohne deswegen sein Römertum aufzugeben, wurde er Stierkampfliebhaber. Er lernte Spanisch. Er abonnierte auf die dortigen Fachzeitungen. Er trug brennendrote Schlipse; das genügte, um ganz wie ein Matador zu sein. Das Schlafzimmer wurde mit Bildern von Stieren und Toreros austapeziert. Die Schule wurde von der Seuche ergriffen. Auf jedem Buch, auf jedem Heft klebte das gehörnte Konterfei des Totems. Wenn bei den chemischen Experimenten das Stiergallensalz genannt wurde, geriet die ganze Klasse in Aufruhr. Die Lehrer mochten Alban nicht. Wenn sie ihm einen Verweis geben wollten, äußerten sie: »Das ist wieder so eine Stierkämpferidee, so eine Stierkämpferredensart.« Damit glaubten sie einen verletzenden Vergleich gemacht zu haben. Und obwohl der Junge regelmäßig erster im Französisch war, galt es jedesmal für einen unwiderstehlichen Witz, zu sagen, daß er schreibe wie eine

»spanische Kuh«. Das Geistvolle versiegt nun einmal nicht in Frankreich.

Wie durch eine Überschwemmung wurde alles spanisch. Man kämmte sich mit dem Bleikamm, um die Haare zu schwärzen. Im Sommer lagerte man sich zur heißesten Stunde auf steinerne Stufen, den Filz in die Augen gedrückt, die Finger beringt, eine Decke über die Schulter geworfen: man war ein kastilianischer Bettler. Und all das kristallisierte sich in der Oper ›Carmen‹, die man bis zu siebenmal im Jahr anhörte. Bei der Ouvertüre geriet man in Raserei.

Als die Ferien herankamen, besuchte Alban, diesmal allein, in San Sebastian, in Pamplona, in Burgos an die zehn Stiergefechte und machte sich an die Leute vom Fach heran. Ein alter Matador gab ihm Unterricht; zu schlecht, um selbst aufzutreten, war er Lehrer geworden. Unweit Burgos veranstaltete der Bildhauer Gangotena die kleinen *becerradas* genannten Stierkämpfe. Sie finden ohne Picadoren mit ein- bis zweijährigen Stieren statt; die ganze Jugend vergnügt sich so, wie bei uns beim Tennis oder Fußballspiel. Alban übte sich mit diesem »Geziefer« und tötete einige. Tapfer und täppisch, hin und her gestoßen, ahnungslos, wie er war, wirkte er zunächst belustigend durch seine Leidenschaftlichkeit, die aber später ein paar vernünftige Leute nahezu erschreckte, als sie sein durch die Glut, mit der er sich hingab, entstelltes Gesicht sahen. Man erkannte an, daß er *la sangre torera,* das Toreroblut, in sich habe, und das entschuldigt beinahe alles. »Ungleich? Gewiß. Aber gerade das beweist, daß er ein großer Künstler ist.« Welch erfreulicher Gemeinplatz! Lassen wir ihn gelten, ohne nachzuprüfen.

Die Familie erinnerte sich eines Vetters, mit dem man kaum noch verwandtschaftliche Beziehungen unterhielt, weil er in einem verlorenen Zipfel Frankreichs wohnte, nie nach Paris kam und schreibfaul war. Zu ihm wurde Alban geschickt; er verbrachte die letzten Septemberwochen bei ihm. Der Marquis von X. gehörte einem erlauchten florentinischen Geschlecht an, das im 15. Jahrhundert – einer seiner Vorfahren hatte bei der Ermordung Giulianos von Medici mitgewirkt – in die Provence ausgewandert war, und seither war es im Besitze des Palais von Avignon. Und nun, in diesen Zeiten, da seine Standesgenossen nach reichen Erbinnen fahnden oder Zwischenhandel mit Autos betreiben, hatte sich der Marquis in die Einsamkeit eines Gehöfts in der Camargue verbannt, um dort auf der salzigen Insel die wilden Stiere für die landesüblichen Spiele zu züchten. Es war ihm innerster Beruf, die Reinheit, die Überlieferung, die Eigentümlichkeit des provenzalischen Herzens zu wahren.

Dieser Mann, der seine Tage zu Pferde inmitten seiner Stiere und Hüter verbrachte, war ein Dichter, und zwar durch seine Kunst einer der großen Dichter der Provence, durch sein Leben einer der großen Dichter Frankreichs. Niemand hätte gewagt, das auszusprechen, am wenigsten er selber. Seine Bescheidenheit ärgerte Alban, denn er sagte sich: einen Wert nicht anerkennen, heißt einem Unwert erlauben, sich an dessen Stelle zu setzen. Die Leute seines Standes verübelten ihm, daß er nicht wie sie war. Man fand es unpassend, daß er Stiere vermietete; hätte er aber an den Türen geklingelt, um Versicherungen zu ergattern, wäre man durchaus damit einverstanden gewesen. Man fand es skandalös, daß sein großer Name auf Stierkampfplakaten prangte; aber man hätte es schmeichelhaft gefunden, diesen Namen auf den Plakaten des Lunaparks zu lesen, wenn er ihn zu Geld umgemünzt hätte, bereit, auf seine Visitenkarten »*Homme du Monde*« zu drucken und das Preisrichteramt im Wettstreit der schönsten Beine von Paris zu übernehmen.

Wie recht und billig hätte man den Marquis von dem Tag an gefeiert, da seine Tiere ihm tüchtig Geld eingebracht hätten. Doch wir haben bereits gesagt, daß er ein Dichter war. Ein Dichter – das ist ein Mann, der, obgleich ohne Vermögen, sich weigert, von einem Dorfe für ein Stiergefecht Geld zu nehmen, weil dieses Dorf den gleichen Rost wie er im Wappen führt. Durch diesen Umstand wird, so denkt er, eine ideale Verwandtschaft hergestellt, in die sich das Geld nicht einzumischen hat. Freilich bringt das weniger, als wenn einer seine Blähungen in einer numerierten Luxusausgabe abziehen läßt. Der Marquis hatte nur knapp sein Auskommen. Ja, er war nicht einmal imstande, sich durch seinen Dreizack und seine Hose aus Maulwurfsfell einen gewissen Ruf bei den Maulaffen von Paris zu erringen, was doch so mancher Pfiffikus unter den provenzalischen Dichtern mit seiner Krawatte und seinem breitkrempigen Hut durchsetzt. Ein Nichts hätte ihn zum großen Mann machen können, ihn, von dem die Leute nur als »dieser Narr von Marquis ... « redeten, gerade so, wie sie Homer immer nur den »alten Homer« nennen. O Übermaß der Schmach, Menschen, die uns überragen, so sehr zu verkennen, daß man sich gewissermaßen entschuldigt, ihren nackten Namen auszusprechen!

Mit dem neuen Frühling war Alban fünfzehn Jahre alt geworden. Er sah wie sechzehn aus; ein dunkler Schatten zierte seine Oberlippe. Dieser Schatten, der zugleich sein Traumbild »Torero« und sein Traumbild »Römer« zerstörte, vergällte ihm das Leben. Man müßte über einen Jüngling mit lebhafter Einbildungskraft schlecht Bescheid wissen, um nicht zu begreifen, daß sein ganzes Dasein dadurch geradezu vergiftet wurde. Graf Bricoule verbot ihm, sich zu rasieren; denn das hätte ihm, so sagte er, das Aussehen eines Schmierenschauspielers verliehen. (Wir schreiben das

Jahr 1911.) Die Gräfin allerdings hätte ihn nicht ungern bartlos gesehen. Dadurch hätte er jünger gewirkt und wäre wieder ein wenig zum kleinen Knaben geworden, von dem sie sich, durch die Fata Morgana der Vergangenheit getäuscht, einredete, er sei viel liebevoller gegen sie gewesen als der junge Mann.

O glückliche Zeiten der nackten Beine, da sie lesend eine Hand zwischen Höschen und Fleisch an den warmen Schenkel schob! Diese Meinungsverschiedenheit über das Kapitel Schnurrbart gab zu Sticheleien zwischen den Ehegatten Anlaß. »Du willst wohl, daß dein Sohn wie ein Ästhet aussieht?« Alban wurde zu »dein Sohn«, zum Sohn Frau von Bricoules allein. Sie triumphierte beinahe, als Alban aus den Ferien zurückkehrte. Er hatte sich während seiner Abwesenheit den Schnurrbart abrasiert, der inzwischen noch nicht nachgewachsen war, und zog ihn jetzt mit dem Schminkstift nach, was der Graf nicht entdeckte, während sie es auf den ersten Blick gesehen hatte. War der Vater für das Gesicht seines Sohnes blind, mußte er es dann nicht auch für dessen Seele sein? Dieser Gedanke war ihr nicht ganz unlieb.

Graf von Bricoule – Zylinder, kurzer Herrenrock, Lavallièrekrawatte – liebte die große Welt, eine schöne Messe, den Pferdestall, Seelengröße und englische Stiche. Sein eigentlicher Beruf hatte von jeher darin bestanden, großartig aufzutreten, aber seine Renten ließen zu wünschen übrig, und ihm fehlte das Geschick, sie aufzurunden; denn Fachkenntnisse besaß er nur in der Genealogie. Seit seinem siebzehnten Lebensjahr hatte er sämtliche Einladungen zu Bällen und Diners, sämtliche Familienanzeigen, nach dem Verwandtschaftsgrad geordnet, aufgehoben. Er gehörte der Konferenz Saint Vincent de Paul an und fuhr alljährlich nach Versailles.

Im April 1912 stürzte er beim Reiten und klagte kurz darauf über Kopfschmerzen; immerhin beglückwünschte er sich dazu, durch einen adligen Unfall zu leiden. Im Juni war sein Zustand hoffnungslos. Er starb im Laufe des Sommers. Alban stand damals im Begriff, nach Andalusien zu reisen. Natürlich war von diesem Plan nun nicht die Rede mehr.

Mit dem neuen Schuljahr begann für Alban die Vorbereitung aufs Abitur. Ein bedenkliches Nachlassen des Gedächtnisses, eine nervöse Depression, die Folge dieses langen Sterbens, des ersten, das er mit angesehen hatte – und es war das Sterben eines ihm teuren Menschen –, all das bewirkte, daß er nach fünf Monaten unverhältnismäßiger Anstrengung an Schwindelanfällen litt. Der bloße Kraftaufwand beim Schreiben eines Briefes trieb ihm das Blut zu Kopf, und zwar so heftig, daß ihm das Wasser in die Augen trat. Der Arzt verordnete völliges Einstellen aller geistigen Arbeit, frische Luft, Sorglosigkeit und körperliches Ausspannen für ein bis zwei Monate. Und das Abitur? Da war eben nichts zu machen. Im übrigen legte Frau von Bricoule keinen großen Wert auf Eselsdiplome. Ihrer Meinung nach war der Baum der Wissenschaft nicht der Baum des Lebens.

Körperliche Erholung, frische Luft... Alban erinnerte schüchtern an die andalusischen Reisepläne. Zunächst hielt Frau von Bricoule die Sache für unmöglich. Sie wußte nur zu gut, daß man sie, ihren Gatten, ihre Mutter getadelt hatte, weil sie Alban seinen »ungesunden« Neigungen überließen. Die Freunde der Familie hätten den jungen Mann mit Vergnügen am Totalisator wetten, mit Wohlgefallen den Dirnen nachlaufen sehen, aber die Stiere! Für diese Herren, die nach dem Diner im Rauchzimmer über die Lebensführung ihrer Mitmenschen Gericht halten und sich aufregen, wenn man es wagt, einen anderen Geschmack zu haben als sie, waren die Stiere nicht »standesgemäß«. Diejenigen, welche wußten, daß Alban an einigen von Amateuren veranstalteten kleinen Stierkämpfen teilgenommen hatte, waren ganz besonders streng. Einen Hirsch, ein Wildschwein, einen Hasen, eine Taube zu töten, das sind Edelmannstaten, die man, wenn es gilt, die mitgebrachten Gaben eines jungen Trottels von Heiratskandidaten abzuwägen, wohl in Betracht zieht. Aber einen jungen Stier zu töten, das roch nach Schlächter. Im Verlaufe weniger Minuten bezeichneten ihn dieselben Leute das eine Mal als Tölpel, das andere Mal als Neurastheniker. Seine Vorliebe für den Stierkampf bewies bald, daß er zuviel Blut habe: »ein kleiner Rohling«, bald, daß er zu wenig habe: »diese krankhafte Überreiztheit«. Alban war ein Wilder, ein Primitiver und zugleich eine bleiche Blume der Dekadenz. Gewisse zitternde Dickwänste wieder nannten dieses gefahrvolle Spiel eine Hanswursterei. Andere verzogen mißbilligend das Gesicht, ließen durchblicken, welchen Geschmack Alban hätte haben sollen: »Stierkämpfe sind nicht schick. Warum, zum Teufel, reitet er nicht im Rennen mit?« Und in der Überzeugung, daß Neigungen einem immer von außen her aufgezwungen werden müssen, zerbrachen sie sich den Kopf darüber, durch wen er denn zu dieser da gekommen sei. Da sie niemanden fanden, ließen sich einige vernehmen, es sei einfach ein Mätzchen.

Alban wußte dies alles und kümmerte sich nicht darum. Sein Schicksal war es nun einmal, getadelt zu werden, und es den Leuten zu zeigen, wenn man auf sie pfeift, ist nur logisch. Frau von Bricoule hingegen kannte ihren Alban, sie kannte seine Vorzüge und seine Grenzen, das Gefährliche und das Gesunde in ihm. Und sie hielt die Stiere für unbedenklich, sogar ihre Hörner. »Wir belustigen uns mit Kälbern«, hatte ihr Sohn nachlässig hingeworfen. Übrigens war für sie, wie für die meisten Franzosen, welche die Stiergefechte nicht kennen, ein Kampfstier kaum etwas anderes als ein Hausrind, das man ein bißchen gereizt hat. Und die Stöße, die es austeilt – selbstverständlich ins Gesäß, das kann ja gar nicht anders sein, das ist ja dann um so komischer! –, gaben nur Anlaß zu Gelächter. Ein Spaß und ein bißchen Theater dabei, so sah sie die Vergnügungen ihres Sohnes.

Sie fand also keine ernsthaften Hinderungsgründe gegen diese andalusische Reise. Und was hätte sie denn auch sonst tun sollen? Ihn aufs Land schicken? Unbeschäftigt, hätte er nur daran gedacht, etwas anzustellen. Alles außer seinen Leidenschaften langweilte ihn ja. Eine Kunstreise nach Italien? Das war eine der geistigen Anstrengungen, die ihm verboten worden waren. Sie dachte, diese Stierbesessenheit, um so stürmischer, je weniger sie in Paris befriedigt wurde, sei noch am ehesten zu dämpfen, wenn er sie einmal nach Herzenslust stillen könne. Hinzu kam, daß sie selber gelitten hatte. Sie wußte aus eigener Erfahrung nur zu gut, daß die Wünsche ihres Sohnes nie wieder so heftig entbrennen würden wie gerade heute, und daß sie gerade heute erfüllt werden müßten, um königlich erfüllt zu werden. Später würden sie schwächer sein. Der Aufenthalt in Andalusien, der ihn jetzt in einen Glücksrausch versetzen konnte, würde morgen für ihn vielleicht nur noch eine angenehme Lustpartie bedeuten. Trotzdem schwankte sie einige Zeit. Endlich trug die Verlockung den Sieg davon – die Verlockung, ihren Sohn glücklich zu sehen, ihn durch sie glücklich zu sehen. Sie gab ihre Einwilligung.

Sie hatte gehofft, er würde ihr um den Hals fallen, auf ein aus dem Herzen kommendes Wort. Aber er war nicht imstande, jemand um den Hals zu fallen, den er nicht begehrte. Es brachte Frau von Bricoule geradezu zur Verzweiflung, daß er sie nie aus eigenem Antrieb küßte, ja, daß sie ihn nicht küssen konnte, ohne daß er zurückzuckte, daß sie an seiner Seite lebte und ihn niemals berühren durfte; selbst aus seinen Träumen heraus stieß er sie zurück, wenn sie versuchte, den Schlafenden zu überlisten. Dadurch, daß sie ihn nach Andalusien fahren ließ, bereitete sie ihm eine unendliche Freude. Das wußte sie. Und er zeigte es, er sagte es ihr, aber er tat keine einzige Bewegung zu ihr hin.

Er bat sie inständig, sich nun ein für allemal den Schnurrbart rasieren zu dürfen. Sie kämpfte mit dem Schatten des Grafen und gab schließlich nach: der Graf war nur noch ein Schatten. Immerhin sollte er die Verwandten, die er zu besuchen hatte, vorher besuchen. Sonst würde man, da man die Ansichten des Grafen kannte, sagen: kaum sei der Vater gestorben, habe er nichts Eiligeres zu tun gehabt ... seine Mutter hätte ... und so weiter. Nach der Erledigung des letzten Besuchs betrat Alban die Telephonzelle eines Cafés, zog einen Rasierapparat aus der Tasche und schabte sich, im Dunkeln tastend, den Bart ab.

Ein neues Leben tat sich vor ihm auf, als er sich im Spiegel erblickte. Er war ein anderer Mensch. Bisher hatte er sich eher im Hintergrund gehalten, seinen Stolz nur gezeigt, indem er zurücktrat. Doch von diesem Augenblick an erschreckt ihn sein Glück geradezu, schließlich kann er sich einen Fehlschlag gar nicht mehr vorstellen. So hatte er gewonnen und zugleich verloren: die Schüchternheit bereichert das Leben um Nuancen, die der Wagemut und das allzu leichte Gelingen zerstören.

Der Mutter gefiel ihr Sohn jetzt sehr. Er war gleichzeitig mehr Mann und mehr Kind. Sie fand, daß er ein wenig nach »süßer Junge« aussah, und konnte nicht umhin, das amüsant zu finden. Endlich also war die Zeit gekommen, da sie frei über alles mit ihm reden konnte! Alban war so voller Freude, daß er beschloß, achtundvierzig Stunden in Lourdes zu verbringen, »um für das Glück zu danken«. Er hatte ein sehr feines Gefühl für Kompensationen. Er hielt es für klug, jede seiner Freuden mit ein wenig Ärger, den er sich selber schuf, zu bezahlen. Die Griechen hatten ihn das Opfer an die Nemesis gelehrt.

Alban, der dem Stierlande zustrebt, das ist – nur um einige Jahre früher – dasselbe, wie Alban, der zum erstenmal der Front zustrebt: die gleiche Ergriffenheit, das gleiche Verlangen nach Großem oder wenigstens nach Außergewöhnlichem, die gleiche aus dem Nebel unbestimmter Erwartungen hervorbrechende Liebe. Er war, je mehr er sich dem Süden näherte, wie die kläglich aufs Trockene gesetzte Barke, die nach und nach von der steigenden Flut gehoben und wieder flottgemacht wird, wie der Verbannte, der ins Mutterland zurückkehrt. Er kannte die Völker, die Corridas haben, und die, die keine haben. Im Gymnasium hatte er die Geographie von Mexiko und von Peru leichter gelernt als die von Brasilien, weil nämlich Mexiko und Peru Stierkämpfe haben und Brasilien keine. Ebenso kannte er in Frankreich die Grenzlinie, die die stierliebenden Landschaften von denen scheidet, die nichts vom Stier wissen wollen. Und die Taten, die Bräuche, die Schicksale jener interessierten ihn, während ihn die anderen unendlich gleichgültig ließen. Als der Zug diese schicksalbedeutende Grenzlinie überschritten hatte, lebte er im Fieber.

Die Feindseligkeit gegen die Menschen, die er gewöhnlich empfand, wich nun von ihm. Er entspannte sich, er genoß die Lust der Sympathie. Und gerade diese Sympathie brachte ihn sogleich in einen Gegensatz und legte ihm allerlei Gründe nahe, die die Völker bewegen, einander totzuschlagen. »Ich bin mit allem, was braune Haut hat. Wehe allem, was weiße Haut hat!« Wenn der Zug an einer Kuhherde vorbeifuhr, konnte der erstaunte Mitreisende Alban wie elektrisiert aufspringen, in den Gang stürzen und mit hervorquellenden Augen das dumpfe Vieh verschlingen sehen. Kaum außer Sicht von Paris, hatte er seinen korduanischen Filz aufgesetzt, am Finger den Brillanten seines Vaters. Die Reisenden beobachteten heimlich das schlanke Bürschlein mit seinem Brillanten, mit dem hellen Hut auf einem Ohr: er war spanischer, als natürlich ist. »Ganz gewiß, sie halten mich für einen Torero«, dachte er freudetrunken. Sie hielten ihn vielleicht für was anderes.

In Lourdes erfüllte er seine Verpflichtungen gegen den Orden, gegen die Religion. Bei seiner Abreise aus Paris hätte er einen Gegenstand kaufen sollen, in seiner Naivität und Nettigkeit hatte er sich gesagt: Ich will es in Lourdes kaufen, damit ein Geschäftsmann aus dem Midi davon Nutzen hat. Und schon dichtete er seine eigenen Stimmungen den andern an, bildete sich ein, daß die Leute, wenn er vorbeikam, sich angeekelt zuraunten: »Das ist der Pariser.« Ach, Pariser zu sein, welch ein Brandmal!

In Hendaye hörte er die spanische Sprache, wie man die Stimme der Geliebten hört.

Kaum in Madrid ausgestiegen, erregte er mit seinem korduanischen Filz Aufsehen. Alle Leute bedeckten ihren Kopf wie in Paris. »Ich glaube, man hält mich für einen Franzosen«, sagte er sich schamrot. Der Filz verschwand.

Am folgenden Tag, dem 1. März 1913, hob Alban auf der Straße die Nase und wunderte sich, kein Stierkampfplakat zu erblicken. Die Mutter hatte ihm einen Brief an einen Schulfreund seines Vaters, den Dr. Diez, mitgegeben. Alban suchte ihn auf.

»Wo kann man das Programm des Stierkampfs für nächsten Sonntag erfahren?«

»Sonntag findet kein Stierkampf statt. Das Wetter ist zu schlecht.«

Alban zuckte die Achseln. Zu schlechtes Wetter!...

»Gut, dann fahre ich gleich nach Sevilla.«

»Aber in Sevilla gibt es doch vor Ostern, also vor Mitte April keine Corrida.«

»Wie! Keine Corrida an der Geburtsstätte der Tauromachie! Wo denn dann?« stieß Alban entsetzt hervor.

»In Valencia, glaube ich, oder in Bilbao. Doch weiß man das erst am Tag vorher.«

»Und wenn ich am Tag vorher hier abreise, komme ich zu spät für einen guten Platz!«

»Nein, nein.«

»Señor, ich pflege Stierkämpfen nur in der ersten Reihe beizuwohnen«, sagte der Jüngling mit Würde.

»Sie laufen vor allem Gefahr, daß auch dort das Wetter schlecht ist und die Corrida nicht abgehalten wird; dann haben Sie die Reise nach Valencia vergeblich gemacht.«

»Das alles ist ja schauderhaft«, schloß Alban mit einem ganz strengen Gesicht über Spanien. »Kann man denn nur in Frankreich Stierkämpfe sehen?« fragte er sich voll Bitterkeit.

Dr. Diez betrachtete den aufgeregten jungen Pariser halb belustigt, halb ärgerlich. Tja, sie waren eben alle gleich, diese Franzosen: »Toreadoren« und Kastagnettengeklapper verlangten sie von Spanien! Besaß Spanien nicht öffentliche Anstalten, soziale Einrichtungen, Banken, Industrien, die der Beachtung wert waren? O nein! Immer wurden diese Errungenschaften totgeschwiegen. Europa sah nichts als diesen Ballast, den sein unglückliches Land auf dem Wege des menschlichen Fortschritts hinter sich herschleppte: Blut und Frivolität im Schatten des Kreuzes. (Der Doktor war für die Aufklärung.)

Alban erhob sich.

»Ich will Ihnen einige Empfehlungsschreiben mitgeben«, sagte der Doktor.

Alban zuckte vor Freude zusammen. Den großen Matadoren vorgestellt werden!

Diez reichte ihm die Briefe. Der eine war für einen Gymnasialprofessor bestimmt, der andere für den Sekretär des Archäologischen Museums.

»Glauben Sie, daß die Bescheid wissen?« fragte der junge Mann aufgeregt.

»Bescheid wissen, worüber?«

»Über die Stierkämpfe.«

»O nein, das ganz gewiß nicht«, sagte der Doktor mit einem Lächeln, »aber Sie wollen doch sicherlich Madrid ein wenig besichtigen?«

»Ganz gewiß! Was für eine schöne Stadt!« sagte Alban. Man wird den Vorzug, ein Mann von Welt zu sein, so leicht nicht los. Ich pfeife auf den Prado, dachte er. Ja, mir graut vor ihm!

»Was den Stierkampf betrifft, so besuchen Sie doch Don Rafael Moreira mit einem Gruß von mir. Er ist Advokat, ein richtiger Advokat, der vor Gericht plädiert. Und er ist *aficionado*. Seine Adresse ist Hermosilla ... Teufel, wie war doch die Nummer? Bah, Sie treffen ihn ganz sicher gegen ein Uhr im Café Regina.«

Alban sah auf die Uhr: »Ausgezeichnet, dann habe ich eine Stunde fürs Mittagessen.«

»Nein, nein, um ein Uhr nachts! Um diese Zeit kommt er aus dem Theater. Und, welches ist Ihr Café, wenn man Ihnen etwas mitteilen möchte?«

»Wieso, mein Café?«

»Na ja, Ihr Stammcafé?«

»Ich habe kein Stammcafé«, sagte Alban beleidigt.

Im Restaurant seines Hotels verkündete ein Anschlag: »Mittagessen zwischen zwölf und zwei.« Er nahm Platz. Zwölf Uhr ... Zwölf Uhr fünf ... Zwölf Uhr fünfzehn. Niemand. Er begab sich in die Küche. »Erst um eins.« – »Aber der Anschlag ...« – »Ach, der Zettel ist alt.«

Er ging aus. Er war erst einige Stunden in der Hauptstadt Spaniens, und schon sah er sich vor die Frage gestellt: Wie schlage ich meine Zeit tot, da es keine Stierkämpfe gibt? Und er stieg in die Straßenbahn, die zur Arena fuhr, gleich einem Liebenden, der das verlassene Haus der Geliebten aufsucht. In jeder spanischen Stadt, durch die er kam, galt sein erster Gang der Arena, wie der Fromme zuerst in die Kirche geht. Auf der Plaza regnete es, als er hinkam. Längs des Gangs, der den Sandplatz umgibt, flossen Bäche. Keine Stiere in den Corrales. Abgrund der Trauer!

Er aß schlecht, weil er, aus Scheu vor dem Kellner, nicht wagte, sich die Speisekarte übersetzen zu lassen, und aufs Geratewohl bestellte. Glücklicherweise aß er alles, wie Julius Cäsar, ein Vergleich, der ihn tröstete. Nach dem Mittagessen wollte er ein Buch über den Stierkampf kaufen. Die erste Buchhandlung war geschlossen, ebenso die zweite. Alle Läden waren geschlossen. Und es war doch kein Feiertag. Ein Schutzmann, den er fragte, gab ihm Auskunft: Die Leute essen zu Mittag. Es war drei Uhr fünfundzwanzig.

Darauf stieg der Besessene in einen Autobus, um diesmal die Arena von Tetuan, einer Vorstadt von Madrid, aufzusuchen. Dort strich er um die Plaza herum. Zwar hatte er sie besichtigen wollen, aber vor der Türe des Pförtners verlor er den Mut, anzuklopfen. Er sah noch das Lächeln des Dr. Diez vor sich. Es schien ihm jetzt, daß seine Leidenschaft für den Stierkampf etwas Lächerliches war, etwas, das ihn auffällig machte, etwas, das sofort herausschrie, er sei ein nichtsnutziger Pariser. Und er fuhr zurück, ohne hineingegangen zu sein. Keine fünf Minuten hatte er sich in Tetuan aufgehalten.

Alban irrte den ganzen Tag ratlos in dieser Stadt umher, wo man fortwährend mit Trupps von Blinden zusammenstößt, die behandschuhte Hände nach Almosen ausstrecken. Schutzleute bändigten einen Verkehr, der nicht vorhanden war, den sie aber wohl endlich gegen Abend zustande bringen würden. Da sie die Wagen aufhielten, ohne daß jemand die Straße überquerte, ging der junge Mann ohne Grund hinüber; er meinte, damit den Hütern der Ordnung eine Freude zu machen. Auf weite Strecken war der Fahrweg für die Fußgänger gesperrt, damit sie, auf dem Gehsteig zurückgestaut, sich besser herumstoßen konnten, was für die Madrider offenbar heimliche Genüsse birgt. In der gleichen Absicht schob sich eine Menge von Leuten, die wie die Statisten auf dem Theater immer wieder von der andern Seite zurückkamen, endlos an dem Fernsprechamt in der Alcalástraße vorüber; sie waren dicht aneinandergepreßt wie bei uns die Benutzer der Untergrundbahn, während der gegenüberliegende Gehsteig freiblieb; manche drückten sich bis in den Amtsraum durch, wo sie sich, auf den Bänken sitzend, mit Nichtstun befaßten. Bei dem milden Wetter trug niemand einen Mantel; aber die Menschen, die aus dem Theater kamen, preßten das Taschentuch an den Mund; über dem Taschentuch sah man verängstigte Augen. Alban dachte, daß sie allesamt im Begriff seien, Blut zu spucken, und war tief erschüttert.

Im Café Regina wartete er bis halb zwei Uhr morgens, ohne Moreira anzutreffen. Doch konnte ihm ein Kellner seine Wohnung sagen. Als er an sein Hotel kam, war alles Klingeln vergeblich. Er klopfte, machte Lärm. Es war kalt geworden. Fröstelnd und hoffnungslos, malte er sich aus, wie er noch beim Morgengrauen hier draußen stehen würde... Endlich kam vom andern Ende der Straße her ein Mann mit einer Beamtenmütze gelaufen und schloß ihm auf.

Am nächsten Tage empfing ihn Moreira voller Liebenswürdigkeit. Er solle doch Donnerstag nachmittag wiederkommen, dann werde er ihn die Programme für Sonntag einsehen lassen. Da sich Alban übrigens schon als Torero versucht habe, werde er ihn dem Herzog de la Cuesta, dem bekannten Stierzüchter, vorstellen, der sich auf der Reise nach Sevilla in Madrid aufzuhalten gedenke. In Sevilla könne Alban dessen Stierzüchterei besichtigen.

Alban wurde zusehends heiterer. Doch, o weh, bis zum Stierkampf galt es noch zwölf Tage hinzubringen! Was tun? Es kam ihm gar nicht in den Sinn, die Empfehlungsschreiben des Doktors auszunutzen. Da er nun einmal die Sehenswürdigkeiten besichtigen mußte (ihre bloße Aufzählung im Führer machte ihn ganz elend, wie in ›Quo vadis‹ die Stellen, die sich auf die Christen bezogen), wollte er sich lieber allein langweilen als zu zweit, wo er auch noch das Kopfweh beim Gespräch mit in Kauf nehmen mußte. Übrigens muß, wenn man zu zweit ist, immer einer auf den andern warten. Und es gibt wirklich nur ganz wenige Menschen, deren Umgang auch nur fünf Minuten des Wartens lohnt.

Er tauchte also in den Museen unter. Im Führer stand, sie schlossen um vier Uhr, aber immer verkündete an der Tür ein Zettel, sie schlossen schon um drei. Alban sah Dinge, wie man sie eben in Museen sieht. Nicht die Zeit hat sie entwertet, sondern die Blicke und Worte der Toren, die sie betrachtet haben. Schon am selben Abend erinnerte er sich an nichts mehr, außer vielleicht an die Tatsache, daß auf dem Sèvresporzellan Schilder genau angaben: »18. Jahrhundert n a c h Christi.« Fünfundzwanzig Minuten vor drei kam ein rauchender Aufseher, um die Fenster zu schließen. Dann pflanzte er sich neben ihm auf, um ihm zu bedeuten, daß er überflüssig sei. Er warf ihm Blicke zu, noch unschlüssig, ob sie flehend oder grimmig sein sollten. In der königlichen Armeria wollte er rechts gehen, man wies ihn an, sich links anzuschließen. Das verdarb ihm die ganze Besichtigung. Er verabscheute die Monarchie.

Endlich mußte er sich doch entschließen, den Prado zu besuchen. Am ersten Tage kam er glücklicherweise zu spät und konnte sich, aufatmend, mit dem Bewußtsein erfüllter Pflicht, auf eine Bank setzen und in seinem Handbuch des Stierkampfs lesen. Doch ausgeschlossen, sich am nächsten Tag zu drücken.

Die Aufseher bereiteten ihm Folterqualen, sie erstickten jeden Eindruck, verscheuchten den Genuß, den er sonst vielleicht gehabt hätte. Auch hatte er niemals Kleingeld bei sich und mußte jedem eine Peseta geben. Sobald er einen Saal betrat, sah er auch schon einen vom andern Ende ihm entgegenkommen, und weitere lagen in den folgenden Sälen im Hinterhalt. Der Aufseher sprach ihn an, ließ nicht mehr ab von ihm. Er rückte einen Stuhl beiseite, um sehen zu können, inwiefern der Hermaphrodit ein Mann war. Er reichte ihm eine Lupe, und Alban mußte, wenn er nicht gegen die Höflichkeit verstoßen wollte, vor einer Miniatur haltmachen, die ihn tödlich langweilte. Vor einem Gemälde, an dem ein Schild »Isabella von Portugal« angebracht war, sagte ihm der Aufseher: »Das ist Isabella von Portugal.« Die Schilder waren überhaupt ergiebig an Auskünften dieser Art. Unter einem Mann mit rasiertem Kopf, auf einem Sokkel aus weißem Marmor, war zu lesen: »Mann mit rasiertem Kopf auf einem Sockel aus weißem Marmor.« Antike Köpfe trugen moderne Nasen, die eine andere Farbe hatten, wie Karnevalsnasen. Bei andern waren die Stirn, die Augen, der Mund, die Wangen ergänzt. Durch die Säle mit Bildern floh

Alban im Laufschritt, alles schwamm ihm in eins zusammen; nur wenn er ein Aktbild sah, verlangsamte er seinen Schritt und landete schließlich auf einer Bank, von der ihn der Gluthauch der Heizung vertrieb. Er war so unglücklich geartet, daß Dinge, die ihn langweilten, ihn krankmachten, was nicht gerade eine gute Veranlagung für Erfolg im gesellschaftlichen Leben ist. Man stelle sich vor, in welchem Zustand er an das Ende dieses der Kunst geweihten Tages gelangte, an dem er mehr als einmal Charlie Chaplin hätte inspirieren können.

Wohlverstanden, Kunst und derlei machten ihm Freude, obwohl er das Leben mehr liebte. Daß er sie diesmal verabscheute, lag daran, daß er etwas anderes zu suchen gekommen war. Ist nicht das göttlichste Meisterwerk der Malerei fade neben einem Stier, der einem unbehindert gegenübersteht und einen mit seinem Blick anglüht?

Am Donnerstag suchte er Moreira auf. Der sagte, am Sonntag würden nirgendwo Stierkämpfe veranstaltet, weil das Wetter zu sehr nach Regen aussehe.

Alban schlug vier Tage tot. Zuerst hatte er sich vorgenommen, unterwegs seine Tage nicht im Hotel zu verbringen.

Dann fand er sich damit ab. Auf dem Bette liegend, verschlang er ein Handbuch der Tauromachie.

Als er am Montag die Zeitung aufschlug, wurde er puterrot vor Wut. In Valencia war am Tage vorher ein Stierkampf abgehalten worden! Er aber hatte diesen Tag auf seinem Zimmer verbracht und hätte in einer Nacht nach Valencia kommen können! So war es also um Moreiras Auskünfte bestellt. Er schlug weitere drei Tage tot. Alles war ihm gut genug, wenn es nur ein paar Stunden ausfüllte. Er ging in mittelmäßige Vergnügungslokale, besuchte baskische Ballspiele, wo das Spiel hinter den Brüllaffen in der vordersten Reihe, die alles verdeckten und ihn zu beschimpfen schienen, nur nebenher wie ein blasser Zufall auftauchte. Er stand frierend an den Türen der Restaurants, wo er, wie immer er es auch anstellte, stets zu früh kam (man diniert erst um neun Uhr abends). Endlich, gegen halb zehn, ging er nach Hause schlafen, ganz zermürbt vor Müdigkeit und in sich hineingefressenem Ärger; denn, und das war das Widerwärtigste, er beherrschte die Sprache nicht genug, um die Leute anschnauzen zu können. Kein Stierkampfplakat an den Mauern. Am Schalter »Toros« der Billettkassen nie ein Mensch. An den Zeitungsständen mußte er in Stößen von Fußballzeitungen wühlen, um endlich ein im Solde eines Matadors stehendes furchtbares Käseblättchen zu finden, das noch schlimmer faselte als die Waschzettel der Verleger. In Gesprächen fing er das Wort *»toos«* auf und glaubte erst, es handle sich um *»toros«,* Stiere, aber es war nur *»todos«,* das sie so aussprachen, alle. So entzogen sich die Stiere ihm, wie die Stierkälber, die von Degen gespickt, schon halbtot, vor dem Amateur fliehen, der sie vergeblich davon zu überzeugen sucht, daß es nur ihrem Vorteil dient, sich endlich einmal umbringen zu lassen. Es war klar: entweder gab es in Spanien, wo die Volksbelustigung im Lotteriespiel und im abendlichen Gedränge bestand, überhaupt keine Stierkämpfe, oder aber dieses Volk feierte seine Stiere in heimlichen Festen, die man vor dem Ausländer geheimhielt, um sich vor ihm den Anschein eines Volkes zu geben, das an der Spitze des Fortschritts und der Aufklärung marschiert.

Am Donnerstag ging er zu Moreira. Der sagte, am Sonntag finde ein Stierkampf statt.

Nun wurde alles licht. Oh, wie war ihm nun der leidenschaftliche *»paseo«,* das endlose Gewimmel der Madrider auf einer Stelle, begreiflich! In Paris, auf den großen Boulevards, schloß Alban die Augen, ja, er schloß sie, um das Geschmeiß nicht zu sehen. Hier riß er sie weit auf, so wohl tat es ihm, die Vorübergehenden zu mustern. Der Unterschied, den die Antike zwischen Galliern und Lateinern machte – die Quelle so vieler spöttischer Bemerkungen bei diesen –, bestand noch immer. Es war nicht etwa so, daß die fortgeschrittene »Zivilisation« in Frankreich nur den Städter so häßlich und schwächlich machte, nein, auch der spanische Bürger besaß einen unleugbaren adeligen Vorrang dem französischen gegenüber: es war eine Sache der Rasse. Gewiß, die französische Rasse war eine vortreffliche Rasse! Aber bei den Spaniern kommt noch etwas hinzu – mit einem Wort: sie *haben* Rasse. Vom Ladenschwengel bis zum Schlächterburschen, die so sauber sind wie aus der komischen Oper, vom uniformierten Straßenkehrer bis zum gentlemanliken Schutzmann, bis zu den kleinen, geschniegelten Soldaten – alle zeigten sie eine Adrettheit, eine Eleganz, eine natürliche Vornehmheit, von denen die Franzosen keinen Schimmer haben. Und die Frauen! Wie stockte Alban der Atem! Aus dem Dunkel der schwarzen Equipagen, der schwarzen Toiletten schimmerten mondhaft die blassen Gesichter wie alte Gemälde auf düsterem Grunde. Zwischen der Puerta del Sol und dem Kybelebrunnen verging er wohl zwanzigmal vor Liebe. »O Körper meines Körpers!« schrie er auf, wenn sie an ihm vorbeikamen. Das hatte weiter keine Folgen, es gehörte eben zur *»alegria«*, er sagte es auch zu einem Hunde oder zu einem Pferde. Hier war das Leben nicht etwas, das verstanden werden muß, es war zum Einatmen da, und schon allein durch das Atmen war es köstlich.

Am nächsten Morgen leuchteten die Plakate. Beim Kartenverkauf war keine *barrera* (erster Platz) mehr zu haben. Ein anderes Büro hatte geschlossen. Von Angst ergriffen, stürzte er zu Moreira. Der öffnete ihm die Augen: alle *barreras* wurden gleich bei Öffnung der Schalter von Zwischenhändlern aufgekauft. »Das ist eine Schande!« – »Es sind die amtlich zugelassenen Wiederverkäufer«, versetzte der Señor.

Sie hatten Alban ihre Eintrittskarten aufdrängen wollen, und er hatte sie stolz zurückgewiesen wie obszöne Ansichtskarten. Nun mußte er sich dazu verstehen, sie wieder aufzusuchen. Hätte es sich bei ihm nur um eine Neigung gehandelt statt um eine Leidenschaft, so hätte er lieber auf sein Vergnügen verzichtet, als es sich auf Kosten einer Unrechtmäßigkeit zu verschaffen. Indes, die Wiederverkäufer waren wie vom Erdboden verschwunden. Endlich stieß er auf einen, der zwar keine Karten mehr hatte, ihm aber eine Agentur nannte. »Mir macht man nichts vor, mir nicht!« versicherte der Mann geheimnisvoll.

In der Agentur thronte eine Art Groom. »Keine *barrera de sombra*« (erster Platz auf der Schattenseite), grunzte der Knabe. »Wo kommst denn du her?« schien sein verachtungsvoller Blick zu sagen. »Ich bin bereit, den nötigen Preis zu zahlen«, sagte Alban mit düsterem Lächeln; er bebte vor Scham, von diesem Wurm abhängig zu sein. »Keine *barrera* mehr!« kreischte der Groom auf und machte zugleich dem Nächsten ein Zeichen, zu sprechen. Ganz verdattert, brachte Alban keine Antwort heraus. Er sah sich schon auf einem schlechten Platz, das heißt tödliche Qualen leidend. Eine Droschke brachte den sich in Drohungen und Klagen Ergehenden zum Advokaten, der sich herbeiließ, ihn zu begleiten. Als Moreira seinen Namen nannte, öffnete der Knabe ein Schubfach und riß von einem noch reichlich dicken Kartenblock eine *barrera* ab. Auf dem Billett stand: »Sieben Peseten«, man ließ es für zwölf. »Das sind die Karten, die die Direktion von den Agenten zurückgekauft hat«, erklärte der Señor. Alban stöhnte. In diesem Lande war es nicht leicht, sich zu amüsieren.

Nachts, ganz zerschmettert von Müdigkeit, wurde er aus dem Schlaf aufgeschreckt und ans Telephon gerufen. Höchstwahrscheinlich eine Trauernachricht: der Stierkampf war aufgeschoben. Moreira war am Telephon: »Der Herzog de la Cuesta ist angekommen. Ich habe ihm von Ihnen erzählt. Es hat im Spaß gemacht, daß Sie sich bei Gangotena als Torero versucht haben, er ist ein guter Freund von ihm. Er bittet Sie, morgen in seinem Klub mit ihm Kaffee zu trinken und dem Kampf in seiner Loge beizuwohnen.« Mit tonloser Stimme antwortete Alban: »Ein Stierkampf aus der Loge gesehen, ist ein verpfuschter Stierkampf. Das ist doch viel zu weit weg, viel zu hoch oben.« Schließlich mußte er sich auch noch bedanken. – »Können Sie mir eine Empfehlung für den Direktor der Arena geben, damit ich dem *apartado* beiwohnen kann?« (Das ist das Eintreiben der Stiere in den Sonderstall.) »Das *apartado* ist doch allgemein zugänglich.« ... »Nein, nein!« ... »Doch, doch ... übrigens werde ich gegen zwölf Uhr da sein.« Eben hatten sie sich »Auf Wiedersehen!« gesagt, als Moreira noch einmal anrief: »Mir fällt etwas ein. Ich hole Sie jetzt ab, und wir gehen ins Romea.« Ein Telephonanruf um ein Viertel zwölf, ein Theaterbesuch um halb zwölf! Alban fand gerade noch die Kraft, eine matte Entschuldigung zu stammeln.

Als er am nächsten Tag um elf Uhr an das Tor der Arena klopfte, sagte ihm ein Portier, prächtig wie ein Fregattenkapitän: »Das *apartado* ist nicht öffentlich!« und schlug ihm das Tor vor der Nase zu.

Da stand er nun mitten unter herumlungernden Straßenjungen und litt doppelt: weil man ihn abgewiesen hatte und weil er vor ihnen abgewiesen worden war. Aus dem Innern drangen Rufe von Männern, das Stampfen der Hufe, ein erregender Mistgeruch. Dazu war er also fünfzehnhundert Kilometer weit gereist: um den Lärm des Festes hinter einer

Mauer zu hören. Und all das nur, weil Moreira ein Habitué der Stiergefechte war. Als Außenseiter hätte er sich erkundigt und Alban genaue Auskünfte gegeben.

Jetzt kamen Leute. Da sie gut bekannt waren, wurden sie alle eingelassen. Und Alban blieb mit den Zerlumpten draußen; jedesmal, wenn die Türe sich auftat und einen neuen Ankömmling einließ, empfand er tiefe Demütigung. Der Fregattenkapitän sah ihn. Um sich Haltung zu geben, stellte er sich, als ob er auf jemand warte. Im Grunde glaubte er, Moreira werde nicht kommen. Was fehlte noch, um das Maß vollzumachen? Fieberhaft kramte er in seiner Brieftasche, überzeugte sich, daß die Eintrittskarte immer noch vorhanden war.

Um zwölf Uhr war Moreira noch nicht erschienen. Um Viertel eins kamen die Leute heraus. Alban forschte in den Gesichtern der Menschen, die »sie« gesehen hatten. Unwürdige Weiber, die gekommen waren wie zum Rollschuhlaufen, während er – er! – sich verzehrte. Er strich um den Zirkus herum. Straßenjungen standen Schlange, um einer nach dem andern das Auge an ein kleines Loch zu drücken, das in eine Tür des Nebengebäudes gebohrt war. Alban erriet, worauf sie schauten, und stellte sich mit klopfendem Herzen in der Reihe an.

Hinter der Wand, nur zwei Meter entfernt, waren die Reservestiere. Sie ahnten nichts von den Spähern und wiederkäuten ruhig und schläfrig. Alban schnaufte buchstäblich vor Aufregung. Er hatte so viel Achtung vor der Leidenschaft, die diese Jungen den Stieren entgegenbrachten, daß er ihnen schnell wieder Platz machte. Doch blieb er, unfähig, sich von diesem Ort loszureißen, noch einige Zeit stehen und horchte auf die Schellen der zahmen Ochsen und auf das Schnauben der Opfertiere hinter dem Tor.

Der Herzog de la Cuesta war ein Mann von achtundfünfzig Jahren, mit dunkler Haut und kurzem, um die Stirn auf Römerart rechteckig geschnittenem Haar. Sein gestutzter schwarzer Bart war in der Mitte geteilt und stieg zu beiden Seiten gegen die Backen auf, während er sich um rosenrote Lippen und um blendendweiße, scharfe Raubtierzähne öffnete. Es schien, daß man zu Zeiten der Priester bei den la Cuestas Menschenfleisch gegessen hatte. Aber aus diesem Maurenantlitz unter den allzu buschigen Brauen, zwischen den wie mit Kohle geschwärzten Wimpern, leuchteten bezaubernde Augen, blaugrau, wie man sie in Andalusien nicht selten findet. Diesen Mann an der Schwelle des Alters umgab eine Atmosphäre der Wollust. Die Freiheit seines Benehmens zeigte an, daß er in allen Lebenslagen über seinem Schicksal stehen würde. Er war eine menschliche Bestie mit jener Art von Schönheit, die alles entschuldigt, weil durch sie alles in die Unschuld der Natur zurückversetzt wird. Und sein Anblick schuf für jedermann eine Hoffnung, indem er den Beweis erbrachte, daß man mit sechzig Jahren noch Leidenschaften entzünden konnte. Alban, der sich für Bestien begeisterte, verliebte sich sofort in ihn.

In der Halle des Klubs saßen sie beim Kaffee und plauderten über Stiere. Sooft Alban auf seine Heldentaten bei Gangotena zu sprechen kam, bemerkte er, daß der Herzog, der doch ein Mann von Welt war, nicht umhin konnte, seinen Blick bald nach rechts, bald nach links abschweifen zu lassen. »Er nimmt mich nicht ernst«, dachte der junge Mann. »Nur Geduld, was nicht ist, kann werden.« Und er überließ die Unterhaltung dem Herzog und Moreira.

Der Herzog las niemals die Berichte über Stierkämpfe, denn er wußte, daß sie günstig oder ungünstig ausfallen, je nachdem der Matador bezahlt hat oder nicht. Als Grande von Spanien liebte er Madrid nicht, wo er zwar geboren war, das er aber für Sevilla aufgegeben hatte. Er wurde lebhaft, wenn er von seinen Stierhütern sprach; in ihrer Gesellschaft, sagte er, fühle er sich wohler als unter seinesgleichen; denn in keiner Gegend Spaniens gebe es die Intelligenz und den Adel der Gesinnung wie in Andalusien beim Mann aus dem Volk. Dabei sei dieser immer guter Laune; denn die Gewerkschaften hätten ihm noch nicht beigebracht, daß er unglücklich sei. Des Herzogs Rassigkeit, seine Liebe für die Provinz, seine Verachtung der unechten Güter, die man unter dem Namen »Fortschritt« begreift, sein ganzer Lebensstil, den man aus seinen Worten ahnte, verliehen ihm eine merkwürdige Ähnlichkeit mit jenem anderen groß lebenden Edelmann, dem Marquis und Führer in der Camargue.

Die Unterhaltung wechselte auf den Madrider Klatsch über, und sofort schwieg Alban wie ein Grammophon, das abgestellt worden ist. Der lächerliche Knabe sprach nur von dem, was er kannte. Und jetzt fiel ihm ein, daß er um diese Stunde – es war ein Viertel vier Uhr, und der Stierkampf fand um vier statt – um die Plaza hätte herumstreichen können, von dem Getriebe ringsumher beinahe so sehr in Fieber wie von dem Stierkampf selbst. Dieses Vergnügen war versäumt, das Schauspiel wird er aus der Entfernung einer Loge sehen müssen, ja vielleicht wird er sogar zu spät kommen; denn man erwartete die Herzogin mit ihrer Tochter, die in der Stadt aßen und den Herzog mit dem Auto abholen sollten – vermutlich würden sie zu spät kommen, erstens, weil sie Frauen waren, und zweitens, weil das Auto ... kurz, er mußte sich darauf gefaßt machen: dieser Stierkampf, den er mit rasender Begier herbeigewünscht und ersehnt hatte, war für ihn verpfuscht.

Zwanzig Minuten vor vier waren die Damen noch nicht da. Um Dreiviertel vier nahm Alban allen Mut zusammen und bat, sich verabschieden zu dürfen. Aber der Herzog riet ihm liebenswürdig davon ab. Der Wagen müsse gleich kommen. Und übrigens sei der Stierkampf sehr schlecht.

»Für ihn mag er schlecht sein!« stöhnte der Knabe. »Aber ich, ich lechze danach, auch nur ein Stierkalb zu sehen.« Vor Aufregung bekam er heftige Hustenanfälle. Zehn Minuten vor vier wurde ihm von seiner Zigarre schlecht, und sieben Minuten vor vier war er dem Weinen nahe.

Fünf Minuten vor vier erschienen die Herzogin und ihre Tochter, wohlgemerkt ohne ein Wort der Entschuldigung! Aber wer will den Großen Höflichkeit beibringen? Die Herzogin sah aus wie Ludwig XIV. im Alter. Soledad war wie alle jungen Mädchen. In den Salons des Klubs stießen sich die Herren mit dem Ellbogen an, als hätten sie noch nie im Leben eine Frau gesehen. Der Herzog hatte, als er Alban vorstellte, nicht einmal erwähnt, daß er schon als Stierkämpfer aufgetreten sei, und Alban entnahm den Blicken der Herzogin, besonders aber denen Soledads, daß er für die Damen nichts als ein dummer, kleiner, französischer Pennäler war.

Jetzt plapperten die beiden. Drei Minuten vor vier. Ah, gewiß hielten sie es für fein, zu spät zu kommen. O Jammer! Warum war er nur in die Krallen der großen Welt geraten! Endlich wurde aufgebrochen. Er bestand darauf, sich neben den Chauffeur zu setzen. Die Leute hielten es für Bescheidenheit. Doch er tat es nur, um sie loszuwerden. Wie eine Wohltat empfand er es, neben einem Mann aus dem Volk zu sitzen.

Sie durchquerten Madrid. Alban liebte die Stiere so sehr, daß er den Menschen, die gleichgültig umherschlenderten oder vor ihren Türen sitzenblieben, richtig böse wurde. Ja, er war sogar denen böse, die, wie er, zu spät kamen, weil sie den Stierkampf nicht genügend liebten, um pünktlich zu erscheinen. Dagegen war er den armen Leuten, die rings um die Arena Orangen verkauften, geradezu dankbar, nur weil sie auf den Gedanken gekommen waren, das Fest würde ihnen Geld einbringen.

Nahe der Arena sahen sie in einem Leichenwagen von kümmerlicher Pracht so etwas wie eine weiß-lila Zigarrenkiste. Es war der winzige Sarg eines der kleinen Kinder, die in Madrid wie die Fliegen hinsterben und deren Tod von den Zeitungen unter der freudigen Überschrift verkündigt wird: »Ein Englein mehr!« Der Weg zum Friedhof führt an der Arena vorbei, und die Leute, die sich zum Vergnügen begeben, sind gezwungen, sich die wohlfeile Beredsamkeit der Leichen gefallen zu lassen, die ihnen mit unangebrachter Eindringlichkeit allerlei Gemeinplätze predigen.

Der Stierkampf hatte bereits begonnen. Es wirkt tödlich, wenn man den Beifallssturm, der aus dem Zirkus aufsteigt, hört und draußen ist. Aber drin in der Loge war es noch viel schlimmer. Die Señorita hatte vor ihm Platz genommen. Es war ihm kaum möglich, dem Stierkampf zu folgen.

Verabscheuungswürdige Kopfbedeckung der Sevillanerinnen! Soledad hatte sie gewählt, um gegen die Mode von Madrid zu protestieren. In dem Haaraufbau steckte ein hoher Kamm, der die Mantilla um etwa zwanzig Zentimeter über den Kopf hob und um ebensoviel die Aussicht versperrte. Zwischen der Mantilla und dem Haar war ein beträchtlicher Luftraum (da drin sollte man Fliegen züchten, dachte Alban voller Wut). Und dann dieser Einfall, sich den Nacken zu pudern! Alles an ihr war ihm widerwärtig. Doch nicht genug damit! Thronte sie nicht auf zwei – ja, zwei! – Kissen? Ist so etwas überhaupt gestattet? Gibt es denn keine Vorschriften? Mit einem Wort: blieb er sitzen, dann sah er den Stierkampf nur in weiter Ferne, wie in einem kurzen Aufblitzen; stand er aber auf, dann störte er den Herzog, der hinter ihm saß und nicht aufstand, weil ihm das Schauspiel nicht der Mühe wert schien. Zu allem Unglück entdeckte er in der ersten Reihe seinen Platz, den leeren Platz, den er bezahlt hatte, das Billett steckte in seiner Tasche... Stierkämpfe *muß* man von den ersten Plätzen aus sehen, dann nimmt man an dem Drama teil, dringt in seine Geheimnisse ein, man hat nicht mehr Toreros vor sich, sondern Menschen mit ihrem Menschentum. Für einen wahren Liebhaber bedeutet ein aus der Loge gesehener Stierkampf eine Tantalusqual, das ist schlimmer, als überhaupt nicht dabeizusein.

Alban wünschte sich, in die Züchterei des Herzogs eingeladen zu werden. Es wäre ein Gebot der einfachen Weltklugheit gewesen, liebenswürdig zu sein. Doch war er von Natur zu leidenschaftlich, um sich verstellen zu können. Und überdies besaß er kein liebenswürdiges Wesen. (Später wird er die Gabe, beinahe das Genie entfalten, sich für Leute, die ihn langweilen, in keinerlei Unkosten zu stürzen; ja, er wird es sogar so weit treiben, sich vor ihnen dumm zu stellen; denn es ist köstlich, von denen, die man verachtet, unterschätzt zu werden.) Da die Matadoren feig und untüchtig waren, äußerte er sich unablässig auf die unfreundlichste Art über sie: »Deswegen also bin ich aus Paris hergekommen!! Welcher Niedergang der Kunst! ... Wissen Sie, jetzt begreife ich, daß die Ausländer sich über die Stierkämpfe entrüsten!« Er forderte eine Antwort des Herzogs heraus; er tat sein möglichstes, ihn zu verletzen. Doch der Herzog war ganz seiner Meinung. Die Herzogin und Soledad aber würdigten den Gymnasiasten keines Wortes, und er verabscheute die beiden, besonders die junge.

Eben wurden dem letzten Stier die Banderillas aufgesetzt, als der Herzog sich erhob, um zu gehen, denn nur der Pöbel tunkt seine Teller aus. »Hoffentlich werden Sie sich in meiner Züchterei wie zu Hause fühlen«, sagte er zu Alban. Soledad stand etwas abseits. Alban benutzte das Gedränge, um zu flüchten, ohne sich von ihr zu verabschieden.

Welch ein Aufatmen, als er allein war! Vor den Toren der Arena standen Männer und Frauen an, um ein giftgrünes Getränk zu schlürfen; ohne Liebende zu sein, tranken sie aus demselben Glas an der gleichen Stelle. Am unteren Ende der Alcálà ließ er Straßenbahnen auf sich zukommen wie Stiere; mit einem Schoß seines Überziehers trieb er Mantelspiele mit Jungfrauen. Auf dem Dach der Banco di Bilbao versinnbildlichten zwei nackte Männer mit Pickelhauben die Hochfinanz. Die Nacht mit Lichterglanz gleich einer Himmelsstadt erhellend, erweckte Unsere Liebe Frau vom Verkehr, die Postkathedrale, den Wunsch, dereinst zur Rechten Gottes zu sitzen.

## Zweites Kapitel

Der Campo de l'Isla Menor, von Sevilla etwa dreißig Kilometer entfernt, dehnte sich, soweit das Auge reichte, bedeckt von saftigem, beinahe dunklem Grün, ein fettes Grasland, von den Überschwemmungen des Guadalquivir gespeist. Tausende gelber Blümchen pünktelten es, die das getäuschte Auge einander naherückte und in der Ferne in eins verschmolz; dort wurde die Fläche zu einem brennendgelben See. In diesem See – eine schwarze Insel – die geballte Herde der Stiere unter dem stillen, dunstigen Himmel, durch den ein weißer Vogel strich.

Alban schob seine Hand unter den Sattelgurt, um sich zu vergewissern, ob er fest genug angezogen sei, und unter diesem Griff, der in der Tat etwas von einer heimlichen Liebkosung hatte, erschauerte die Stute wie eine Frau. Nun rückte er das Kinnband seines hellgrauen, breit- und steifkrempigen andalusischen Hutes mit dem hohen, kegelförmigen Kopf zurecht, band um seine *chaquetilla* (ein kurzes, knapp bis an die Hüften reichendes Bolerojäckchen) ein regenbogenfarbenes Seidentuch, das bei dem heftigen Spiel das Flattern der Schöße verhindern sollte. Dann ließ er den Zügel locker, schwang sich mit einer wiegenden Bewegung, die ihn beglückte, im Sattel vor, und die vier Reiter – der Herzog, Alban und zwei Gäste – ritten in kurzem Galopp auf die Gruppe der Tiere zu.

Es sollte die Tienta vorgenommen werden, eine Prüfung der Jungstiere und Jungkühe, um sie nach dem Grade ihrer Wildheit zu bewerten.

Die Reiter hielten am Rande der Herde. Alban blieb ein wenig zurück. »Reiten Sie nur näher heran«, sagte der Herzog, »es besteht keine Gefahr.« – »Ich will zunächst sehen, wie sich die Herde benimmt«, antwortete Alban, ohne der Aufforderung nachzukommen. Es gehört ein gewisser Mut dazu, sich so verständig zu zeigen. Junge Dummköpfe hätten sich, dessen kann man gewiß sein, bis unter die Hörner gewagt, näher als die Leute vom Fach.

An die hundert zweijährige Stiere und Kühe waren da beieinander, die meisten schwarz, einige semmelfarben, andere schwarzweiß gescheckt. Alle hatten sie den ausgesprochenen La-Cuesta-Typ, nämlich die Hörner ganz genau in der Verlängerung der Rückenlinie, so daß der Kopf kapuzenartig eingerahmt wird, was ihnen ein draufgängerisches Aussehen verleiht und als Merkmal der herzoglichen Zucht gilt. Die Stiere waren von den Kühen durch den bösartigen Ausdruck der Augen ohne weiteres zu unterscheiden. Mehrere der ruhenden Tiere hatten sich beim Nahen der Reiter erhoben. Zwei standen abseits, aneinandergepreßt, als ob eine besondere Freundschaft sie verbände. Alle starrten sie auf die Ankömmlinge, ohne sich weiter zu regen, mit vor Hitze keuchenden Flanken. Die Sonne beglänzte die Grate ihrer Rücken, ihre Hörner, ihre Ohren, die sie auf einer Seite rötlich umrandete, ihre feuchten Nüstern, den Geifer, der aus den Mäulern troff. Und aus der Herde stieg ein allgemeines Brüllen auf, sehr sanft, ziemlich hoch und klagend, nur ab und zu untermischt mit rauheren Lauten, dem Krächzen eines Nachtvogels gleich. Vier Viehzüchter zu Pferde hielten den Haufen zusammen. Andere waren zu Fuß; sie stützten sich, die Hand am Kinn, auf lange Stäbe, in der klassischen Stellung, die auf den schwarzfigurigen Vasenbildern die Heroen mit den violetten Bärten haben. Und sie alle, Menschen und Tiere, waren unbewegt wie Wesen, die in Gemeinschaft mit der Ewigkeit leben.

Der Herzog trieb sein Pferd vor und besprach sich mit dem obersten Viehhüter, den man den Conocedor, den Kenner, nennt. Eine leise Unruhe durchlief die Herde. Einige Tiere stießen brüllend die Hörner aneinander. Eine Kuh kratzte sich mit dem Hinterhuf an der Stirn. Ein Jungstier, von einer Bremse am After gestochen, floh mit erhobenem Schweif.

Wandte man sich im Sattel um, so erblickte man am Horizont meerblau die Sierra de Ronda; schon abgelöst von der Landschaft, war sie zu einem Teil des Himmels geworden. In einem Abstand von etwa dreihundert Metern zitterte eine kleine Estrade mit der wogenden Leinwand ihres gegen die Sonne gespannten Zeltdachs. Dort waren andere Gäste zu sehen. Nun lösten sich Reiter von dort und sprengten auf den Stiertrupp zu. Das Auto, das sie hergebracht hatte, fuhr langsam zurück, wie ein lavierendes Schiff, mitten durchs Wiesenland seinen Weg suchend.

Jetzt trieben zwei Reiter mit Geschrei und Lanzenschwingen eine rote Kuh, ein junges Tier mit rosigem Maul, aus der Masse und jagten sie vor sich her. Sie lief erstaunlich geschwind, hob und senkte den Schweif an der Wurzel, wie Katzen es tun, wenn eine närrische Sucht sie erfaßt. Schnell waren sie bei ihr, einer von ihnen stach ihr im vollen Lauf die Lanze in die Kruppe. Sie überkugelte sich wie ein Kaninchen, alle viere steif in der Luft, so daß die Sonne auf den Hufen glänzte, dann lag sie da mit erhobenem Kopf, ganz lächerlich in ihrem Erstaunen, daß ihr sowas hatte passieren können.

Der Herzog, Alban und einige andere hatten der Verfolgung von ferne zugeschaut. Sie kamen heran, als die Jungkuh sich erhob und der Picador in Tätigkeit trat. Doch war seine Aufgabe heute nicht, wie beim Stierkampf, den Widerrist des Tieres zu schwächen, damit es, wenn der Matador seinen Degen zückt, den Kopf senkt. Diesmal wollte man die Tiere nur werfen, um sie in Wut zu versetzen und dann mit der Lanze ihren Kampfwert zu erproben. Je nach dem Grade ihrer Bösartigkeit sollten die Jungkühe zur Fortpflanzung bestimmt oder als untauglich in den Schlachthof geschickt werden. Und am Nachmittag sollten die männlichen Tiere auf die gleiche Weise einer Prüfung unterzogen werden, um entweder als Kampfstiere erster und zweiter Ordnung eingereiht oder als Schlachtvieh bezeichnet zu werden. Der Herzog war stolz darauf, daß von etwa einem Hundert seiner so geprüften Tiere im Durchschnitt nur vierzig ausgemustert wurden.

Ein einziger Picador arbeitete den ganzen Tag lang, immer auf demselben weißen Pony; es war lammfromm, wie die, auf denen die Kinder in den Zoologischen Gärten reiten. Seine Vorderhand war durch einen ledernen, mit Werg ausgestopften Panzer geschützt. Die Eisenspitze der Lanze war, damit die Stiere nicht ernstlich verwundet würden, nur einen Zentimeter lang, während sie bei der Kampflanze drei Zentimeter beträgt.

Der Picador ritt auf die Kuh zu, sie scharrte fieberhaft, die kleine Aufgeregte, so daß zwischen ihr und dem Picador die Erde aufflog. Da haben wir das weibliche Geschlecht, dachte Alban, was für Geschichten – und nichts dahinter! In der Tat, die Kuh griff nicht an. Der Picador kam so nahe, daß er mit seiner Lanze den Nacken des Tieres streifte. Jetzt stieß sie mit den Hörnern; doch, wie von ihrer eigenen Kühnheit erschreckt, zog sie, kaum daß sie getroffen hatte, den Kopf zurück und warf sich wie ein Pferd, das ausreißt, voller Entsetzen zur Seite. Einer der Reiter sprengte davon und holte sie zurück. Ob sie nun wollte oder nicht, sie mußte sich dreimal das Eisen gefallen lassen. Dann entfernten sich die Reiter voller Verachtung und ließen sie laufen. Eilends trabte sie durch die Wiese von dannen, der Herde zu, wie einer, der froh ist, es überstanden zu haben. Und in ihrer Munterkeit warf sie aufs tapferste und lächerlichste die Glieder: sie hatte sich selber für den Schlachthof bestimmt.

Alban sah ihr nach, wie sie über die weite Fläche dahintrabte, als man ihm plötzlich »Achtung!« zurief. Schon stoben zwei andere Reiter zu beiden Seiten einer neuen Kuh daher. Alban wich aus. Von der Lanze getroffen, stürzte sie und blieb bewegungslos liegen. »Sie haben sie umgebracht«, dachte er. Die Reiter waren abgesprungen und umstanden das liegende Tier, das beim Sturz ein Horn in den Boden gerammt und sich so buchstäblich angenagelt hatte. Plötzlich riß die Kuh sich los und griff im gleichen Augenblick die beiden an, die gerade noch Zeit fanden, sich aufs Pferd zu schwingen. Sie stieß nach allen Seiten. Dieser Leib würde Helden gebären.

»Jetzt Sie!« rief der Herzog Alban zu. Sie ritten zur Herde zurück. Alban spuckte in die Hand, um die Lanze fester halten zu können. Mit diesem drei Meter langen Ding fühlte er sich recht unbeholfen. Er war an den Dreizack der Gardiane der Camargue gewöhnt, der kürzer, leichter und viel handlicher ist. Wenn das verfolgte Tier die Seite wechselt, wirbelt man ihn über dem Kopf in der Luft herum wie ein Indianer seinen Kriegsspeer.

Der Herzog ließ sich ein Tier aus der Herde heraustreiben. Der gleiche Wind blies sie alle drei vor sich her: den Herzog, Alban und die Kuh. Die Stute streckte sich im Galopp, ohne an der Kandare zu reißen. Sie war ein Wunder von Geschmeidigkeit und Schnelligkeit, gefügig und göttlich frei, Alban auf ihr fast unbewegt, aber um dem Galopp nachzuhelfen, mit jenem leichten Auf und Ab im Sitz, das wie die Bewegung der Wollust ist. Zweimal war er nahe daran, mit der Lanze zuzustechen, wagte es jedoch nicht, im sicheren Gefühl des Mißlingens. Doch die vielfältige Anstrengung: sich mit einer einzigen Hand auf dem ungestümen Pferd zu halten, es zu lenken, mit den Augen den Bewegungen der Kuh zu folgen, das Halten der schweren Lanze, das Zielen – all das erschöpfte ihn so, daß er sich endlich entschloß. Der Stoß geriet zu schwach. Die Lanze glitt ab. Die Kuh warf sich herum, das Pferd bäumte sich. Alban mußte es fest in die Zügel nehmen und gewann mit Mühe sein Gleichgewicht wieder, während weiter drüben der Herzog die Gehörnte mit einem Stoß in die Schwanzwurzel schmiß.

Diese Spiele währten wohl eine Stunde. Wenn die zehn Könige von Atlantis sich zum Gericht versammelten, pflegten sie, um sich vorher der gegenseitigen Treue zu versichern, gemeinsam mit Lanzen auf wilde Stiere zu jagen, wie man Platons Kritias entnehmen kann. Auf Kreta sprengten berittene Männer den Stieren nach, warfen sich ihnen an die Hörner, ließen sich fallen und zwangen sie nieder. Alban weiß das alles, es nimmt ihn ganz gefangen, es reißt ihn hin. Dreimal versucht er, ein Tier zu werfen, dreimal mißlingt es. Er ist der erste, der darüber lacht. Die übrige Zeit tummelt er sein Pferd in der Nähe des Picadors, um einer Kuh den Weg zur Flucht abzuschneiden, oder er setzt einer, die das Weite sucht, nach. Zuweilen geschieht es, daß ein Tier in herrlicher Flucht, mit einer plötzlichen Wendung im Kreuz, ihm entgegenrast. Nun ist's an ihm zu fliehen, seine Züge werden ernst und gespannt, mit Absicht gewinnt er nur einen mäßigen Vorsprung – wie lustig, wenn die Hörner beinahe die Beine der Stute kitzeln und hinter ihm, zwischen ihr und dem erbosten Tier, die Lanze hüpfend über die Grasbüschel streift!

Der Tag war schon heiß geworden, als man aus der Ferne ein Auto auf die Estrade zufahren sah. Die Herzogin und ihre Tochter kamen zum Mittagessen. Schon ritten die Reiter im Schritt zurück. Alban folgte ihnen ganz zuletzt, er war düster gestimmt. In dieser freien, kräftigen, gesunden Luft sollte nun wieder das mondäne Getue beginnen.

Schmach und Gelächter! Inmitten von Weidegründen und wildem Getier tat sich ein Salon auf. Während die Diener am Fuße der Estrade zwei Tische deckten, wurden die Herren vorgestellt. Da war ein Journalist aus Sevilla, ein Engländer, eine Kreuzung zwischen Jockey und Seminarist, ein junger Herr aus Paraguay, mit einer Nelke im Knopfloch, Sechserlocken und aufsehenerregender Reithose, den man aber den ganzen Tag nicht zu Pferde sehen sollte. Alban hielt sich abseits. Er wurde noch verstimmter, als man Platz nahm. Die vom Herzog eingeladenen Ausländer saßen mit dem Herzog und seiner Familie zusammen; die Einheimischen, die immer an der Tienta teilnahmen, bildeten einen Tisch für sich.

Unweit verscharrte ein Windhund ernst und traurig seine Exkremente. Alban hatte sich diesen Galgo gekauft, er war schwarz bis auf die vier weißen Füße. Die Brust war muskulös wie bei Männern; die gegen das Ende ein wenig gebogene Schnauze erinnerte an die schönen Profile der Mauren. Alban liebte es, daß sein Galgo in keiner Weise knechtisch war (außer bei den Mahlzeiten, wo die Tiere schamlos alle Haltung aufgeben). Er liebte es auch bis zu einem gewissen Grade, daß sein Galgo ihn nicht liebte.

Während Alban mit dem Engländer dummes Zeug schwatzte, begann er sich einer beunruhigenden Tatsache bewußt zu werden. Die Einheimischen an ihrem Tisch behielten wegen der prallen Sonne alle den Hut auf, am Tisch des Herzogs war man der Damen wegen barhäuptig. Ein Unbehagen, eine Übelkeit, mehr nervös als tatsächlich, überkam ihn. »Werde ich es drei Viertelstunden unter dieser Sonne aushalten? Wenn ich nun einen Sonnenstich bekomme? Oder auch nur eine Migräne, die mir den ganzen Tag vergällt?« Man erinnert sich, daß Alban einer sonderbaren Schwäche der Kopfnerven wegen seinen Schulbesuch hatte unterbrechen müssen.

Ein Gang folgte dem anderen. Alban hörte zu reden auf, nur noch imstande, auf den Augenblick zu lauern, da er, alle Scham vergessend, um die Erlaubnis bitten würde, den Hut aufzusetzen. Unseliges Geschick! England und Lateinamerika vermochten auszuhalten, was er, der junge Franzose, nicht aushielt. Ja, der richtige Franzose war er, der kleine, intellektuelle Frosch, der nur noch im Hirn Blut hat, der aus seiner Schreibstube kommt und die Natur nicht mehr vertragen kann! Er sah, wie Englands Schädel sich rötete; doch England hielt durch. Und gar Lateinamerika, das hatte einen Haarwald, der bis zum Kragen hinunterreichte und es trefflich schützte.

Alban aß nicht mehr: Essen steigert die Hitze. Er trank nicht mehr: der Manzanillawein, mit dem sich nicht spaßen läßt, hätte schnell sein Unheil besiegelt. Da er beharrlich schwieg, hatten England und Lateinamerika sich von ihm abgewendet. Er saß stumm an einem Ende der Tafel, erdrückt von seiner eigenen Stummheit, und mit jedem Augenblick dieser Stummheit dachte er mit wachsendem Entsetzen an jenen anderen Augenblick, da er die Stimme erheben müßte: »Verzeihen Sie ... ich bin nicht daran gewöhnt ... gestatten Sie mir, den Hut aufzusetzen ...« – Wie, was ist los? Wo kommt denn der her? – Ah, das ist nur der kleine Franzose, das Bürschlein, das man beinahe vergessen hätte, so belanglos ist es. Er wird ohnmächtig wie ein Weib. Aber natürlich, selbstverständlich, er soll nur den Hut aufsetzen! Von einem kleinen Frosch verlangt man keine Höflichkeit.

»Erbärmliche Frauenzimmer«, dachte er, »immer sind sie dabei, den Männern Böses zu tun, den Männern, die doch einen Wert darstellen. Und was steckt denn in dieser Soledad, die nur erscheint, um mir zu schaden?« Und er wünscht sich, daß ein verirrter Stier plötzlich an der Ecke der Estrade auftauche. Die Männer werden schnell aufspringen, aber die Frauen werden sich in ihren Kleidern verfangen und gleich der heiligen Blandine – was nur recht und billig ist – aufgespießt werden. Der Augenblick war da. Zuerst fühlte er eine Beklemmung, eine Art Krampf, so daß er an seinen Kragen griff, um sich Luft zu machen. Kaum hatte er wieder Haltung gewonnen, als beim Klang seiner Stimme, den man schon gänzlich vergessen hatte, sich sechs erstaunte Augenpaare auf ihn richteten: »Verzeihen Sie ... ich bin nicht daran gewöhnt ...« Man überbot sich in Entschuldigungen. England und Lateinamerika, die siegreichen *deadheats* in diesem Match, holten nun auch ihre Kopfbedeckungen herbei und gestanden, daß ihnen ebenfalls heiß gewesen war.

Während der ganzen übrigen Mahlzeit haderte Alban düster mit seinem Geschick. Ach, warum liege ich nicht schmatzend auf dem Bauche im Gras wie die kleinen Straßenbengel, die – dreißig Kilometer zu Fuß – von Sevilla hergelaufen sind, in der Hoffnung, mit den Stieren der Tienta ein paar *Pases** zu machen! Oder warum bin ich nicht wenigstens an dem anderen Tisch bei den mutigen Reitern! Die sprechen doch wenigstens immerzu von Stieren. Doch der Herzog, der vor den Ausländern nicht als Viehhirt gelten wollte, gab dem Gespräch die Wendung zur hohen Politik. Da Alban das alles nicht interessierte und er die Zeitung nur flüchtig zu lesen pflegte, beschränkte er sich wohlweislich auf Fragen. Was war doch nur gleich nach Mister Bruces

* Pase = unübersetzbarer Ausdruck für den Schwung des Mantels (Capa) oder des roten Tuches (Muleta), mit dem der Torero den Stier an sich vorbeilockt.

Dafürhalten die wahre Bedeutung der englischen Wahlen? Am anderen Ende der Tafel knabberte Soledad Süßigkeiten und leckte sich die Finger, genauso (dachte Alban), ja ganz genau wie ein Äffchen.

Es war ein schöner, seltsamer Augenblick, als plötzlich in einer Entfernung von zweihundert Metern ein Dampfschiff in der Wiese auftauchte, durch die es majestätisch dahinzog. Der unsichtbare Guadalquivir! Nie hätte Alban vermutet, daß da drüben ein Strom fließe, den nichts, aber auch gar nichts verriet, so daß das Schiff mit seiner Rauchfahne wirklich und wahrhaftig das Gras zu durchschneiden schien. Ein Wunder, das übrigens in diesem Zauberlande natürlich erschienen wäre.

Sowie man sich von Tisch erhob, entfernte sich Alban von den herumstehenden Gruppen. Es drängte ihn, in der Gesellschaft seiner Brüder, der Tiere, zu sein. Jetzt sollte nicht mehr mit Kühen gekämpft werden, sondern mit den hochgesinnten Stieren. Endlich eines Mannes würdige Gegner.

Die Pferde waren am Fuße der Estrade angebunden, sie tanzten wie angekettete Barken – die Pferde, verschlagen unter ihren langen Wimpern, immer unbändig, wenn man sie besteigen will, immer halb tot, wenn sie uns zum Bahnhof bringen sollen. Da gab es englische Vollblüter, die zur Tienta abgerichtet waren, wie andere zum Polo, dann die einheimischen Jacas, arabisches Mischblut. Jedes hat sein Laster, das eine wackelt wie ein Bär, das andere schnalzt mit einer Hängelippe wie ein Idiot, das dritte kaut seinen Zaum, das vierte leckt dreimal mit der Zunge nach der Brustleine, beißt darauf und zerrt prustend daran, leckt wieder dreimal, beißt wieder und so fort, ohne Aufhören. Keines hatte einen Kappzaum.

Von einem dieser Pferde sagte einer der Gäste, namens Ramon, zum Verwalter des Herzogs:

»Wer mit denen da fertig wird, der kann reiten.«

Das Pferd von andalusischer Rasse war trefflich gebaut, hatte eine Schafsnase und eine runde, abfallende Kruppe. Die natürliche Rundung des Halses wurde noch betont durch den Schnitt der Mähne: in der Mitte hoch, an beiden Enden kurz gestutzt. Das Tier lugte ängstlich zur Seite und zeigte das Weiße des Auges. Eine Lederfranse fiel ihm in die Stirn wie Haarsträhnen einem ungezogenen Jungen. Über seinen Bauch lief eine lange Ader. Und auch auf seiner Schnauze war eine Ader, sanft wie jene, die den Hals singender Frauen schwellt.

»Erlauben Sie, daß ich es versuche?« fragte Alban, der, durch sein Mißgeschick herabgestimmt, das Bedürfnis fühlte, sich als Mann zu bewähren. Überdies erregt jedes Pferd in ihm die Lust, es zu reiten. Es ist ein unbekanntes Etwas zum Erforschen und Unterwerfen, eine etwas unsichere Sache, wie wenn man eine neue Geliebte nimmt.

Noch saß er nicht im Sattel, da warf Cantaor – so hieß das Pferd – sich schon zur Seite. Alban begann den Angriff, indem er ihm mit aller Muskelkraft das Maul zersägte. Ein wenige Augenblicke währender Kampf.

»Nein, nein, nein! Du sollst deinen Willen nicht haben! Daß du etwas willst, genügt schon, damit ich es nicht will. Ich verfüge über alle deine Kraft. Was immer du tust, hörst du, das tue ich, nicht du.« So sprach er zu ihm mit seinen eigensinnigen Beinen und seinen harten, tückischen Händen. Indem er dem Tier die Sporen in die Flanken hieb, durch bloße Gewalttätigkeit – er ritt wie ein Wilder, doch nicht ohne Wirkung – brachte er es vorwärts. Als er auf diese Weise zehn Meter zurückgelegt hatte, glaubte er, ihm genügend den Meister gezeigt zu haben, und zwar aus dem einfachen Grunde, weil er nicht die Kraft in sich fühlte, es noch weiter zu beherrschen. So ließ er es denn umkehren.

Schnell sprang er ab. Er hatte so heftig an den Zügeln gezogen, daß ihm der Ring an seinem Finger ins Fleisch gedrungen war: ein wenig Blut trat hervor.

»Genug«, sagte er zu Ramon. »Ich übergebe Ihnen dieses Ungeheuer von Bösartigkeit, damit weiß ich doch nichts anzufangen.«

»Aber Sie haben schon mehr damit angefangen als andere!«

Soledad! Soledad hatte den Mund aufgetan.

»Mein Vetter aus Alcaya wollte dieses Pferd reiten und wurde sofort abgeworfen. Sie sind energisch«, sagte sie zu Alban und sah ihn offen an.

Der junge Mann war verblüfft. Noch nie hatte Soledad ein Wort zu ihm gesprochen. Und plötzlich drang dieses Lob in ihn ein und löste alles. Er fühlte Sympathie für sie.

Er hatte die Zügel des Pferdes, das seinen Ärmel mit Schaumküssen bedeckte, um seinen Arm geschlungen. Mit der Natürlichkeit eines Menschen, der sich stark genug fühlt, die Wahrheit zu sagen, selbst auf die Gefahr hin, daß sie ihn in ein schlechtes Licht bringt, sagte er:

»Ich habe das Pferd auf zehn Meter gebändigt. Aber noch zehn Meter weiter hätte ich es nicht gebracht.«

»Wirklich?«

Sie gingen an den Tisch zurück, wo der Kaffee schon kalt wurde. Die Reiter lispelten in andalusischer Mundart, einer lässigen, gleitenden, undeutlichen Sprache, in der man die Konsonanten verschluckt, weil sie ein wenig Mühe erfordern, was wohl auch die Vögel in ihrer Sprache tun. Wie taktvoll und reizend sie waren: unaufhörlich lachend zeigten sie ihr ganzes Gebiß, diese göttlich regelmäßigen, blendenden Zähne in den männlich gebräunten Gesichtern, die durch die große weiße Fläche der Hemdbrust ohne Krawatte noch dunkler wirkten. Ihre angeborene Anmut wurde durch die diesem Volke eigene Gefallsucht erst ins rechte Licht gesetzt: von Natur *»flamencos«**, hielten sie darauf, es zu bleiben.

Diese Atmosphäre von Geplapper, die er eine Viertelstunde vorher abscheulich gefunden hatte, war ihm jetzt angenehm, da er unter ihnen mit einiger Ehre bestand. Er saß da und schlug die Beine übereinander mit der Unbekümmertheit des Siegers. Es war ihm noch nie in den Sinn gekommen, daß man ihn für energisch halten könnte. Aber das junge Mädchen hatte ihm gesagt, daß er es sei, und jetzt, den Teufel auch, fühlte er sich energisch und war von dem primitiven Stolz des Mannes geschwellt, der bewundert wird, weil er stark ist.

Das Fett der Pferdeflanken hatte eine weiße Schicht an der Innenseite seiner Hose abgesetzt, die oben von Zahones bedeckt waren, einer Art ledernen Schenkelschutzes gegen Kälte und Regen, ähnlich dem der Cowboys. An seinen Sporen hafteten noch blutige Fleischfetzen und braune Haare. Er zeigte auf die Knöpfe, die am unteren Teil der Zahones in der Wadengegend als Schmuck angebracht waren; in jeden war eine kleine Medaille eingelassen.

»Das sind antike griechische Münzen aus Marseille. Auf einigen ist ein bartloses Gesicht mit einem Stierhorn auf der Stirn, es ist das Sinnbild unseres Rhônestromes. Einige zeigen einen schreitenden Stier. Einige wieder einen mit den Hörnern stoßenden Stier. Seit jeher ist in unserem südlichen Frankreich der Stier ein heiliges Tier. Meine Eltern schenken mir jedesmal eine solche Münze, wenn ich Erster bin ...«

»Wirklich?« fragte sie und beugte sich vor, um sie anzusehen.

---

* »Flamenco« ist einer, der die andalusische Lebensart, den andalusischen Schick hat.

Die natürliche Bewegung wäre gewesen, die Münzen in die Hand zu nehmen, um die feine Arbeit aus der Nähe zu betrachten, und ganz gewiß mußte sie sich zwingen, es nicht zu tun. »Wie zurückhaltend sie ist!« sagte er sich anerkennend. Und er mußte an ein junges Mädchen aus der besten Pariser Gesellschaft denken, die ihm bei einem Kotillontanz die Hand auf den Schenkel gelegt und sie dort gelassen hatte.

»Caballeros! In den Sattel, bitte!« rief der Herzog.

Sie erhoben sich, streiften das Sturmband wieder übers Kinn, schnallten die landesübliche Decke auf das Kissen hinter dem kastanienbraunen, mit weißem Molton eingefaßten Sattel. Ein Pferd riß mit erhobenem Kopf aus und blieb dann von selbst wieder stehen. Die Hunde, diese ewigen Störenfriede, schnüffelten bei diesem Aufbruch zum Kampf herum.

»Wie langweilig, daß ich bei diesen Leuten bleiben muß!« sagte sie. Damit meinte sie den Amerikaner und den Engländer. »Gewöhnlich mache ich die Tientas an der Seite meines Vaters mit, aber heute bin ich müde.«

Er hatte Lust zu erwidern: »Ich will Ihnen ein wenig Gesellschaft leisten«, doch nein! die Stiere waren ihm trotz alledem noch lieber.

Plötzlich hatte er einen Einfall:

»Ich reite auf Cantaor zu den Stieren.«

»Oh, aber Sie sagten doch eben, daß Sie ihn keine zehn Meter weiterbringen würden!«

»Ich will es versuchen.«

»Nun, ich glaube, es wird Ihnen gelingen. Übrigens ... ich werde Ihnen zusehen«, setzte sie mit einem Lächeln hinzu.

»Ich bezweifle, ob das genügt.«

Die Unhöflichkeit war heraus. Es war die augenblickliche Reaktion auf dieses Lächeln, auf dieses ›Ich werde

Ihnen zusehen‹. »Sollte sie etwa kokett sein? Sie, die mir vor fünf Minuten so zurückhaltend schien?«

Ramon war einverstanden; er würde wieder die Stute nehmen. Sie gingen auf Cantaor zu. Mit ihren runzligen Lippen, mit den behaarten Warzen um das Maul wirkte sie wie eine alte englische Gouvernante, ach, sah das Tier widerlich aus! Es fuhr auf, wenn man mit der Hand nur den Ansatz des Schenkels berührte, dort, wo die Haare die Richtung wechseln wie Eisenspäne unter der Wirkung des Magneten. Alban verlängerte die Steigbügel mit den breiten Sohlen, um sich mehr der Reitart der Camargue anzupassen. Da drüben ritten die Reiter dahin, die Sonne prallte auf das Glanzleder der Zahones wie auf einen Spiegel. Und hinter ihnen blieb in der heißen Luft der kräftige Geruch der Pferde.

Alban ließ sich sanft in den Sattel gleiten, das Tier schauerte zusammen und senkte die Hinterhand, doch ohne einen Sprung zu machen. Nur seine Ohren vollführten einen rasenden Tanz. Es fürchtete sich vor Alban, und Alban fürchtete sich vor ihm; er benahm sich zugleich ängstlich und prahlerisch. »Jaca! jaca!« redete er ihm listig zu. Er bog die Zügel, um es zum Wenden zu bringen; er bediente sich, mit der Schwierigkeit spielend, dabei nur einer Hand. Es stieg in die Höhe. Er mußte sich am Sattelkissen festhalten.

Und wieder bohrten sich die Sporen ein, preßten sich an, bis ihm die Muskeln vor Anspannung zitterten, das Tier zog sich vor Schmerz zusammen, die geballte Faust schlug auf die Flanke los, sein ganzes Wesen litt, daß er nicht noch mehr wehtun konnte. Welche Lust, hart zu herrschen! Jetzt setzte sich das Tier springend in Bewegung. Alban, entfesselt, zog vor Übermut die Füße aus den Bügeln. »Die Achaier, Bändiger der Rosse ... Die Achaier, Bändiger der

Rosse«, klang es in ihm wie ein sich wiederholender Gesang, und dieses Wort Homers setzte ihn in ein großes Erbe ein, gab ihm eine mythische Vorstellung seiner selbst. Endlich stand Cantaor, an allen Gliedern unter der erlittenen Schmach zitternd. Und dann, mit Hilfe Albans, setzte er sich mit zurückgelegten Ohren in Galopp, der Herde zu. Mit jedem Augenblick ging das Pferd mehr durch. Alban saß vornübergebeugt, die Zähne zusammengebissen, das ganze Gesicht verbissen; er sah schon den Augenblick kommen, da nicht mehr er das Tier regieren würde, sondern das Tier ihn. Und schon strengte er sich mächtig an, seitlich abzubiegen. Der Reitertrupp dort drüben rückte dem Auge immer näher. Unter der Glutsonne – es war zwei Uhr nachmittags – hielt die ganze Gruppe unbeweglich still, nur die Schweife der Pferde regten sich. Cantaor kam an, brach in diese Masse ein, die mit Geklirr von Kinnkette und Sporen sich hin und her stieß, wie Wellen in einer kleinen Felsbucht, wenn draußen auf hoher See ein großes Schiff seine Furche zieht.

Alban ritt, selig entspannt, im Schritt zurück, doch verfehlte er nicht, Cantaor gut zwischen die Schenkel zu nehmen und sich auch jeden Augenblick mit der Hand der Gefügigkeit des Tieres zu versichern. Er tätschelte es sanft, erzählte ihm mit väterlicher Stimme tausend Geschichten; doch wünschte er fast, um der Wollust des Kampfes und der Züchtigung willen, es möge wieder bocken. Dieses Gefühl männlicher Kraft, das ihn erfüllte, hatte er nie in seinem Leben ähnlich empfunden. Seine Beine kamen ihm wie ein Schraubstock vor, er hätte sich getraut, sogar die Gorgo mit ihnen zu meistern. Und all das hatte dieses Mädchen getan. Immer hatte er sich gegen die ritterlichen Begriffe des Mittelalters feindselig gestellt. Der Edelmann, der eine Heldentat für seine Dame vollbringt, schien ihm eben dadurch die

Tat zu entwerten. Diese Süßlichkeit verletzte ihn; er haßte die Auffassung, die den Mann, den starken, vernunftvollen Mann, unter die Oberherrschaft der weiblichen Schwachheit stellt. Sein Ideal war die antike Welt, welche die Galanterie nicht kennt. Und jetzt mußte er unter der Gewalt der Wirklichkeit innewerden, daß dieses Klischee wahr war, wie vermutlich die meisten Klischees. Um die Bewunderung einer Frau zu erringen, noch dazu einer Frau, in die er nicht einmal verliebt ist, verzehnfacht ein Mann seine Tapferkeit. In kurzem Schritt dahinreitend, das Hemd von Schweiß durchtränkt, die Hand graziös in die Seite gestemmt – und bei jeder Bewegung knurrt der Sattel wie ein hungriger Magen –, entdeckt Alban, Schüler der Prima, im Campo Sevillano die kulturelle, die heldenschaffende Rolle des Weibes.

»Olé!« rief sie. »Das Ungetüm ist gebändigt. Doch Sie können nicht leugnen, daß ich ein wenig dabei mitgewirkt habe.«

Noch vor einer Viertelstunde hätte Alban gegen diese aufreizende Beharrlichkeit heftigen Einspruch erhoben. Jetzt sagte er nur als wahrheitsliebender junger Mann:

»Ja, es stimmt, Sie haben ein wenig dabei mitgewirkt.«

Und ihm, dem Wildling, der sich in die alte Tradition der Galanterie zurückgefunden hat, ist es nicht unangenehm, sich den anderen gleich zu fühlen.

Das Zeltdach der Estrade klatscht im Wind wie ein Segel auf hoher See. Der Galgo schläft im Gras, die Schnauze auf dem Schwanz, zusammengerollt gleich der mystischen Schlange, dem Sinnbild der Zeit, die weder endet noch beginnt. Soledad hat sich erhoben und reicht von der Erhöhung – dort gibt es Korbstühle, Blumen, Wein und Zigaretten – dem jungen Mann eins jener kleinen, bauchigen Gläser, in denen man den Manzanillawein kredenzt. Dann trinkt sie und macht beim Trinken ein erstauntes Gesicht. Wie romantisch! Der Knabe zu Pferd, der Bändiger der Rosse, und das Mädchen, einer Frucht gleich, auf die Rampe des blumengeschmückten Balkons gestützt, und er spricht zu ihr. Cantaor unter ihm wogt sanft wie eine Barke und zäumt sich bei, ein Zeichen der Beruhigung. Ewiges Hochgefühl des Reiters, der zu einem Wesen zu Fuß spricht; doch was bedeutet das neben dem wahren Wein, den das Mädchen ihm einschenkt, dem Bewußtsein, daß sie ihn achtet, daß er ihr gefällt!

Am anderen Ende der Estrade unterhielt der Journalist die Herzogin. Der Herr aus Paraguay stand ein Stück weiter unten mit den Aficionados, die aus Sevilla gekommen waren. Neben Soledad war nur der Engländer; er zählte nicht für sie; doch immerhin zählte er genug, damit der Schein gewahrt würde und es nicht hieße, sie seien miteinander allein.

Alban reichte ihr das Glas zurück und ließ seine Hand auf dem Geländer liegen. Sie lehnte sich daran, und er, der das Holz berührte, an das sich das Mädchen lehnte, hatte das Gefühl, als ob er sie selber berühre. Er saß im Damensitz, um sich auszuruhen; ganz nahe auf der Estrade sah er ihre kleinen Füße vor sich. Er hatte sich immer gegen den poetischen Reiz kleiner Füße gesträubt, die nach seiner Ansicht bloß eine bedauerliche Gebrechlichkeit waren, aber jetzt bewunderte er sie. Er bewunderte auch ihre braunen, gepolsterten Händchen, nicht größer als die eines zwölfjährigen Kindes, und die spitzen Finger. »Sie war da«, dachte er, »und ich wußte es nicht, wie Sterne, deren Licht noch nicht bis zu uns gelangt ist.«

Ganz offenherzig, mit der plötzlichen Vertrauensseligkeit eines jungen Menschen – doch jeden Augenblick bereit, sich in sich zurückzuziehen, noch hochmütiger zu sein als sie, falls sie Anstalten machen sollte, ihn von oben herab zu behandeln – sagte er zu ihr:

»Wie habe ich auf Sie geflucht, als Sie mir damals in Madrid in der Loge die Aussicht auf den Stierkampf verdeckten! Und eben noch, als ich glaubte, durch Ihre Schuld am Sonnenstich sterben zu müssen. Doch jetzt mag ich Sie, weil Sie mich gelobt haben.«

Cantaor rupfte mit einem knirschenden Laut einen Grasbüschel ab und behielt ihn eine Weile zwischen den Zähnen, wie um sich zu überlegen, ob er ihn fressen solle oder nicht. Alban hatte das Geländer losgelassen und hielt nun eins der Sonnensegel, das sich gelockert hatte, an der Schnur fest. Der Wind blies die Leinwand auf, sie war gespannt wie ein Trommelfell, und der junge Mensch mußte alle Kraft zusammennehmen, um sie zu halten. Ihm war, als ob er gegen den ganzen Wind der Prärie ankämpfte, und er wunderte sich, daß er seiner nicht Herr wurde.

Soledad antwortete nicht. Ihr Blick folgte den Stieren, die, sobald sie die Probe hinter sich hatten, von der Herde wegtrabten, sich aufs Geratewohl in die Einsamkeit verloren, wieder schweifende Fürsten der Ebene wurden.

»Wie hübsch das ist, finden Sie nicht?« sagte sie. »Die Stiere meines Vaters sind hübsch, nicht wahr?«

Und sie hätte doch an dieses Schauspiel gewöhnt sein müssen! Wieviel Frische war in ihr, in ihr wie in dem ganzen andalusischen Volk!

Alban schaute nach etwas anderem. In der Ferne war ein Dunstschwaden, ein Zittern, wie der Schein, der um eine Gasflamme wabert. Eben hatte er es über der Herde gesehen und es für die Lebensgeister der Tiere gehalten. Doch jetzt zitterte es an einem anderen Punkt des Horizonts. Es sah aus wie ein unablässiger Wellenschlag des Grases.

»Was ist das?« Sie wußte es nicht. Vielleicht der Wind, aber eher noch die Hitze.

»Sehen Sie«, sagte er, »wie seltsam das ist. Alles zittert. Die Ferne zittert. Das Zeltdach zittert. Ein Schauer – sehen Sie – läuft über die Haut Cantaors. Mein Galgo – sehen Sie – er hat ein Zucken im rechten Hinterschenkel, das niemals aufhört, selbst wenn er schläft. Wie das ewige Auf und Nieder des Meeres. Und Sie wissen, in diesem Augenblick schauert die Flanke der Stiere gegen die Fliegen. Haben Sie niemals solch ein Schauern in sich verspürt?«

Sie lachte, ohne diese Gymnasiastenliteratur zu verstehen, vielleicht wollte sie ihn nicht verstehen.

Albans Miene verdüsterte sich, denn Ramon kam heran.

»Darf ich Cantaor wiederhaben?«

Er wollte sich von der Estrade entfernen, um abzusteigen. Doch Soledad sagte: »Der brave Cantaor! Eigentlich ist er eine *buena persona*. Nicht wahr, Cantaor?« Sie beugte sich nieder, nahm seinen Kopf zwischen ihre Hände, und ohne auf den warnenden Ruf »Vorsicht!« der beiden zu achten, fand sie gerade noch Zeit, einen Kuß auf seine Nüstern zu drükken. »Oh«, sagte sie mit weit geöffneten Kleinmädchenaugen, »wie süß!« Und Alban schien es, daß sie der Herzogin einen verstohlenen Seitenblick zuwarf, als habe sie etwas Unrechtes getan.

Diesen Kuß hatte *er* empfangen. Ihm hatte sie ihn gegeben. Hatte er sie nicht berührt, nur dadurch, daß er mit seiner Hand über das Geländer der Estrade strich? Er war bis ins Innerste verbrannt. So verbrannt, daß er meinte, dieses Geständnis sei von allen mit angesehen worden, so daß er zu einer Erklärung verpflichtet sei – und, ohne auf Ramon oder das junge Mädchen einen Blick zu werfen, schwang er sich rasch auf seine Stute und trabte davon, den Stieren zu. Beim Vorbeireiten sah er auf Cantaors Flanken große, blutige Kreisbogen, die fast bis zum Rücken hinaufreichten; das Fleisch lag bloß, wie bei den zerhackten Köpfen der Kampfhähne: die Spur seiner Sporen. Und es war ihm, als ob das, was er in seiner Brust empfand, purpurn sei wie dies.

Ein gejagter kleiner Stier, dunkelrot wie patiniertes Leder, galoppierte auf ihn zu. Auf einmal schlug er unvermutet einen Haken; der Reiter, der ihn zur Linken bedrängte, war verloren. Plötzlich entschlossen, machte Alban, den nach dem Ungeheuer, das er geritten, der Gehorsam seiner Stute berauschte, nur mit einer Hand eine Schwenkung nach rechts, trieb die Stute an, hob sie geradenwegs auf die Bestie zu. Die Hörner waren vorbei, als er sie erreichte, seine Lanze bohrte sich in die linke Keule des Tiers, das überrumpelt das Gleichgewicht verlor und in die Knie stürzte. Zwar war es rasch wieder auf den Beinen, aber Alban hatte indes einen Vorsprung gewonnen. Zum erstenmal an diesem Tage war es ihm geglückt, ein Horntier zu werfen. Und es war ihm nur um Soledads willen gelungen.

Alban neigte zu Schwindelanfällen; doch hätte man in diesem Augenblick von ihm verlangt: »Gehen Sie auf der Dachkante dieses sechsstöckigen Hauses spazieren«, er hätte es vermocht. Er fühlte, er wußte, daß er alles vermochte, er war in einem übersteigerten, beinahe hypnotischen Zustand, wie jemand, der ein fabelhaftes Rezept entdeckt hat und, indem er es auf alles anwendet, der Herr der Welt wird. Dieses Rezept aber lautet: Für den Mann, der eine Frau hinter sich fühlt, ist nichts mehr unmöglich.

Er beobachtete den kleinen Stier, der munter auf den Picador losging, sich in das Eisen stürzte. Stier! Kleinod! Liebling! wie gern möchte ich dich töten! – *Ahora!* Ja, der Augenblick war gekommen. Als der Stier die üblichen drei Lanzenstiche empfangen hatte, kamen, da er kühn und ohne Tücke war, vom Fuße der Estrade her die Stierbegeisterten gelaufen, um mit ihm einige *Pases* zu machen. Alban hielt einen von ihnen an. In diesem Lande gilt noch der Standesunterschied. Der Mann ließ sich, ohne Einwendungen zu machen, die *»Capa«* abnehmen und statt dessen die Zügel des Pferdes in die Hand legen. Ohne sich umzusehen, schritt Alban geradenwegs dem Stier entgegen und lenkte ihn durch Stampfen und Rufen auf sich.

Er war etwas benommen, als der Stier nun auf ihn zuraste, und begnügte sich zunächst damit, sich mit der Capa zu verteidigen, indem er sie ihm hinhielt und beiseite sprang; es war nicht gerade schön. Doch dann, als er sah, wie gefügig der Stier auf den Köder ging, gewannen seine tanzenden, fliehenden Beine allmählich festen Stand, schlossen sich eng aneinander, und unbewegt und tadellos vollführte er den Mantelschwung, der Veronika genannt wird. Der Stier kam wieder zurück, ohne daß er ihn zu rufen brauchte. Alban war jetzt ganz kühn geworden; sich in den Hüften drehend, sich auf die Fußspitzen hebend, führte er den Schwung noch einmal aus. Und noch ein drittes Mal, von Wollust durchschauert. Doch nun warnte ihn ein heimliches Etwas seiner Natur, daß dies allzu gut sei, daß er sich damit begnügen müsse, daß er das Glück nicht weiter versuchen dürfe. Er beendete die Reihe der *Pases* ein wenig ungeschickt; denn er war aus der Übung. Den regungslosen kleinen Stier vor ihm, mit dem Kopf eines wütenden zerrauften Babys, fand er so drollig, daß er ihm die Backe hätte streicheln mögen: »Kleiner, schau! ja, ja, Lieber du!« Dann ging er, gehoben von göttlichem Selbstgefühl.

Der Herzog und einige andere, die zu Pferde einen Kreis gebildet hatten, waren ehrlich erstaunt. Berauschend, berauschend, berauschend, wenn man in den Augen der Tüchtigen das Licht entflammt hat, plötzlich entflammt, wie wenn man auf einen elektrischen Knopf drückt – das Licht, das er in ihren Augen glänzen sieht –, das Licht der Bewunderung. *»Que alegria!«* »Welche Freude!« ruft der Herzog, und Alban ist gerührt. Ja, das ist's, der Herzog und die anderen haben sich gefreut, etwas zu sehen, das Wert hat. Wie lange haben sie gedauert, diese drei Schwünge – nicht einer mehr –, diese drei Schwünge, die Wert hatten? Zwölf Sekunden ungefähr. Aber in diesen zwölf Sekunden hat Alban mit diesen Männern, denen er mißtraute, einen Liebesbund geschlossen. Und er, er hat in diesen zwölf Sekunden begonnen, für sie vorhanden zu sein.

Alban hatte, wie alle, deren Stolz sich in den Tiefen verbirgt, eine bescheidene Art des Triumphierens. Ein anderer hätte sich vorgedrängt, nur noch er wäre dagewesen. Er aber gibt den Mantel zurück, besteigt sein Pferd und macht sich unsichtbar. Das tut er, wie wir gesehen haben, auch aus einer in seinem Alter nicht gewöhnlichen Klugheit: laufen wir nicht Gefahr, indem wir des Guten zuviel tun wollen, das so schön errichtete Ruhmesgebäude zu zerstören? Und er vermeidet es, zur Estrade zurückzukehren, aus mancherlei Gründen: damit Soledad auf ihn wartet, damit es nicht aussieht, als ob er um neues Lob betteln wolle – und auch, weil er sich verwirrt fühlt, seitdem sie das Pferd und damit ihn geküßt hat.

Er denkt zurück an diesen Kuß. Dort sieht er Cantaor mit Ramon. Was ficht ihn an? Ist es nicht eine Art Eifersucht? Das Pferd, das *sie* geküßt hat, in den Händen eines anderen... In einem plötzlichen Impuls will er das Pferd auf die Nüstern küssen, auf die Stelle, die sie geküßt hat. Er galoppiert auf Ramon zu, der ihm zuruft (er war eben nicht dabeigewesen; doch hatte sich das Gerücht verbreitet):

»Holla! Es scheint, daß Sie in der Veronika ein wahrer Cochero sind!«

»Wenn dem so ist, belohnen Sie mich dafür! Leihen Sie mir Ihr wildes Tier noch einmal!«

»Das ist ja eine wahre Leidenschaft!«

Ramon nimmt die Stute zwischen die Beine und reitet auf Stierjagd. Alban hält Cantaor und schickt sich an, ihm die Augen zu verbinden. Das Pferd hebt den Kopf, wehrt sich. Und plötzlich – keiner weiß, wie es geschieht – hat Alban es losgelassen, und schon ist es auf und davon.

Lächerlicher Augenblick! Zum Glück ist ein Junge da. Zwischen Alban, der ihm nachläuft, und dem Jungen, der ihm den Weg versperrt, macht Cantaor einen Seitensprung und wirft sich Alban entgegen, dem es zum Glück gelingt, ihn aufzuhalten.

»Muchacho! Verbinde ihm die Augen, ich will ihn festhalten!«

Er drückt ihm mit der Hand die Nüstern zusammen, und als es soweit ist, springt er auf. Alles geht gut. Doch plötzlich, ein furchtbares Aufbäumen, das Pferd steht steil auf der Hinterhand. Alban, ganz aus der Fassung gebracht, verliert das Gleichgewicht, greift nach der Mähne, wird aus dem Sattel gehoben. Das Pferd reißt aus, der Reiter wälzt sich am Boden.

Er steht auf, fühlt keinen Schmerz. Dort machen Männer Jagd auf das Pferd.

»Er hatte Angst vor meiner Muleta*«, sagt das Bürschlein. Als Cantaor die Augen verbunden wurden, hatte das Bürschlein – eigentlich war er gerade so alt wie Alban – das, was es seine Muleta nannte, zu Boden geworfen. Es war eine Art Lumpen, der aussah, als hätte man ihn in Johannisbeersaft getunkt, hier rosa, dort rötlich. Daneben lag ein

* Die Muleta, ein rotes Stück Stoff, das an einem Stock befestigt ist. Es wird ausschließlich vom Matador benutzt, der sich dessen bedient, um den Stier in die für den Degenstoß geeignete Stellung zu bringen.

kleiner Stock, der den Stab, um den die Muleta gerollt wird, vorstellen sollte.

»Schön ist sie ja nicht«, sagte der Junge schnell, wie um sich zu entschuldigen, »aber am Dienstag bekomme ich eine richtige, die schon benutzt worden ist.«

Wer Alban gut kennt, würde bemerken, daß seine Augen vor Wut ganz grün geworden sind, daß sie die kalte Farbe des zornigen Meeres angenommen haben. Der Sturz, was liegt ihm dran? Das kann dem besten Reiter begegnen. Doch was ihn außer sich bringt, ist – wir wollen es nicht verschweigen –, daß der Zauber gebrochen ist, durch den ihm alles glückte. Im Verlaufe von drei Minuten zwei Versager. Das »Rezept« wirkt nicht mehr. Soledad hört auf, wirksam zu sein. Und ganz bestimmt hat sie ihm zugeschaut. Das kann so nicht weitergehen!

Der Verwalter des Herzogs führt das Pferd zurück. Wieder beginnt die Komödie mit der Binde. Alban sieht fürchterlich aus. Er befiehlt dem Jungen:

»Gib mir deinen Stock!«

»Ach, zerbrechen Sie ihn mir nicht!«

Diesmal hat er eine Reitpeitsche. Wenn Cantaor nur muckst, welche Züchtigung wartet seiner! Doch etwas Seltsames begibt sich. Alban ist nicht mehr derselbe. Seit seinem Sturz fühlt er eine Unsicherheit, die er vorher nicht gefühlt hat. Das Pferd geht im Schritt. Wie albern, er wagt es nicht, sich seiner Reitpeitsche zu bedienen! Er spreizt die Beine, damit die Flanken nicht die Sporen spüren.

Eine Erinnerung kommt ihm. Vor drei Jahren in der Reitschule. Alban war von einem schlechten Gaul heruntergefallen. Und wie heute hatte er, die Reitpeitsche in der Hand, nicht gewagt, sie zu gebrauchen. »Schlagen Sie zu!« ruft der Reitlehrer. Er traut sich nicht. Mit einem Lachen, das in eine klägliche Grimasse übergeht, ruft er dem Reitlehrer zu: »Gleich wird er mich runterschmeißen...«

Hier ist der Verwalter, der die Geschichte weitererzählen wird, und ein Gast und der Junge, und nicht weit davon ist die Estrade mit all den Leuten darauf und Soledad. Aber Alban gelingt es nicht, seine Angst zu überwinden. Wenn er Cantaor schlägt, wenn er ihn die Sporen fühlen läßt, wird Cantaor einen Satz machen, und Alban wird fallen. Er versucht, ihn mit der Stimme anzutreiben, er schüttelt schwach die Zügel. Es ist lächerlich, es ist erbärmlich. Sowie das Pferd den Zaum zwischen die Zähne nimmt, bekommt er es mit der Angst und zerrt an den Zügeln, weil er sich krampfhaft an ihnen hält. Welcher Kampf in ihm! »Es ist nur eine Sache des Willens! Vorwärts!« Doch der Wille versagt, alles versagt, der ganze Alban ist eine Niete. Und dann plötzlich – und noch in diesem letzten Augenblick fürchtet er, von dem Pferde überrascht zu werden –, springt er ab.

Vor den Männern entschuldigt er sich mit seinem Sturz: das Kreuz, das ganze Rückgrat täten ihm weh. Der Gast kehrt zu den Stieren zurück. Der Verwalter führt Cantaor weg. Alban geht neben dem Muchacho auf die Estrade zu. Und vor diesem, weil er im gleichen Alter ist, gibt er die Verstellung auf. »Weil ich gefallen bin, ist alles anders. Was mir vorher keine Angst machte, das macht mir jetzt Angst.«

Seine plötzliche Sympathie für Soledad, das Gespräch mit ihr allein, der Kuß, den sie dem Pferd gegeben, all das scheint ihm wie mit einem Schwamm ausgewischt. Wie sind die Worte über das Schauern nur da über seine Lippen gekommen? Wenn man ihn totschlüge, er brächte so etwas nicht mehr heraus. Er ist bitter enttäuscht. Er hat an die Macht dieser Frau geglaubt und – ist gestürzt. Er grollt ihr, als ob sie ihn betrogen hätte, und er schämt sich, weil er sich von einem Kindermärchen hat fangen lassen. Er muß daran denken, wie er vor sechs Monaten angefangen hat, Tango zu lernen. In jeder Tanzstunde war er aufgeregter geworden und hatte immer mehr gefürchtet, es falsch zu machen, so daß er schließlich – nach und nach ganz und gar von dieser Furcht besessen – in der fünften Stunde weniger gut getanzt hatte als in der zweiten. Genauso war es mit dem Pferd. Würde es ihm morgen auch mit den Stieren so gehen?

Vor der Estrade spazierte Soledad auf und ab, um sich ein wenig Bewegung zu machen. Sie empfing ihn mit allen erforderlichen Beglückwünschungen zu seinen Veronikaschwüngen, mit allem erforderlichen Mitgefühl seines Sturzes wegen. Doch Alban, geniert, wie einer, der einen Pickel im Gesicht hat, wandte den Kopf ab.

Die Aficionados von Sevilla rings um sie betrachteten sie heimlich wie Wesen aus einer höheren Welt. Alban sah den Jungen an, der Cantaor eingefangen hatte, und war von neuem entzückt über die andalusische Jugend. Wie macht ihr Wesen doch das hübsche Wort *»airoso«* wahr, das zugleich anmutig und luftig bedeutet! In einem goldenen, glatten Schmelz, ohne irgendeinen Sprung als den einer Narbe am rechten Augenwinkel, waren hellgrüne Augen (grünes Gold ins rote Gold der Haut eingelassen), mit Licht und Schatten erfüllt, war die Adlernase, die beim Kind oder bei der Frau an den Mann erinnert, waren die Zähne – eine Schauspielerin hätte ihr Vermögen für sie hingegeben –, und darüber setzt – o glückliches Staunen! – kastanienbraunes, beinahe blondes Haar den Glanz des Gesichtes fort. So, wie er war, mit seinem zarten Körper, den winzigen Händen und Füßen des Orientalen, hätte man ihn, seines hellen Haares wegen, für eins jener maurischen Kinder aus hohem Geblüt halten können, die unter ihren Ahnen eine erbeutete Christin haben, erbeutet einst an den schönen Abenden der Eroberung am Gestade des sarazenischen und lateinischen

Meeres. Prinzen sind sie, verschmutzt unter ihrer blauen Djebella! Das zerlumpte Gewand, die schiefe Mütze, die Zigarette im Mundwinkel, all dies vermochte nicht das zu beeinträchtigen, was nie erworben wird: die *»Casta«* – die Rasse des alten Bodens der Cäsaren und Kalifen, ein reiches Erbe von Prinzentum und Poesie. Und er stellt sich vor, daß dieser Knabe alles, was er tut, adelt.

»Ist das von einem Stier?« fragte Alban, auf die Narbe zeigend.

»Ja, in Coria. Der Stier hat die Stelle bezeichnet, damit die anderen sie wiederfinden.«

Alban dachte, daß er wohlriechendes Blut haben müsse.

Der Junge entfernte sich; denn nicht weit davon ging man einem Stier mit der Lanze zu Leibe, und er wollte sich ein wenig mit ihm versuchen.

»Sie sind furchtbar lästig«, sagte Soledad. »Heute halten sie sich noch ganz gut, weil wir es durchgesetzt haben, zwei Polizisten zu bekommen. Aber es gab eine Zeit, da sie die Tienta tatsächlich lähmten, indem etwa zwanzig von ihnen einen Stier umstellten. Mein Vater war damals gezwungen, den Leuten, die er einlud, zu sagen: ›Wir werden eine Tienta mit vierzig Stieren abhalten, vorausgesetzt, daß das Pack von Sevilla mich nicht nötigt, vorher aufzuhören.‹«

Der Stier hatte seine Lanzenstiche, und die Jugend machte mit ihm ihre Mantelschwünge. Sie wollten alle zugleich ›mit ihm arbeiten‹; ein paar Schritte vor seinen Hörnern fingen sie an, sich zu zanken, wer zuerst die Muleta nehmen dürfe, und fingen an zu raufen; bis schließlich der Stier durch sein Dreinfahren ihre Streitigkeiten schlichtete. Es endete immer damit, daß sie furchtbar zertrampelt wurden; übrigens standen sie wieder auf, ohne sich anscheinend einen Schaden getan zu haben. Einer der Reiter wohnte dem Spiel bei, um sie zu vertreiben, sobald der Stier anfing, müde zu werden. Und weil die Burschen oft im hohen Gras versteckt waren, sah man sie manchmal erst in dem Augenblick, da sie vor dem ankommenden Stier wie aus dem Erdboden hervorgezaubert auftauchten. Nun war mit diesem Stier keineswegs zu spaßen. Er hatte sich allmählich der Estrade genähert, auf die sich Soledad und die übrige Gesellschaft zurückgezogen hatten. Das Gesinde war in einem durch starke Balken geschützten Unterstand geborgen. Die Polizisten hatten einen Fuß auf den Rand der Estrade gesetzt und hielten sich mit einer Hand am Geländer, um sich schnell hinaufzuschwingen, wenn der Stier zu nahe kommen sollte. Wie mancher unter der stierbegeisterten Straßenjugend hätte gern ein gleiches getan! Doch alle wiesen sie unbarmherzig weg.

»Geh jetzt nur hin zum Stier, du bist ja deshalb gekommen!«

»Haha, das hast du wohl nicht erwartet!«

»Hast wohl darum von den Schinken des Señor Herzogs gespeist, du Taugenichts!« sagte ein Diener und schielte dabei zu der Herzogin hin, um sich beliebt zu machen. In der Tat waren die ungeladenen Gäste mit den Resten der Tafel bewirtet worden. Sogar der junge Herr aus Paraguay schlug einen Burschen, der sich an die Estrade gehängt hatte, mit einem widerlichen Lachen auf die Hand: so haben mit Peitschen bewaffnete Sklaven die von panischer Angst vor den Bestien ergriffenen Tierkämpfer auf den Sandplatz hinuntergestoßen. Alban war empört. Er wußte, was es heißt: von Angesicht zu Angesicht. Einem Fremden, einem Menschen, der kein einziges Mal einem Stier gegenübergetreten war, stand es nicht zu, sich so etwas mit einem Einheimischen zu erlauben.

Bald sah man den Stier, ungefähr fünfzehn Meter von der Estrade entfernt, sich heftig mit einem rötlichen Fetzen auf dem Boden zu schaffen machen. »Welcher Eifer!« sagte Alban, belustigt über diese sinnlose Wut. Doch plötzlich wird sein Gesicht starr: etwas rührt sich unter der Muleta. Der Junge ist es, der Cantaor gehalten hat. Wie lange dauert das? Sehr lange? Gewiß zehn Sekunden. Der Junge hält sich halbwegs an den Hörnern, die Hörner schütteln ihn hin und her. Drei Stierbegeisterte in der Nähe stehen da und rühren sich nicht. Der Verwalter, zu Pferde, die Lanze in der Hand, schaut zu wie bei einem belanglosen Schauspiel, obgleich er mit seiner Lanze das Tier ablenken könnte. Sechs Schritte vom Stier und seiner Beute liegt, hochmütig und gleichgültig hingegossen, ein weißer Hund, kaut Gras und scheint zu lachen.

Wie ein Blitz durchfährt es Alban, hinzulaufen, einem der feigen Burschen die Capa zu entreißen und dazwischenzutreten. Er tut es nicht. Irgend etwas lähmt ihn. Zweifellos die Scheu vor dem Urteil der anderen, die Furcht, übereifrig zu scheinen, naiv genug, diesen Zwischenfall ernst zu nehmen, der doch durch seine Häufigkeit wie durch den Stand des Bedrohten so alltäglich ist. Endlich befreite sich der Junge und kam heran. Oben am Schenkel waren Hose und Hemd zwei Handbreit aufgeschlitzt; man sah auf der Haut zwar keine Wunde, aber eine rote, brennende Abschürfung.

Einstimmiges Gelächter schüttelte die Dienerschaft, die Polizisten, die Gäste, die Herzogin und Soledad. Nur Alban und die Kameraden von Jesús* (das war der Vorname des Jungen; er hatte ihn eben nennen hören) lachten nicht.

»Ich sehe nichts Lächerliches darin«, sagte Alban zu Soledad mit einer gewissen Heftigkeit. »Man hätte ihm lieber beispringen sollen. Er hätte ja geradesogut ums Leben kommen können. Pariser hätten vielleicht gelacht, die begreifen

* In Sevilla wird Jesús wie Choßu ausgesprochen.

eben die Gefahr nicht. Aber die Leute hier, die wissen doch immerhin, was ein Stier ist!«

»Ach was! Durch ein paar Risse in den Hosen wird man zum Torero! Werden Sie nicht sentimental; die sind daran gewöhnt.«

Alban erwiderte nichts. Bei all diesen Leuten auf der Estrade, besonders bei den Frauen, ahnte er ein unbestimmtes Verlangen, Blut fließen zu sehen, vorausgesetzt natürlich, daß es Plebejerblut war, nicht das der Señoritos.

Jetzt war die Dämmerung da, eine Dämmerung ohne Wolke. Der ganz blaue Himmel färbte sich gegen den Horizont zu gelb, als bestrahle ihn die Erde mit der glänzenden Unendlichkeit ihrer Dotterblumen. Jedes Grasbüschelchen hatte neben sich auf dem Boden seinen kleinen blauen Schatten. Jeder Stein seinen Sonnenfleck. Dort bei der Herde zeigte eine Bewegung an, daß das Tagewerk vollendet war. Gleich nach Sonnenuntergang wurde es unvermittelt kalt. Alban zog seinen kurzen andalusischen Überrock mit dem Pelzkragen an. Wie unzufrieden mit den anderen und mit sich selbst er war! Fror ihn der Dämmerung wegen oder aus Ärger? Neben ihm sagte Soledad schaudernd: »Plötzlich wird es kalt.«

»Sie will, daß ich ihr meinen Überrock borge«, dachte Alban und tat, als ob er nicht gehört hätte.

Drüben begann die Herde sich zu rühren. Die Fürsten der Ebene zogen dem Licht entgegen. Sie senkten die Mäuler, das majestätische Wiegen der Köpfe schlug zu dem in seiner Schwere geschmeidigen Gang den Takt. Sie bewegten sich fort wie Wesen mit festgestecktem Ziel, manche einzeln, manche in Haufen beisammen, manche in gerader Reihe, durch einen geringen Abstand getrennt; sie glichen Tanks in ihrer Langsamkeit, in ihrem schwarzen, drohenden, ununterbrochenen Vorrücken.

»Mich friert«, sagte Soledad, »ich habe nach meinem Mantel geschickt, der im Wagen liegt, aber wie lange das dauert.«

Sie blickte umher. Unter den Männern hatten die meisten keinen Mantel, andere waren noch nicht zurückgekommen.

»Wollen Sie für einen Augenblick den meinen nehmen?« fragte Alban mit abgewandtem Gesicht.

»Ich kann wirklich nicht nein sagen.«

Nach einem Augenblick setzte sie hinzu: »Ist es Ihnen nicht sehr unangenehm?«

Das sagte sie wie jemand, der sich erinnert, daß man höflich sein muß.

Er reichte ihn ihr mit der Miene eines Menschen, der sein Wams auszieht, um sein Haupt unter die Guillotine zu legen.

Nun empfand auch er ein Kältegefühl. Ein eingebildetes Kältegefühl, das ist gewiß; doch war es darum nicht weniger peinlich. Nachdem er durch sie beinahe einen Sonnenstich bekommen hatte, sollte er sich jetzt eine Bronchitis holen... Der weibliche Charakter war wirklich etwas Seltsames.

Von den Treibern gedrängt, begann die Herde in Galopp überzugehen. Die Rücken von dreihundert Tieren – es hatten sich von anderswo welche hinzugesellt, die nicht an der Tienta teilgenommen hatten – schwankten wie wuchtige Pendelschläge durcheinander. Die schwarze Masse wogte unter dem nun geröteten Himmel dahin wie eine Insel, die losgerissen, sich zerstückelnd, stromabwärts treibt, gleich jenen sich weithin erstreckenden dunklen Pflanzenwirrsalen, die durch den Ozean irren und beinahe die Flotte des Kolumbus mit sich gerissen hätten. Ein Vogel stieß einen klagenden Ruf aus, die zertrampelte Ebene murrte dröhnend. Der Zug wurde länger und länger. – So stürmte unter den Kehllauten der Treiber die ganze Herde vorbei; es war wie der große Abmarsch bei der Parade.

Gegen den Himmel zeichneten sich, auf ihre Lanzen gestützt, die berittenen Hirten ab. – Sie blickten lange der Herde nach, bis sie in der Ferne nur noch wie ein Wald aussah, wie eine wandelnde Hecke. Alle diese Männer waren, obwohl mit diesem Schauspiel vertraut, nicht abgestumpft dagegen. Abend für Abend betrachteten sie es mit neuer Liebe. Für sie wie für die Männer der Camargue war die Poesie der Heimat niemals verbraucht.

Dann kamen die Reiter zurück, und man hörte das Klappen der Hufe im rauschenden Gras. Sie saßen ab und machten mit steifen Beinen ein paar schwerfällige Schritte. Auf der Brust der Pferde, auf dem Panzer des Ponys des Picadors stand weißer Schaum, so dick, daß man ihn mit dem Löffel hätte abschöpfen können. Eben hatte die Brust der Pferde wie ein Schiffsbug die Wogen der Herde zerteilt, es war, als ob der Schaum dieser Wogen an ihnen haftete. Die Männer rieben sie mit Grasbüscheln ab. Jedes Reittier zeigte die blutigen Male des Sporns oder auch nur der eisernen Steigbügel. Cantaors Flanken waren, mehr als bei den anderen Tieren, von unten bis oben gerötet. »Dem Tier wird man eine Woche Ruhe geben müssen«, sagte einer. Alban merkte, daß das auf ihn zielte.

Die Zigaretten wurden angezündet. Die Autos schnauften heran. Und man verabschiedete sich. Alban erhielt seinen Überrock wieder. Er stieß einen Seufzer der Erleichterung aus, als er feststellte, daß Soledad nicht im gleichen Wagen sein würde wie er.

Die Karawane der Autos setzte sich in Bewegung, das Auto des Herzogs an der Spitze, der Herzog steuerte selbst. Alban saß an seiner Seite, auf dem Rücksitz die Diener. Und noch jemand war darin und legte seine Schnauze Alban in den Schoß, ein zwei Monate altes Stierbaby, das man nach Sevilla zum Tierarzt brachte. Der Herzog hatte ursprünglich gewünscht, die Dienerschaft solle es mitnehmen, aber Alban hatte gebettelt. In dem Mißvergnügen dieses Abends war dies heilige Leben unter seiner Hand sein einziger Trost. Das junge Tier rollte schon bös die Augen und zeigte das Weiße, aus der zottigen Stirn sprossen ganz kleine Hörner, wie beim Moses Michelangelos; die Hufe waren durchsichtig wie Schildpatt. Durch seine Bewegungen wurde eine im Auto angebrachte Plakette – sie stellte das heilige Herz Jesu dar –, bald verdeckt, bald sichtbar. »Noch zwei Jahre«, dachte der junge Mann, »und dies zarte Leben, das ich an mich drücke wie das eines Hundes, kann mörderisch werden.« Hinter Alban hielt ein Diener mit beiden Händen den Galgo fest; denn jedesmal, wenn er sich umdrehte, hob der Hund seine dunkelbraunen Augen und das aufgesperrte Maul bittend zu ihm auf; er wollte das Stierlein zerfleischen.

Keine Straße. In der tiefen Dunkelheit fuhr das Auto mitten durch die Prärie, steuerte um Baumgruppen herum, patschte durch Gräben voll Wasser. Der Herzog und Alban plauderten von Pferden. »Veragua kann in seiner kastilischen Felswildnis nur Tiere züchten, die fünfundsiebzig Prozent Araberblut haben ... Der Mustang ist zuerst sehr bockig, wenn er aber einmal gebändigt ist, ist er es richtig, während Sie mit dem Camarguepferd zehn Jahre lang Plakkereien haben ...« Plötzlich meldeten die Diener, daß man das zweite Auto, das keine Schweinwerfer hatte, aus dem Gesicht verloren habe. Man hielt. Eine kleine Gestalt sprang von der hinteren Federung ab und lief davon. In der Dunkelheit war sie bald verschwunden. »Das ist der Lausbub, den der Stier gebeutelt hat«, sagte einer der Diener lachend.

»Jesús«, dachte Alban. Also, während sie hier plauderten, hatten sie dies junge unbekannte Leben mit sich geführt ... wie seltsam das war! Alban fühlte sich dem Jungen gegenüber schuldig: weil er ihm nicht zu Hilfe geeilt war, weil er ihm nicht zwei Peseten gegeben unter dem Vorwand, daß er sein Pferd gehalten, in Wirklichkeit für die zerrissene Hose...

»Vielleicht könnte man sehen, ob er sich ernstlich weh getan hat«, sagte er zum Herzog, »und wenn das der Fall ist, ihn in den Wagen zu Ihren Leuten nehmen...«

»Nein, nein!« sagte der Herzog sehr entschieden, »sonst meinen diese Kerle noch, daß sie eines Kratzers wegen freie Rückfahrt haben. Glauben Sie mir, diese Burschen sind keiner Teilnahme wert.«

»Denken Sie nur, wie es sein muß, dreißig Kilometer zu Fuß zurückzulegen, wenn man auch nur ein wenig hinkt.«

»Haben Sie keine Sorge! Der wird schon ein Mittel finden, sich heimfahren zu lassen.«

Der Wagen setzte sich wieder in Bewegung. Alban wurde es weh ums Herz, wenn er an die verwundete Gestalt dachte, die man den harten Händen der Nacht überließ. Er fand, daß der Herzog den Amateuren gegenüber, die in der Arena von Madrid auf den Kampfplatz hinuntersprangen, bedeutend nachsichtiger war. Bald sollte er den Grund erfahren.

»Wissen Sie«, sagte der Herzog, »daß diese Burschen mir vor einem Jahre eine gute Jungkuh getötet haben? Jawohl! Sie haben sie lange mit der Capa umgetrieben, bis sie vor Erschöpfung verendet ist.«

Alban erwiderte nichts, und sie sprachen nicht mehr. Er streichelte die gewölbte Stirn des Stierleins, das geliebte, das feindliche Haupt. Er dachte an Jesús, ans Gymnasium, an allerlei Dinge; er war unzufrieden mit sich und den anderen. Endlich setzten die Villen ihr grelles Weiß an beide Seiten der Landstraße. Sie fuhren ins nächtliche Sevilla ein, das von dem Geruch gebratener Fische erfüllt war.

## Drittes Kapitel

In Rom befand sich die Schule der Bestiarii, der Tierkämpfer, auf dem Mons Coelius. Alban wiederholte sich diesen in einem Schulbuch aufgefischten Satz jeden Morgen, wenn er in die Schule der Bestiarii ging, nämlich in das städtische Schlachthaus hinter der Puerta de la Carne. Wie die Worte: »Die Achaier, Bändiger der Rosse« versetzte ihn dieser Satz automatisch in ein höheres Leben. Im Schlachthaus überließen ihm die Gehilfen gegen ein paar Duros die zum Schlachten bestimmten Ochsen. Er band die Muleta, stellte sich in vier Schritten Abstand im Profil auf und stach den Degen der Stelle so nah wie möglich ein, die man im Spanischen das Kreuz nennt, weil dort die Wirbelsäule die verlängerte Linie der Schulterblätter kreuzt. Wenn das Tier tödlich getroffen schien, aber nicht zusammenbrach, versuchte er das Descabello, jenen Stoß zwischen die Hörner, der das Rükkenmark zertrennt und sofort tödlich wirkt. Dieses Training, dem sich unter gleichen Umständen auch viele Matadore zu unterziehen pflegen, erhielt seine Hand stark und geschickt für den Tag, an dem er es mit Kampfstieren zu tun haben würde.

Er liebte diese Tiere in der Tat zu sehr, als daß er es lange hätte aushalten können, ohne sie zu töten. Nur der Besitz befreit. Hier war der Besitz, der Akt des Tötens, eine Variante des anderen Opfers. Übrigens, sobald wir begehren, wollen wir auch quälen. Die primitiven Völker verehrten das wilde Tier, das sie jagten. Der Stier Apis, der vollkommenste Ausdruck der Gottheit in Tiergestalt, wurde von den Priestern nach Ablauf einer bestimmten Zeit in einem dem Sonnengott geweihten Brunnen ertränkt. Alban entsinnt sich seines physiologischen Unlustgefühls, wenn er in Südfrankreich dem Stier statt des Degens das »Symbol« einstoßen mußte, nämlich ein Stöckchen, mit dem man auf dem Rückgrat eine Bänderquaste befestigt. Was ihn damals quälte, war das Fehlen der nervösen Entladung, wie ihn die ins Fleisch eindringende Klinge verschafft, jenes Unbehagen des nicht ganz erfüllten Aktes, das die Männer, die sich mit jungen Mädchen abgeben, erschöpft... Wie nervös fühlte er sich, wenn er von diesen halben Kämpfen kam, wie ungesund überreizt, wie ruhelos!

Tiefbegründet ist die Notwendigkeit des wohltätigen Mordes, des wahrhaft schöpferischen Mordes. Der Kult des Mithra ist noch immer lebendig. Ein Jüngling, in durchsichtige Stoffe gewandet, die Mütze Ganymeds auf dem Haupt, kämpft Mithra mit dem Sonnengott; doch siehe, in diesem Kampf bildet sich eine Art von Liebe. Mithra schließt mit dem Sonnengott eine wunderbare Freundschaft und festigt sie durch ein feierliches Bündnis. Er heißt nun »der Freund«. Dann verfolgt er mit Hilfe seines Hundes den heiligen Stier, bändigt ihn und zieht ihn in seine Höhle. Dort empfängt er vom Sonnengott durch die Stimme des Raben den Auftrag, ihn zu töten. Er leidet darunter; denn er liebt das Tier. Wie sehr verstand Alban diese Liebe, und daß sie, um sich zu vollenden, töten mußte, und den Ausdruck des jungen Gottes – zum Beispiel auf dem Basrelief von Neuenheim –, der im Augenblick des Stoßes das Haupt abwendet, mit einer wunderbaren Gebärde der Verzweiflung. Wie sehr war diese Gebärde auch die seine! Mithra tötet wider seinen Willen den Stier; doch siehe, aus seinem Blut sprießt der Wein, aus seinem Mark sprießen die Feldfrüchte und alle Gewächse, aus seinem Samen alles dem Menschen nützliche Getier. Das blutige Werk ließ alle Güter der Erde erstehen, das Stierhorn wurde zum Sinnbild des Überflusses. Und einst, am Ende der Zeiten, wird Mithra wieder erscheinen, um einen göttlichen Stier zu opfern. Und aus dem Opfer wird diesmal nicht mehr das irdische Leben erstehen, sondern die Auferstehung der Leiber und der Seelen samt den ewigen Strafen und Glückseligkeiten.

Alban empfand diese Religion, die die römischen Legionen berauscht hat und von der jede Stadt im Rhônetal einen Denkstein bewahrt, als etwas, das ihm die Eingeweide und den Geist bewegte. In seinem für Zeichen sehr empfänglichen Gemüt tragen Übereinstimmungen ihre Frucht. Mithra wurde aus einem Felsen geboren – und er, Alban, sagte man nicht von ihm, daß er hart sei wie ein Stein? Mithra wurde mit der Fackel und dem Messer in der Hand geboren – und das Wappen der Bricoule zeigt die Flamme und das Schwert. Mithra hatte seinen treuen Hund – Alban hatte den seinen. Mithra wurde in Pontus zu Pferde abgebildet – und Alban war ein Pferdetyrann. Mithra vollbrachte das Opfer in der Blüte seines Jünglingtums – und Alban war ein Jüngling. Mithra hatte den Pakt mit dem Sonnengott geschlossen – und Alban war ein Sonnenkind. Die Weihe der Mithraisten fand am 20. April statt – und Alban war an einem 20. April geboren. Schließlich waren es die Stoiker gewesen, welche die heilige Überlieferung des Mithraismus in ein System gebracht hatten – und Alban machte von nun an den Stoizismus zu seiner Lieblingslehre und fand sein geistiges Brot bei Epiktet und Seneka aus Cordoba.

Doch am meisten beschäftigten ihn im Kult des Mithra und der Kybele, in ihrem Taurobolium, die beiden mystischen Geburten: die Geburt der Liebe aus dem Kampfe und die Geburt des reichen Lebens aus der Tat der Vernichtung. Und diese Geburt war zugleich die persönliche

Wiedergeburt in dem Sinne der Apokalypse, die sagt: »Gewaschen im Blute des Lammes«, und des Evangeliums Johannis, das sagt: »Das Blut Christi reinigt uns.«

Am frühen Vormittag trat der junge Mann aus dem Schlachthaus, nahm gegenüber in der Kaserne mit Erlaubnis des Obersten eins der Kavalleriepferde und ritt, die Capa und die Muleta hinter sich auf dem Sattel, zum Campo hinaus. Er verließ Sevilla auf der Straße der Dos Hermanas, hatte bald die weißen und malvenfarbenen Ventas hinter sich, überquerte auf einer Brücke ein Gewässer, wo neben rosa Ziegen, die kniend grasten, Esel unter Palmen zur Tränke zogen. Die Straße lief zwischen Agaven und Feigenkakteen, die blaugrau wie Kohlköpfe waren. Weithin dehnte sich das glückliche Andalusien, in den Linien wie in den grell hingesetzten Farben von wunderbarer Einfachheit: rot und grün, mit einigen sehr weißen Häusern unter dem großen, blauen Himmel. Märzblüte, voll von den Liebesflügen der Falken.

Auf der Straße begegneten ihm Bauern mit maurischen oder römischen Gesichtern; sie trieben mit *arrrr* – dem *errha* der Araber – ihre Eselchen an; dann Jungen mit klaren, edlen Zügen, wie Schmeichelkätzchen miteinander; Erdarbeiter, ungleich vornehmer als irgendein Mann aus dem Volk in Frankreich, sie hatten ein Tagewerk von zehn Stunden vor sich, davon sieben unter der sengenden Sonne; denn die Andalusier sind Faulenzer, wie man weiß. Männer, immer wieder Männer, wie im Orient. Von Frauen traf man nur gelbe, schmierige Zigeunerinnen, stark riechend, mit vor Schmutz verhärteten Haaren. Sie schleppten unschöne männliche Wesen mit sich, die wie indische Parias aussahen.

Die rechte Seite des Weges ist die geheiligte. Wenn man dort landeinwärts reitet, gelangt man zu den Fürsten der

Ebene. Bald galoppierte Alban in dieser Richtung dahin. Ein religiöses Gefühl durchströmte ihn jetzt, das gleiche, das Jahrtausende vor unserer Zeitrechnung die Männer von Thessalien und von Kreta, von Ägypten, Persien und Kleinasien vor dem vergotteten Stier in Anbetung gebeugt hat. Mit der Behendigkeit eines Vogels wendete er den Kopf nach rechts und nach links – so wird er eines Tages die schweigende Ferne befragen, um die deutschen Linien zu entdecken. Plötzlich zog er die Zügel an und hielt. Dort – verstreute schwarze Punkte. Er schaute. Nun sah er, wie zwei der schwarzen Punkte, die zuerst ziemlich entfernt voneinander waren, näher herankamen. Es waren wirklich die Stiere. Der Rhythmus seines Herzens überstürzte sich.

In den ersten Tagen war er durch seine Besessenheit zu wunderlichen Irrtümern verleitet worden. Einmal hatte er geglaubt, die berühmten Stiere von Miura, die stolzesten von Spanien, vor sich zu haben, und hatte sich ihnen langsam voll ehrerbietiger Ergriffenheit genähert, bis er schließlich merkte, daß es Pferde waren. Ein anderes Mal hatte er ganz in seiner Nähe ein Gebrüll gehört und war zusammengefahren ... es war die Sirene eines Dampfers, der den leblosen Guadalquivir hinauffuhr.

In der Ferne der gewohnte Zusammenklang: das Himmelsblau, das weithin sich breitende Dotterblumengelb, und in diesem Gelb, glänzend vor Schwärze, die Stiere. Dahinter, fünfundvierzig Kilometer tief ins Land hinein, die feuchten Latifundia – *las Marismas* – wildes Getier nährender Morast, der erst im Meer endet. Schon hier bewahrte die sumpfige Erde zwischen dem Grase die Spuren der Pferde und der Horntiere. Sie spiegelte, von prickelnden, platzenden Blasen bedeckt; auf dem Grunde der Stapfen blieb ein wenig Wasser. Der Galgo patschte darin herum und schmückte seine vier runden Pfoten mit kleinen Kotstiefeln. Manchmal waren lange Lagunen da; die Furten waren an den Hufspuren zu erkennen, die zu ihnen führten. Ihre Oberfläche war gekräuselt, man mußte ein Grasbüschel hineinwerfen, um zu sehen, ob es vom Wind oder vom nahen, verborgenen Strom herrühre. Alban lenkte vorsichtig sein Pferd hinein, das nicht den unfehlbar sicheren Fuß der Camarguerasse besaß. Sie gerieten in eine wahre Explosion von Schaumblasen; denn das Pferd spielte herum, und Alban, glücklich über die Freude des Tieres, ließ es gewähren. Als sie heraus waren, schlug es mit dem naß gewordenen Schweif gegen die Kruppe, um das Wasser von ihm abtropfen zu lassen, während von seinen heißen, nun erfrischten Beinen Dampf aufstieg.

Jetzt sah man die Stiere deutlich. Alban unterschied hier hellen Hörner, ihr glänzendes Fell. Die Schellen der Cabestros, der zahmen Ochsen, die zu Leittieren der wilden Stiere abgerichtet sind, erfüllten die Luft mit Segensklängen. Eine jede hatte ihre besondere Stimme. Zweihundert Meter vor ihnen fesselte er seinem Pferde die Beine, nahm die Capa und die Muleta, an deren Stelle er auf dem Sattel die beengenden Zahones anbrachte, dann schlug er vor Angst das Wasser ab. Und er wartet sehnlichst darauf, daß ein nicht allzu großer Stier sich von der Herde absondert, damit er ihn mit der Capa auf sich lenken kann. So wird er morgen vielleicht stundenlang darauf warten, bis eine Frau allein ist, damit er sie ansprechen kann.

Weit und breit keine Seele. Was täte er, wenn er verletzt würde? Mehr als einmal hat er sich das vorgestellt.

Endlich hat sich ein Stier abgesondert. »Mit Gottes Hilfe, heilige Jungfrau von Macarena«, murmelt Alban und geht auf ihn zu; doch gleiten seine Blicke nach allen Seiten, denn er fürchtet, daß einer ihn von rückwärts überfällt. Das Tier bemerkt ihn und hebt mit einem zugleich unruhigen und herausfordernden Ausdruck den Kopf. Spitzen sich nicht seine Hörner erst seit diesem Augenblick, wie sich die Ohren des überraschten Pferdes spitzen? »Soll ich angreifen oder fliehen?« denkt das Tier. »Soll ich fliehen oder angreifen?« denkt Alban. Manchmal flieht es, und Alban, der gekommen ist, um zu kämpfen, kann nicht umhin, einen Seufzer der Erleichterung auszustoßen: »Ich habe mein möglichstes getan...« Manchmal senkt es drei-, viermal den Kopf, schnaubt jedesmal wie ein würdiger, alter Herr, der vor Wut erstickt, und sein Auge wird so böse, daß man gleich merkt, es ist ein Gott. Jetzt stößt das Tier zu. Ringsum hoffnungslose Einsamkeit. Über dem Zweikampf kreist – wie der Tänzer bei der Flamenca um seine Partnerin – gräßlich langsam ein Sperber.

Am Abend verzehrte er eilig eine gebackene Fischpastete, in einer Kneipe, die nach Anis roch; denn er fürchtete, in seinem Hotel Engländern zu begegnen. (Der Engländer im Palace-Hotel bläst einem den Rauch seiner Pfeife ins Gesicht, der Spanier in der Kneipe bittet um Erlaubnis, wenn er sich auch nur einem gegenüber an den Tisch setzt.) Dann mischte sich Alban unter die Tierkämpfer.

Die Calle de las Sierpes war voll von ihnen. Von weitem sah er sie vor einem Café sitzen. Man grüßte sich, indem man die Hand in Gesichtshöhe hob, manchmal schnippte man dabei in einer netten, kindlichen Art mit den Fingern. Er setzte sich zu ihnen. Nein, er wolle nichts nehmen. Doch sie waren beharrlich: »Der Señor ist Pariser, bringen Sie ihm also einen Absinth.« Aus knabenhafter Befangenheit wagte Alban nicht, das Gesöff, das, wie es scheint, typisch französisch ist, auszuschlagen; am liebsten hätte er es unter den Tisch gegossen; denn in bezug auf dieses Kapitel war er von vorbildlicher Gesinnung.

Sie hatten behaarte, mit Brillanten besteckte Finger, zurückgestrichenes Haar, unter buschigen Brauen scharfe Schlitzaugen wie die Japaner, ein regelmäßiges, sauberes Gebiß, eine Hemdbrust ohne Krawatte und ein Kettchen, das die beiden Spitzen des weichen Kragens miteinander verband. Alle machten sie große Worte, jeder verkündete, wie hoch er bezahlt wurde, indem er die Summe verdoppelte oder verdreifachte, hinderte die anderen, ihn zu unterbrechen, ließ plötzlich, wenn einer sagte, daß er dies oder jenes geleistet, sein Gesicht zu Stein erstarren, als ob ihm damit ein Teil seines eignen Ruhms entzogen worden sei. Und dann prahlte er um so schlimmer: »An diesem Tag hat sich alles nur um mich gedreht ... Man hat mich auf den Schultern herausgetragen ...« Er zog aus der Tasche ein vor Schmutz starrendes Bündel Briefe: »Ihr meint wahrscheinlich, ich sei ein Aufschneider. Aber da, grad' hab ichs bei mir ...« Und er wies einen Impresariobrief vor: Mein lieber Freund, ich bedaure, daß früher eingegangene Verpflichtungen mir nicht gestatten, Dich in dieser Saison zu engagieren, aber Du kannst sicher sein, daß nächstes Jahr ... »Seht ihr, nächstes Jahr ...« schloß der Mann triumphierend.

Rings um den Großsprecher blieben, den Hut in den Nakken geschoben, Männer, die einfältiger oder vielleicht nur bescheidener waren, stumm: Picadore, Banderilleros, ältere Matadore ohne Engagement. Leutchen mit Triefaugen, mit Hunger- oder Syphilisköpfen, von einem Hornstoß verunstaltet oder vom Mißgeschick, das die Mundwinkel herabbiegt. Manche, die man nicht an den Tisch gebeten hatte, schlichen in der Erwartung herum, aufgefordert zu werden, hatten wie traurige Clowns oder alte Lustknaben ein Grinsen aufgesetzt, das von der Kläglichkeit ihrer Augen Lügen gestraft wurde. Doch der Picador Cachorro, Vorsitzender der Vereinigung der Picadore, der aussah wie ein wohlsituierter Jesuit, wußte über soziale Unterschiede Bescheid, und der arme Teufel setzte sich nicht. Dagegen bat zuweilen ein enthusiastischer Amateur mit der Kühnheit, die ein heller Sombrero und Lackschuhe verleihen, um die Gunst, eine Runde zahlen zu dürfen. Man mußte sich revanchieren. Und auch er war beim Stierkampf aufgetreten, auch er war eines Tages auf den Schultern herausgetragen worden... Darauf sagte im Hintergrund einer höchst pikiert und alles überbietend: »Mich hatte man für zwei Stierkämpfe engagiert, und achtmal mußte ich auftreten.«

Die Gläser mit Manzanilla folgten einander, man serviert ihn mit Oliven, um den Durst anzuregen. Zwei beringte Hände griffen mit allen zehn Fingern in eine Portion gebackenen Fisches und führten sie zum Mund – ein Vergnügen, das durch die Tatsache vermindert wird, daß man während einer Weile nicht sprechen kann. In ihrer Überschwenglichkeit, in ihrer Wohlgesinntheit nannten manche dieser Männer, die Alban keine dreimal gesehen hatten, ihn *»el Señór Alban«* oder einfach Alban, duzten ihn ab und zu, klopften ihn auf die Schulter, schlugen ihn auf den Rücken. Doch untereinander redeten sie sich, wenn sie sich nicht duzten, feierlich mit »Señor« an – *si señor, no señor* – selbst wenn sie sich Abend für Abend trafen. Die Kasuistik des Stierkampfs war in vollem Gange. Über die Frage, ob Pastor einen Degenstich »zur gleichen Zeit« oder »im Gegenstoß« ausgeführt habe, disputierte man wie die griechischen Kirchenväter über die Frage, ob unser Heiland auf einem Hengst oder auf einem Wallach in Jerusalem eingeritten sei. Manchmal kam es zum Streit, dann hörte man eine Viertelstunde lang Rede und Gegenrede mit unheimlicher Geschwindigkeit aufeinanderplatzen, jeder schnitt dem anderen das Wort ab, bevor er noch fertig war, und all das war mit zeremoniösem *»usted«* und freilich weniger gewähltem

*»coño«* gespickt. Und plötzlich, mit einem Male – wie wenn der Wind sich legt – aus irgendeinem Grunde, fangen die beiden Gegner zu lachen an, scheinen im Augenblick zu vergessen, weswegen sie die Schleusen ihrer Beredsamkeit geöffnet haben. Man verließ das Café, wo es nach Orangen, nach Nacht, nach wieder angezündeten Zigarren roch, ein wenig betäubt, weil man so viel gelacht und gescherzt hatte. Man bummelte durch die saubere, glänzende Straße bis zu irgendeinem *»salón«,* gepfropft voll von Deutschen im Smoking und Fuhrleuten mit ihren Peitschen.

Im Café traf Alban Don Alipio Carrasco, den Journalisten, der als Gast an der Tienta des Herzogs teilgenommen hatte; man nannte ihn einfach Don Ali. Dieser Caballero trug als Krawattennadel ein Fragezeichen aus Diamanten. Das ist ein wenig gewagt, wenn man niemand Rätsel zu raten gibt. Don Ali gab niemand Rätsel zu raten; denn er war der offenherzigste Mensch von der Welt, ein liebenswürdiger, lustiger Bohemien, mit jenem andalusischen Witz, der der Bruder des Pariser Esprit ist. Alban bat ihn, ihn mit einem Torero bekannt zu machen, der ihm behilflich sein könnte, wenn er anfing, Stiere zu töten.

»Da schauen Sie Buñuelo da drüben, der macht Ihnen eins, zwei – tack-tack – (er skizzierte den *Pase*) das Geziefer lendenlahm.«

»Das trifft sich ja ausgezeichnet«, sagte Alban zynisch. »Sowas darf man nicht vorbeigehen lassen.«

Der Torero war ein Mann in den Vierzigern, mit schon ziemlich rundlichem Bauch und schweren Lidern. Sein Gesicht war teilweise blatternarbig, wie die Köpfe antiker Statuen, die das Meerwasser an einigen Stellen angefressen, an anderen unberührt gelassen hat. Er starrte mit offenem Mund auf ein Plakat der nächsten *»fiesta andaluz«* und unterbrach schließlich seine stumme Verzückung durch einen kräftigen Fluch der Bewunderung.

»Er ist ein bißchen bäurisch. Er ist aus Saragossa«, sagte Don Ali mit der Überlegenheit des Andalusiers, der viel weniger unflätige Worte braucht als der Spanier irgendeiner anderen Provinz. »Aber was für ein Banderillero! Er geht drauflos, hebt die Arme, springt. Tack ... «

Und er machte die Bewegung des *Pase*. Übrigens konnte man, wenn man achtgab, im Café eine Menge Leute sehen, welche die Bewegungen von *Pases* machten. Wenn der Name eines bestimmten *Pase* auch nur im Gespräch vorkam, skizzierten sie schon die rituelle Geste. Desgleichen in der Arena, wenn der Matador eine schöne Veronika macht, schon fährt einem ein Ellbogen in die linke Seite. Der Nachbar macht sie mit.

Buñuelo setzte sich an ihren Tisch und eröffnete die Unterredung, indem er sich entschuldigte, daß er so ungehobelt sei. Er habe keine Erziehung genossen. Er sei ein braver Mensch und Familienvater obendrein, aber er habe durch die Schuld seines schlechten Charakters, der ihn hindere, sich mit seinem Matador längere Zeit zu vertragen, sein Leben verpfuscht. Das setzte er selbst ganz schlicht auseinander, und während er so recht im Schwunge war, seine rohen Sitten zu beklagen, kam es so weit, daß er keinen Satz mehr anfangen, fortsetzen oder beenden konnte, ohne Flüche von ständig wachsender Gestalt auszustoßen, die ihm zu guter Letzt Ersatz für jeden Ausdruck bieten mußten, wenn es ihm zu schwierig wurde, seine Gedanken klarzumachen.

*»Compare«,* sagte Don Ali, »all das wäre besser, wenn du in Frankreich lebtest. Die leben in einer Republik!«

Und er fing an, die Marseillaise zu pfeifen, nicht etwa aus Liebe zu Frankreich, sondern aus Liebe zur Revolution.

Die Duros, die die mißtrauischen Kellner, um sie auf ihre Echtheit zu prüfen, klirren ließen, begleiteten diesen Hochflug des Ideals mit dem Kontrapunkt der Nationalbank.

»Ja, in Frankreich!« sagte Buñuelo mit einem tiefen Aufseufzen. Er ließ sich reichlich Zeit zum Nachdenken. »Sagen Sie«, fragte er Alban, »ist es wahr, daß man in Frankreich die Frauen im Vorbeigehen zwicken darf?«

Aus Zuvorkommenheit begann er nach Anknüpfungspunkten zwischen sich und dem Vaterlande Albans zu suchen.

»Während meiner ganzen Jugend habe ich Präservative mit der Marke ›El Frances‹ benutzt. Sie waren sehr gut, wirklich sehr gut . . . «

Nachdem sie Frankreich dergestalt aus der Vogelperspektive betrachtet hatten, verließen sie das Café. Ein hübsches Mädchen kommt vorbei: »Wie gern möcht ich ein Gläschen von deinem Leibe trinken«, flüstert ihr der Andalusier zu. »Ich habe es gern, wenn sie rasch gehen«, äußert hierauf der Aragonese, »sie bewegen dann die Hinterbacken viel besser.«

Don Ali hat sich verabschiedet, Buñuelo zeigt Alban mit rührendem Stolz die Photographie seiner Frau, die einen Milchladen hat, und die seiner Kinder. Dann fragt er ihn nach dem obszönen Wortschatz der französischen Sprache aus. Alban nennt ihm ein paar Ausdrücke, die Buñuelo mehrere Male wiederholt. »So?« fragt er, »so?« Als er sie richtig aussprechen kann, legt sich ein seliges Lächeln über seine schwarzen Züge und bleibt auf ihnen bis zum Abschied.

Alban fühlt sich mit diesen Leuten gleich vertraut. Der Franzose, bei dem, wie Napoleon gesagt hat, die Eitelkeit den Stolz ersetzt, wird zum Speichellecker irgendeines orientalischen Ordens wegen, aber auf der Landstraße will er sich im Auto nicht überholen lassen – er fürchtet, sich »Niedrigergestellten« gegenüber etwas zu vergeben. Der Spanier, der echten Stolz besitzt, ist eben infolge dieses Stolzes viel demokratischer gesinnt als der Franzose. Die Vertrautheit zwischen den verschiedenen Ständen geht über den Rahmen einer gemeinsamen Leidenschaft weit hinaus, ganz besonders bei den Andalusiern, die von Natur umgänglich sind. Wenn ein Aristokrat auf der Straße etwas Hübsches sieht, ist sein Vergnügen so lebhaft, daß er nicht umhinkann, es dem zerlumpten Kerl mitzuteilen, den er Compañero nennt; und die beiden tauschen ihre Eindrücke aus. Der Arbeitgeber erteilt seine Befehle im Gesprächston. Wenn er einen seiner Arbeiter betrunken antrifft, nimmt er ihn unter den Arm und bringt ihn nach Hause. In all diesen Dingen fühlt sich Alban ganz als Andalusier. Und auch noch in bezug auf einige andere Charaktereigentümlichkeiten, die nach dem Orient schmecken.

Wie sie ist er gesund, mäßig, Optimist, hat einfache, starke Gemütsbewegungen, die bildhafte, immer kraftvolle Vorstellungen hervorrufen, kleine, kurzdauernde, einander widersprechende Begierden, die aber von furchtbarer Heftigkeit sind, für Skrupel wenig Raum lassen und für gewöhnlich nur sein Vergnügen zum Ziel haben. Er ist weder Metaphysiker noch Logiker, er verbohrt sich nicht in das, was traurig oder langweilig ist, seien es nun die Idee des Todes oder politische, soziale und andere Sorgen. Ernst nimmt er nur wollüstige Dinge – ich sage nicht sentimentale. Das Tragische im Leben entgeht ihm keineswegs. Er spricht davon, besingt es mit Pathos. Doch nur, weil er ein Dichter ist: ist der Gesang beendet, denkt er nicht mehr daran. Desgleichen wird er nach einem kurzen religiösen Aufschwung, in dem er vielleicht so manchen Gläubigen an Inbrunst übertrifft, nur noch darauf bedacht sein, den Katholizismus im Sinne seiner persönlichen Bequemlichkeit umzubiegen.

Und trotzdem wird er den Gedanken, sich von diesem Katholizismus, den er täglich verletzt, loszusagen, mit Abscheu von sich weisen, ja, er kann sich diese Möglichkeit nicht einmal vorstellen. Er liebt ihn so, daß er ihm niemals zuwiderhandelt, ohne vorher die ihm teure Zuwiderhandlung unter den Schutz der ihm teuren Religion gestellt zu haben. Und von alledem wird ihm ohne Zweifel viel verziehen werden, weil er immer voll Natürlichkeit ist.

In einer ländlichen Venta der Umgebung von Sevilla konnten Amateure gegen klingende Münze richtig stierkämpfen. Alban begab sich mit Buñuelo und einem anderen Torero dorthin. Ganz hinten in einem verwahrlosten Garten, in einem unsauberen Corral, über das sich ein paar leere Stufenreihen erhoben, ließ man für sie einen zweijährigen Stier los. Er war klein und mißraten. Doch kaum hatte ihn der Banderillero in seiner Capa, als Alban merkte, daß der Stier nicht mehr neu war. Am Ende jedes Hornstoßes lenkte er seitlich auf den Unterleib des Mannes ab: ganz offensichtlich hatte er schon öfters die *Pases* mitgemacht und allmählich gelernt, nicht mehr auf den Köder zu gehen. So hat ein schlauer Windhund beim Coursing bald den Dreh weg und schwindelt. Es ist übrigens beachtenswert, daß die bösen Stiere, Pferde und Hunde gewöhnlich auch die intelligentesten sind.

In Spanien wird – außer bei den bescheidenen Vorführungen in den Dörfern, wo man auf Sparsamkeit bedacht ist, und in den unsoliden Etablissements wie in diesem – jeder Stier, der in der Arena aufgetreten ist, getötet. So will es die Klugheit: ein Tier, das statt nach dem Locktuch nach dem Menschen stößt, ist äußerst gefährlich. So will es das Vergnügen des Zuschauers; denn bei einem solchen Tier wird der dauernd von ihm beherrschte Mensch nur darauf bedacht sein, sich zu verteidigen; schöne Kunst ist nicht mehr möglich. In Südfrankreich wird freilich die *Capea,* die französische Umgestaltung des spanischen Stierkampfes, mit Stieren französisch-spanischer Kreuzung gegeben, die schon aufgetreten sind.

Alban hatte in der Provence die Capa oft alten Stieren hingehalten, wahren Doktoren der Tauromachie, die ihm in diesem Match einige Punkte hätten vorgeben können; vor allem hatte er gesehen, wie die französischen Toreros (oder die spanischen, die sich aus dem einen oder anderen Grund in Frankreich niedergelassen haben), arbeiten und es schließlich so weit bringen, mit diesem undankbaren Material noch etwas zu leisten. So war er denn auch über diesen gelernten Stoßfechter nicht sonderlich erstaunt; er bearbeitete ihn mit Vorsicht, ließ ihm einen recht weiten Auslauf, tat nur das Nötigste, um sein erstes draufgängerisches Herumtoben zu lenken, dann, um ihn auf die zum Einstoßen der Banderillas geeignetsten Punkte zu bringen.

Hinter einem der Burladeros (einer hölzernen Schutzwehr, hinter der die Toreros, wenn ihnen der Stier auf den Fersen ist, Zuflucht finden), schaute Don Ali zu. Er war überrascht zu sehen, wie schnell Alban sich über die Art des Stieres klar geworden war, wie scharfsichtig, wie geschickt er arbeitete. So mancher andere hätte im gleichen Fall die Gefahr nicht bemerkt, hätte um jeden Preis glänzen wollen und sich schon bei dem ersten *Pase* aufspießen lassen.

Das Spiel mit der Muleta, ein Vorrecht des Matadors, mußte zu zweit ausgeführt werden: ein anderes Verfahren war mit einem Tier unmöglich, das nach jedem *Pase* nach dem Menschen stieß. In diesem Augenblick hielt Buñuelo, der sich auf der anderen Seite aufgestellt hatte, seine Capa hin und zog das Tier auf sich. Nach einigen solchen *Pases* bewaffnete sich Alban mit dem Degen, und »kurz und gerade«, wie es die Vorschrift verlangt, stieß er ihn so tief ein, daß die

Wunde seine Finger benetzte. Der Stier machte noch einige Schritte, brach in die Knie und fiel.

Es war ein wirklicher Erfolg. Die Toreros, die Leute von der Venta, alle wollten sie ihm die Hand schütteln. Wahrhaftig, so etwas hatte man nicht erwartet, und man äußerte es ganz laut. In der ländlichen Kutsche, die sie nach Sevilla zurückbrachte, saß Alban, von Eitelkeit geschwellt, und begann wieder an Soledad zu denken; sie hatte ihn während dieser vier Tage, die seit der Tienta verflossen waren, kaum beschäftigt. Wie für einen Mann, der eine Frau genossen hat, so daß sie für einen Augenblick aus seinem Blut entschwindet, hörte für ihn die Stierleidenschaft, nun, da er sie durch diese Tötung – etwas ganz anderes als die Ochsen im Schlachthof – einigermaßen ausgelebt hatte, auf, eine Besessenheit zu sein. Die Stierleidenschaft ließ jetzt zu, daß er sich teilte, sie ließ es zu, daß er sich jetzt wieder ein wenig Soledad zuwandte. »Ach, wäre sie doch dagewesen!« dachte er. »Sie hätte sehen können, daß ich auch fern von ihren Augen etwas leiste.« Auch war er ihr in diesem Triumphgefühl, das ihn erfüllte, nicht mehr böse, daß sie die Zaubermacht nicht besaß, die er ihr zugeschrieben hatte, als er Cantaor bändigte. »Ich genüge mir selbst«, dachte er.

Don Ali und die beiden Toreros waren als richtige Andalusier bereit, demjenigen, den auszupfeifen sie gekommen waren, begeistert Beifall zu klatschen, wenn er ihnen den Schauer der Kunst verschaffte. So posaunten sie denn in allen Cafés von Sevilla den Ruhm des jungen Parisers aus. Am nächsten Morgen brachte ihm Don Ali den *»Liberal«,* in dem er mit vielen Aufbauschungen das Ereignis besprochen hatte. Und am Nachmittag fand Alban im Hotelbüro die Karte des Herzogs, der persönlich gekommen war, um ihn zu beglückwünschen, und ihn für den folgenden Tag zum Mittagessen einlud.

Alban begab sich in gehobener Stimmung zum Herzog. Im Gymnasium, wo er sich als Grieche und Römer fühlte, bekannte er sich zur Verachtung der Frau und führte über die Frage, ob sie in Wahrheit eine Seele besitze, gelehrte, griechischen Vorbildern nachempfundene Gespräche. Doch hier geriet er, ohne sich dessen ganz bewußt zu werden, in die alte Tradition, die Tauromachie und Galanterie miteinander vermählt. Eine Tradition, aus der sich zum Teil die Tatsache erklären läßt, daß Spanien eins der Länder Europas ist, das die Männerliebe kaum kennt, trotz des maurischen Erbes. Soledad war aus dem Grunde, den wir genannt haben, wieder in sein Herz eingezogen; aber auch, weil es ihm richtig und notwendig schien, daß in seinen Stierabenteuern auch eine Frau eine Rolle spielte. Kampf und Wollust sind Bruder und Schwester. Mithra trägt das Schwert des Widders, das Zeichen des Mars, und wird getragen vom Stier, dem Zeichen der Venus.

»Ist sie rein?« fragte er sich. Er erinnert sich an ihren Kuß auf Cantaors Nüstern. Er findet den Gedanken, »bei ihr etwas zu erreichen«, in sich festgesetzt wie etwas Mögliches, während er früher nie daran gedacht hat. Und er, der in Paris, wenn ihn eine nächtliche Gestalt ansprach, mit einer Beschimpfung antwortete, der verletzendsten, die ihm über die Lippen wollte, entfaltete nun zum erstenmal sein Talent zum Schürzenjäger. Er schleicht mit vor Gespanntheit zwinkernden Augen, das Gesicht strahlend vor unreiner Lust, geschmeidig und schnüffelnd wie eine junge Hyäne. Wenn nach Fabrikschluß sich die Straßen mit barhäuptigen Arbeiterinnen füllen, die eine Blume im Haar haben und in schwarze Schals gehüllt sind, biegt er sofort in die Richtung ein, um sich in ihr Kielwasser, in ihren Dunstkreis zu begeben. Sein Vergnügen ergießt sich in die Worte: »Que gracia, que preciosa!«, die nicht mehr bloße Worte sind, so singt er sie (der Spanicr ist verliebt in Worte, läßt sie klingen, um sie recht zu hören, so sehr, daß er sich zu karikieren scheint, was auch das Volk in Südfrankreich tut). Doch haben diese Frauen recht gewöhnliche Gesichter, es gibt keinen andalusischen Frauentyp. Die andalusischen Männer sind die Blüte ihrer Rasse. Im Gegensatz zu Madrid, wo man bei jeder Frau, der man begegnet, vor Wonne aufschreien möchte.

Der Herzog wohnte in dem dem Alcazar benachbarten Viertel Santa-Cruz, in einer Straße, die so eng war, daß kein Auto hineinfahren konnte, worüber er sich in seinem Haß gegen den sogenannten Fortschritt die Hände rieb. Auf dem Gittertor, das die Schwelle des Hauses vom Patio trennte, war wie in des Herzogs Auto eine Plakette angebracht, die das heilige Herz Jesu darstellte.

Er empfing Alban in seinem Schlafzimmer mit seiner gewohnten Leutseligkeit. Über dem Bette hing einsam ein großes Kruzifix. In einer Ecke des Zimmers stand der Waschtisch. Alban hatte, während er einige Minuten wartete, die Indiskretion begangen, flüchtig in ein Buch hineinzublicken, das auf dem Schreibtisch lag – einem ziemlich verstaubten, kleinen Schreibtisch übrigens –, an dem der Herzog wohl kaum etwas anderes tat, als seine Unterschrift unter Akten zu setzen. Das Buch war das Rechnungsbuch seiner Züchterei, das er vor jedem, der kam, offen daliegen ließ. Als man zum Essen gehen wollte, zog der Herzog, der in Eskarpins gewesen war, Schuhe an. Und dann entnahm der reizende Mann – der Besitzer von Hunderten edler Rinder, von Hunderten Hektaren Land und Grande von Spanien – einem Kästchen einen von Wichse geschwärzten Fetzen und gab seinen Schuhen den letzten Glanz.

...Sie tritt ein, sie ist ganz in Schwarz, an ihrer linken Hüfte eine große, rote Rose, die mit dem Wiegen ihres Ganges wogt. Unter dem kurzen Kleid, unter den Fransen des Kleides tritt der Unterrock aus rotem Atlas hervor, goldrot wie die frische Wunde des Stieres. Und auch ihr Mund ist rot. Nur diese drei Rot in ihrer ganzen Erscheinung, die bleich und schwarz ist. Bleich das gepuderte Gesicht, bleich die bloßen Arme, bleich wie Sternbilder am Himmel der Silberschmuck in ihrem schwarzen Haar; und die glänzenden Kugeln an ihren Ohren schimmern wie zwei nächtliche Monde. Ihre Brust hebt sich kräftig aus dem Mieder, in der Mitte ein Schatten, ein sanftes Tal. Ist sie hübsch? Sie hat eine gewisse Vollkommenheit der Gattung, die das gleiche Vergnügen, das gleiche Glück schenkt wie der Anblick eines vollkommenen Hundes, eines vollkommenen Pferdes: sie ist vollkommen weiblich. Und in der Gegenwart des Herzogs, der Herzogin und eines Gastes wirft Alban bei ihrem Eintritt, von ihrer Anmut unwiderstehlich hingerissen, ihr ein *»Olé!«* zu.

Bei Tisch kam das Gespräch sofort auf die Stiere.

»Ich würde den Stierkampf lieben, wenn kein Blut flösse«, erklärte Señor Espinho, ein sehr anglisierter Portugiese. »Nein, ich kann den Stier nicht bedauern«, sagte Soledad. »Drei, vier, fünf Jahre seines Lebens frei und zugleich verhätschelt zu sein, um schließlich zehn Minuten zu leiden, fragen Sie doch das Zugpferd, den verprügelten Esel, das Ackerrind, ob sie nicht dieses Dasein gegen das ihre tauschen möchten!«

»Ja, es steht sogar noch weit besser«, bekräftigte der Herzog. »Die neuesten Arbeiten der Physiologen beweisen, daß der Stier während des Stierkampfes nicht oder kaum leidet.«

»Sagen Sie doch gleich, daß er es gern hat!«

»Jedermann weiß, daß man eine Wunde im Augenblick der Verletzung kaum spürt; in gewissen Fällen weiß man nicht einmal, daß man verletzt worden ist, man hält es für cinen Faustschlag. Erst später hat man Schmerzen. Aber später kann der Stier keine Schmerzen mehr haben, weil er dann tot ist. Während einer Viertelstunde ihres Lebens reizen wir eine Bestie und bringen sie in Wut; darin besteht unsere ganze Grausamkeit.«

Alban blickte das junge Mädchen mit aller Macht an, mehr als er jemals getan. Und dennoch, am nächsten Morgen war ihr Gesicht in ihm verwischt, er mußte sich vorwerfen, sie nicht genug angeblickt zu haben. Und wenn er sie ansah, konnte er nicht, nein, er konnte nicht umhin zu lächeln, er hätte singen mögen. Noch nicht siebzehn Jahre war er alt, und sie anzusehen verjüngte ihn. »O Honigwabe!« dachte er. »Ist sie rein? Kann sie lügen?« Er bemerkte, daß sie häufig den Finger an die Lippen führte und an ihm herumknabberte – vielleicht an einem Häutchen, vielleicht an einem Nagel –, und in dieser Bewegung wurde sie zwei Sekunden lang wild. Er sog den scharfen Gärungsduft ein, wie er aus angefaulten Dingen kommt, es wühlte ihn auf, weckte unbestimmte Hoffnungen in ihm. Manchmal wieder sah sie ihn an, und er wendete den Kopf ab und fühlte, wie ihm die Röte in die Wangen stieg. Wie liebe ich (ich, Montherlant, spreche jetzt) dies Hin und Wider der Begier!

Der Señor Espinho äußerte Mißbilligendes über das Gemetzel der Pferde. Der Herzog gab zu, daß es blutig sei. Doch der Tod der Pferde schone die Menschen. Der Stier wäre noch viel schwieriger, viel gefährlicher zu erstechen, wenn man seinen Kopf nicht durch die Lanzenstöße in die richtige Stellung brächte. Auch machte er darauf aufmerksam, daß dieses Publikum, das angeblich blutdürstig ist, kaum einen Stierkampf vorbeigehen läßt, an dem es nicht durch seine Pfuirufe die Arenagehilfen zwingt, einem verwundeten Pferd, das man noch einmal benutzen wollte, den Gnadenstoß zu geben.

»Aber wann«, fragte nun Alban, »haben Sie aufgeschlitzte Pferde tatsächlich *gesehen?* Im gleichen Augenblick, da das Pferd getroffen wird, lenkt der Matador den Stier von dem gefährdeten Picador ab: ein Vorgang, der seine wichtigen technischen Regeln hat, von seinem großen Wert für den Menschen ganz zu schweigen. Kein echter Aficionado wird in diesem Augenblick nach etwas anderem sehen. Um in diesem Augenblick das verwundete Pferd zu betrachten, muß man krankhafte Neigungen haben. Es sind wohl nur die Nervenschwachen, welche die hängenden Eingeweide gesehen haben, mit denen man uns immer wieder kommt. Ich wenigstens, der ich in meinem Gedächtnis Tausende auf den Stierkampf bezügliche Bilder aufbewahre, ich kann noch so fest die Augen schließen, es gelingt mir nicht, mir auch nur vorzustellen, wie hängende Eingeweide aussehen.«

»Ich mißtraue Leuten«, sagte der Herzog mit jenem Freimut, der eine echt spanische Eigenschaft ist, »die ihre Tierliebe so sehr betonen. Oft übertragen sie die Liebe, die sie für die Menschen nicht empfinden, auf die Tiere. Wenn ich von einer alten Jungfer höre, die Hunde und Katzen aufnimmt, bin ich beinahe sicher, daß in ihrem Herzen gegenüber ihresgleichen nur Bosheit wohnt. Welches Volk hat am meisten dafür getan, eine schrankenlose Empfindsamkeit in bezug auf die Tiere zu verbreiten? Das englische, das selbstsüchtigste Volk in ganz Europa, das kein Pferd behandeln würde, wie es einen Hindu behandelt, und zwar aus ›Menschlichkeit‹.«

»In Frankreich hat man niemals so viel von Empfindsamkeit gesprochen wie zur Zeit unserer Revolution, da man das menschliche Blut in Strömen vergoß.«

Der Herzog machte angeregt schöne, weite Bewegungen mit den Händen.

»Welche Partei findet heute bei uns das Gemetzel der Stierkämpfe skandalös? Die gleiche, die mit allen Mitteln die eine Hälfte der Nation zum Gemetzel der anderen aufstachelt. Sie haßt das Blutvergießen nicht mehr, wenn es im Bürgerkrieg stattfindet. Sie erhebt Protest gegen den Pferdemord in der Arena, aber sie würde nicht protestieren, wenn man in der Arena alle Andersdenkenden vor die Hörner schicken würde.«

»Ich pflege immer«, sagte Alban, »auf diese ›Exhibitionisten der Güte‹, wie einer unserer Schriftsteller sie nennt, das Fragment Pindars anzuwenden: ›Die Skythen tragen in der Öffentlichkeit ein solches Zartgefühl zur Schau, daß sie, so sagen sie, den Kadaver eines Pferdes nicht einmal sehen können. Doch insgeheim nagen sie ihm mit ihren Zähnen die Haut der aufwärts gebogenen Füße und des Kopfes ab‹.«

Der Herzog erhob sich und ging ins Nebenzimmer. Soledad benutzte diese Gelegenheit, um ihm wie ein Affe ein Stückchen Brot zu stibitzen, mit einer winzigen Affenhand, die so dunkel war, daß sie immer ein bißchen schmutzig aussah. Der Herzog brachte eine Zeitschrift mit, die er Alban offen hinhielt. Es war Harpers ›New Monthly Magazine‹ vom September 1896. Alban las eine mit Blaustift angestrichene Stelle. Ein Amerikaner hatte Engländern, die ihn zu einer Corrida einluden, folgendermaßen geantwortet: »Eine Corrida besuchen? Nein. Versprechen Sie mir, daß ich sehen werde, wie ein Mensch getötet wird, dann werde ich mit Vergnügen hingehen. Aber fordern Sie mich nicht auf, das Zerfleischen armer, wehrloser Pferde mitanzusehen.«

»In diesen wenigen Worten«, sagte der Herzog, »offenbart sich eine ganze Mentalität. Und beachten Sie, daß die gleiche Partei, die das Banner der Menschlichkeit und der Zivilisation schwingt, in dem Kampf zwischen unseren Söhnen, den Menschen der Zivilisation, und den barbarischen, blutdürstigen Marokkanern ihre ganze Liebe den Marokkanern zuwendet! Wie auch in dem Kampf zwischen dem Menschen und der wilden Bestie ihre ganze Liebe der Bestie gilt. Ihre Neigungen haben sich eben nicht geändert: sie lieben die Stiere und die Pferde nur darum so, weil sie die Menschen hassen, sie lieben die Marokkaner nur, weil sie die Spanier hassen. Und wenn diese Partei sich bemüht, uns unsere Stierkämpfe als Schmach anzurechnen, so ist das nur einer der Punkte in einem großangelegten Plan, dessen Ziel es ist, uns von unserer ganzen nationalen Tradition loszulösen und irre zu machen, indem man uns einredet, daß wir ›Rückschrittler‹, ja sogar Wilde seien, damit wir uns in irgend etwas stürzen – das heißt in die Hände dieser Partei.«

Alban fühlt heiße Zustimmung in sich aufwallen, er liebt den Herzog wie einen Vater. Doch wendet er gleichzeitig seinen Sinn nicht von Soledad ab, er beißt sich in die Oberlippe vor Begier. In Madrid hatte man ihm gesagt, daß für zwei Realen am Tag und den Tee eine »Anstandsdame«, die *carabina,* das junge Mädchen begleite. Immerhin, im Kino sitzt zur einen Seite des jungen Mädchens der junge Mann, die Carabina auf der anderen, und es ist dunkel. Ist es in Sevilla genauso? Oder sind das nur Geschichten, wie sie ein Volk erzählt, das die Manie hat, sich anzuschwärzen?

Indessen protestierte Señor Espinho. Er kenne sehr gute Leute, keineswegs Jakobiner, die über die Behandlung der Pferde empört seien.

»Aber Señor«, sagte Alban, »Sie bemitleiden das Pferd, weil es groß ist.«

Man verstand nicht, also lachte man. Man achte auf das Lachen in einer mondänen Gesellschaft, es ist gewöhnlich ein Armutszeugnis.

»Es ist beinahe zum Sprichwort geworden, Señor, daß die friedlichsten unter den Menschen die Angler sind. Aber haben Sie jemals den gefangenen Fisch in dem Korb betrachtet, in den er geworfen wird? Sowohl vom Angelhaken zerfleischt als auch infolge des Wassermangels erstickend, liegt er in der Sonne im Todeskampf nicht fünf Minuten, sondern stundenlang. Für mich, Señor, der ich die Stiere töte, wäre es unerträglich, neben mir einen solchen Korb voll Agonien zu haben. Und trotzdem, wenn ich Zeitungsredakteur wäre und einen Aufruf gegen die Grausamkeit des Angelns veröffentlichte, wer würde das nicht für einen Witz halten? Ja, das verwundete Pferd rührt Sie, weil Sie es sehen; wenn es hinter einer Mauer verendete, wäre es Ihnen gleich, ja, selbst wenn es nur ein wenig entfernt, hundert Meter von Ihnen, verendete, wäre es Ihnen gleich. Es tut Ihnen leid, weil es groß ist; wäre es nicht größer als eine Fliege, Sie würden sich über seine Agonie amüsieren, wie Sie sich über den Todeskampf der Fliegen amüsieren, die, im Leim der Fliegenfänger langsam erstickend, zugrunde gehen. Und doch sagt Plinius richtig – es war meine letzte Schülerübersetzung –, daß die Natur den Großen nichts Schlimmeres antut als den Kleinen. Die ganze Empörung rührt also bloß von der Nervenschwäche her, das heißt von dem des Interesses an dem am wenigsten würdigen Ding der Welt. Ich begreife den Protest gegen die Stierkämpfe nur bei denen, die zu gleicher Zeit gegen die Jagd, gegen den Fischfang, gegen die Zähmung der Tiere, gegen das Droschkenpferd, gegen den eingesperrten Vogel, gegen den zehn Jahre lang angeketteten Wachhund protestieren, bei denen, die weder Fleisch noch Fisch essen, sich in keine tierischen Stoffe kleiden und nicht einmal ihre Läuse töten würden. Die anderen haben nichts zu sagen, und ihre Angriffe gegen die Tauromachie sind entweder Politik oder Nervenschwäche.«

»Sie sind fast ausschließlich Politik«, sagte der Herzog vom Tisch aufstehend, »und zwar die schändlichste, die, die ein Gefühl ausbeutet, das die Leute für Großherzigkeit halten. Und ihr Ziel ist nicht nur, wie ich Ihnen gesagt habe, uns eine Tradition zu rauben, weil sie Tradition ist. Man weiß sehr wohl, daß der Stierkampf in unserem Lande der große Bindestrich zwischen den verschiedenen Ständen ist. Man hat es darauf abgesehen, durch die Vernichtung des Stierkampfes die Einheit der spanischen Seele zu vernichten.«

Der Salon, in den man sich begab, war ein wahres Stierkampfmuseum. Photos von Stieren der Züchterei, die sich besonders tapfer gezeigt hatten, die *Montera* irgendeines Matadors, der Degen eines anderen, Toreroporträts – und der Photograph hatte auf dem von N. einen allzu kühnen Teil seines Körpers leider recht sichtbar retuschiert, verkleinert, wie man bei uns die Taille der Frauen schmäler erscheinen läßt. Ein zeitgenössischer Stich stellte Wellington als Matador dar, der dem Stier Napoleon den Todesstoß versetzt.

Man ging von Photo zu Photo. Eins zeigte einen großen Stier, die Schnauze in den Händen des Conocedor, während der Herzog über eine Barriere hin ihm beide Arme auf den Rücken legt. Darunter stand zu lesen, daß dieser lammfromme Stier neun Lanzen empfangen, sieben Pferde geworfen und sechs davon getötet hatte. So unmöglich ist es, die Kampfkraft eines Stieres zu beurteilen, den man nur auf der Weide gesehen hat. Alban stand vorgebeugt hinter Soledad und bog sich ein wenig zur Seite, um sie anzuschauen, während er die Bilder zu betrachten schien. »Sie ist klein«, dachte er; »wenn ich mit ihr tanzen würde, wie man in den Kneipen von Madrid tanzt, würde ich meinen Mund auf ihr Haar drücken.« Welche Folterqual, ihr so nahe zu sein und sie nicht berühren zu dürfen, nicht einmal mit der Spitze des

Fingers das ein wenig erhabene Schönheitsfleckchen auf ihrem dunklen, gepuderten Nacken! Einen Schritt von ihr entfernt, badet er in ihrem Duft von Fleisch und Puder, die zusammen fast wie Vanille riechen. Er badet darin, ihm ist, als ob er daran sterbe. Er saugt sich die Lungen voll, als sei es Waldluft. Und dann streift er mit seiner Hand ihren bloßen Arm. Sie zieht ihn zurück, wie von einem Skorpion gestochen. Ein elektrischer Schlag.

Sie tritt zur Seite. Und er begibt sich an die Stelle, an der sie war, wie ein Hund den Fleck, wo die Hündin gesessen, beriecht und sich nicht mehr losreißen kann.

Man stieg zum Patio hinunter. Er blieb mit ihr ein wenig zurück.

»Wann und wo kann ich frei mit Ihnen sprechen, wie damals bei der Tienta?«

Sie zeigt weder Zaudern noch Überraschung.

»Donnerstag beim Taubenschießen.«

»Werden Ihre Eltern da sein?«

»Selbstverständlich.«

Schon sind sie unten. Sie entfernt sich von ihm. Plötzlich ist er rasend verliebt in ihre Handgelenke.

Der Patio atmet zwischen seinen beiden Gittertoren in einem köstlich gedämpften Lichterspiel – wie jenes, das über die Wellenlinie des nackten Körpers auf dem zerwühlten Bett hinhuscht – mit seinem Brunnen, seinen Nelkentöpfen, seinen Zwergpalmen, dem fein gesiebten Sand, den kühlen Marmorfliesen, den mächtigen kalkgeweißten Krügen. Und an den Wänden sind alte Muttergottesstatuen, vor denen Lämpchen brennen, dann große Ölgemälde, prachtvoll und verblichen, auf denen ein Engel mit rosa Flügeln zu sehen ist, vornehme Gestalten in Schwarz, edel und kränklich, verehrungswürdig durch ihr wunderbar gelangweiltes Aussehen. Die Frauen sprachen von ihren

Freundinnen, sie hießen *»Maravillas«* – Wunder, *»Milagras«* – Mirakel, *»Aurorita«* – Morgenrötchen. Die Männer sprachen von den jungen Stierkämpfern, die hießen *»Agualimpia«* – klares Wasser, *»Niño de la Fuente«* – Quellenkind, *»Chico de la Palma«* – Palmenbübchen ... Wenn die Stimmen schwiegen, hörte man die Palmen, von einem Windhauch bewegt, leise aneinanderschlagen, und wenn der Windhauch erstarb, dauerte das Flüstern fort; denn das Geplätscher des Wasserbeckens glich ihm völlig. Soledad saß hingegossen auf dem Rande des Beckens. Die Kreise des Wassers warfen Lichter auf ihr schwarzes Kleid, die stiegen an ihr empor wie feurige Liebkosungen. Dieser tanzende Widerschein, ihre zierlichen Gesichtszüge, die Sternbilder in ihrem Haar gaben ihr die Preziosität der Mudejar-Arabesken, die die Galerie und die Pilaster schmückten, machten sie künstlich und seltsam wie ein arabisches Astrolab. Alban schloß die Augen, und immer noch sah er ihr Gesicht vor sich, gepudert wie vom Abglanz des Mondes. Er hörte ihre Stimme, heiser und süß.

Auf dem Rückweg stellte Alban gegenüber: auf der einen Seite ihr etwas ärgerliches »Selbstverständlich«, als er sie fragte, ob ihre Eltern da sein würden, dann die Reflexbewegung, mit der sie den Arm wegzog, den elektrischen Schlag – auf der anderen Seite den Kuß auf Cantaors Nüstern, die ruhige Klarheit ihrer Erwiderung, als er sie fragte, wo sie »frei« miteinander reden könnten. Er erriet, daß sie sinnlich war, ohne pervers zu sein, wie die schönen Geschöpfe des Murillo Reinheit ohne Idealismus haben. Und die Zukunft stand offen. Soledad war wie eine Musik, die uns glauben macht, daß alles möglich ist.

Der folgende Tag war ein schwarzer Tag. Am Morgen brachte Alban persönlich einen Nelkenstrauß für die Herzogin, in der Hoffnung, Soledad zu sehen oder vielmehr mit dem alleinigen Zweck, ihrem Hause nahe zu sein. Er irrte eine Zeitlang in der Nachbarschaft umher, mitten in einer Schar sauberer kleiner Jungen, denen man im Vorbeigehen den Kopf streichelt – man streichelt ihn auch den Pudellöwen aus jahrhundertaltem Stein, die schönmachen. Er ging vorüber, blickte zum Mirador des Palais hinauf, hoffte, daß er sich öffnen, daß sie mit ihrer kleinen Hand die Zweige beiseite schieben und mit ihm sprechen würde. Nichts von alledem ... und in diesem einsamen Viertel, wo einem Augen hinter vergitterten Fenstern nachspähen, wäre es unvorsichtig gewesen, länger zu verweilen. Doch wie gerührt ist er, als er an einem kleinen Jungen vorbeikommt, der dasteht und die Wange an den Schenkel seines Esels legt! Er erinnert sich, wie sie Cantaor küßte. Die Tiere mit den schönen Wimpern, auch sie bekommen ihren Lohn.

Am Nachmittag nahm er an einer Tienta bei Don Eusebio Velasco teil. Die Stiere waren größer als alle, mit denen er jemals gearbeitet hatte. Er hätte abgelehnt, es mit ihnen aufzunehmen, wenn nicht Don Alipio viele seiner Freunde mitgebracht hätte, die begierig waren, die Kunst des Parisers zu sehen. Schon auf dem Hinweg war Alban nicht recht mit dem Herzen dabei. Heute hätte er sich am liebsten von jeder anderen Beschäftigung ferngehalten, sich in die Alcazargärten oder in den Maria-Luisa-Park gesetzt, um seinen Gedanken an Soledad nachzuhängen. Als er die Stiere sah, wurde seine Lustlosigkeit zur schlechten Laune; so trat er schon sehr niedergedrückt einem von ihnen entgegen. Alban war in schlechter Verfassung. Der Stier machte mit ihm, was er wollte. Alban verlor unaufhörlich an Boden, warf sich zur Seite, zeigte unverkennbare Furcht, die er – zum Unterschied von seinem Kampf damals mit Cantaor – nicht einmal zu überwinden suchte.

»Mein Sturz vom Pferd unlängst ist daran schuld. Seit heute morgen fühle ich wieder Schmerzen.«

Die Leute verhehlten kaum, daß sie an diese faule Ausrede nicht glaubten. Die Rückfahrt war peinlich. Alban fühlte sich vernachlässigt. Schon sah er den Augenblick voraus, da er, weil man in die Autos stieg, ohne auf ihn zu achten, genötigt sein würde, um einen Platz zu bitten. Endlich untergebracht, tat er während der halbstündigen Rückfahrt kein einziges Mal den Mund auf.

Er fragte sich: »Was ist nur mit mir los? Bin ich hoffnungslos ungleich in meiner Leistung, unfähig, meine Nerven zu beherrschen, jeder Stimmung auf Gnade und Ungnade preisgegeben? Bin ich so veranlagt, daß meine Einbildungskraft mir die Gefahren oder Hindernisse, sobald mir einige im Leben begegnen, immer größer und drohender vor Augen stellt und schließlich so große Macht über mich gewinnt, daß ich immer schlechter und schlechter werde, je länger ich mich mit einer Kunst befasse, wie es beim Tango, wie es mit Cantaor war? Beschäftigt mich Soledad so sehr, daß ich mich nichts anderem mehr ernsthaft widmen kann, nur noch ihr allein? Oder ist mein Körper, der eben noch tapfer war, weil er sich seine Freuden nur fern und unbestimmt vorstellte, jetzt unlustig vor der Gefahr, weil er die Wonne, die Liebe schenkt, seiner ganz nahe warten fühlt? Mit einem Wort, werde ich eine Enttäuschung sein? Bin ich sie etwa schon?« Er erinnerte sich an einen berühmten Matador, von dem Moreira ihm gesagt hatte: »Jedesmal, wenn seine Geliebte in der Plaza anwesend ist, arbeitet er schlecht.« Ja, doch von dem gleichen Mann erzählte Buñuelo: »Als er schwer verwundet war, hat ihn seine Geliebte gepflegt und gerettet. Zweifellos verdankt er ihr das Leben.« Er wußte nicht mehr, was er denken sollte, warf all sein Sinnen auf Soledad und liebte sie mit seinem ganzen Mißerfolg.

In Sevilla las er mit Genugtuung in einer Zeitung, daß die Stiere des Herzogs gestern im Zirkus von Bilbao sehr matt gewesen seien. »Auch er hat seine schwarzen Tage«, dachte er befriedigt. Er schnitt sich den Artikel aus als eine Waffe gegen Soledad, für alle Fälle.

Der nächste Tag war trübselig. Alban konnte nicht, wie er gern wollte, das Haus Soledads dauernd umschleichen. Was die Stierkämpferklubs betraf, so würde er immer noch früh genug dort erscheinen, um verachtet zu werden. Die Sehenswürdigkeiten der Stadt hatte er schon besichtigt, oberflächlich zwar, doch für sein Bedürfnis genügend. Diese Kunstwerke hätten ihn wohl interessiert, wenn er nicht immer Leidenschaften gehabt hätte, von denen er ganz und gar besessen wurde: jetzt waren es die Stiere und Soledad. Was bedeuten die Bilder oder sogar die Büsten der vielgeliebten Antike neben diesem Fleisch und Blut.

So schlenderte er denn teilnahmslos durch die Stadt, fuhr immer mit der falschen Straßenbahn, so daß er mehrere Kilometer zu Fuß zurücklegen mußte, kam immer wieder, wie er es auch anstellte, in die Calle de las Sierpes zurück, wie in Madrid immer wieder in die Alcalástraße, wie in Barcelona immer wieder auf die Ramblas, einfach weil es ihn nicht trieb, anderswohin zu gehen. Er hatte Empfehlungsbriefe an gewichtige Leute, durch die er alles Bedeutende von Grund aus hätte kennenlernen können. Er brauchte dreiviertel Stunden, um zu einem von ihnen zu gelangen; doch kehrte er vor der Tür wieder um, ohne geläutet zu haben, weil er nicht wußte, was er ihn eigentlich fragen, nicht einmal, was er sagen sollte. Endlich landete er auf einer Bank am Alcazar, um dort einen langen Traum von Gewalt und Wollust zu träumen.

Alte Herren fragten, bevor sie sich auf die Bank setzten, mit höflich erhobener Hand, ihn, den Jüngling: »Sie gestatten?« Vierjährige Kinder titulierten andere gleichaltrige *»Chico!«* (Kleiner!), das war immerhin noch besser, als einen Balg, den man noch auf dem Arm trug, *»Hombre«* (Mensch) zu nennen. Alberne Kodakweiber, ohne Geschlecht noch Nationalität, knipsten einen Soldaten, einen Mönch, einen Wasserverkäufer, das, was sie das malerische Straßenbild nennen. Und wenn sie geknipst hatten, sahen sie stolz und dumm aus wie eine Henne, die ein Ei gelegt hat. Er sah Engländer mit entfaltetem Stadtplan, denen er am liebsten die Pfeife im Mund zerschlagen hätte; Franzosen, die arm aussahen und ihre Schuhe nicht putzen ließen; Deutsche mit dem Rucksack auf dem Rücken und Nagelstiefeln, als wären sie auf einem Gipfel des Schwarzwalds. Jeden dieser Vertreter seines Volkes hätte man bei sich zu Hause mit den Tugenden seiner Nation ausgestattet gesehen: den Engländer mit seiner Kraft, den Franzosen mit seiner Intelligenz, den Deutschen mit seinem Staatssinn und seiner Gründlichkeit; doch hier, außerhalb ihres Landes, wurden sie alle durch die sie umgebenden Spanier beeinträchtigt – während die Eigenheiten dieser gleichen Spanier, hätte man sie in Berlin, in Paris, in London einzeln angetroffen, wie durch die Lupe vergrößert erschienen wären. Trotz alledem langweilte sich Alban weidlich. Jedesmal, wenn ihm seine Langeweile zu Bewußtsein kam, steckte er sich eine Zigarette an. Endlich erhob er sich von der lackierten Bank, da die Ameisen bei ihrer Betätigung, ihn in den Hintern zu beißen, entschieden alles Maß verloren.

Wieder in seinem Hotel, irrte er in den Salons, wo Touristen, um die Zeit totzuschlagen, schliefen, eine halbe Stunde lang umher, von den Boys verfolgt. Wie die Pest flieht Alban diese kleinen Beflissenen, die sich auf ihn stürzen, sobald er kommt, auf seiner Hose einen winzigen Schmutzfleck entdecken, zu dritt auf ihn zueilen, um ihn abzubürsten, vor ihm die Türe des Salons öffnen, in den er nicht hineinwill, so daß er, nachdem er sie zwei- oder dreimal gekränkt hat, schließlich – denn er hat ein gutes Herz – in einen dieser Räume eintritt, in dem er nichts zu tun hat. Im Lesesaal, der ihn rings umsurrt, kommen sie allen seinen Wünschen zuvor, besonders denen, die er nicht hat. Wenn er einen Fahrplan ansieht, der ein bißchen zu hoch an der Wand befestigt ist, läuft gleich ein Junge herbei, nimmt ihn ab und hält ihn ihm vor die Augen. Wenn er zufällig den Kopf dreht, glauben sie, daß er sie ruft, und schon sind sie da. Immerwährend beobachten sie ihn mit ängstlichem Blickewerfen und vor Aufmerksamkeit gerunzelter Stirn, ob er nicht etwas braucht; schließlich traut er sich nicht mehr, zu ihnen hinzusehen. Er erzählt sich eine schöne Geschichte, wo der Wesir einen Diener tötet, nur weil der ihn angesehen hat. Endlich geht er ganz überreizt auf sein Zimmer, um zu schreiben, obwohl die Tinte dort wie Wasser ist. Doch stürzt sich noch zu guter Letzt ein neuer Boy auf ihn und greift mitten auf der Treppe mit beiden Händen nach seinem Bein. Ist es ein kleiner Sklave, der sich strafbar gemacht hat und, wie die Bittenden bei den Alten, um Gnade flehend seine Knie umfaßt? Nein, er will ihm bloß die Schuhe putzen, die er schon vor zwei Stunden geputzt hat.

Auf dem Zimmer beschließt Alban, an seine Mutter zu schreiben. Er beginnt: »Liebe Mama und Freundin ...« Doch er wirft die Feder weg. Nein, für die Literatur ist er entschieden nicht geschaffen! Und überdies fasziniert ihn sein Bett. Es ist wirklich wunderbar, wie solch ein Bett einem Stier gleicht. Die Hörner, die Beine ... der Schweif ... alles genauso. Alban schließt die Fensterläden, damit man ihn von draußen nicht sieht, und rückt die Möbel an die

Wände. In einer Hand hält er ein Lineal, in der anderen seine Muleta. Ganz offensichtlich, der Stier erwidert nicht mehr, man muß schnell ein Ende mit ihm machen. Noch einige Schwünge, bei denen zum Unglück das Waschzeug in die Luft geht. Alban ermutigt sich mit starker Stimme: *»Bueno ... Bueno ...«* Dann stellt er sich im Profil auf, und ohne den Kopf zu wenden, wie ein tapferer Mann, gibt er seinem Deckbett den Tod.

»Nun«, sagt Soledad am nächsten Tage zu ihm, sobald der Herzog sich entfernt hatte, um seine Taube zu schießen, »Sie haben mir also etwas sehr Wichtiges zu sagen?« – »Ja, daß Sie ein Katzenprofil haben wie die ägyptischen Königstöchter.«

Sie begann zu lachen und bog dabei den Kopf ganz zurück, so daß ihr Gesicht zum Himmel blickte. Sie saßen auf der Terrasse des Schießstands.

»Was für ein dummer Einfall!«

»Nein, das ist kein dummer Einfall, sondern ein sehr schöner.«

Sie zuckte zusammen und schüttelte einen Marienkäfer ab, der über ihre Hand krabbelte.

»Ach, wie kitzlig ich bin!«

»Als unlängst meine Hand aus Versehen die Ihre berührte, haben Sie sie zurückgezogen, als ob Sie einen Skorpion angefaßt hätten. Geschah das nur, weil ich Sie, ohne es zu wollen, gekitzelt hatte?«

»Ja.«

»Aus keinem anderen Grund?«

»Nein.«

Das Blei traf die Taube mitten im Flug. Die weißen Federn stoben auf wie Wellenschaum, der gegen den Felsen schlägt. Der Vogel stürzte zu Boden, überschlug sich, der schneeige Flockenfall der Federn war noch in der Luft. Am Boden, über dem verwundeten Körper, zitterte aufrecht ein weißer Flügel wie ein Segel auf dem Meer.

Der Herzog kam zurück.

»Ich pflege jedes Jahr«, sagte er zu Alban, »am Samstag, an dem die Feria beginnt, in der Arena von Medina de los Reyes, einem Dorf nicht weit von hier, eine Becerrada zugunsten des Roten Kreuzes zu veranstalten, an der unsere Freunde teilnehmen. Haben Sie Lust, einer der Matadore zu sein? Ein Pariser, das wäre etwas ganz Neues. Pepe Alcaraz, der Sohn des Grafen, soll der zweite Matador sein. Sie sollen jeder zwei Stiere haben. Bis dahin – wir haben noch drei Wochen vor uns – werden Sie Gelegenheit haben, noch manches Tier zu töten, und besser in Form sein. Ist Ihnen das recht?«

»Wie alt werden die Stiere sein?«

»Zwei Jahre.«

»Ich nehme mit größtem Vergnügen an!«

Trotzdem kühlte es ihn ein wenig ab, daß es ein Wohltätigkeitsfest sein sollte. Jede Wohltätigkeitsveranstaltung, die von der guten Gesellschaft ausgeht, ist wertlos: eine Regel fast ohne Ausnahme.

Auch fand er, daß es reichlich lange dauerte, bis der Ausrufer, der den Schützen bekanntgab, wer an der Reihe war, des Herzogs Namen rief. Endlich erhob sich dieser wieder.

Alban sagte ein paar ungeschickte Worte, weil er einen Übergang finden wollte, dann zitierte er den Vers des Omar Chajjâm, wobei er nur das letzte Wort in ein Femininum umwandelte.

»Sie haben ein Schönheitsfleckchen auf dem Nacken. Jedes Veilchen, das aus der Erde kommt, entsprießt dem Schönheitsfleckchen einer Jungfrau.«

»Ach, und ich habe überall auf den Hüften welche.«

Er schnappte nach Luft. Konnte sie sich anders ausdrükken, wenn sie ihn auffordern wollte, sie noch heute nacht zu besitzen? Er fand die Kühnheit, seinen Blick in den ihren zu senken. Aber ihre Augen waren voller Unschuld, und er geriet ganz aus der Fassung über diese herausfordernde Naivität. Dennoch zögerte er jetzt nicht mehr.

»Señorita! Ich möchte Ihre Hand küssen!«

»Sie haben es gar nicht nötig, meine Hand zu küssen!«

»Oh, doch! Ich habe es sehr nötig.«

»Es wird vorübergehen, wie es gekommen ist.«

»Versprechen Sie mir, sich nicht zu widersetzen, wenn ich die Gelegenheit dazu schaffen werde.«

»Ich verspreche nie etwas.«

»Ich bitte Sie darum! Ich bitte Sie darum...«

»Schön, also die Fingerspitzen, aber nicht weiter als bis zum ersten Gelenk.«

»Wann? Wo? Sagen Sie, wann?«

Mit dem Herzog kam Don Felipe Uhagon, der sich an ihren Tisch setzte und nicht wieder wegging, und damit war es für diesen Tag zu Ende. Doch der Herzog erklärte, daß er am Montag Lord und Lady Wordsbury, die auf der Durchreise seien, im Alcazar herumführen müsse. Soledad bat, dabeisein zu dürfen. Alban veranlaßte durch ein paar Worte, daß er ebenfalls eingeladen wurde, und wußte nun, daß der Alcazar in sein Leben eintrat.

Soledad warf aus ihrem Täschchen alte Lotterielose zu Dutzenden heraus. Dann blieb sie sinnend ein wenig abseits. Ihre Haut schimmerte durch die schwarze Seide der Strümpfe wie die Morgenröte durch die Dämmerung. Sie streckte sich, nein, weniger als das, sie rückte ein wenig in ihrem Sessel und stieß kleine Seufzer aus. Und Alban dachte, daß sie ihn jetzt begehre.

Ein Mann erledigte die Tauben, indem er sie heftig mit dem Kopf voran auf den Boden warf. Der Hund eines Schützen apportierte den verwundeten Vogel in demselben kurzen Galopp wie das Vollblut, das zum Sattelplatz zurückläuft. »In meinem Munde werde ich ihre flatternden Haare haben, wie der Hund in seinem Maule diese zuckenden Flügel. Ich werde sie wortlos küssen, und auch sie wird wortlos sein und – lachen. Sie wird zu Hause nichts erzählen. Oh, mein Gott, es wird geschehen, es wird geschehen!« – Die Wollust, die ich in ihm fühle, ist so groß, daß sie die Worte, durch die ich sie auf diesem Papier ausdrücken wollte, eins nach dem anderen auslöscht.

Gestern, als er sie verließ, war ihm alles möglich erschienen. Er suchte sich den Plan der Alcazargärten vorzustellen. Wenn sie nicht abends geschlossen gewesen wären, würde er gleich hingelaufen sein, um sich die günstigsten Punkte zu merken. Könnte er doch mit ihr allein in die Bäder der Maria de Padilla gehen! Dort ist man in einem unterirdischen Felsengang, zwar nur zwei Meter von der Erdoberfläche und vom Leben entfernt, aber so abgeschieden wie in der entlegensten Höhle. Heute, im Zug nach Huelva, wo er bei einem Weingutbesitzer zwei Stiere erledigen soll, möchte er sich vorstellen, wie er sie küßt, und vermag es nicht. Immer stellt er sich vor, wie er hoffnungslos von ihr zurückkommt, und vergißt dabei, daß er im Fall eines Mißerfolges doch noch die Hoffnung und den Gedanken haben wird, es werde ihm das nächstemal gelingen.

Die Landschaft entrollt sich: rote Flächen oder grüne Flächen, immer das gleiche Hellrot der Ziegel von Sevilla, immer das gleiche Grün des Laubs, das allenthalben hervorbricht. Dörfer ziehen friedhofweiß vorbei, Weingärten folgen auf Weingärten, die Olivenstämme sind mit einem

Strich gezeichnet, der grellrot ist wie das aufgebrochene Pferdeinnere. Während der Zug dahinrollt, tauchen plötzlich auf der Seite des anderen Gleises zwei kleine, rußschwarze Gesichter im Rahmen eines Fensters auf. Ohne ein Wort zu sprechen, legen die Knaben den Finger auf die Lippen; denn es sind immer Gendarmen im Zuge. Diese jungen Genien des Schweigens auf dem Trittbrett fuhren nach Contenares, um dort mit Jungstieren zu kämpfen. Der eine hatte, in der Erkenntnis seiner Vorherbestimmung für die Hörner, in ein Taschentuch gewickelt, eine Ersatzhose mitgenommen, worüber sich der ganze Wagen vor Lachen bog. Alban hätte, von Sympathie hingerissen, sie am liebsten auf seine Kosten einsteigen lassen. Doch sie entglitten, verschwanden mit einer nicht mehr menschenähnlichen Plötzlichkeit, schwarz, stumm, gelenkig, wie Spielzeugäffchen. Doch hatte er ihnen vorher einen Duro zugesteckt – den Duro, der noch immer auf seinem Gewissen lastete, weil er ihn damals nicht Jesús gegeben.

Am ersten Bahnhof, an dem man hält, kraucht ein blindes Frauchen am Zug entlang und singt dazu wie eine alte Ziege; sie tastet sich an den Waggons weiter wie ein einäugiger Stier oder wie einer, der, blind vor Wut, an der Bretterwand der Arena mit dem Maul tastend sich weiterhilft. Alban gibt ihr vier Kupfermünzen und spricht dazu ein Gebet, denn irgendwie sieht er in den Armen Abgesandte Gottes, wie Homer lehrt. Er bittet, daß er seine Lippen nicht nur auf Soledads Fingerspitzen, sondern auch in ihre Handfläche drücken darf.

Auf der nächsten Station ist wieder ein Blinder, ein alter Mann. Alban erbittet für eine Handvoll Centimos von dem Greis, es möge ihm verstattet sein, bis zur Ellbogenbeuge, dort, wo man zur Ader läßt, vorzudringen. Aber als zwei singende Kinder erschienen, von denen das eine blind war, konnte er, da Kindern so große Gewalt gegeben ist, nicht mehr widerstehen und bat um des Mädchens Gesicht, wofür er ihnen zwei Realen gab. Bis wohin wäre er in seinem Ehrgeiz hinaufgestiegen (oder vielleicht hinabgesunken), wenn der Zug nicht abgefahren wäre! Noch lange hörte er die Stimme der Kinder und die Stimme des Alten, das Durcheinander der verschiedenen Melodien: keine wußte von der anderen; voneinander verschieden, waren sie dennoch in einem gleich, in ihrem Elend. Er hatte den Lanzenstoß des Mitleids empfangen, das tut weh. Er liebte die Kinder, die Greise, die Armen und verabscheute nur die Leute, die ihm etwas vorschwindeln wollten (und auch die, die ihn störten).

Er fuhr dritter Klasse, ebensosehr aus Geschmack an diesem Volk wie in der seinem Geist stets vorschwebenden Absicht, keine Engländer zu treffen. In der dritten Klasse wie im Luxuszug fühlte er sich gleichermaßen zu Hause. Ein schönes Mädchen stieg ein, es trug einen Papagei in seinem Käfig, dessen Stäbe gut drei Finger breit waren – Finger einer Andalusierin versteht sich. Ihre Brust spannte das Leibchen, die schwarzen, glänzenden Haare lagen glatt um den Kopf, der rund war wie der eines Falken, im Haarknoten steckte aufrecht eine Nelke. Alban begann zu trällern:

»En la plaza de Jerez,
Una mujé dio un chiyio,
Porque un toro que salio
Le parecio su mario.«*

Ein Mann veranstaltete eine Tombola, wo man für ein paar Kupfermünzen Puppen und Schachteln mit Schokolade gewinnen konnte. – »Nein, ich nicht!« sagt sie jedesmal, wenn

* Auf der Plaza von Jerez stieß eine Frau einen Schrei aus, denn der Stier, den sie sah, glaubte sie, sei ihr Gatte (der Hörner wegen).

er ihr Lose hinhält, und jedesmal endet es damit, daß sie welche nimmt und dummes Zeug gewinnt, mit dem sie nichts anfangen kann und das sie ihren Nachbarn anbietet. »Genau wie die andere«, denkt Alban, »wie kleine Vögel ... « Er möchte sie nackt in seinen Armen, zwischen seinen Beinen haben – um so mehr, als neben ihr eine Alte schläft, mit verzerrtem Mund, wie eine tote Maus. Dabei muß er denken, daß er eigentlich keine wilde Gier fühlt, Soledad zu entkleiden. Es scheint ihm – und es ist das erstemal in seinem Leben –, daß er für eine freundliche Gebärde von ihr auf *das* verzichten würde. Eine unbekannte Zärtlichkeit strömt aus ihm wie eine Quelle. Gleich wird er ein bißchen melancholisch; denn das Herz ist traurig.

Indessen quält ihn der Gedanke, daß sie vielleicht die Wollust kenne. Wüßte er, daß sie unschuldig ist, er würde wirklich nicht darunter leiden, sie nicht zu berühren.

Ehre und lange Glückseligkeit den Stieren, die tapfer und einfältigen Geistes sind! Mögen sie ewig auf himmlischen Wiesen grasen, weil sie den jungen Männern so großen Ruhm geschenkt haben!

Der erste Stier, der Alban in Huelva zufiel, gehörte zu diesen. Wie ein um Liebe buhlender Kater sich an deinem Bein reibt, dich umstreicht, und wie er, wenn du ihn im Augenblick, da er sich entfernt, ein wenig am Schweif ziehst, von selbst wieder kehrtmacht, kam der Stier am Ende jedes *Pase* von selbst wieder zurück. So konnte Alban eine ganze Serie von *Pases* aneinanderreihen, die um so glänzender ausfielen, als sie beinahe gefahrlos waren. Denn dieser Stier war Goldes wert: er stieß unermüdlich in die Capa, sah nicht weiter als seine Schnauze, benahm sich wie dressiert. Unter diesen Umständen ließ Alban alle seine Kunststückchen spielen und bedauerte nur, daß er ihrer nicht noch mehr kannte.

Dazu noch wurde er, wie in der Venta, beim Todesstoß von erstaunlichem Glück begünstigt: nach einem unzureichenden, aber ziemlich richtig sitzenden Stoß tötete er ihn augenblicklich beim ersten Versuch des Descabello. Man brachte ihm eine Ovation.

Der zweite Stier war schwieriger. Doch schnitt er seiner Meinung nach auch dieses Mal sehr ehrenvoll ab, und er verließ die ländliche Arena höchst zufrieden mit sich. Übrigens hatte seine Niedergeschlagenheit von neulich nur einen Abend lang gedauert. Nach den Schlachten am Ticinus, an der Trebia, bei Cannä und am Trasimenischen See hielten sich die Römer immer noch für unbesiegbar.

Am Abend saß er trinkend in einer Taverne, als er aus dem Nebenzimmer immer wieder das Wort *»el Frances«* hörte. Er horchte auf.

»Er ist mutig«, sagte der eine, »aber er versteht nicht« (ergänze: das Stierkämpfen).

Und der andere: »Eben drum ist er mutig, weil er nicht versteht. *Nada, nada.*« (Nichts, nichts, seine Arbeit taugt nichts.)

»Sein letzter Stier, wenn man den richtig genommen hätte, der war ein guter Stier.«

»Er ist mutig... Auch ist er *flamenco,* dafür, daß er ein Fremder ist ... aber er versteht nicht.«

Der zweite von den Sprechern sagte, indem er auf andalusische Weise das *e* des *eso* dehnte: *»Eso es.«* (So ist's.)

Alban war verblüfft, entrüstet und niedergeschlagen. Noch nie hatte er seiner Ansicht nach einen besseren Nachmittag gehabt, und so beurteilten ihn gewisse Leute! Wenn er selber einsah, schlecht gekämpft zu haben, sagte er es laut und verstand durchaus, daß es auch andere sagten. Aber der Gedanke, daß es Leute gab, die fühllos blieben, während man ihm Beifall klatschte, während er das Bewußtsein hatte, gute Arbeit zu leisten – ja noch schlimmer, die ihn tadelten – dieser Gedanke war so unerwartet... Drängte sich denn den Leuten sein Wert nicht auf als eine Tatsache? Klatschte man vielleicht aus Nachsicht Beifall, oder um ihm zu schmeicheln? Was ihn vor allem empörte, war der Satz: »Er ist mutig, weil er nicht versteht.« Diese Art, seinen Mut gegen ihn auszuspielen, es so zu drehen, daß, je tapferer er sich zeigte, um so mehr an ihm auszusetzen war... Nein, darauf wäre er niemals gekommen!

Zerstreut und verärgert blickte er vor sich hin. Was er vor sich sah, war der Garten eines Weinguts, ein orientalischer Obstgarten mit seinem Brunnen, seinen Bewässerungsanlagen, den schmalen, gepflasterten Wegen, die etwas höher lagen als die angepflanzten Beete. Weiterhin der besonnte Hügel, auf dem drei weiße Häuser sich aneinanderschmiegten wie rastende Tauben. Kleine Eidechsen huschten mit flinken Wendungen über die Palmenstämme. Esel kamen mit Rosinenfrachten beladen. Sie hatten glänzende Augen, Beine und Bauch waren zottig; aber der Rücken war geschoren, und auf die Kruppe hatte die Schermaschine den Umriß eines Schmetterlings oder einer Blume gezeichnet. Ein kleines Mädchen kam vom Brunnen, mit ihrem Krug auf der Schulter. Ein Knabe kam daher, ergriff ihn, trank aus dem Gefäß, ohne es mit seinen Lippen zu berühren, füllte es wieder am Brunnen und stellte es ihr auf die Schulter zurück. Die beiden setzten ihren Weg fort, jedes in seiner Richtung, ohne sich ein Wort gesagt, ohne auch nur gelächelt zu haben. Alban ist besiegt. Er fühlt, daß er allem, was dieser Erde entspringt, niemals böse sein kann. Wie im Leib einer Frau das Geschöpf des Blutes sich regt, so hat in seinem Innern seine Rasse, sein Blut, sein ganzes Sein vor Liebe sich geregt.

## Viertes Kapitel

Ein armer Teufel verkaufte den Besuchern des Alcazar seine Malereien. In diesen verzauberten Gärten war dies das einzige Uninteressante. Das amerikanische Ehepaar war wie auf Verabredung bei ihm stehengeblieben. Der Herzog hingegen schritt in Begleitung von Lord und Lady Wordsbury schon die Stufen hinauf, die zu dem nächsten abgeschlossenen kleinen Garten führten. Soledad und Alban waren allein. Der Augenblick war da! Aber er hatte den Mut nicht, machte keine Anstrengung, ihn aufzubringen. Da ihm das junge Mädchen nicht beistand, fühlte er sich von einer übermächtigen Schüchternheit gelähmt. Er versuchte nicht einmal eine Gebärde der Annäherung. Es war, als ob unter diesen Azulejos, auf denen der Wahlspruch Karls V.: *»Plus Ultra«* ihn grausam zu verhöhnen schien, Hexerei ihn bannte. Und er wartete, daß die Amerikaner nachkämen, damit alles unmöglich würde und er sich nicht mehr vor sich selbst zu schämen brauchte.

Soledad riß einige Myrtenblätter ab und zerdrückte sie in ihrer Hand, um sie zu parfümieren. Alban vermochte ein »Oh!« nicht zu unterdrücken. Wenn es ihm gelingen sollte, ihre Hand zu küssen, wird er nicht mehr ihren natürlichen Duft riechen.

»Was gibt es denn?«

»Zerdrücken Sie nicht die Myrte in Ihren Händen!«

»Warum nicht?«

»Erinnern Sie sich nicht mehr an Ihr Versprechen?«

»An welches Versprechen?«

Sie schien aufrichtig zu sein. Und ihm kam das, was er von ihr verlangen wollte, jetzt lächerlich vor, er sagte sich die Worte innerlich vor, und eines nach dem anderen verloren sie an Boden. Er war seines Verlangens nicht einmal mehr sicher.

»Welches Versprechen?«

»Daß ich die Spitzen Ihrer Finger küssen darf.«

Sie machte eine Bewegung, die zu bedeuten schien: »Oh, wenn es weiter nichts ist!«, warf schnell einen Blick um sich und hob plötzlich die Hand vor seinen Mund. Er sah die glänzenden Gelenke, die aussahen wie von Küssen poliert, die dunkle Haut mit den seltsam lichten Nägeln, sie hatten weiße Tupfen wie die Schneeflecken auf der rosigen Sierra. Doch er wandte den Kopf ab.

»Nun, beeilen Sie sich!«

»Nein, ich habe keine Lust mehr!«

Er war durch ihre verächtliche Plötzlichkeit verletzt, er trotzte und schmollte wie ein Kind.

»Da es Ihnen kein Vergnügen macht ... Sie nicht einmal versuchen, es mir vorzutäuschen ...«

»Vergnügen! Sie sind wirklich anspruchsvoll.«

Sie hatten den Herzog und die Wordsburys eingeholt. Die Amerikaner kamen von rückwärts, ganz aufgeregt über den erstandenen Kitsch, wie Neger über einen Zylinderhut.

Sie gingen nun alle in einer Gruppe. Alban blieb stumm. Soledad machte ihm die Worte auf den Lippen gefrieren. Durch die einfache Tatsache, daß sie sich aus dem Kuß auf die Fingerspitzen nichts machte, war alles in ihm erstorben. Daran hatte er nicht gedacht. Und er konnte nichts mehr sagen, die Stunde verging, und der Garten war der Garten des Empfanges, der das Herz schmelzen macht: *»Descende in hortum meum ...«* Alles peinigte ihn, die Rosen, die Hyazinthen und die noch nicht geöffneten Lilien, die lauen Lüfte und der Nachgeschmack von Zucker, die kleinen Mauernischen mit zwei gegenüberliegenden Sitzen, damit man darin von Angesicht zu Angesicht und Hand in Hand sei, und weiter die Bäder der Maria de Padilla, von denen er zur Sternenstunde träumte, tausend erlesene Plätzchen für zarte Bewegungen und verdrehte Augen. Turteltäubchen, voll sanfter Unzüchtigkeit, in der Farbe der reifen Aprikose und mit bläulichen Flügeln, kamen heran, entfernten sich, kehrten wieder, wie um sie einzuladen, als wollten sie sie zu Kiosken aus Porzellan geleiten, wo Täubchen den Menschen Unterricht in der Liebe erteilen.

Alban hörte nicht, wie der Herzog sich Soledad näherte und mit gedämpfter Stimme sagte:

»Ich bitte dich, schaff die Yankees fort, mach, was du willst, nur daß ich sie nicht mehr sehe, nur daß ich sie nicht mehr sehe! Ich fühle, es gibt einen Auftritt, wenn sie bleiben.«

Sie wartete auf die Fremden, die mit Alban Englisch sprachen; sie konnten kein Spanisch.

Sie sagte zu Alban: »Ich bleibe mit den Yankees zurück; Lord Wordsbury hat sich entschuldigt, daß er sie mitgebracht hat, sie wohnen im gleichen Hotel. Es scheint, sie haben sich aufgedrängt. Mein Vater hat dieses Volk nie gemocht. Aber seit einige von ihnen sich in der Nähe seiner Güter angekauft haben, um Entenjagden zu veranstalten, ist es noch schlimmer. Er hat einmal in Paris einen sogenannten andalusischen Film gesehen, der in Amerika aufgenommen war. Er mußte den Saal verlassen, konnte nicht mehr essen, war krank vor Schmerz und Wut, körperlich krank; er konnte nicht mehr sprechen ...«

Alban antwortete nicht, so zermalmt war er. Sie fing an zu lachen wie neulich, das Gesicht ganz zurückgebogen, und die Kugeln an ihren Ohren schimmerten wie große, nächtliche Tropfen, die jeden Augenblick fallen konnten.

»Warum lachen Sie?«

»Die Franzosen haben Gesichter, die mich zum Lachen reizen.«

Er fühlte sich versinken, wie auf den Grund eines Brunnens. Ihm war, als müßte er sie ohne ein weiteres Wort verlassen. Dann, in einem plötzlichen Verzweiflungsanfall: »Wie werde ich fern von diesen Händen leben können?« dachte er.

»Arme Señorita«, sagte er traurig. »Es fehlt Ihnen der Ernst!«

»Das sagen mir alle Leute; doch warum sollte ich ernst sein? Niemand hier ist ernst.«

»Ich glaubte, man liebe in Sevilla wahrhaftig.«

»Muß man, um zu lieben, ernst sein? Dann lieben Sie mich also?«

»Ich fürchte, ja.«

Er hatte das mit seiner gewohnten Schlichtheit gesagt. Sie runzelte fast schmerzlich die Stirn wie ein kleines Kind, das man plötzlich aufgeweckt hat.

»Was für ein Feuer! Sie haben eine Art, das zu sagen! Und warum fürchten Sie?«

»Sie sind viel zu wenig nett, als daß man nicht fürchten müßte, von Ihnen abhängig zu sein.«

Er lallte beinahe, er war zum ganz kleinen Kind geworden; die Kehle schnürte sich ihm zusammen. Sie scheuchten auf ihrem Wege Vögel, Blätter, sich regendes Getier. Von den niedrigen, mit Gras und Butterblumen bewachsenen Dächern des Alcazar flogen weiße Tauben auf, und jedesmal, wenn sie die Flügel ausbreiteten, wurden die rotgefleckten Federn unter ihren Flügeln sichtbar. Wer hätte sie so voll von Blut geglaubt, wenn er sie in makelloser Weiße dahintrippeln sah! Sie sagte zu ihm, wirklich wie zu einem Kinde:

»Sehen Sie, die Pfauen! Nicht wahr, die gibt es bei Ihnen in Paris nicht?«

Sie machten zusammen mit den Yankees, die immer noch neben ihnen hergingen, auf einer Terrasse halt. Der Herzog und die Wordsburys waren weit voran. Soledad streichelte einen der großen Vögel wie einen Hund. Ihre Hand, wie aus heller Bronze, hob sich von dem blauen Glanz der Pfauenkehle ab. Alban hätte unter dem Vorwand, ihn auch zu streicheln, diese Hand, diese heiße, braune, blutvolle Haut, die so viel süßer war als die der weißen Barbaren, berühren können. Jedoch ein Netz dunkler Gefühle zog sich so dicht um ihn zusammen, daß er regungslos blieb. Ja, er trat sogar ein wenig von ihr weg, an einen Lorbeerbaum.

Vor ihren Blicken breiteten sich die maurischen Gärten aus, die Karl V. geschaffen hat, der fürstliche Stiertöter, wie später Philipp IV. einer war. Und überall war sein Wappen mit dem kaiserlichen Adler zu sehen, das Alban in Gedanken durch sein eigenes, den flammengekrönten, auf zwei Schwertern ruhenden Turm, ersetzte. Eine knabenhafte Gesinnung, doch von der Gesinnung, aus der der Kaiser und alle die anderen die Erobererkraft schöpften, nur an Größe verschieden. Die Gärten, in denen man ehemals, lange vor dem Kaiser, mit Stieren gefochten hatte, waren menschenleer. Wächter, verzaubert wie die aus Dornröschen, schlummerten auf den Marmorbänken. Ein kurz gehaltener, heftiger Pflanzenwuchs wurde von Sandwegen durchschnitten, die immer, wenn sie sich kreuzten, um ein kleines Wasserbecken herumliefen. Die *azulejos,* fröhlich und einfach, mit ihrem grellen Weiß, mit ihrem Pfauenblau, dem Grün mit rötlichen Reflexen, die glasierten Kacheln, mit denen die Becken, die Bänke, die Wände, die Stufen, die von einem Garten in den anderen führten, belegt waren, die Jugend des lichtgrünen Blattwerks, die kalkgeweißten Baumstämme, das Lachsrosa der Ziegel, die die glänzenden Wege einfaßten – all das sah, geputzt, mit bunten Farben geziert, wie ein riesiger Teppich aus, wie taubeglänzt vor Frische. Ringsherum liefen bernsteinfarbene hohe Mauern, mit Zinnentürmen. Von außen eine Festung, von innen ein Garten: das gäbe eine schöne Seele.

Für Augenblicke versteckte sich die Sonne, und da war es nur noch wie eine von einem schlechten Maler gemalte Kopie des eben gesehenen Bildes. Dann kam sie wieder hervor, und die Gärten flammten, und der Buchs roch stärker. Abermals verbarg sie sich; es war bald Licht, bald Schatten, wie auf dem Antlitz dessen, der liebt. Jedesmal, wenn der Schatten kam, wehte eine Brise, als hätte sie dort hinten am Rande des Gartens gewartet, weil sie sich vor der Sonne ängstigte, und als spute sie sich, während der kurzen Herrschaft des Schattens den Garten zu durchstreichen. Die Palmen kosten miteinander, die Rosenblätter fielen, eine Haarsträhne Soledads schwirrte gegen das Gesicht des jungen Mannes, und er hörte die Melodie des Alls durch ihr Haar rauschen.

Sie hatte ihre bis über den Ellbogen nackten Arme auf die Balustrade gestützt. Zwischen dem Ellbogen und der Schulter wurden sie heller, weil sie manchmal längere Ärmel trug.

Sie sah eine Weile auf sie herab, dann sagte sie: »Sie behaupten, daß Sie mich lieben, und haben mir noch nie gesagt, daß ich hübsche Arme habe. Und alle Leute sagen es mir doch, sogar mein Vater. Sie sind der einzige, der es mir noch nie gesagt hat.«

»Das ist denn doch zu stark! Alles in mir schreit mein Gefühl heraus, und Sie interessieren sich für derlei süßliche Komplimente; ach, sind die Frauen dumm! Sie glauben, furchtbar klug zu sein, und acht von zehn Malen – unter tausend Dingen, die sie tun oder sagen könnten – fliegen sie mit der Treffsicherheit eines Pfeiles genau auf das, was sie dem Manne verächtlich macht. Nein, nein, ich sage Ihnen nichts über Ihre Arme. Ein erbetteltes Kompliment! Und hören Sie, die einzige Frau, die ich liebe, ist die, die nicht weiß, daß sie begehrt wird oder, wenn sie es weiß, so tut, als ob sie es nicht wüßte.«

Er war jetzt weniger unglücklich; denn seine Qual verwandelte sich in Zorn, vielleicht – unter diesem Palast Peters des Grausamen – in Gewalttätigkeit. Und ohne sich dessen bewußt zu sein, rückte er hinter seiner Unverschämtheit vor wie hinter einem Schild. Sie antwortete, ohne die Stimme zu verändern, wobei sie zu den Yankees hinüberblinzelte:

»Schreien Sie doch nicht so! Die Leute könnten es verstehen!«

»Sie wissen doch, daß sie nicht Spanisch können.«

»Ich weiß gar nichts.«

Er wurde unruhig, sie trat näher an ihn heran.

»Die Frauen hätten manches zu erwidern. Doch ich fürchte, diese Leute verstehen mehr, als wir glauben. Suchen Sie sie zu entfernen, sagen Sie ihnen irgend etwas!«

»Wozu, wir sprechen wie Freunde miteinander. Bleiben wir bei den Fremden! Ich würde noch mehr leiden, wenn wir allein wären.«

»Machen Sie ihnen weis, im Englischen Park sei ein Stein, auf den Napoleon sich vor der Eroberung Sevillas gesetzt habe.«

Er mußte wider Willen lachen. Und schließlich, trotz allem, ließ er sich von dem Einfall bestechen.

»Oh, Napoleon! *Fine!*« riefen die Yankees. Aber warum stehe denn in den Führern nichts davon? Das komme daher, erklärte Alban, daß der Stein früher bei einem Privatmann gewesen sei. Erst im letzten Jahre habe man ihn hervorgeholt und feierlich aufgestellt. Ihr Führer sei wohl älter.

Er trieb seine Liebenswürdigkeit so weit, sie einige Schritte in der Richtung zum Englischen Park, der sich an die maurischen Gärten anschließt, zu begleiten. Sie müßten erst rechts, dann links gehen. Kaum zehn Minuten! Ach ja, und dann, wenn sie es nicht besonders eilig hätten, im Gestrüpp – man muß aber ein bißchen suchen – war noch ein Stein, auf den hatte sich Josephine gesetzt.

»Oh! Dschosephein!«

Er sah ihnen nach. Eine animalische Heiterkeit erfüllte die Amerikaner, daß sie sich nicht mehr nach den beiden jungen Leuten zu richten brauchten, sondern die ihnen naturgemäße Gangart einschlagen durften, nämlich den Sturmschritt. »Bei diesem Tempo«, dachte er, »haben wir sie gleich wieder auf dem Hals. Ich hätte ihnen sagen sollen, daß dahinten irgendwo noch ein dritter Stein sei, auf den sich Lafayette gesetzt habe.«

Er ging zurück. Soledad war auf dem Wege langsam weitergegangen. Die Sonne, die verschwunden war, kam wieder hervor. Das Mädchen war nicht weit vom Pavillon Karls V., an den Alban in seinen Träumen gedacht hatte. Infolge einer jener wunderbaren Fügungen, die sich im Leben des jungen Mannes wiederholten, dehnte sich gegenüber dem Pavillon ein Labyrinth aus, gleich jenem, das der gehörnte, von den Gestirnen geliebte Sohn des Stiers bewohnte, er, der aus den Wellen geboren war wie die Wollust, und sich der Frau mit den sanften Beinen vereinte. Er schritt auf dem blendend gelben Sand hinter ihr, die sich nicht umwandte. Sein Herz schmolz, weil sie ganz in Schwarz war, sein Herz schmolz, weil sie nur ein paar Maßliebchen im Haar trug. Wie ein seiner Beute sicherer Leopard sie lange beschleicht, ohne loszuspringen, schritt er eine lange Weile hinter ihr, die sich nicht umwandte. Wie ein seiner Beute sicherer Leopard.

Vor dem Pavillon Karls V. holte er sie ein. O mein Gott! mein Gott! sie betritt den Pavillon Karls V.! Satyrn und

Kentauren blicken von den Wänden auf sie herab und rings um das Wasserbecken Ungetüme. Durch die offenen Fenster hört man den Vogelgesang. Sie bleibt stehen, sie läßt die Arme zu beiden Seiten ihres Leibes hängen, sie senkt langsam die Lider, nun sieht *sie* aus wie ein Raubtier. Er ergreift ihre Hand, nimmt gerade noch ihre Handfläche wahr, die hell ist wie bei Zigeunern, vergräbt sein Gesicht – das Gesicht eines Sterbenden – in die Handfläche, schließt sie über seinem Gesicht und drückt sie, als ob er mit ihrer Feuchte die Quelle des Lebens aus ihr herauspressen wolle. Er gleitet mit seinen Lippen an ihrem Arm hinauf bis an die Vene, bedeckt sie mit seinem Munde. Er weiß nicht, wird es nie wissen, wie sie währenddessen war, wie ihr Gesicht aussah.

Als er mit einem dumpfen Knirschen das Fleisch zwischen seine Zähne nahm und seine Zunge die Poren der Haut spürte, zog sie, doch ohne Heftigkeit, ihren Arm zurück. Sie streifte dieses lebende Wesen ab wie eine tote Haut. Er leistete keinen Widerstand.

Er hob seinen großen Filzhut auf, der zu Boden gefallen war, und ging neben ihr her wie betäubt, wie ein Mensch, der aus dem Dunkel in das helle Sonnenlicht kommt. Er war ganz betäubt vor Glück; auf seinem Gesicht war ein Ausdruck von Gequältheit.

Er kam wieder zu sich, doch sah er sie nicht an; er sah mit ein wenig gesenkten Augen vor sich nieder, auf die Azulejos, die in so heiteren Tönen leuchteten, daß man nicht überrascht gewesen wäre, wenn sie unter dem Tritt des Fußes eine kleine Melodie hätten erklingen lassen. Hoch oben, unsichtbar, summten Mücken, nur Dichter hören sie. Früchte waren wie der aufgehende Tag.

»Werde ich jemals mehr erlangen?«

»Nein!«

»Es ist unmöglich, daß Sie mir nicht noch mehr gewähren, da Sie mir dies gegeben haben.«

»Das ist also mein Lohn dafür, daß ich Ihnen etwas gewährt habe.«

»Kommen Sie in den Pavillon zurück. Ihr Gesicht, ich bitte Sie um Ihr Gesicht! Ihr Gesicht mit geschlossenen Augen, ich möchte es unter dem meinen sehen wie eine andere Welt. Auf Ihrem Gesicht möchte ich den Duft Ihrer Erde und das Gestein Ihrer Erde einatmen.« Sie erwiderte nichts, und er setzte mit schwacher Stimme hinzu: »Ich werde Ihnen nichts zuleide tun.«

»Nein, nein, dringen Sie nicht in mich.«

»Kommen Sie zurück in den Pavillon, ich habe die kleine Impfnarbe auf Ihrem Arm nicht geküßt.«

»Wir wollen schnell meinem Vater nachgehen.«

»Gut, also ich verlange für heute nichts. Aber sagen Sie mir, ob ich einmal Ihr Gesicht werde küssen dürfen. Sagen Sie nur ja oder nein.«

»Ich kann Ihnen nicht antworten.«

»Ja oder nein? Sagen Sie nur ja oder nein.«

Es schien, als sei er noch nicht zu sich gekommen, als sei er noch besessen. Eine Rose auf langem Stiel neigte sich bis in die Mitte des Weges, bot sich an wie eine Kurtisane, liebte es, daß jeder im Vorbeigehen an ihr roch.

»Ich kann weder ja noch nein sagen.«

»Ah, wenn Sie nicht sofort nein sagen, ist es ja.«

»Wenn Sie es so auffassen, dann sage ich gleich nein.«

Er schien nicht überzeugt.

Sie sagte: »Ich möchte Sie nicht gekränkt sehen, wenn ich nein sage …« Sie hielt inne, unschlüssig wie vor einer gefährlichen Entscheidung …

»Und wenn Sie ja sagen? …«

»Ich möchte nicht, daß Sie sehen, wie ich mich schäme, wenn ich ja sage.«

Er sah, daß bei der bloßen Vorstellung dieser Scham, bei dem bloßen Aussprechen des Wortes, das sie bezeichnet, sie schon von Scham übergossen war. Er hielt den Gegenstand seines Verlangens, er hatte ihn ganz frisch, ganz heiß in seinem Munde wie ein Wild. Und einen Augenblick lang – wie der Galgo sich hinlegt, wenn er seine Beute gefangen hat – hörte er auf, sie zu quälen.

Allenthalben war das Wasserreich in Stücke zerteilt, auf daß jede Freude durch ihr Spiegelbild verdoppelt werde. Ein kleines Wasser läuft einem zur Seite, mitten im Wege, in einer Rinne, zwischen Fliesen von erloschenem Rosa, in dem hin und wieder ein blauer Fleck sich entzündet. Da sind Becken, die tot und leer sind. Andere sind voll lächelnden Wassers, das auf dem arabischen Bogen, der sie überragt, Lichtfiguren tanzen läßt. Und Blumenblätter sind auf seinen Grund gefallen und befinden sich wohl darin: Gott behüte sie. Aus manchen Becken ist ein Tümpel übergetreten, glutrot von den Geranien, die sich in ihm beschauen. Man hört den klirrenden Laut der springenden Wasser, jedes hat seinen besonderen Ton, und sie geben sich Antwort von Garten zu Garten. Manchmal taucht Soledad im Vorbeigehen ihre Finger ein und wischt sie dann an ihrem Haar ab.

In einem Becken fischte eine Katze, eine kleine, steinfarbene Katze, und Kinder hüpften rings herum. Der Rand des Beckens bewahrte nebeneinander die feuchten Spuren der Pfoten und der Hände. So sehr auch Albans Herz gefangen war, er konnte doch die Katze nicht sehen, ohne ihr zuzulächeln, ohne ihr den Kopf zu streicheln. Die Katze, als rechtes Geschöpf der Wollust, leckte und biß ihn abwechselnd.

Alban wandte sich an Soledad: »Wenn man mich beißt, dann lasse ichs mir gefallen.«

Als er seine Hand zurückzog, perlte ein Tröpfchen Blut auf ihr, das er mit seiner Zungenspitze entfernte. Sie kamen an den Teich. Junge Mädchen spiegelten sich darin, und das Wasser, voll von den leuchtenden Farben ihrer Schals, sah aus wie eine Schmetterlingsstadt hinter einem kristallenen Schleier. Eine Zypresse war von Rosen überwachsen, eine Frau in Trauer, die lächelt. Das Glockengeläut der Giralda schwang durch den stillen Himmel.

»Beeilen wir uns«, sagte Soledad, »mein Vater ist sicher so glücklich darüber, daß er die Yankees los ist, daß er sich vielleicht nicht beunruhigt ... aber immerhin ...«

»Ich will mich vor Ihrem Vater nicht zeigen, so wie ich bin. Ich kann mein Gesicht nicht verstellen, und es ist mir, als ob es ganz verwandelt sei. Auch kann ich jemanden, den ich achte, nicht ansehen in dem Augenblick, da ich ihn hintergehe ...«

»Ich werde ihm sagen, daß ich die Yankees am Anfang des Englischen Gartens verlassen und Sie gebeten habe, sie aus Höflichkeit zu begleiten. Gehen Sie jetzt; wenn Sie meinen Vater sehen, werden Sie sich schon mit irgend etwas entschuldigen.«

»Belügen Sie Ihren Vater schon lange?«

Sie lachte.

»Seit jeher!«

Er hatte ihr diese Frage mit einem Anflug von Traurigkeit gestellt, denn er liebte den Herzog. Doch das Gefühl, sie schuldig zu wissen, rührte das Verlangen in ihm auf. Wer kleiner Sünden fähig ist, begeht auch große.

»Werden Sie mich das tun lassen, um das ich Sie bat? Ich flehe Sie an, geben Sie mir eine Hoffnung, oder schlagen Sie es rundweg ab. Ein Wort nur: ja oder nein! ...«

»Ich habe es Ihnen doch gesagt, ich kann Ihnen weder das eine noch das andere dieser Worte ins Gesicht sagen.«

»Also auf eine andere Art ... irgendwie ... schriftlich.«

Sie zuckte die Achseln, machte dann mit einem halben Lächeln »Ah« und sagte:

»Heute abend um elf schauen Sie auf den weißen Lack der rechten Armlehne der ersten Bank rechts auf der Plaza Elvira, rechts, wenn Sie aus der Calle Susona kommen. Dort werden Sie meine Antwort finden.«

»Und Sie? Wann sehe ich Sie wieder?«

»Von übermorgen ab ist es höchst wahrscheinlich, daß wir uns in der Kathedrale oder in ihrer Umgebung treffen.«

(Übermorgen fing die Karwoche an.)

Vor Kühnheit toll, wollte er ihre Hand ergreifen, um sie zu küssen. Doch sie nahm die seine und hielt sie von sich ab, aber indem sie das tat, hielt sie seine Hand lange fest. Diese Gebärde beglückte ihn mehr, als wenn sie seine Hand an ihre Lippen geführt hätte. Und er näherte sein Gesicht dem ihren und sah sie an, wie man diejenigen ansieht, die man liebt.

Er verließ den Alcazar durch den Bannerhof. Unter der Torwölbung hielt an einem Gitter eine Muttergottes über der ewigen Lampe Wacht. Soledad hatte sich, als sie kamen, vor ihr bekreuzigt. Wie liebte er es an ihr, daß auch sie katholisch war. Daß sie diesen großen, alten Jagdgrund gemeinsam hatten. Draußen wallte die Freude so heftig in ihm auf, daß er sich mit der Hand an die Stirn griff. Und er lenkte seine Schritte zur Kathedrale; ein Gefühl kindlicher Gläubigkeit trieb ihn, seine Freude mit dem Herrn zu teilen.

Jedes Haus auf dem Triumphplatz war mit einem Palmwedel geschmückt, einem Palmzweig aus Elche, entsprossen aus Wasser und aus Feuer. Die Ketten, die die Kathedrale umgeben, waren voll von Kindern, die auf ihnen schaukelten wie Schwalben auf Telegraphendrähten. Die Worte des Psalms flammten über dem Portal: *»Tibi soli pec-*

*cavi«,* und er verstand sie verkehrt (er war schließlich nur Primaner!): »Für dich allein habe ich gesündigt.« Für dich allein habe ich gesündigt... Für dich allein habe ich gesündigt... Oh, daß sie doch eines Tages dieses Wort sage, ohne es auszusprechen, mit ihrem müden Mund, ihren glanzlosen, umflorten Augen, und er wird sie dann an sich drükken, damit sie ihm verzeihe, und an dem wilden Pulsschlag ihres Halses einschlummern.

Er gebot diesen Gedanken der Leidenschaft Einhalt, sie schickten sich nicht für den Ort, an den er sich begab. Und so bezwungen, wandelten sie sich zu einem Gefühl der Zärtlichkeit, schmolzen zusammen mit dem köstlichen Duft der Pflanzen, der ihn im Orangenhof empfing, mit aller erdhaften und himmlischen Unschuld. »Lieber einen einzigen Druck von ihrer Hand, in den sie ihr ganzes Herz legt, als ihren Leib, selbst wenn sie ihn nicht aus freier Neigung gibt.« In dem Düster der Kathedrale bewegten sich wie fahle Flecken die Gesichter, wie Scharlachflecken die Chorhemden vorbei, und die Nacht, in der das Hin und Wider von Rot und Bleich auftauchte und verschwand, zauberte dem entzückten Alban das Bild der Hölle vor Augen. Von dieser Stätte empfing er die Rechtfertigung aller seiner Gefühle. Und zum Entgelt brachte er ihr sein Glück, wie die Bauern des Campo übermorgen ihre Vögel in Käfigen bringen und sie vor den Altären zurücklassen werden, damit sie mit ihrem Gesang den Herrn der Geier und der Schwäne erfreuen.

Der winzige Doña Elvira-Platz war an diesem Abend die Kulisse einer Traumstadt. Die kleinen gelben oder hellgrünen Häuser mit den weißumrandeten Türen und Fenstern standen gegen das nächtliche Himmelsblau, das leuchtete, als ob dahinter der Tag durchscheine, das rein war wie ein

Kinderauge. Das frische Laub war durchsichtig grün. Auf den Mauern, auf dem einfach gemusterten Pflaster machten die übergroßen Schatten der Palmen einander liebenswürdige Verbeugungen. Kleine Kinder spielten. Eine Katze versteckte sich hinter einem Baum, um ihnen zuzuschauen, so reizend waren sie. Und dann die mit ihrem Lackmosaik geschmackvoll verzierten Bänke. Die erste Bank rechts, wenn man aus der Calle Susona kam; ausgeschlossen, sich zu täuschen.

Bis zu diesem Augenblick war Alban kein einziger Zweifel gekommen. Doch jetzt, vor dem Wort, das erscheinen sollte, packte ihn die Unruhe. Er ging um den Platz herum, ohne daß er wagte, die Bank zu befragen; immer stärker wurde sein Gefühl, daß er dort nichts Geschriebenes finden würde. Endlich ging er hin. Auf einem der weißen Mosaike war mit einem Bleistift etwas ganz Kurzes ausgestrichen.

Er zündete ein, zwei, drei Streichhölzer an. Die Bleistiftschraffierung war so dicht, daß für ein Menschenauge nichts weiter sichtbar blieb als ein kleines, schwarzes Quadrat. Hoffnungsloser Fall! Das Wort, das dort gestanden hatte, war tot.

Er blieb ganz verwirrt sitzen. War das die Tat eines Bösewichts, der ein Liebeswort vermutet? Nein, er hätte sich nicht die Mühe genommen, einen Bleistift aus der Tasche zu ziehen, um es auszustreichen. Die Hand, die das ausgestrichen hatte, war die gleiche, die es geschrieben. Ohne Zweifel hatte Soledad, als sie sich zu dieser Art Mitteilung entschloß, gewußt, daß ihr Vater nach dem Besuch des Alcazar seine Gäste auf diesen nahen Platz führen würde, der wie ein Lächeln der schönen Stadt ist. Während die anderen den Platz bewunderten, hatte sie sich auf die Bank gesetzt und das Wort geschrieben. Dann hatte sie es ausgestrichen. Aber hatte sie ein Nein ausgestrichen? Dann hätte sie, zuerst abzuschlagen entschlossen, sich plötzlich entschlossen zu gewähren. Das war schwer vorstellbar. Viel eher vorstellbar war, daß sie zur Einwilligung entschlossen, in dem Augenblick da sie das schicksalsschwere Ja schwarz auf weiß vor sich sah, es bereute, Gewissensbisse empfand, was immer – und sie hatte es wieder ausgestrichen. Vielleicht war ihr Vater, als sie sich wieder bei ihm einfand, mißtrauisch gewesen oder hatte sie sogar ausgescholten. Vielleicht hatten Albans Worte, daß man den Herzog hintergehe, in ihr nachgewirkt, so daß sie im Augenblick des Nachgebens wieder zurückzuckte. Und jetzt? Wie sollte er sie wiederfinden? In seinem Rausch hatte er es hingenommen, daß sie ihm kein bestimmtes Rendezvous gab. Sollte er dem Herzog einen Besuch abstatten? Doch wenn der Herzog Argwohn geschöpft hatte? Er stellte sich den Diener in weißer Livree hinter dem geschlossenen Gitter vor, wie er sagte: »Der Señor Herzog läßt sagen, daß er für Euer Gnaden niemals mehr zu sprechen sei ...«

Mitternacht war längst vorbei. O süßes Dasein der Länder ohne Klassenhaß! Wir wissen, wohin wir uns zu flüchten haben, wenn die bleichsüchtigen, neurasthenischen Städte ihren Bewohnern das Leben unerträglich gemacht haben werden. Eine rührende Sicherheit herrschte an diesem einsamen, im Gewirr seiner Gäßchen verlorenen Ort, in dieser Stadt Sevilla, die niemals zum Pöbelhaften herabsinkt und doch, wenn man den furchtbaren Pariser Abgeschmacktheiten Glauben schenken will, von Dolchstößen blitzt. Die Kinder waren heimgegangen, um sich in den Schutz ihrer Engel zu begeben. Die Häuser schlummerten bei offenen Türen ein. Der Lack der Bänke glänzte wie Frauenaugen, wie Frauenzähne, rings um den unschuldigen kleinen Platz, der nur noch mauzenden Katzen ein Kuppler war. Alban kam verstimmt nach Hause zurück.

Am Palmsonntag, es war der übernächste Tag, und den drei folgenden schlenderte Alban während der Stunden des größten Gedränges in der Kathedrale und ihrer Umgebung umher. Ganz Sevilla war unterwegs und stieß ihn hin und her. Das Regenwetter stachelte die Frömmigkeit an. Man stürzte in die Kirchen, um unter Dach zu kommen. Zweifellos kam auch der Herzog mit seiner Familie täglich, aber wie sollte er sie in dieser Volksmenge finden? Er begegnete ihnen nie. Außer sich, beschloß er, am Donnerstagabend beim Herzog vorzusprechen, wenn er ihn bis dahin nicht getroffen haben sollte. Ein Vorwand war leicht zu finden. Was war aus dem Plan der Becerrada geworden, an der er als Matador teilnehmen sollte?

Er hatte sich auf die Straße gestürzt, las die Ankündigungen, besuchte die Messen, folgte den Prozessionen, mit einer ausgeliehenen Seele, der stupiden Seele des Touristen, um sich von seiner Leidenschaft abzulenken. Ganz zermürbt vor Müdigkeit, weil er seit dem Morgen um die Kathedrale herumirrt, sinkt er, als es dämmert, auf einen der Stühle auf der Calle de las Sierpes. Er sieht den berühmten Festlichkeiten zerstreut, mit Sympathie und Langeweile zu.

Die schrillen Trompeten der Kavallerie vollführen ihr Gezeter. »Nein, ich habe kein Porzellan zu kitten«, denkt Alban, zuerst von ihrem schmetternden Trara getäuscht. Die Büßenden ziehen in zwei Reihen heran, in langen Gewändern mit Kapuzen, die ihre Gesichter verhüllen. Viele haben nackte Füße, das sieht hübsch aus, und die Damen lachen darüber. Diese »Brüder des Lichts« tragen eine große Kerze in der Hand, die Flamme gegen den Boden gesenkt, ein Überbleibsel der Sitte der Griechen und Römer, die Begräbnisfackel umgekehrt zu tragen, und das untere Ende der Kerze hebt das Gewand wie ein Degen. Mit der anderen Hand halten sie vorn die Kapuze, damit die Augenlöcher in der Höhe der Augen bleiben. Es sieht aus wie eine Gebärde der Schamhaftigkeit und ist oft voll Anmut. Denn an ihrem Wuchs, an ihrer Schlankheit und manchmal auch an der Klarheit ihrer Hände – wenn sie nicht in weißen, schwarzen oder roten Handschuhen stecken – erkennt man, daß eine große Zahl der Nazarenos blutjunge Leute sind, ja es gibt sogar Büßer von vier Jahren, die, wie man glauben möchte, für ein stibitztes Marmeladenbrot Buße tun. Ganz bestimmt ist der Jesús von der Tienta unter ihnen. Wird ihn Alban an seinem graugrünen Sammetblick erkennen? Diese geheimnisvollen Wesen, die ihn streifen, wie schade, daß ihre Gesichter versteckt sind! Er senkt seine Augen in die ihren. Er heftet den Blick auf ihre frischen Hände.

Von ferne sieht er einen Kerzenwald, der sich in dem sterbenden Tag naht. Es ist der *paso* mit seinen bemalten, drapierten, von Blumen und Flammen umdrängten Statuen. Die Heiligenbilder kommen hinter einer Weihrauchwolke, sie gehen auf fünfzig Menschenbeinen, die unten herausschauen; durch die Bewegung der vielen Gliedmaßen gleichen sie ungeheuren Insekten. Ganz vorn ein Weihrauchfaß, von einem Ministranten herumgewirbelt, eine glänzende Erscheinung wie ein Nebelstern, als ob der Himmel ein kleines Bruchstück eines minderen Gestirns abgesandt hätte, um den Gottheiten der Menschen eine Höflichkeit zu erweisen. Der *paso* hält. Nun kommen unter ihm wunderbare Köpfe christlicher Sträflinge hervor, harte, rasierte, schweißbedeckte Gesichter, um Kopf und Nacken haben sie die unausbleibliche spanische Decke gewickelt, die hier helfen muß, den schweren *paso* zu tragen. Ein Kommando, sie kriechen wieder unter. Ein zweites, der *paso* wird mit einem etwas plötzlichen Ruck gehoben, so daß ein paar Blumen fallen und die Halsbänder und Rosenkränze der Statue klirren. Durch das Gitterwerk des *paso* sieht Alban die Träger mit nackten Armen, mit ihrer Decke, die die Form der ägyptischen Kopfbedeckung annimmt. Hinter diesem Gitter, in ihrem dunklen Verlies, beim Schmettern der Kommandos, rufen sie in Alban, der sich daran begeistert, die Erinnerung an die rudernden Sklaven in den antiken Galeeren wach. Gleich darauf ist er wieder Christ und erkennt in diesen, die Figuren des Glaubens tragenden Atlanten ein schönes Sinnbild.

Und neue Büßer, neue Bruderschaften kommen heran mit weißen oder schwarzen oder violetten oder roten Kerzen, mit Trompeten, mit Bannern, mit Kandelabern, mit Silberstäben, mit Körben voll Blumen und Weihrauch, mit Abzeichen, auf denen die Anschrift *»S. P. Q. R.«* steht: nicht sie allein erinnert hier an den römischen Triumph. Und über den *pasos* tollen, durch das Fest angezogen, die Schwalben in dem klaren, erloschenen Himmel.

Hinten, in der engen Straße, quetschen sich die Zuschauer. Eine Absperrung wurde durchbrochen. Der Schutzmann, der alle durchgelassen hatte, ergoß seinen Zorn auf einen kleinen Jungen, der ruhig stehengeblieben war, und verjagte ihn prachtvoll: »Weg! Ihr Verfluchten! Ins ewige Feuer!« Alban brauchte manchmal eine halbe Stunde, um sich von einem Zuschauer zum anderen bis zu einer Frau in der Menge durchzudrücken. Wenn er endlich hinter ihr war und beim Herannahen eines *paso* die Leute sich noch mehr aneinanderpreßten, so daß kleine Kinder in Tränen ausbrachen, legte er seine Hände auf die festen, feisten Oberarme der Frau ...

Sie wandte sich um, glaubte vielleicht, daß er sich vordrängen wolle, und ihre Augen fragten: »Was wollen Sie?« – »Dich«, sagte das Gesicht des Mannes. Sie begriff, nahm wieder ihre Stellung ein, willigte in dieses kurze Opfer an die Genien der Erde. Wenn sie den Kopf ein wenig zurückbog, legte sich Albans Gesicht wie von selbst auf ihr Haar und sog ihren Duft ein. Und wenn sie ihren Kopf wieder senkte, hatte sein Mund in ihrem Haar ein kleines Büschel emporgehoben. Er besah ihr Gesicht, so nahe, wie man es nur in der Liebe sieht, ihren behaarten, verwirrten Nacken, von dem ein kräftiger Flaum zwischen den Schulterblättern hinabstieg. »Ah«, dachte er, »sie riecht nach Abgrund.« Jetzt stieß ein heftiges Gedränge alle zurück, und Alban preßte ohne Scheu ihren Körper an den seinen, stieg bis zu jener schwindelnden Höhe, wo die Augen sich schließen, sank dann mit einem Mal wieder hinab wie ein Geschoß, das zu Boden fällt. Man stieß in der entgegengesetzten Richtung. Die Frau verschwand, von einer Menschenwoge fortgetragen. Glücklicherweise gibt es mehr als eine Frau in diesem Tal der Buße! Alban, ein wenig betäubt, wunderte sich, wie leicht ein Geschöpf, das man begehrt, durch ein anderes zu ersetzen ist. O köstlicher Plan der Schöpfung!

Ab und zu entbrannte Alban plötzlich in Liebe zu einer Figur des *paso,* zu einer Heiligen Jungfrau, zu einem Engel oder auch nur zu dem muskulösen Rücken eines der Zenturionen, die den Erlöser geißeln (obwohl diese häufig, mit dichtem Haarwuchs und mächtigem Schnurrbart, Briand glichen, was nicht gerade der römische Schick ist!). Dann machte er sich auf und mischte sich unter die Prozession, in der eine liebenswürdige Freizügigkeit herrschte. Eines Nachts kam eine Heilige Jungfrau vorüber, mit halbgeöffnetem Mund, dicke Tränen auf den Wangen, die Brauen vor Qual zusammengezogen. War es fromme Begeisterung? Oder weil der halbgeöffnete Mund, die Zähne, die man sah, ihn an die kleinen, rührenden Zähne der Stiere erinnerten? Er war im Begriff, ihr eine *saeta* nach seiner Manier zuzuwerfen: »Ah, ich werde dir den Mund zu schließen wissen!« Wohlgemerkt, es handelte sich nicht darum, ihr den Mund mit einem Argument zu schließen. Es war ein bißchen gepfeffert, aber er meinte es nicht böse. Sehr schnell wurde ihm bewußt, daß dies nicht zu den erlaubten Dingen gehörte, und er liebte die Heilige Jungfrau noch mehr, weil er sie beleidigt hatte. Zugleich liebte er Soledad noch mehr, weil er sie einen Augenblick lang betrogen hatte. Welch glückliches Temperament!

So stapft er denn hinter dem *paso* her, der – es ist ein Uhr nachts – in seine Kirche zurückkehrt. Alban muß sich Schritt für Schritt durchschieben, zwischen den Kindern, die der Statue die Schleppe tragen, weil sie sonst über den Boden fegen würde, zwischen den Kuchenverkäufern, die die Büßer verproviantieren, zwischen den Wasserverkäufern mit ihrem Krug auf der Schulter, um die Atlanten zu tränken, der Militärmusik, die im Trauermarschtempo langsam sich wiegt. Manchmal klirrt der *paso,* von den Atlanten plötzlich zornentbrannt niedergesetzt; sie kommen aus ihrem dunklen Loch heraus und beschimpfen die Sakristane. »Sie werden alles stehen- und liegenlassen«, denkt Alban, der an Streiks gewöhnt ist. Doch wir sind in Andalusien. Die Atlanten trinken einen Schluck Wein, während eine *saeta* der Gottheit den Wein der Liebe einschenkt, damit sie sich in Geduld fasse.

Als die Atlanten zurückkamen, hatten sie dem Leben wieder Geschmack abgewonnen, und der *paso* roch, wenn man so sagen darf, nach Pferdestall (aber gewiß, man darf so sagen, keinerlei Unehrerbietigkeit in diesem familiären, zutraulichen, heiteren Glauben). Sie hoben den *paso* mit einem Ruck auf und trabten durch die gewundenen, von Menschen wimmelnden Gäßchen in tollem Tempo dahin. Die kleinen Soldaten mit ihren zierlichen Kindergestalten machten lange Schritte und wußten gar nicht mehr, wie sie sich wiegen sollten; zur schärfsten Gangart spielten sie ihre

Trauermusik, so daß das Getute sich zugleich hopsend und schauerlich anhörte. Ein Zuschauer flucht, weil er an der Kerze eines der Büßer seine Zigarette nicht anzünden kann, klopft ihm auf die Schulter – *»hombre!«* –, damit er langsamer gehe. Als dann die Atlanten müde werden, fällt alles wieder in den gewöhnlichen Schritt zurück. Von einem übervollen Balkon bellt ein aufgeregter Hund, ein Händchen streckt sich aus, um den Baldachin des *paso* anzurühren. Wachstropfen fallen von den Kerzen auf die Handgelenke der Büßer. Alban nimmt, zwischen den Blechinstrumenten der Soldateska und der Schleppe der Himmelskönigin, einen kräftigen Schluck – so kann man wohl sagen – von katholischer Finsternis zu sich. Neben ihm hat sich eine Frau eingeschlichen und marschiert unter den Trommlern dahin, an der Seite dessen, der ihr Herz beschäftigt. Der Trommelwirbel ist in der Nähe so stark, daß er sie in einen übersteigerten Zustand versetzt, wo ihr alles leicht vorkommt. Sie nimmt an allen Gedanken teil, die hinter der Stirn eines Trommlers wohnen. Sie hält ihre offene Hand unter die Kerzen und fängt das tropfende Wachs auf. Sie senkt die Augen bei dem süßen Brand und denkt an den Leib, den sie liebt.

Unter dem Portal der Kathedrale ist ein Krokodil aufgehängt, das der Sultan von Ägypten Alfons dem Weisen sandte, als er ihm die Hand seiner Tochter verweigerte: dieser Alfons hat vielleicht bei dem Tausch gewonnen. Am Nachmittag des Gründonnerstags war Alban vor diesem Tier in achtungsvolle Betrachtung versunken; er fand, daß es etwas von einem Stier hatte. Plötzlich sah er in der ersten Reihe der Leute, die die durch die Kirche ziehende Prozession betrachteten, unter einer weißen Spitzenmantilla, wie bereift, das Profil der Prinzessin mit dem Katzenkopf. Der

Herzog erblickte ihn zuerst. Seine Züge erhellten sich: »Holla! Holla!« rief er laut. Albans ganzes Leben wurde licht in diesem Augenblick, er hätte den Mann umarmen mögen. Wenigstens von dieser Seite war nichts zu befürchten. Auch Soledad wandte ihm ein offenes Gesicht zu.

Der Herzog kam ihm entgegen.

»Ich hatte Ihnen gerade schreiben wollen. Wir fahren Samstag nach der Ganaderia, um für Sie und Pepe Alcaraz die Tiere auszusuchen. Dann werden wir einen Stiertrupp nach Merinales bringen. Selbstverständlich machen Sie bei all dem mit. Ich verabschiede mich. Ich will zuschauen, wie man den sterbenden Christus herausträgt; es ist nämlich mein Christus. Sie werden sehen, wie schön er ist. Am Montag um drei kommt das Auto bei Ihnen vorbei und holt Sie ab. *Adió*.«

Er kam noch einmal zurück: »Kommen Sie oder kommen Sie nicht, jedenfalls haben Sie Sonntag beim Stierkampf einen Platz in meiner Loge.« Er winkte ihm zum Abschied liebenswürdig mit der Hand und lief wie ein Jüngling durch die Kirche, um seinen Christus heraustragen zu sehen. Jedes Jahr sah er ihn wohl fünf- oder sechsmal, indem er auf Seitenwegen dem Zug zuvorkam, um auf ihn zu warten. Und er war sechzig Jahre alt.

Soledad machte ein paar Schritte und richtete ihren Frauenblick auf ihn, den gleichen Blick, mit dem eines Tages die Frauen die jungen Männer ansehen werden, die im blauen Soldatenrock zur Gare de l'Est ziehen.

»Verzeihen Sie, es war nicht meine Schuld, ich werde es Ihnen Montag erklären.«

»Werden Sie am Montag da sein?«

»Ja.« Sie reichte ihm die Hand. »Sie wissen, daß ich Ihre Freundin bin. *Adió*.«

»Auf Wiedersehen, Augapfel meines Lebens.«

Sie eilte davon, um ihren Vater einzuholen. Sie lief schnell, mit wiegenden Hüften, Schwester der Tartane mit den schönen Flanken. Und ihr ernstes Gesicht blieb in ihm, wollüstig wie eine Hand ohne Ringe.

Als Alban die Kirche verließ, hörte er, wie ihn jemand auf französisch anrief:

»Monsieur Alban!«

Einer der Büßer hatte sich von der Prozession abgesondert.

»Gehen Sie heute abend um zehn Uhr in die San Roman, und nennen Sie meinen Namen. Sie werden die Feier meiner Bruderschaft sehen. Sie ist die schönste von ganz Sevilla.«

Es war Buñuelo. Obgleich den Büßern strengstes Schweigen auferlegt war, sprach er mit lauter Stimme wie der Herzog. Alban fühlte sich geniert und hatte Lust zu sagen: »Sprechen Sie doch nicht so laut!« Der Torero legte ihm die Hand auf die Schulter und zwang ihn, sich umzuwenden.

»Sehen Sie doch, unsere Heilige Jungfrau! Schauen Sie sie sich nur genau an, wenn sie vorüberkommt. So viel Schmuck! Was für eine gute Partie, wenn sie zu verheiraten wäre!«

Nun fing auch er zu laufen an, um wieder seinen Platz in der Bruderschaft einzunehmen. Die Büßer hielten ihre Kerzen gegeneinander geneigt wie bei der Zeremonie der gekreuzten Schwerter.

Auf dem ganzen Wege der Prozession war das Pflaster klebrig von den seit fünf Tagen vergossenen Wachstropfen. Meßdiener, in wachsbeflecktem Schwarz, schlüpften wie kleine Tiere durch die Menge oder spielten hinter den Pfeilern Verstecken. Leute stellten ihre Stühle im Kreis auf und schwatzten. Andere schlummerten, den Kopf auf der Stufe des Monumento. Hunde bezeugten dem unteren Teil der

Beine fragwürdige Höflichkeiten. Und dennoch war in alledem keine Unehrerbietigkeit, nicht die geringste Spur von Pöbelhaftigkeit.

Wenn die Stierherde unruhig und nervös gewesen ist und nach und nach wie ein Gewässer wieder zur Ruhe kommt, wenn die Tiere allmählich aufhören, sich zu drehen, sich zu verfolgen und schon wiederkäuen, dann sagt man in Südfrankreich, daß die Herde »sich setzt«. So setzten sich nun Albans Gefühle. Sonntag oder vielmehr Montag – denn am Sonntag in der Loge beim Stierkampf konnten sie nicht miteinander reden – würde er alles erfahren, und er würde es erfahren, wie er es wünschte.

Am Abend wartete er in der San Roman-Kirche, die dem Publikum nicht zugänglich ist, auf die Bruderschaft von Buñuelo. Die Kirche war leer und ganz dunkel. Die ungeheure Draperie im Hintergrund, die vom Gewölbe bis zum Boden reichte, bekam ein wenig Licht nur von der Tür her, die sich in der Nacht öffnete. Ein Sakristan zündete die Kerzen an: ein unendlich feierlicher Vorgang, der in der Finsternis tiefen Eindruck machte. Einige menschliche Schatten tauchten auf, auch sie warteten hinter den Pfeilern. Draußen wirbelten die Trommeln ohne Unterlaß, und er glaubte, über ihrem dunklen, schweren Ton das Geräusch zu hören, das eine kaiserliche junge Seele aufwühlt: die Pferdehufe auf dem Pflaster der Städte. Endlich setzte sich der *paso* mit seinen fünfzig Füßen auf dem Brettersteg, den man über den Vorplatz gelegt hatte, in Bewegung, und das rhythmische Trappeln der Träger auf dem hallenden Steg täuschte eine marschierende Armee vor; so mußte der Schritt der siegreichen Truppen gewesen sein, wenn sie über die Zugbrücke kamen, um die unterworfene Zitadelle in Besitz zu nehmen. Der *paso* zog in die Kirche ein, majestätisch schwankend wie ein Schiff: ein Traumschiff voller Flammen und Engel, schöner noch als jene, die nach Sevilla zurückkehrten, da sie Gott eine neue Welt geschenkt hatten.

Die leuchtende Nacht und die Kerzenflammen sangen im dunklen Kirchenschiff, jedes für sich allein. Einige Nazarenos, die unter ihrer Kapuze keine Luft bekamen, hatten sie zurückgeschlagen. Endlich sah man die bezaubernden Gesichter, müde und glänzend. Ein maskiertes Wesen trug eine Trompete auf der Schulter wie einen Streitkolben.

*»Maestro!«*

Alban erkannte Buñuelo. Der schob ihn zum Ausgang.

»Gehen Sie schnell hinaus und sehen Sie es sich vom Platz aus an, wenn der zweite *paso* einzieht.«

Wie empfänglich sie doch alle für die Poesie ihres Landes und ihre Sitten waren, und wie ihnen daran lag, geliebt zu werden. So legt ein kleiner Italiener seine Hand auf eine Marmorsäule und ruft singend: *»Com' è bella!«*

Alban geht gehorsam hinaus. Die von den Kerzen beleuchtete Kirche aus hellrotem Backstein ist leuchtend rosa auf dem nächtlichen Himmel von leuchtendem Blau. Und auf diesem leuchtenden Blau blitzen die Nelken des zweiten *pasos* auf, so rot, als ob sie in Flammen stünden. Von einem Balkon ertönt rein und voll eine *saeta*. Man hört die Stimme, sucht lange nach der Sängerin. Man nimmt sie wahr, ohne ihre Züge zu unterscheiden. Sie wiegt sich bei ihrem Gesang, als ob die Kraft des Quells, der aus ihr hervorbricht, ihre Brust zu sprengen drohe; sie läßt den letzten Ton erklingen, beugt sich dabei vor, als schütte sie sich aus, dann tritt sie zurück in den Schatten, während aus der Menge ein einstimmiges *»olé«* aufsteigt. Manchmal ertönen von zwei Balkonen zwei Stimmen, wechseln ab, vermischen sich. Manchmal nimmt unter der Menge ein Mann aus dem Volk seine

Mütze ab und singt. Auch wenn er schlecht singt und man lacht, wirkt er rührend.

Die Nacht hat das gleiche tiefe Blau wie der Mantel der Heiligen Jungfrau. Kein Stern am Himmel, keine Kerze, sie sind alle auf Erden. Alban wünscht, daß dies nicht ein Symbol sei. Der *paso* setzt sich in Bewegung und kehrt in seinen Hafen zurück. Und der Mond, der schon mancherlei gesehen, der schon das Früchtetragen und Verwelken zahlloser anderer Kulte gesehen hat, der zu dieser selben Stunde auf der Erde unzählige verschiedene und einander widersprechende Kulte sieht, blickt auf all dies herab wie auf das Spielen von Kindern und lächelt unbekümmert und wohlwollend.

Doch bevor der *paso* verschwunden ist, erhebt sich eine gebrochene Stimme, erhebt sich die letzte *saeta*. Es ist eine alte Frau, ein alter Affe mit Menschentränen; denn Tränen rollen über ihr Gesicht, als sie ihren Gesang anhebt. Die letzte *saeta*? Ja, vielleicht für sie, und weil sie das weiß, weint sie. Alban kann das arme Gesicht nicht sehen, kann die arme Stimme nicht hören, und ihm graut vor dem Lachen, das er kommen sieht, wenn sie endet. Sie hat geendet. Man lacht nicht viel, man macht sich nicht sehr lustig. Sie verschwindet. Er wird ihr Gesicht nicht mehr sehen, nie wieder. Und sein Herz krampft sich zusammen, als wäre die alte Frau, die sich in der Menge verliert, eine Unbekannte, schön und schuldig, als tauche sie unter, eingehüllt in ihr Verlangen.

In der Kirche sprachen alle ein Credo, auch Buñuelo, auch Alban, auf den Steinfliesen kniend vor den *pasos,* die man auszulöschen begann. Keine Plünderung der auf den *pasos* zum Ersticken dichtgedrängten Blumen. Ja, Alban hatte gerade etwas Rührendes mitangesehen: Ein Knabe hob eine kleine Rose, die während des Zuges herabgefallen war, auf und legte sie – in diesem Alter, wo der natürliche Trieb das Nehmen ist – sorgfältig an ihren Platz zurück. Doch die Träger, die wackeren, christlichen, ihrem Loch entstiegenen Banditen, nahmen sich jeder eine Nelke hinterm Ohr mit. An diesen harten Gesichtern sahen die Nelken aus wie die Blumen, die aus Felsspalten wachsen.

»Kommen Sie, wir wollen uns eine Fastenspeise leisten«, sagte Buñuelo, der durch den langsamen Marsch, die vielen langen Stationen von fünf Uhr nachmittags bis zwei Uhr morgens ausgehungert war. Doch Alban verließ ihn; auch ihn hungerte, es hungerte ihn, allein zu sein.

Kein Schrei, kein Lied, kein etwas stärkerer Lärm, in dieser Menge, die sich – gekräuselt von einer sanften, höflichen Heiterkeit – verlief. Eine alte Frau, die gegen den Strom anging und von allen Seiten gestoßen wurde, sagte wohl: *»Que barbaridad!«* Doch im ruhigsten Ton, gewissermaßen, weil es eben gesagt werden mußte. Die Menge wurde immer weniger dicht, je weiter man sich von der Kirche entfernte. Weiße Gestalten in Kutten, immer noch mit verhüllten Gesichtern, glitten dahin und verschwanden in dieser, einem anderen Zeitalter angehörenden Nacht. In der Ferne die Giralda war eine rosafarbene Säule; man sah noch Licht in der Glockenstube, wie eine mystische Flamme, die mitten im Himmel aufgehängt ist. Plötzlich erkannte er in einem der ihm Entgegenkommenden Jesús, den kleinen Prinzen, barfuß, mit roter Kutte, mit rotem Gürtel, roten Handschuhen, die hohe Mitra, spitz und rot, in den Nacken zurückgeschoben; und mit dieser Mitra glich er einem jungen Haruspex oder dem Gehilfen eines jener syrischen Priester, die die Mysterien der Guten Göttin feierten. Jesús ging vorbei, er hatte einen seiner Handschuhe abgezogen, um mit dem Finger in der Nase zu bohren. Alban machte kehrt und folgte ihm. Jesús bog in ein schmales Gäßchen ein, und

Alban blieb an der Ecke stehen. Schließlich, was hatte er ihm eigentlich zu sagen? Über dem Gäßchen begegneten sich von zwei einander gegenüberliegenden Balkonen her Geißblatt und Jasmin und mischten liebend ihre Ranken. Die weißen Häuschen schienen an den Himmel zu rühren, vertraut mit ihm wie ihre Bewohner mit Gott. Und der Himmel hatte dort unten das durchscheinende Grün römischer Aschenurnen, genau das Grün von Jesús' Augen. Alban stand und sah ihm nach, bis sich über der kleinen, roten Gestalt die Nacht schloß.

Am nächsten Tage, dem Tag vor Ostersonntag, den man dort den Ruhmessamstag nennt, begab sich Alban vor dem Abendessen nach Tabladilla, einem ländlichen Vorort von Sevilla, wo die Stiere ausgestellt waren, die am folgenden Tag in der Arena getötet werden sollten. Die Tiere waren auf einem Weideplatz eingehürdet, der von einer starken Umfriedung und einem Graben umgeben war, ähnlich jenem, der um den römischen Zirkus lief, wenn man darin die wilden Tiere hetzte. Ganz hinten sah man eine Mauer von grellem Rosa, aus der drei Palmen aufzusteigen schienen, und einen weißen Turm wie ein Minarett. Die Blüten der Orangenbäume verströmten Balsamduft.

Die Stiere enttäuschten: klein und zu feist, mit stumpfem Auge, wirkten sie, als hätten sie kein Feuer. Seit acht Tagen sprach man in Sevilla von dem Konflikt zwischen dem Impresario der Arena und den vorzüglichsten Matadoren, denen sich die Vereinigung der Züchter angeschlossen hatte. Man beklagte sich über die Armseligkeit des Stierkampfprogramms. Als Alban in seiner Aufgeregtheit ein Billett im voraus nehmen wollte, hatte man ihm erwidert: »Sie werden immer noch welche bekommen. Viele Leute gehen nach Jerez.« In der Tat gab es in Jerez Miurastiere mit dem großen Matador Machaquito.

Alban liebte unter allen Matadoren Machaquito am meisten. Und Miurastiere! Zweifellos war es verrückt, eine Gelegenheit zu versäumen, während zweier Stunden auf den Nacken Soledads hinabsehen zu dürfen, ihren wilden, mattfarbenen Nacken. Anderseits war es in der Loge unmöglich, miteinander zu sprechen, während sie am Montag auf den Weideplätzen des Herzogs völlig unbehindert sein würden. Und Machaquito! Und Miurastiere!

Ganz Sevilla war auf den Beinen. Equipagen, Autos, Reiter, Fußgänger machten langsam die Runde um die Hürde: ein Zug ohne Ende. Wasser, *tortas* wurden verkauft. Männer bettelten unter dem Vorwand, schwachsinnig zu sein. Ein Taubstummer schrie wie ein Ara. Alban sah von weitem den Herzog, die Herzogin und Soledad in ihrem Auto und bemerkte, daß der Herzog niemals zuerst grüßte. Er gab sich nicht zu erkennen. Wozu auch? Alles war gut so. Wer weiß, ob das Wort, das sie sagen oder nicht sagen würde, nicht bestimmt war, dieses glückliche Gleichgewicht zu stören? (Welch ein vorsichtiger junger Mann!)

Immerhin war es ärgerlich: sie und Machaquito am selben Tag...

Alban begrüßte Don Felipe Uhagon, den Mann vom Taubenschießen, der aufrecht seinen mit Maultieren bespannten Wagen lenkte. Eine massige Schöne ruhte an seiner Seite.

*»Mala corrida«,* äußerte Alban mit finsterem Gesicht, als ob der Blitz auf sein Haus niedergefahren wäre.

»Ja, gehen Sie denn nicht nach Jerez?«

»Unmöglich!«

»Wie schade, ich hätte Sie mitnehmen können. Wir fahren im Auto hin und sind am Abend wieder zurück.«

»Und das Billett?«

»Wir haben ebensowenig eins wie Sie. Wir nehmen dort einen ›allgemeinen Eintritt‹; wenn man früh genug kommt, kann man im zweiten Rang sitzen.«

»Leider, wie ich Ihnen sagte, es ist unmöglich, ich bin eingeladen ...«

»Jedenfalls stehe ich zu Ihrer Verfügung, falls Sie sich eines anderen besinnen sollten. Gehen Sie mit Gott.« *(Vaya usted con Dios.)*

Mit Gott gehen, recht gern. Aber wohin ging Gott? Bestimmt nach Jerez.

Der Wagen entfernte sich und Alban ebenfalls. Er bediente sich wahrer Siouxlisten, um an der Venta vorbeizukommen, ohne von den Damen der Gesellschaft gesehen zu werden; er hätte eintreten und den Galanten spielen müssen. Er war sorgenvoll. Schließlich hatte Soledad doch gesagt: »Ich werde es Ihnen Montag erklären.« Auch für sie hatte ohne Zweifel die Begegnung am Sonntag wenig Interesse. Alban war sich wohl bewußt, daß sie für den Augenblick seine herrschende Leidenschaft war. Aber er hatte *sie* wieder gesehen. Sie – die Stiere! Die Aficion lastete auf ihm wie ein Verhängnis. Und dann, vielleicht, ohne daß er sich darüber Rechenschaft gab, war angesichts der Gewißheit, daß er nach und nach bei Soledad alles, was er wollte, erreichen könne, in seiner Liebe ein Stillstand eingetreten. In dem ersten Café, auf das er stieß, schrieb er einen Brief, der sogleich zum Herzog gebracht werden sollte. Der Brief besagt, daß Alban ihn beim Wort genommen hat – »kommen Sie oder kommen Sie nicht« –; der Herzog ist zu sehr Aficionado, um den Grund, den er ihm angibt, nicht zu verstehen, und es ist ein Beweis des ehrerbietigen Vertrauens, das Alban in ihn setzt, wenn er ihm ganz einfach sagt, er werde nicht kommen.

Bevor er zu Uhagon ging, wollte er jemand seine Eintrittskarte für den Stierkampf in Sevilla zukommen lassen: eine Karte in der ersten Reihe! Es ist amüsant, sich die Leute anzusehen und sich zu fragen: wem werde ich eine Freude machen? Auf einer Bank saß ein respektabler, schäbig gekleideter Greis, Don Diego für eine Familienpension, und las in einer Stierkampfzeitung. Alban bot ihm sein Billett an; doch der Greis machte ihm ein böses Gesicht, er hielt ihn für einen verdächtigen Wiederverkäufer. Alban ging ärgerlich weiter, um es einem Jungen anzubieten. Sein Haar war auf arabische Art glatt abrasiert, das Blauschwarz auf dem braungebrannten Schädel gab einen fast grünlichen Ton, und er roch nach heißen Waffeln. Was für einen Blitzschlag des Glücks mußte doch ohne Zweifel dieser erste Platz bedeuten, der diesem zerlumpten Burschen in den Schoß fiel. Doch der Junge betrachtete das Billett von allen Seiten, ohne übermäßiges Vertrauen in dieses Abenteuer, dachte vielleicht, daß es falsch sei oder ein gestohlenes Billett, das ihm Unannehmlichkeiten eintragen würde. Winziges Gelichter umstand sie im Kreise. Schließlich schob ihm Alban das Papier in die Hände und machte sich davon, ohne sich umzudrehen. Er hatte einen Schutzmann bemerkt, der ihm grimmige Blicke zuwarf. Wahrscheinlich wurde er für einen Lüstling gehalten.

## Fünftes Kapitel

Er trieb sein Pferd an die linke Flanke von Soledads Pferd. Sie wich nach rechts aus. Ohne zu begreifen, versuchte er noch einmal dieselbe Bewegung, um an ihre Seite zu gelangen. Wieder entzog sie sich ihm. Es war fast wie das Schärpenspiel, das bei den Gardianen, den berittenen Stierhütern der Camargue, üblich ist.

»Was ist denn?«

Plötzlich setzte sie ihr Tier in Galopp. Albans Pferd war schneller. Mit einigen Sätzen hatte er die Fliehende eingeholt. Er empfand einen kurzen, heftigen Genuß, als er sah, wie ihr Gesicht sich rötete, wie ihr Teint nicht mehr matt war, sondern bereit, Schweiß abzusondern, Frauenschweiß. Sie war wohl nicht sehr kräftig, vielleicht nicht einmal eine gute Reiterin. Und gerade das steigerte – wer weiß warum – das Begehren des jungen Mannes.

»Sie fliehen mich? Was soll das bedeuten?«

Sie antwortete nicht. In ihm war die Verblüffung noch stärker als der Kummer.

»Vor drei Tagen in der Kathedrale waren Ihre Augen voll Güte, ich dachte: nur Frauenaugen können so blicken. Und Sie haben gesagt, Sie seien meine Freundin.«

»Ja, das habe ich zu Ihnen gesagt, und Sie haben mich daraufhin beleidigt.«

»Ich? Ich habe Sie ...«

Er glaubte zu begreifen. Ohne Zweifel fühlte er sich in seinem Innern ein wenig schuldig, da er es so schnell erriet.

»Dadurch, daß ich nicht in die Loge Ihres Vaters gekommen bin? Aber wir hätten ja doch kein einziges Wort miteinander reden können, während wir heute ganz unbehindert sind.«

»Sagen Sie doch frei heraus, daß der Stierkampf in Jerez Sie mehr interessiert hat als ich.«

Dieses eine Mal benahm er sich gewandt. Was er zu ihr sagte, war zwar wahr, doch lag in seinen Worten, in seinem Ton ein etwas gewolltes Pathos.

»Zwei Stunden an Ihrer Seite zu verbringen, ohne mit Ihnen von dem, was ich Ihnen zu sagen habe, reden zu können, ohne Sie auch nur berühren zu dürfen ... nein, das wäre eine unaussprechliche Qual für mich gewesen! Ich hatte einfach nicht den Mut dazu. Und ich habe es vorgezogen, Sie lieber gar nicht zu sehen, als unter solchen Umständen.«

Das schien Eindruck auf Soledad gemacht zu haben; denn ohne Hochmut, mit etwas sanfterer Stimme, sagte sie:

»Sie hätten mich doch wenigstens angeschaut.«

»Frauen sind entschieden leichter zu behandeln als Pferde«, dachte Alban. »Mit einem Tropfen dieser Art von Honig lassen sie sich immer wieder fangen.«

Sie sagte, wie um dieses Gespräch zu beenden:

»Ich werde über das, was Sie da getan haben, lange gekränkt sein, und Sie werden viel tun müssen, damit ich Ihnen verzeihe.«

»Alles, was ein Mann zu tun vermag, werde ich für Sie tun!«

Da sie ihm von Sühne sprach, war ihm schon verziehen.

»Aber Sie! Wenn ich Ihnen gegenüber ein wenig schuldig bin, sind Sie es nicht auch mir gegenüber? Warum haben Sie das Wort auf der Bank der Doña Elvira ausgestrichen? Was für eine Woche liegt hinter mir!«

»Ist es Ihnen tatsächlich sehr nahegegangen?«

»Ja, sehr.«

Sie wandte ihm das Gesicht zu und fragte mit starker Betonung: »Sehr? s-e-h-r?«

Alban hatte die unglückliche Manie, die Wahrheit zu sagen.

»Allerdings habe ich nicht daran gedacht, Selbstmord zu begehen ...«

Sie stieß ein kurzes, schrilles Lachen hervor.

»Sagen Sie mir jetzt«, fuhr er fort, »was Sie auf die Bank geschrieben hatten, und warum Sie es ausgelöscht haben?«

Sie lächelte.

»Ich werde Ihnen das später sagen.«

»Und Ihr Versprechen?«

»Auch das später.«

»Aber doch heute?«

»Vielleicht, doch das ist noch kein Versprechen.«

Der Torero Esparraguera kam herangeritten und begrüßte die beiden.

»Señorita, der Señor Herzog bittet Sie zu kommen, um der Marquise von Martorilla vorgestellt zu werden.«

Als Soledad sich entfernt hatte, war Alban wieder ganz mit der Neuigkeit beschäftigt, die er gestern abend, als er von Jerez nach Sevilla zurückkam, erfahren hatte. Gestern war Buñuelo in Tetuan beim Setzen der Banderillas gespießt und getötet worden. Die Zeitungen erschienen weder am Sonntagabend noch am Montagmorgen, so hatte man es durch ein Telegramm erfahren und wußte noch keine näheren Einzelheiten.

»Im ersten Stierkampf nach der großen Winterpause steckt der Teufel drin«, sagte Esparraguera.

»Wieso?«

»Im April haben die Stiere infolge der frischen Weiden den Höhepunkt ihrer Fähigkeiten erreicht, der Torero hingegen ist untrainiert, weil er den ganzen Winter nicht gekämpft hat. Außerdem war Buñuelo nicht mehr jung ... ein bißchen Bauch ... das Publikum von Madrid*...« Um sie herum war die Züchterei des Herzogs, die glänzende Prärie, vom Himmel begrenzt. Hinter Tamariskenbüschen tauchten, tiefrot getüncht, Gebäude auf, über denen Laufstege angebracht waren, die an die der Unterseeboote erinnerten: schmale, im Kreise laufende Stege, von denen aus man die Stiere betrachten und die Tore in Bewegung setzen konnte. Auf ihnen gingen um diese Zeit die Gäste umher. In einer weiten Umfriedung waren mitten zwischen Zitronenbäumen und Tamarisken die Stiere eingepfercht, die heute abend zum Bahnhof von Merinales gebracht und dort nach Valencia verladen werden sollten. In einer zweiten die Reservestiere, in einer dritten die Kühe und Färsen. Außerhalb, in der freien Ebene, weidete eine kleine Anzahl junger Stiere.

Und all das war jetzt ernster, seit gestern.

Buñuelo! Eine Stunde, nein, eine Sekunde verwandelt den Menschen, der unsere Zuversicht war, in ein erschreckendes Gespenst, das unsere Nächte heimsucht, uns immer mit Vorwürfen quält. Buñuelo, ein guter Banderillero, war trotzdem ein armer Mensch. Alban hatte ihn immer nur aufgesucht, um Erkundigungen einzuholen oder ihn über seine Kunst auszufragen. Was wußte er von seinem Leben? Und was machte er sich daraus? Wußte er überhaupt, daß er ein Leben besaß? Doch nun war dieser belanglose Mensch unheimlich groß geworden, wissend und mächtig. Und Alban erinnerte sich schmerzlich an ein paar rührende Worte, die Buñuelo zu ihm gesprochen. Denn selbst der letzte der Heloten ist zu irgendeiner Stunde der Zuneigung und der

* Tetuán ist ein Vorort von Madrid; das Publikum von Madrid hat den Ruf, mehr zu verstehen und infolgedessen auch anspruchsvoller zu sein als das irgendeiner anderen Stadt. Die Plaza von Madrid fordert die meisten Todesopfer.

Achtung wert gewesen. Nur sein Tod ist nötig, damit wir es gewahr werden.

Alban sah nun auch den neugekommenen an, wie er noch nie einen Torero angesehen hatte. Auch er, Esparraguera, wird vielleicht morgen getötet werden. Und auch er, Alban, vielleicht am nächsten Samstag. Und die da töteten, das waren die gedankenvollen Stiere, die sich dort, von Sonnenflecken gesprenkelt, mit ihren Schweifen peitschten. Das hatte er sich noch nie so lebhaft vorgestellt. Er hatte so manches Mal verwundete Toreros gesehen, und wie man sie aus dem Kampfrund hinaustrug. Aber immer hieß es, daß sie schnell wieder gesund geworden seien. Buñuelo, der getötet wurde, ist eine Offenbarung. Phalaris hungert nach Opfern. Das Spaßen hat ein Ende.

Er war recht nett, dieser Esparraguera. Mit seinen eingefallenen Wangen, der schmächtigen Brust, den schmalen Hüften (die so charakteristisch für die Spanier und Orientalen sind), war er schwächlicher als Alban. Wie wenig athletisch doch die meisten der Stierkämpfer waren! Buñuelo mit seinem Bauch, dieser mit seinem kränklichen Aussehen... Auf seinem Pferde in seinem englischen Kostüm, hätte man ihn für einen Jungen halten können, wären nicht die langen, dichten Wimpern und der bläuliche Schimmer auf seinen blassen Wangen gewesen.

»Waren Sie schon einmal verwundet, Esparraguera?«

»Dreimal. Am Bauch und in der Leistengegend. Beim letztenmal ist das Horn dreimal durchgegangen.«

»Wie alt sind Sie?«

»Sechsundzwanzig Jahre.«

Er hatte die Stimme gesenkt, und Alban erriet, daß er schon siebenundzwanzig Jahre alt war. Das Senken der Stimme bedeutete: ich bin siebenundzwanzig Jahre alt und bin noch nichts.

Und wirklich fügte er hinzu:

»Es gibt Jüngere als ich, die schon bekannt sind. So ist's, wenn man Geld hat und die Zeitungsleute kaufen kann! Ach, hätte mein Vater doch länger als Stierkämpfer auftreten können, dann hätten wir Duros, und alles wäre anders. Und an allem sind die Franzosen schuld!«

»Die Franzosen?«

»Die Franzosen haben meinem Vater das Bein abgeschnitten. Ja, haben Sie ihn denn niemals gesehen, Esparra, den Alten, in der Schlangenstraße, mit seinem Holzbein? Er wurde bei einem Stierkampf in Béziers verwundet, und die französischen Chirurgen haben ihm, da sie ihn nicht zu kurieren wußten, das Bein abgenommen. Der Ruin für uns alle! Ah, die französischen Chirurgen! Pfui Teufel!«

Er machte eine Gebärde voller Verachtung und fing an zu husten. Alban schwang stumm den langen Zweig, mit dem er die Mücken verscheuchte.

»An die Arbeit!« sagte der Torero. »Leben Sie wohl! Da drüben wird geschafft. Ich muß helfen.«

Helfen! Wie er das gesagt hatte, wie einer, der immer der zweite ist! Und Alban fand in diesem Augenblick, daß Buñuelo, daß Esparraguera etwas Ernsthafteres seien als Soledad.

Drüben lassen die Stierhüter zu Pferde eine Anzahl Stiere von Cabestros umzingeln, dann umreiten sie den Trupp, und die ganze Masse verläßt in kurzem Galopp die Umfriedung, folgt einer von Palisaden eingesäumten Gasse und ergießt sich in einen der Corrales. Der vorausssprengende Reiter biegt ab, verschwindet durch ein Seitentor, das automatisch hinter ihm zufällt. Die Reiter der Nachhut verlangsamen ihr Tempo und haben sich in dem Augenblick abgelöst, als das Eingangstor sich hinter der Kruppe des letzten Stieres schließt. Die Bestien sind allein im Hof.

Der junge Mann saß von seiner Stute ab, um den Galgo zu streicheln, der währenddessen wie zum Protest den Kopf abwandte. Wenn man ihn frei herumlaufen ließ, machte er die Pferde und Stiere rebellisch und wurde gefährlich, so daß man ihn hatte anbinden müssen. Alban litt unter dem Kummer des Hundes wie unter seinem eigenen. So wird einem Mann der Nachmittag verpfuscht, weil seine Gefährtin sich zu langweilen scheint. O Galgo, entzückend und lästig wie eine Geliebte!

»Wie stumpfsinnig er ist, wenn er nicht mordet«, dachte Alban. »So wirkt das Camarguepferd halbtot, und einen Augenblick später galoppiert es wie ein Dämon. Und die Stiere könnte man, wenn man sie nicht stört, für gutmütige Onkel halten.« Er beglückwünschte sich zu dieser Bemerkung; denn er selber wirkte, wenn er nicht in Leidenschaft war, ziemlich stumpfsinnig.

Wieder im Sattel, hielt er seine Stute vor dem Gehege an, in dem die Kühe und Färsen sich um sich selber drehten wie aufgezogene Kreisel. Während sich die männlichen Tiere wiederkäuend oder friedlich sinnend ruhig verhielten, drehten sich diese Weibchen mit den mageren Hälsen und hohlen Flanken, schubsten viel, stießen sich mit den Hörnern, verkeilten sich ineinander, drehten sich unaufhörlich in der Bewegung eines Mahlstroms, ein panischer Wirbel ohne Ursache. Ihr unermüdliches Getue, ihre Aufregung um nichts, ihre Boshaftigkeit erinnerten an eine Versammlung von Damen der Gesellschaft, zum Beispiel bei einer Wohltätigkeitsveranstaltung; und ihre Augen sagten die Albernheiten, die ihre Zunge nicht aussprechen konnte. Ihre Kinder reizten sie furchtbar. Zurückgestoßene Kälber prallten wie Bälle von einem Ende der Umfriedung zum anderen, wurden, wo immer sie sich hinverirrten, mit den Hörnern empfangen. Manchmal vernahm man einen Knall, das Ausschlagen eines Hufes gegen die Umfassungswand, unglaublich heftig und geschwind, ein Schlag, bei dem sich ein Mensch glatt das Bein bricht. In eine Umhegung, die mit der anderen in Verbindung stand, hatten sich Färsen und Kälber geflüchtet. Doch dort stand eine Kuh mit gesenktem Kopf und ging auf alles los, was sich in den Bereich ihrer Hörner wagte. Sie schuf um sich in ihrem Eck einen leeren Raum, wo sie dann regungslos mit gesenkter Stirn in Angriffsstellung verharrte, unfähig, aus der Isolierung, die sie sich geschaffen, irgendwelchen Vorteil zu ziehen, das lebendige Sinnbild der beschränkten, unfruchtbaren Bosheit. Rings um das Gehege rauchten gemächlich und schweigend die Hüter; und diese Ruhe, wie die der Stiere, bildete einen seltsamen Gegensatz zu jener Leidenschaftlichkeit um nichts.

»Hundert Kühe machen mehr Scherereien als tausend Stiere«, sagte einer dieser weisen Männer zu Alban. »Was für ein Pack!«

»Man fragt sich wirklich, wie ein edler Stier aus diesen Bäuchen kommen kann«, meinte ein anderer. »Sehen Sie nur, wie das pißt.«

Eine Kuh pißte, wobei sie einen Buckel machte und den Schweif steif hielt, in einer Stellung, die zum Lachen reizte.

»Ein Stier wirkt niemals lächerlich«, sagte der Mann mit Würde.

Ein Wort formte sich sichtbar auf den Lippen des anderen; doch es wurde nicht ausgesprochen; denn hinter ihnen kam Soledad heran. Und Alban wird niemals das plötzliche Schweigen vergessen, das bedeutete, daß für diese Männer, trotz allem, die Kühe und die kleine Señorita von demselben Prinzip abhingen und daß es unziemlich gewesen wäre, in Gegenwart der Señorita von den Kühen Schlechtes zu sagen.

»Oh, wie hübsch ist dieser kleine Stier!« rief Soledad.

Ein Kalb saugte an seiner Mutter, indem es ihr kräftige Kopfstöße versetzte, mit der Brutalität des begehrenden Mannes. Doch nicht dieses Tier hatte Soledad gemeint, ihr erster Blick, ihr Frauenblick, hatte gerade das Männchen getroffen, das wahre Männchen. Alban hatte in der Herde der Kühe einen jungen jährigen Stier übersehen, der schön und reizvoll alle Tönungen einer zu drei Vierteln angerauchten Meerschaumpfeife zeigte. Oh, ein wahrhafter Mithra! nach der persischen Hymne, die da sagt, daß Mithra das Männchen der Herde ist. Auf seine plüschartige Stirn zeichneten die Kräuselhaare einen Stern. (Verrückt, nicht wahr, ein kleiner Stier, mit einem Stern auf dem zerrauften Frätzchen!) Sein Geschlechtsteil hatte die Farbe der Flamme. Und dieser köstliche Stier war zugleich ein verliebter Stier.

Er verfolgte Schritt für Schritt eine schwarze Jungkuh, heftete sich an sie, so unzertrennlich von ihr, wie zwei zusammengelötete Bronzestiere auf einem Wandbrett für Nippsachen. Er drehte ihr den Kopf zu wie im Theater der Liebhaber, der an der Seite der Geliebten sitzt. Er rieb die Schnauze an ihrer Schulter, legte ihr den Kopf auf den Rükken, drückte seine Stirn gegen ihren Hals und blieb so unbeweglich, von Zärtlichkeit ganz benommen, genau wie ein Mensch. Er war so *castizo**, daß man sich nicht mehr schämte, seine Zärtlichkeit mit anzusehen.

Alban wandte den Kopf nicht nach Soledad; doch er wußte, daß sie betrachtete, was auch er betrachtete. Er wußte, daß auch die Stierhüter genau dasselbe sahen. Und keiner sagte ein Wort. Aber eine heiße Welle stieg in seinem siebzehnjährigen Herzen auf.

---

* castizo: rassig (doch nur von der spanischen Rasse)

Der Stier machte sich zunutze, daß die Kuh den Kopf wegdrehte, und leckte ihr den Hals, wie ein wenig geliebter Mann aus Angst vor einer Zurückweisung wartet, bis seine Freundin sich abwendet, um ihr einen Kuß zu rauben. Die Kuh ließ ihn gewähren, das war alles. Man hörte, wie sie das Gras abrupfte. Dann entfernte sie sich wie gelangweilt ein paar Schritte, und auf ihrem Hals reckte sich an der geleckten Stelle ein rechteckiges Haarbüschel auf, feucht von Speichel. Er kam wieder heran und stupste sie überall mit seinen Hörnern, liebkosend und verletzend zugleich. Mit einem Male rieben sie die Stirnen aneinander, man hörte die Hörner zusammenstoßen.

»Achtung!« dachte Alban. »Händespiel endet mit Lendenspiel.« (Er war sehr stolz auf dieses sein Sprichwort.) Und da sie das unmöglich mit ansehen konnten, entfernte er sich, wobei er Soledad zurief:

»Wir wollen uns die Kinderchen ansehen, die uns für Samstag beschieden sind!«

Seine Liebe zu den Stieren bewog ihn, sie mit Kosenamen zu belegen. Diese Ungeheuer von Muskeln und Hörnern nannte er »Tierchen«, »Babys« oder auch »Katzen«. Warum Katzen? Nun, einfach weil er einen Kult mit Katzen trieb. Sein von Natur religiöser Geist hatte sich instinktiv den beiden Tieren zugewendet, die der Mensch zuerst vergottet hat: der Katze und dem Stier. Und er brachte das alles durcheinander, nannte die Katzen auch Stiere, er fand, daß Soledad, weil er sie liebte, ein Katzengesicht hatte. Immer waren tausend Liebhaber in ihm. Übrigens waren die Stiere den Katzen ein wenig ähnlich, wenn sie an ihrem Spartgras oder den verschluckten Haaren würgten und Anstrengungen machten, es wieder auszuspeien (oder wenn sie, noch als kleine Kälber, sich an unsern Beinen reiben, um sich zu kratzen). Sie haben auch, genaugenommen, Katzenschnurrbärte und winzige Zähne, wie die Schneidezähne der Katzen...

In dem Gefühl, daß dort hinter ihnen die tierische Paarung vor sich ging, sagte er zu ihr:

»Der Tag geht schon zur Neige, und Sie haben mir die Frage, die ich Ihnen vor drei Tagen stellte, noch nicht beantwortet. Darf ich hoffen, etwas von Ihnen zu erlangen?«

»Haben Sie es verdient?«

»Ich habe Ihnen schon gesagt, daß ich bereit bin, das möglichste zu tun, um es zu verdienen.«

»Schauen wir uns zuerst die Stiere an!«

»Nein, nein, Ihre Antwort.«

»Sobald wir die Stiere gesehen haben; ich verspreche es Ihnen!«

Er fühlte sich seiner Beute sicher.

Etwa zehn Meter von den Tieren entfernt hielten sie die Pferde an. »Da seid ihr ja, ihr kleinen Mistviecher«, sagte er zur Begrüßung. Einigen von ihnen war bei den Schweifschlägen, mit denen sie die Fliegen abwehrten, der Schweif drollig auf dem Rücken liegengeblieben. Andere waren ganz und gar – auf dem Fell, auf den Hörnern, in den Augenwinkeln, auf der feuchten Spur, die von den Augen hinunterlief – mit Fliegen bedeckt. Man hörte das Klappen der Ohren, die unaufhörlich gegen das häßliche Geschmeiß ankämpften. Andere wieder hatten keine einzige Fliege am Leib. Einer rieb ein Horn an einer Pflanze, hielt dann tiefsinnig inne, in die Betrachtung eines Kotfladens versunken. Zunächst standen etwa fünfzehn junge Tiere, unter denen der Herzog im Einverständnis mit Alban und Pepe Alcaraz die vier Gegner auswählen wollte, die die beiden am nächsten Sonntag töten sollten.

Die Tiere wurden unruhig und setzten sich, die Ohren im Takt regend, in Gang. Die Hüter zu Fuß folgten ihnen langsam, unter dem Arm den langen Hirtenstab mit der Spitze nach unten, wie die Soldaten bei Begräbnissen das Gewehr halten. Plötzlich ging einer der jungen Stiere gegen einen anderen an, hob mit den Hörnern sein ganzes Vorderteil und schwenkte ihn so in der Luft herum. Die Hüter brüllten, warfen erst ihre Stöcke, dann Steine nach ihm, schlugen ihm auf die Spitzen der Hörner, die bei den Stieren besonders empfindlich sind. Endlich ließ er von seinem schwarzen Opfer ab. Wiewohl größer, hatte es nicht einmal zugestoßen.

Donnerwetter, dachte Alban, ist das ein Fleischfresser! So nennt man im südlichen Frankreich, wo es Stierkämpfe gibt, sowohl den ausnehmend bösen Stier als auch den Matador, der sich im Augenblick des blutigen Aktes als tapferer Mann entgegenwirft, kurz alle, die das frische Fleisch lieben und mit schneidigem Instinkt drauflosgehen.

Der »Fleischfresser« war ein kleiner Stier, rotbraun wie eine Roßkastanie, mit ungleichen Hörnern – und auf der Spitze des einen war ein Haarbüschel hängengeblieben. Der gewölbte Vorderkopf zeigte zwischen Stirn und Nase einen deutlich ausgeprägten Buckel, die Zotteln auf seiner buschigen Stirn waren viel länger, als man sie sonst sieht. Ein wilder Wald bedeckte seinen Nacken, und während die anderen Stiere, selbst wenn sie an dieser Stelle struppig, doch am übrigen Leibe mehr oder weniger glatt waren, sah dieser überall ungeleckt aus. Man hätte glauben können, er stamme von einem Bison oder einem Büffel ab. Außerordentlich war die Übereinstimmung zwischen der Bosheit seines Tuns und seiner Verbrecherphysiognomie. Und jetzt, wie befriedigt über das, was er getan, pißte er mit zuckenden Bewegungen in kräftigem, dickem Strahl.

»Wie übel er aussieht!« sagte Alban, von diesem Geschöpf zugleich angezogen und abgestoßen. »Ganz wie eine schäbige, triefäugige Katze, die überall umherschleicht, überall weggejagt wird, die schon durch ihre Miene den Paria verrät. Ich begreife die Matadore, die von einem solchen Stier sagen: ›Der Bursche gefällt mir nicht‹, und sich im Augenblick, wo sie töten sollen, befangen fühlen.«

»Sie meinten unlängst bei Tisch, daß die Nervosität das Kläglichste von der Welt sei, und schließlich handelt es sich hier nur um Nervosität. Der Matador, der beim bloßen Anblick eines Stieres aus der Fassung geriete, weil der Stier unsympathisch aussieht, hätte einfach keine Ehre im Leib.«

»Sie haben leicht reden. Ich gestehe Ihnen jedenfalls, wenn mir Ihr Vater diesen Stier vorschlüge, würde ich sagen: nein, den mag ich nicht. Er hat einen Kopf, der mir einen Schauer über den Rücken jagt.«

»Ich hätte Sie nicht für so feige gehalten.«

»O doch, doch«, sagte er mit einem halben Lachen, »ich bin sehr feige und beglückwünsche mich dazu.«

In der Unruhe, die der Zwischenfall bei dem kleinen Teil der Herde hervorgerufen hatte, erkannte man sofort die Tiere, die Furcht erregten, und die, die Furcht hatten. Jedesmal, wenn der schwarze Stier dem mit der Buckelnase nahekam, drohte ihm dieser und schlug ihn in die Flucht. Man hatte den Eindruck, er tue das aus bloßem Übermut und habe den Streit längst vergessen. Doch die Hüter beobachteten ihn und warfen mit Steinen nach ihm; dabei murmelten sie, um ihn zu beruhigen, irgendeinen Zauberspruch. Im Bug des Schwarzen war von dem Horn ein großer Riß geblieben, der klaffte über einer gelbroten Goldfischfarbe, als brenne Feuer in seinem Innern.

Soledad wandte ihr Pferd, sie ritten fort, und jetzt nahte der Augenblick.

»Erinnern Sie sich an das, was Sie mir gesagt haben?«

»Ja.«

Er befeuchtete sich die Lippen.

»Werden Sie lieb sein?«

»Ja.«

Sein Herz klopfte bis zum Halse, so daß er leise sprechen mußte.

»Werden Sie mir Ihr Gesicht schenken?«

»Ja.«

Er hatte fast keine Stimme mehr.

»Ihren Mund?«

»Ja.«

Eine Art unwiderstehlicher Gewalt zwang ihn beinahe, noch mehr zu verlangen. Aber er besaß ebensoviel Weisheit wie Narrheit. Er begriff alles, was er dabei gewann, wenn er nicht weiterging. So fügte er denn nur noch hinzu:

»Soviel ich will? Werden Sie die Gelegenheit dazu herbeiführen?«

»Ja.«

Er schnaufte vor Beklemmung. Aus der Wiese flog bei ihrem Nahen ein Vogel auf, mit einem Schrei, der laut war wie ein Schimpfwort.

»Sofort, sofort! Sitzen Sie ab und gestatten Sie mir, daß ich Sie hinter den beiden Pferden küsse, wo uns niemand sehen kann.»

»Nein, das nicht.«

»Also dann in einer Weile, wenn es dunkel geworden ist? Noch ein Ja, ich flehe Sie an. Möge heute der Tag der sechs Ja sein.«

»Nein, heute nichts.«

Sein Gesicht verdüsterte sich, wie wenn ein Vorhang darüberfiele. »Warum?«

»Weil ich alle diese Ja unter der Bedingung gesagt habe, daß Sie mir Ihre Liebe beweisen und zugleich die Kränkung wieder gutmachen, die Sie mir zugefügt haben.«

»Ach, immer wieder das! Sie wissen doch, daß ich jede Bedingung annehme, vorausgesetzt allerdings, daß sie menschenmöglich ist. Soledad, Sie werden doch nicht so schrecklich sein, mir eine nicht menschenmögliche Bedingung zu stellen, wie zum Beispiel die, daß ich auf Wasser gehen muß oder etwas Derartiges. Sie werden doch nicht diesen grausamen Scherz mit mir treiben.«

»Meine Bedingung ist menschenmöglich.«

Sie machte eine Pause. Die Pferde hoben unruhig die Köpfe, und man hörte das Klirren ihrer Kinnketten in verschiedenen Klangfarben. Bald eine allein, bald beide zusammen.

»Sie werden von meinem Vater verlangen, daß er Ihnen den Stier mit der Buckelnase gibt, und Sie werden ihn töten zu Ehren derjenigen, die Ihnen so vieles gewährt.«

Ein langes Schweigen, länger als jedes, das je den Worten Soledads gefolgt war. Alban runzelte die Brauen vor Anstrengung, in das, was diese Worte ihm brachten, Licht zu bringen. Er wollte unterscheiden, was in diesem Mädchen schuldig und was unschuldig war, was sie rechtfertigte, und was über dies alles hinaus nicht zu rechtfertigen war. Endlich sagte er:

»Haben Sie sich wohl überlegt, was Sie da von mir verlangen?«

»Es ist so einfach, daß es keiner großen Überlegung bedarf.«

»Sie verlangen von mir, daß ich mein Leben aufs Spiel setze. Das verlangt Überlegung.«

»Es gibt keinen Spanier, der auf meinen Wunsch nicht einfach mit Ja geantwortet hätte, ohne ein weiteres Wort, stolz und freudig.«

»Jeder hat seinen Ehrbegriff. Jedenfalls ist dies nicht der meine.«

»Sagen Sie gleich, daß Sie Angst haben.«

»Ich habe es schon gesagt. Und Sie wissen ja nur darum, daß ich vor diesem Tiere Angst habe, weil ich es Ihnen gesagt habe. Ich habe weder das Alter noch das Können, um über einen Stier Herr zu werden, der ein wahrer ›Böser Engel‹* ist.«

»Ich verlange von Ihnen, daß Sie Ihre Angst um meinetwillen bezwingen.«

»Sie verlangen, daß ich mein Leben aufs Spiel setze. Und ich frage mich, ob Sie es wert sind, daß man sein Leben für Sie aufs Spiel setzt.«

Sie fuhr auf wie ein schlaffes Fahnentuch, wenn sich der Wind wieder erhebt. Ihre Augen sprühten Feuer, einen Augenblick lang brachte sie kein Wort heraus.

Dann:

»Sie wollten wissen, welches Wort ich ausgestrichen hatte?«

»Es liegt mir jetzt weniger daran, es zu wissen, als vorher.«

»Gar kein Wort. Ich hatte nichts geschrieben. Ich wollte mich nur über Sie lustig machen.«

Er sagte, die Augen auf das Maul des Pferdes gerichtet, das einen grünen Schaum kaute:

»Ich werde jenen Stier töten.«

»Sie würden sich entehren, wenn Sie es nicht täten.«

Ein Aufschrei wollte aus ihm hervorbrechen: »Nein, nicht ich würde mich entehren, Sie entehren sich, indem Sie das von mir fordern.« Doch er hielt sich zurück. Sein Entschluß war gefaßt, sie sollte glauben, er sei schwach und

---

* Mal angel, im Andalusischen zu malage zusammengezogen. Ein häufiger, von den Andalusiern in vielerlei Bedeutung gebrauchter Ausdruck. Von einer Frau, die keinen Charme hat, sagt man wörtlich: sie hat keinen Engel. Die Worte Albans zu Soledad im vierten Kapitel: »Sie sind viel zu wenig nett, als daß man nicht fürchten sollte« ... wurden auf spanisch gesagt und hießen: »Sie haben einen viel zu ›Bösen Engel‹, als daß ...«

gebändigt. Noch einmal sagte er mit abgewandten Augen: »Ich werde diesen Stier Ihnen zu Ehren töten.«

Und unverzüglich bog er mit einem Ruck den Kopf seines Pferdes zur Seite, wie man ein Steuer herumreißt, machte auf einem ganz kleinen Raum eine rechtwinklige Schwenkung und sprengte in der entgegengesetzten Richtung davon.

Das Blut wallte ihm heiß ins Gesicht, so daß er seinen Hut abnehmen mußte. Er glaubte, auf seiner Stirn den roten Striemen zu fühlen, der sich, wie man ihm gesagt hatte, immer zeigte, wenn ihm die Lehrer oder die Geistlichen einen Verweis erteilten. Instinktiv hob er die Zügel, um die Gangart seines Pferdes zu verlangsamen, so sehr fühlte er das Bedürfnis, sein aufgewühltes Innere zu beschwichtigen.

Sein Entschluß war so schnell wie ein Pfeil, der aufs Ziel zuschießt: er würde diesen Stier töten und von Soledad nichts annehmen. Bis zum Schluß würde er sie in dem Glauben lassen, sie habe Macht über ihn, er werde zu ihr eilen, um in ihren Armen seinen Lohn zu empfangen. Darum hatte er die Gewalt seines letzten Schreies zurückgedämmt, darum die Augen gesenkt, wie einer, der sich unterwirft. Doch nach dem Stierkampf würde er nicht kommen. Nein, er würde nicht kommen. Er würde ihre Schändlichkeit nicht belohnen.

Aber war es wirklich eine Schändlichkeit? Zweifellos würde jeder Torero diesen Stier töten ... Doch nein, nicht darum handelte es sich. Er fühlte sich – ob mit Recht oder mit Unrecht – vor diesem Stier befangen. Er hatte es Soledad gesagt, und sie, die es wußte, und gerade weil sie es wußte, verlangte von ihm diese Probe. Als eitles Geschöpf, um ihn dafür zu »strafen«, daß er sie dem Anschein nach vernachlässigt hatte. Als Kokette, um sich ihrer Macht zu versichern. Nein, sie war unentschuldbar. Das Herz in ihrer Brust wog weniger als ein Sperling. Sie bewies, daß sie keine Zuneigung für ihn empfand, und er – seine Liebe zu ihr (oder sein Geschmack an ihr, man weiß nie, wie man sagen soll), sie hatte sie hingemäht, wie die Sense die Blume mäht. Und die Empörung erstickte in ihm den Schmerz.

Er hatte seine Stute auf die Gruppe der Stiere zugelenkt, um den »Bösen Engel« wiederzusehen. Ein sehr eleganter junger Mann zu Pferde betrachtete sie auch. Es war Pepe Alcaraz.

So beschäftigt Alban mit seinen Gefühlen war, dennoch wurde er sofort von berufsmäßigem Interesse ergriffen. Der Wunsch, mit diesem jungen Mann zu sprechen, der ein solches Abenteuer mit ihm gemeinsam bestehen sollte, verscheuchte alles übrige. Er stellte sich vor.

Der andere nahm seinen Hut nicht ab, sagte kein Wort, hatte für ihn nur ein Nicken. Alban, immer noch mit dem Hut in der Hand, zuckte es in den Finger, ihm diesen aus nächster Nähe ins Gesicht zu schleudern. Wie vieles war seit wenigen Minuten in ihm gestorben, wie vieles neu geboren! Die ganze Zukunft mit Soledad vom Abgrund verschluckt. Sein Gefühl für sie erloschen. Er stand vor einer nahen, schweren Gefahr. Und der, der in der Gefahr an seiner Seite stehen sollte, war sein Gegner. Das Dramatische in seinem Leben wurde groß, schwellte seine Kraft, rückte näher, näher, wie ein Brand.

Der Stier blieb hartnäckig abseits, wie ein Ausnahmewesen, das sich für etwas Besonderes hält. »Ganz offenbar, er stellt was vor«, sagte sich Alban. Der ›Böse Engel‹! So sind bei den Chaldäern die ersten Cherubim geflügelte Stiere gewesen, und sie hüteten die Pforten der Hölle. Der Stier bemerkte ihn jetzt und hob den Kopf. Mit einem Schauder erkannte Alban in dieser Bewegung sein eignes Aufwallen wieder, wenn er, aus seiner gewohnten Gleichgültigkeit erwachend, an Soledad zu denken begann. Der Stier heftete seinen Blick auf ihn. Sie kreuzten die Blicke. Die Behauptung, daß dieser Augenblick etwas *Feierliches* hatte, ist keine Schändung dieses Wortes. Und Alban verlor sich in diesem Stierantlitz. Da senkte der Stier den Kopf und scharrte den Boden, wild, furchtbar wild. Alban wich mit seinem Pferd zurück. Dann versank er in Nachdenken. Wenn er schon jetzt so heftig reagierte, wie würde es erst in der Arena sein! Er bemerkte, daß in diesem Augenblick die Hüter, Alcaraz, alle sich näher an das Tier herangewagt hatten als er. Und vorhin? Wahrhaftig, vorhin war es ebenso gewesen, sogar Soledad hatte sich der Gefahr mehr preisgegeben. Und mit einem Male setzte er seine Stute in Galopp und ritt auf den Herzog zu; denn er fürchtete sich vor sich selbst und fühlte das Bedürfnis nach dem Unwiderruflichen.

Der Herzog war allein.

»Señor, ich möchte Sie um eine große Gefälligkeit bitten« (er suchte nach Worten, um die Sache als eine Schrulle hinzustellen). »Einer Ihrer Stiere da drüben hat mir einen bösen Blick zugeworfen, er hat mich beleidigt. (Es war ihm eingefallen, wie die Köchin zu Hause sich ausdrückte, wenn eine der Katzen sich in der Küche etwas hatte zuschulden kommen lassen: ›Sie hat mich beleidigt.‹) Wir haben etwas miteinander auszumachen. Ich bitte Sie darum, ihn Samstag töten zu dürfen. Sollte er von einer höheren Klasse sein als diejenigen, die Sie uns zur Verfügung zu stellen gedenken, so bin ich selbstverständlich bereit, die Differenz, wie es sich gehört, auszugleichen ...«

Der Herzog machte eine Bewegung: davon könne nicht die Rede sein.

»Schön«, sagte er, »sehen wir ihn uns an.«

Er ritt an den Conocedor heran, der auf den Stier mit ausgestrecktem Arm hinwies; und zwischen den Fingern seiner Hand brachen die Strahlen der untergehenden Sonne durch wie auf Christusbildern.

Sie besprachen sich, während sie ihn betrachteten. Er war noch immer für sich allein und blinzelte, genau wie ein zorniger Mensch. Alban ritt aus Diskretion nicht zu ihnen hin, und vor allem aus demselben Gefühl der Befangenheit heraus, das ihn im Gymnasium bewog, sich fernzuhalten, wenn sich die Lehrer bei der Schulprüfung über ihn unterhielten. In einem nahen Dorfe wurde der Angelus geläutet, und Alban bekreuzigte sich. Doch lange vor Christus hat der Mithrapriester sich der Sonne zugewandt und sie bei ihrem Untergang angerufen. Und Alban wußte das.

Der Herzog kam zurück.

»Der Conocedor sagt mir, es sei zu befürchten, daß dieser Stier sich verbrecherisch gebärdet. Ich kann ihn Ihnen nicht geben.«

»Verbrecherisch« *(criminal)* nennt man einen Stier, der den Menschen sucht und sich nicht täuschen läßt. Dieses Wort ist recht dramatisch. Es fiel in Albans Herz, und sein Herz zog sich zusammen wie ein Igel, wenn man ihn berührt. Und dennoch, es mußte sein. Sein Wille, sein Wunsch gaben seinen Worten einen außerordentlichen Nachdruck.

»Señor, ich bitte Sie, gewähren Sie mir doch dieses Vergnügen, ich habe vor kurzem meinen Vater verloren, lassen Sie mich zu Ihnen sprechen wie zu einem Vater, da wir beide die gleichen Dinge so sehr lieben. Lassen Sie mich diesen Stier töten!«

Er hatte seine Hand – sie war schmierig, weil er die Stute gestreichelt hatte, um seiner Bitte Nachdruck zu verleihen – auf den Zügel des Herzogs gelegt.

Trotz seiner Leidenschaft für die Tiere war der Herzog verblüfft, daß man ihn eines solchen Gegenstandes wegen beinahe Vater nannte. Er war überrascht und ziemlich gerührt von der Aufwallung von Ehrerbietung und Zuneigung in der Stimme dieses jungen Ausländers, dieses gestern noch Unbekannten, dessen Stimme bebte, ja bebte, während sie flehentlich bat.

»Aber hören Sie mal, ist es denn durchaus nötig, daß es gerade dieser Stier ist?«

»Er ist für mich geschaffen«, sagte Alban mit gesenktem Blick, als ob er zu seinem Vater von einem jungen Mädchen gesagt hätte: Laß mich sie heiraten, sie ist für mich geschaffen.

Vielerlei Beweggründe wirkten auf den Herzog in derselben Richtung. Der Wunsch, Alban zufriedenzustellen, eine lebhafte Neugier, wie er sich herausziehen würde ... und hatte er schließlich nicht schon allzu viele ihr Leben aufs Spiel setzen sehen, als daß er nicht daran gewöhnt gewesen wäre? Die Stierkampfatmosphäre bewirkt in allen diesen Menschen eine Art Gleichgültigkeit gegenüber dem Tode, dem eigenen wie dem der anderen. Der Herzog wäre vor dreißig Jahren, ohne mit der Wimper zu zucken, auf diesen Stier losgegangen. Es ist recht schwer, jemandem gegenüber hart zu bleiben und ihm etwas zu verwehren, das man selbst tun würde. Zudem, was ließ sich bei den Stieren voraussehen?

»Der Stier ist unangenehm, das ist sicher; doch das beweist noch nichts. Sie haben die Photographie bei mir gesehen: ein Stier, der auf der Weide sanft ist, kann in der Arena furchtbar sein. Ich habe es erlebt, daß einer meiner Stiere sich sehr tapfer zeigte, und ein paar Tage vorher hatte ihm mein Conocedor hier auf demselben Platze sein kleines Kind zwischen die Hörner gesetzt. Die sich auf der Weide am ungestümsten benehmen, sind häufig beim Stierkampf Ausreißer. Stiere sind wie Toreros, heute tapfer, morgen minderwertig. Morgen? Ja, während der Viertelstunde des Stierkampfs selbst geht bisweilen mit ihnen eine Verwandlung vor: sie fangen schlapp an und schließen glänzend ab, oder umgekehrt. Sie sind nervös, von Eindrücken abhängig wie Frauen. Haben Sie bemerkt, wie sie in den Corrales zusammenfahren, wenn nur einer neben ihnen hustet? Ah, es gibt keinen Kampfstier, der die Fliegerprüfung bestünde ...«

»Wenn ich recht verstanden habe, wollen Sie meine Bitte erfüllen?«

»Mein lieber Herr von Bricoule«, begann der Herzog auf französisch, als ob dieser Satz ihm zu wichtig schiene, um nicht vollkommen verstanden zu werden, »ich pflege meine Gäste zu fragen: ›Wissen Sie?‹ (er wollte sagen, wissen Sie, was ein Stier ist?), wenn sie antworten: ›Nein!‹ dann ergreife ich meine Vorsichtsmaßregeln, und es passiert nie etwas. Doch wenn sie mir antworten: ›Ich weiß!‹ dann ... auf ihre eigene Gefahr und Verantwortung. Ich gebe Ihnen diesen Stier, doch ich verlange Ihr Ehrenwort, Ihr Wort als Gast, daß Sie es nur sich selbst zuschreiben, wenn zufällig eine *desgracia* passieren sollte. Im übrigen wird die Gefahr durch die Tatsache sehr verringert, daß Ihre Leute, wie Sie mir gesagt haben, Toreros von Beruf sein werden.«

Alban nahm seine Hand und schüttelte sie, eine Hand, die den Greis in diesem kraftvollen Körper verriet, eine Hand, die man sich vorstellte, wie sie sich bleich um ein Kruzifix schloß. Und indem er sie drückte, dachte Alban nicht mehr an die Stiere, sondern sagte ganz leise für sich: »Sie haben Ihre Tochter wieder. Welche Last fällt von mir, daß ich Sie nicht mehr betrügen muß!«

»Als zweiten Stier geben Sie mir also den schwarzen, den, der sich ohne einen Hornstoß alles gefallen ließ. Das scheint mir ein guter Kerl zu sein. Den zum Ausgleich. Und jetzt zum *encierro!*«

Der Tag versank in einer Nacht, die wie ein anderer Tag war: blau, durchsichtig, morgenhaft, unsäglich rein und friedevoll. Gleich werden die jungen Frauen lächelnd in ihr entschlummern. Der Geruch der Erde war erschreckend gut und kräftig. Das laute Zirpen der Grillen klang, als ob es von den Sternen käme. Und nun erhob sich ein Singsang, ein sehr sanftes Ohéohéohé, in einem Atem ausgehalten, begleitet von dem gedämpften Pfeifen der Hüter, die die Herde sammelten, wie ein geheimnisvoller Gesang, den man über dem Meere hört.

»Wer wird mir Buñuelo ersetzen?« fragte sich Alban. »Ich bin beim Stierkampf blindlings seinem Rat gefolgt.« Plötzlich ging er an Esparraguera vorüber und dachte an diesen. Doch Esparraguera hatte keinen Ruf, er war zu jung, um große Erfahrung zu besitzen, und überdies, mit was für Augen mochte er wohl einen Franzosen ansehen, da er die Franzosen sowohl für das seinem Vater abgenommene Bein als auch für den Ruin seiner Familie verantwortlich machte? Würde er nicht in Versuchung geraten, ihm im Augenblick der Gefahr einen bösen Streich zu spielen? »Pah!« dachte Alban, »alles spricht gegen ihn, doch er ist mir sympathisch.« Als er Esparraguera anredete, hatte er das ganz klare Bewußtsein der Unvernunft seiner Handlung, seiner Unvernunft oder aber seiner höheren Weisheit – der gleichen Weisheit, die auf der mystischen Ebene den Heiligen zu Füßen eines Verbrechers in die Knie fallen läßt. Mit zwei Worten wurden sie einig. Die »Corrida« von Valencia setzte sich nun in Schritt: Sechs Kampfstiere und zwei Reservestiere, vor und hinter ihnen semmelfarbene Cabestros mit abgestumpften Hörnern und massigen Köpfen. Sie waren höher und gröber gebaut als ihre kleinen, schwarzen Kollegen. Sie trugen eine Schelle am Hals und auf dem Halsband die herzogliche Krone, wie Lakaien, die sie ja auch waren: böse sahen sie nicht aus, blöde sahen sie aus; und dieses blöde Aussehen erinnerte an den Menschen. Und überall ringsum, mit den Lanzen in der Hand, damit die Stiere nicht ausbrechen konnten, umgaben die Hüter und Amateure den Trupp, wie das Eiweiß den Dotter.

Alban ritt hinten, der linke Bug seines Pferdes berührte die Kruppe des vorangehenden. Vor sich das Wogen der dicken Rücken, in denen das Rückgrat in den schwellenden Muskeln eingebettet lag. Darüber ragten die Hörner der schwarzen Stiere mit schwarzen Spitzen und die gelben, durchscheinenden Hörner eines roten Stieres, in denen Lichter aufblitzten. Am Himmel glitzerten die Sterne auf dem großen Rumpf mit dem Stierkopf, in dem die Alten Asterion, den Minotaurus, gesehen hatten. Zwischen das Trappeln der Hufschläge schlichen sich verlorene Laute der nächtlichen Stille ein; Fröschequaken, Ruf eines Vogels, fernes Hundegebell; und von rechts oder von links aus dem dichten Dunkel der Ebene das klagende Gebrüll eines herumschweifenden Stieres, den man nicht sah. Das Dunkel gab einem bleichen Cabestro, einem weißen Pferd, einen hellen Schimmer. Bisweilen stach aus der Masse ein furchtbarer Schatten hervor: ein Stier war einem anderen auf das Hintergestell gestiegen und bewegte sich, hin- und hergeschüttelt, weiter, die Hörner in die Winde stoßend. Der tierische, menschliche, göttliche Schemen überragte alles, ein wahres Gespenst der Gewalttätigkeit und der Ausschweifung, die sein Zeichen in der alten Astrologie bedeutet hat. Dann glitt er wieder herab, und wieder war die Herde nur noch ein niederer, flacher Wellengang. Die hellen Pferde, mit den stolz erhobenen, bebenden Köpfen, wirkten alle wie Pegasus neben den Stieren, die durch ihre Hörner, durch ihre Art, beim Gehen die Stirne der Erde darzubieten, durch ihre phosphoreszierenden bläulichen Augäpfel wie von Belial gezeichnet aussahen.

Der berittene Hüter im Nachtrab, der Schwarmtreiber, der die Gangart zu regeln hat, stieß mit seiner Lanze den kotbeschmierten Hintern des letzten Cabestro an. Gleichzeitig stachelte der Conocedor den Cabestro an der Spitze. Die Stiere, von hinten bedrängt, legten den Kopf auf den Rükken der vorderen, und endlich gingen die zwölf gehörnten, sich stoßend, wie Pendel durcheinanderschlagend, in Galopp über. Der Conocedor ritt – sich im Sattel halb zurückwendend, um die Schnelligkeit des Trupps zu überwachen – einen schönen, kurzen, tänzelnden Galopp. Die Kruppe seines Pferdes wiegte sich fast zwischen den weiten Hörnern des Leitochsen. Nicht zu schnell! nicht zu langsam! Das zu schnelle Tier setzte sich dem Hufschlag des Pferdes oder des Stieres aus, den es bedrängte, das zu langsame einem Hornstoß in den Schenkel. All das schmolz zusammen zu einem einzigen Klumpen von Tieren und Menschen, die einander feind waren; dennoch waren sie dich aneinandergedrängt, dennoch taten sie einander nichts zuleide. Plötzliche sinnlose Wutanfälle hoben die Stiere wie Wellenkämme, mitten im Lauf schlugen sie gegen die nächste Flanke, alsbald durch eine Lanze zurechtgewiesen. Und die Flanken waren voll von den hellen Spuren der Abschürfungen, voll von Geifer, der sich verkrustete. Sie galoppierten mit zwei langen Geiferfäden, die ihnen vom Maul herabhingen, oder der Geifer fiel ruckweise nieder, einem Blitz ähnlich. Und der trockene Boden sprühte unter den Hufen der Pferde Funken reinen Lichts.

Alban wurde nervös, weil er, da er hinten war, nicht schneller reiten konnte; denn zu Pferd, wie im ganzen Leben, ermüdet uns gerade die langsame Gangart. Endlich hielt er es nicht mehr aus, löste sich aus dem Haufen und hatte ihn in einigen Sätzen abgeritten. Welche Entspannung, seine Stute sich strecken lassen zu dürfen! Schon war er Bein an Bein mit dem Conocedor, der ihm zurief: »Langsamer! Was soll das!« Einen Augenblick lang mischte sich das Knarren ihrer Sättel. Er überholte ihn. Voran und allein! Er war voran und allein, vermochte nicht mehr zu halten, nicht einmal mehr langsamer zu werden. Hinter ihm ertönten Flüche; denn seine Schrulle brachte die Ordnung des Zuges in Verwirrung. Geschrei der Männer, die Tiere hinter ihm wie eine steigende Flut, und dennoch, er war voran, und er war allein! Führte er sie, oder verfolgten sie ihn? Führte er sie, oder stießen sie ihn wie ein Verhängnis vor sich her? Führte er sie, er, der nicht einmal den Weg kannte? Doch er ritt schnell, und er war voran, und er war allein. Das wog die Schimpfworte und die Gefahr wohl auf. Die Pferde wollten mit ihrer Gefährtin um die Wette rennen, und nach und nach beschleunigte der Haufe trotz den Bemühungen der Reiter seinen Lauf. Durch die heiße, aromatisch duftende Ebene wälzte er sich hinter Alban her, mit Eisengeklirr, mit Hufgedröhn, mit dem Schellengeläut der Cabestros, dem Knall der gegeneinander stoßenden Hörner, dem Geschrei der wütenden Männer; ein Fehltritt nur des vordersten Reiters, und er ist darunter, und schon stürmt es über ihn weg. Er lenkt sein Pferd nicht mehr, die tolle Stute mit dem Frauenhaar, die hart bedrängt in wilder Flucht dahinrast. Er hat den Kopf ein wenig nach hinten geworfen, und da er allen voran ist, kann nur noch der Himmel sehen, daß er Tränen in den Augen hat. Und nur noch die Nacht die nicht ausgesprochenen Worte hören: »Ich darf weinen, da ich nicht nachgeben werde.«

## Sechstes Kapitel

Als Therese Cahuzac und ihr Sohn gegangen waren, versank Frau von Bricoule in Nachdenken. Bei den ersten paar Worten ihrer Freundin hatte sie in ein Heim hineingesehen, das das ihre beinahe in den Schatten stellte. Hatte Therese nicht gesagt: »Paul und ich werden am Morgen von Albans Abitur für seinen Erfolg kommunizieren.« Später war diese Tugend – gemäß den Naturgesetzen der Tugend – ein wenig sauer geworden. »Liebe Freundin, ich gestehe, daß ich Sie nicht begreife. Alban so ganz allein ins tiefste Spanien zu schicken! Das kommt mir einfach unglaublich vor! Haben Sie denn gar keine Angst um ihn?« – »Aber er ist doch da unten bei Freunden von uns!« hatte Frau von Bricoule ziemlich zerknirscht – wie ein kleines Mädchen – gelogen. Und sie tröstete sich mit ihrer mütterlichen Eitelkeit. »Sie sitzt wie eine Glucke über ihrem Paul. Wie gewöhnlich er aussieht! Fast wie ein Waisenknabe bei den Klosterbrüdern.«

Seit fast sechs Wochen war Alban auf Reisen, seine Abwesenheit quälte Frau von Bricoule nicht. Sie war weniger unruhig, wenn sie ihn weit weg wußte, mit seinen Stieren und seinen Pferden, als mit all seinen Gymnasiumsgeschichten, in die er sich übermäßig verbohrte. Überzeugt, daß er sie betrog, wo immer er war, fand sie es weniger hart, wenn er sie »drunten am Wall von Sevilla« betrog, als hier, bei ihr, wo er gerade ihren Armen entschlüpfte, mit all den zum Greifen nahen Heimlichkeiten seines späten Nachhausekommens, seiner Verschlossenheit, seinen Lügen, seiner Verwirrung, wenn sie plötzlich in der Tür seines Zimmers erschien. Sevilla verklärte alles. Sie sagte sich voller Stolz:

»In seiner enganliegenden Hose muß mein Sohn jetzt recht ansprechend wirken.« Doch nun, da ihre Freundin sie aufgestört hatte, kamen ihr Zweifel über ihr Verhalten. Ja, sie hatte dadurch, daß sie ihn nicht genau überwachte, ihre Pflicht versäumt.

Sie sah wieder die Szene der Abreise vor sich. Alban hielt ihr seinen Schlüsselbund hin: »Das sind die Schlüssel von meinem Schreibtisch.« Sie konnte sich nicht enthalten, ihm zu sagen: »Wenn du mir schon die Schlüssel dazu gibst, dann hast du wahrscheinlich alles herausgenommen, was du vor mir versteckst.« Er hatte gesagt: »Mach auf, und du wirst sehen!« Sie schmolz vor Liebe bei diesem Vertrauensbeweis. Heute allerdings kam ihr dieses Benehmen Albans nicht mehr so lauter vor. Nun ja, er hatte einfach mit dem Feuer spielen wollen. So hatte sie selber mehr als einmal unter ähnlichen Umständen, ihrem Gatten oder ihrer Mutter gegenüber, es mit der Kühnheit versucht. Die Handlungsweise Albans zeugte zweifellos von Vertrauen, aber auch von Schlauheit. Er hatte sie verpflichten wollen, indem er sich an ihr Herz wandte, und das war ihm gelungen. »Mach auf, und du wirst sehen!« Ah, er ließ es drauf ankommen! Und, wenn sie ihn beim Wort nahm?...

Sie suchte die Schlüssel in ihrem Sekretär und stieg, ein Schatten in Trauer, zum Zimmer ihres Sohnes hinauf.

Wie war ihr Sohn doch ihr gegenüber verschlossen! – und wie furchtbar, wie kindisch er sich durch die Welle von Röte verriet, die sein Gesicht überflutete, wenn sie gewisse Worte aussprach. Es war für sie ein grausames Spiel geworden, ihn zum Erröten zu bringen, und beinahe die einzige Macht, die sie über ihn besaß. Die Erregtheit dieser Frau von vierzig Jahren belauerte die Erregtheit dieser Pubertät. Ein Trieb, aus fernen Hintergründen geboren, bewog sie, diese seine Erregtheit noch durch Sticheleien und Anspielungen anzufachen. Ohne sich darüber Rechenschaft zu geben, hätte sie ihn nach der verbotenen Frucht lüstern gemacht, wenn es dessen noch bedurft hätte.

Bisweilen kam es zu einem Ausbruch, wenn sie mit ihrer Zärtlichkeit allzu grob abgewiesen worden war. Zum Beispiel, wenn sie ihn küssen wollte, sperrte er den Mund auf und biß sie, eine Erinnerung an die Zeit, da er noch ganz klein war, Löwe spielte und stundenlang unter dem Tisch hockte und brummte. »Aber benimm dich doch nicht wie ein Hund!« bat dann Frau von Bricoule. Gleich darauf ging sie mit einem innigen Ton in ihrer Stimme – er tat, als ob er ihn nicht verstünde – zum Betteln über, und er sperrte sich so sehr, daß es ihr nicht gelang, ihn zu küssen, bis sie schließlich, im Innersten verletzt, ihr Gesicht zurückzog. »Als ob du dich nicht küssen ließest, wenn es dir Spaß macht! Oh, du kannst schon zärtlich sein, wenn du willst!«

Nun, mit sechzehn Jahren war Alban wohl schon geküßt worden, er selber aber hatte noch niemanden geküßt. Doch er ließ sie reden, um nicht wie ein alberner Junge vor ihr dazustehen. Er fühlte, daß sie diese Küsse, die nicht da waren, auf seinem Gesicht gleichsam einatmete, mit einem Gemisch von Vorwurf und von Neid... Eine Stunde später spielte Frau von Bricoule dem Grafen gegenüber eine ganz ähnliche Rolle. »Mein Gott, wie kommt denn der Herr Soundso dazu, mit solcher Begeisterung von dir zu sprechen?« warf er, als er heimkam, mit düsterer Miene hin. Frau von Bricoule hatte niemals an den betreffenden Menschen gedacht; doch die Vorstellung, zu gefallen, schmeichelte ihr. Sie spielte die Geheimnisvolle: »Hat er kein Recht dazu?« Es ist eine Hauptbeschäftigung der Menschen, sich gegenseitig zu täuschen.

Frau von Bricoule haßte dieses geheime Leben Albans, weniger darum, weil sie etwas Tadelnswertes dahinter vermutete, als weil er es vor ihr verbarg: ihr Herz war mehr verletzt als ihre Moral. Sie fühlte nur zu gut, daß die einzige Art, ihrem Sohne näherzukommen, darin bestand, an seinen Geheimnissen irgendwie beteiligt zu sein und zu diesem Zweck ihnen Vorschub zu leisten. So war denn ihr Verhalten voller Inkonsequenzen: an einem Tag war sie die Mutter, am anderen die Kameradin. An einem Tag donnerte sie: »Glaubst du, daß man es nicht den Ringen unter deinen Augen ansieht, daß du unrechte Gedanken hast? – Meinst du, daß ich die Art deiner Gespräche mit den Lümmeln aus deiner Klasse nicht errate?« An anderen Tagen scherzten sie über diese Dinge in versteckten Anspielungen.

Dann ließ sie sich ganz gehen: ein Nichts glättete ihre Falten und brachte ihre immer noch erhaltene Jugend wieder zum Vorschein. Neben diesem großen Burschen, der nun seinerseits Zutrauen faßte und sich dem Reiz hingab, von den Dingen, die er liebte, zu sprechen, wurde sie wieder wie vor zwanzig Jahren, als sie mit den Kavallerieoffizieren törichtes Zeug geschwatzt hatte. Da sie durch ihre Krankheit vereinsamt war, aller männlichen Zärtlichkeit oder auch nur der geringsten Möglichkeit, mit einem Manne zwanglos zu plaudern, beraubt, war Alban für sie der einzige, an dessen Seite sie diesen prickelnden Schaum von Leichtlebigkeit genießen konnte. Als junges Mädchen hatte sie sich daran berauscht, dann als junge Frau, zwar in allen Ehren, doch prächtig umschwärmt und glücklich darüber. In solchen Augenblicken vergaß sie fast alles in dem Gefühl, die Worte eines Mitschülers ihres Sohnes zu rechtfertigen. »Ist das deine Schwester?« hatte er gefragt, als er sie mit ihm traf. So kokettierten die beiden mit dem Bösen, das sie nicht taten, und hielten plötzlich inne, wenn jemand die Tür öffnete.

In Albans Zimmer beachtete Frau von Bricoule den Bücherschrank nicht weiter. Dort hatte sie eines Tages, als sie die ›Quellen‹ des Pater Gratry in die Hand zu nehmen glaubte, einen Petronius aufgeschlagen, der durch seinen Umschlag in ein »gediegenes Buch« verkleidet worden war. Sie ging geradenwegs auf den Schreibtisch zu und öffnete ihn. Alban, ein Liebhaber der Unvorsichtigkeit, hatte nicht umhinkönnen, ihr zu gestehen, daß er ein Tagebuch schrieb. Dieses Tagebuch wollte sie kennenlernen. Gar zu oft hatte sie zu ihm gesagt: »Da ich doch alles weiß«, ohne irgend etwas zu wissen. Nun würde sie es erfahren.

Ihre Natur lehnte sich auf: das, was sie tun wollte, war häßlich. Indessen hatte der Pater de Pestour ihr ausdrücklich gesagt: »Sie haben das Recht und die Pflicht, alles zu wissen. Wir stöbern doch auch in den Pulten!« Zudem kamen ihr Worte von Therese Cahuzac in den Sinn und peitschten ihre Eifersucht auf: »Paul hat keine Geheimnisse vor mir, er zeigt mir den kleinsten Brief, den er schreibt.« Ja, die hatte es verstanden, sich die Liebe ihres Sohnes zu erwerben!...

In den ersten Fächern fand sie nichts als den gewöhnlichen Krimskrams der Jungen: Blätter mit schneidenden Bemerkungen über seine Mitschüler, Bromotypien von Antiken, Photographien von Stieren, ein Notizbuch, das die Personalien aller Hunde und Katzen, die seit zehn Jahren im Hause gewesen waren, enthielt (und jedes hatte sein Wappen). Sie entdeckte ferner mehrere eilige Abschriften aus den medizinischen Lexikon von Frau von Coantré, in dem er wohl während deren Abwesenheit nachgeschlagen hatte. Sie trieben ihr das Blut in die Wangen. Jedesmal wenn sie zögerte, ein neues Fach zu öffnen, rief sie das Bild des edlen und würdigen Paters de Pestour zu ihrem Beistand herbei, stellte sich vor, wie er verstohlen wie ein Dieb im Pult eines seiner Beichtkinder wühlte, und sie schöpfte wieder Mut.

Plötzlich, als sie ein Fach öffnete, fiel etwas heraus; sie hob es auf.

Sie hielt dieses Ding zwischen den Fingern und betrachtete es, ihr Herz ging schnell.

Es war vor etwa drei, vielleicht vor vier Jahren gewesen. Eines Tages, als sie sich leidender fühlte als sonst, hatte sie mit Alban in ihrem Zimmer zu Mittag gegessen. Zerstreut hatte sie mit Bändern, die gerade bei der Hand waren, das Gezweig einer Traube, von der die Beeren abgepflückt waren, zusammengebunden, und es war so etwas wie eine Puppe daraus geworden. Und dann hatte sie zu ihrem Sohn gesagt: »Da, das ist für dich!« All das, ohne sich irgend etwas dabei zu denken.

Und diese kleine, verdorrte Traube befand sich nun hier. Warum hatte er sie aufbewahrt? Aus Nachlässigkeit? O nein! jedes halbe Jahr pflegte er sein Zimmer aufzuräumen und dergleichen Spielereien, die einem in diesem Alter, wo man wechselt wie das Wetter an einem Tag, so schnell kindisch vorkommen, zu vernichten. Und das Wappenbuch der Katzen? Wenn es noch vorhanden war, so lag das daran, daß es noch etwas für sein Leben bedeutete. – Also?

Also liebte er sie? Nie hatte er für sie eine freundliche Gebärde, nie ein freundliches Wort übrig gehabt, doch jedesmal, wenn er in diesen vier Jahren den Inhalt seines Schreibtischs Revue passieren ließ, sah er diese kleine Traube und vernichtete sie nicht, weil sie ihm gesagt hatte: das ist für dich. Und wenn sie ihm vorwarf, er sei herzlos, hatte er niemals die Anwandlung, ihr zu sagen: »Herzlos? Weißt du, daß deine kleine Traube dort oben ist? Geh hinauf und schau sie dir an!« Aus Schamgefühl wollte er lieber undankbar und herzlos erscheinen. –

Frau von Bricoule schob die Fächer wieder hinein und schloß den Schreibtisch ab. Den Pater de Pestour und die

»mütterlichen Pflichten« wies sie mit Abscheu von sich. Sie kam sich in diesem Zimmer wunderlich vor. Sie stand vor dem Bett ihres Sohnes, sie zauderte einen Augenblick, horchte, ob nicht jemand heraufkomme, dann kniete sie nieder und lehnte ihren Kopf gegen das Kissen. So hatte sie früher, wenn der kleine Junge, den sie eben geweckt hatte, mit einem Satz an die Waschschüssel sprang, sich versichert, daß er sie nicht sah, und dann ihr Gesicht an die Stelle gedrückt, wo sein Leib gelegen hatte, auf das Laken, das heiß war wie eine Wange.

Eine der Abbildungen in der Zeitung ›A. B. C.‹, die Don Ali Alban hinhielt, stellte den toten Buñuelo zur Schau. Den Mund aufgesperrt wie ein Hai, lag er auf dem Operationstisch im Krankenhaus. Hinter ihm stand sein Matador, der seinen Kopf in den Händen hielt und sich in einer pathetischen Pose über sein Gesicht beugte. Erstklassige Reklame! Eine andere Abbildung stellte den Leichnam in der Totenkapelle dar, umgeben von Leidtragenden, einer von ihnen hatte eine Zigarre zwischen den Fingern. Statt Blumen hatte man dem Toten die beiden Banderillas auf die Brust gelegt, bei deren Einstoßen er vom Stier getroffen worden war: von Blut geschwärzte Papierblumen. Don Ali zeigte Alban auch eine Photographie des lebenden Buñuelo, die man ihm aus Madrid geschickt hatte. Es stand kein Name darauf, sondern nur eine groß geschriebene Ziffer.

»Was bedeutet diese Ziffer?«

»Das ist die Sargnummer.«

Alban sagte nichts. Was sollte er auch sagen?

Buñuelo war verschwunden. Alban erkundigte sich über den, den er sich als Ersatzmann gewählt hatte. Was hielt Don Ali von Esparraguera?

»Er ist ein armer Kerl.«

»Ist er schlecht?«

»Sehr schlecht, aber er ist ein armer Kerl. Er hat kaum noch ein Jahr zu leben.«

»Warum?«

»Er ist tuberkulös im höchsten Grade.«

Alban sagte nichts. Was sollte er auch sagen?

»Die Frauen, die Abkühlung nach den Schweißausbrüchen beim Stierkampf, die Eisgetränke, all das rafft die Toreros hinweg, wenn die Stiere sie verschonen. Und wen haben Sie als zweiten Banderillero?«

»Ich habe das Esparraguera überlassen. Er hat mir gesagt, er werde einen Stierkämpfer mit Namen Patata mitbringen.«

»Das habe ich mir gleich gedacht! Dieser Patata hat dem Esparraguera nicht schlecht vorwärtsgeholfen, damals, als er noch in seinen Anfängen stand und noch Hoffnungen erweckte. Jetzt bezahlt ihn der Bursche dafür, indem er ihm ein Engagement verschafft. Alles Schiebung. Patata ist fast sechzig Jahre alt, er ist ein Krüppel, der Ihnen nur im Wege stehen wird. Esparraguera hat es sich zunutze gemacht, daß Sie ein Neuling sind ...«

Don Ali machte seinen Arm frei, den er unter den Albans gesteckt hatte, und schlug sich gegen die Stirn.

»Ich hab's! Sehen Sie, daß Sie Esparraguera schnell loswerden. Salvador Vinares ist in Sevilla. Er ist mein Freund. Er wird entzückt sein, in einem Stierkampf des Herzogs aufzutreten. Neben ihm arbeiten Sie so sicher wie neben Bomba höchstpersönlich.«

Vinares! Einer der besten Leute in Spanien, aus der Cuadrilla des Bombita! Und dennoch bedankte sich Alban ziemlich lau und sagte schließlich: »Ich werde Ihnen meine Entscheidung morgen mitteilen. Ich sehe Esparraguera heute abend und fürchte, daß ich von ihm nicht mehr loskomme.« Und schon wußte er, daß er nicht loskommen würde. Soviel Vergnügen es ihm bereitete, jemanden zu verletzen, der sich für höherstehend hielt als er, so sehr fühlte er sich außerstande, ohne Grund jemanden zu verletzen, der ihm untergeordnet war.

Sie gingen durch Gäßchen ohne Namen, so schmal, daß ein Esel genügte, um sie zu versperren; zwischen zwei Bändern glatten Pflasters waren sie gespickt mit runden Kieseln, und Albans Hand, die beim Gehen hin- und herschwang, berührte die kalte Nase des Galgo, der neben ihm hertrabte. Die vergitterten Fenster erinnerten daran, daß die Frauen Vögel sind und wilde Tiere. Sie wanden sich durch das Labyrinth der alten arabischen Stadt, deren Öl- und Gewürzgerüche die Gerüche orientalischer Märkte sind. Doch diese engen Gäßchen, die von kleinen Säulen umgebenen, mit Azulejos verkleideten Höfe, die kleinen weißen Häuser, auf die in verblaßten Farben falsche Balkone, falsche Türen, falsche Fenster aufgemalt waren, das war auch Pompeji, das war die Stadt der Antike und die Stadt der Liebe, voll geheimnisvoller Nischen zum Warten und Sichwiederfinden. Und Alban dachte an Soledad, an das Tal zwischen ihren Brüsten, das für die Stirn der Männer geschaffen war.

Soledad! Er litt nicht mehr allzu tief um ihretwillen. Er war zum Leiden nicht geschaffen. Wenn im Reagenzglas durch die Reaktion eine bestimmte Verbindung erzeugt wird, so besteht dieser Körper nur einen Augenblick lang, sogleich wird er durch die Hitze der Flamme in einen anderen verwandelt. So trat das Leiden bei ihm nur auf, um sich unter der Wirkung der Flamme seines Stolzes zu verwandeln: in Zorn oder in Haß, in Gleichgültigkeit oder in eine Tat. Fast schien es, als ob zwischen ihm und dem Leiden eine chemische Abstoßung bestünde. War er nicht unter dem Tierkreiszeichen des Stieres geboren, das wohltätig ist?

Härte gegen Soledad, der Wunsch, sie zu enttäuschen und ihr eine Lehre zu erteilen, und dann die tausend Sorgen, die das neue Abenteuer in ihm weckte: das war es, was er statt des Kummers in sich fand. Die seelische Neigung, die er in manchen Stunden für sie empfunden, hatte sich jetzt freilich ganz und gar in Sinnlichkeit verwandelt. Nichts von ihm verirrte sich mehr im Gefühl; er hatte seine ganze Kraft zusammengenommen und sie wirkte sich auf seinen Instinkt aus und dieser Instinkt war die Sinnlichkeit, wie es bei allen denen, die den Tieren sehr nahestehen, naturgemäß ist. Er zürnte ihr und begehrte sie deswegen um so stärker. Er ist schon der, der später einmal das folgende Erlebnis haben wird. Von einer Geliebten in seiner Sinnenlust übersättigt, so sehr, daß er auf das Gesicht dieser Frau, die sein Leben teilt, keinen einzigen Blick mehr werfen kann; daß ihm ihr Körper nur noch Langeweile, ihre intimen Reize nur noch Ekel einflößen, prügelt er sie eines Abends ziemlich lange, weil sie unverschämt war. Plötzlich fühlt er, wie das Begehren, das seit Monaten tot war, sich wieder in ihm regt, und entdeckt, daß sie zu schlagen das einzige Mittel zur Wiederbelebung ihrer Beziehungen ist. Die Gewalttätigkeit treibt ihre üppigsten Blüten in der Liebe. Vereinigte er nicht seine Liebe zu den Stieren mit deren Vernichtung? War nicht dem Kampf zwischen Mithra und dem Sonnengott ihre wunderbare Freundschaft entsprossen?

»Was kümmert mich ihr Herz!« sagte er sich. »Sehe ich aus wie einer, der es nötig hat, geliebt zu werden? Und was den Anteil anbelangt, den das Unbewußte in ihrem ganzen Tun gehabt haben mag, also das, was sie sagen oder nicht sagen wollte: wer weiß, ob es der Mühe wert ist, das zu ergründen! Doch ich brauche ihren Leib, und er gehört mir.

Sie hat sie ausgesprochen, die sechs Ja. Es hängt nur von mir ab, mir das zunutze zu machen.« Doch nun bäumte sich seine innerste Natur auf und widersprach; sie war stärker als selbst seine Begier. Ein andrer Gedanke gab ihm Halt: Mithra hat niemals Beziehungen zu einer Frau gehabt. Die Frauen waren von der Teilnahme an seinen Mysterien ausgeschlossen.

Und dennoch hätte es gerade dessen bedurft, um ihm Mut zu machen: am Ende der gefährlichen Probe das Weib zu pflücken wie eine Lockspeise. Zehn Jahre später wird Alban wieder hierherkommen und wieder mit Stieren kämpfen, an seiner Seite wird eine Gefährtin sein. Zwei Tage vor dem Kampf wird sie in einem anderen Zimmer schlafen, und er wird sie betrachten, wie sie schlummert, und sich auf den Zehenspitzen wieder davonschleichen; denn nur zu gut wird er wissen, was es heißt, einem Stier mit schlaffen Beinen, mit Schmerzen in Schläfen, Lidern und Rückgrat entgegenzutreten. Und diese Enthaltsamkeit wird seine Begierde stacheln, und die beklemmende Aussicht auf den nahen Stierkampf wird verschwinden, verschlungen von dem strahlenden Bild der Liebe, die ihm folgen soll; und der Kampf wird ihm beides schenken, das heile Leben und die ersehnte Frau. Dennoch läßt er sich zuweilen durch schlechte Gründe verführen: Ist es ihm nicht schon geschehen, daß er nach einer Nacht der Ausschweifung glänzend gekämpft hat? Er versinkt in der Wollust; und plötzlich taucht er wieder aus ihr auf, als ob er getötet hätte. Was hat er getan? Er kann sich nicht mehr vorstellen, was er fühlte, als er *das* begehrt hat, er kann nicht begreifen, daß er *das* begehrt hat. Er kann nicht mehr glauben, daß er *das* begehrt hat. Er haßt sich, und er haßt sie. Er weicht zurück, um diesen noch im Schlummer verzückten Körper nicht einmal auch nur leicht zu berühren.

Am Abend empfing er, in dem kleinen Hotelzimmer auf seinem Bett sitzend, Esparraguera.

Während ihm der Torero ein dithyrambisches Loblied auf Patata und den Picador Pepin, die er engagiert hatte, sang, dachte er: »Er versucht, mich zu täuschen, doch das ist mir gleich.« Er dachte auch: er hat nur noch ein Jahr zu leben, und wagte nicht, ihn gar zu aufmerksam anzusehen, aus Furcht, daß der junge Mensch in seinen Blicken Mitleid lesen könne. Er konnte sich nicht vorstellen, wie er ihm sagen sollte, er habe einen Besseren gefunden.

»Die kleine Mama wird auch zur Corrida kommen«, sagte Esparraguera, »sie wird froh sein, mich vor den Großen arbeiten zu sehen. Wissen Sie, daß der Fürst X. da sein wird?«

Alban vermochte nicht ein »Ich pfeife auf den Fürsten X.« zu unterdrücken, das den jungen Mann zu entsetzen schien. Er dachte: »Er ist zufrieden, vor den ›Großen‹ zu arbeiten. Er glaubt, daß ihm das nützlich sein wird; denn er weiß nicht, daß er bald sterben muß. Und auch die *mamita* wird froh sein. Darf ich das alles zerstören?«

Sobald er allein war, schrieb Alban an Don Ali, er könne an dem, was verabredet worden sei, nichts mehr ändern und wolle Esparraguera behalten.

Nachdem er den Umschlag zugeklebt hatte, dachte er: Primo, ich töte einen Stier, vor dem ich Angst habe, und ich töte ihn um eines Mädchens willen, und ich töte ihn, um nichts von ihr zu erlangen. Deusio: da ich Furcht habe, könnte ich Vinares wählen, der Sicherheit bedeutet. Ich wähle Esparraguera, der Unsicherheit bedeutet. Ach, ich bin nicht recht bei Trost.

Er versank für einen Augenblick in Nachdenken, dann begann er zu lachen. Primo, deusio, troisio, das war der unvermeidliche Witz Serge Saudriers. Serge Saudrier war ein

Schulfreund, den er sehr gern hatte. An die Stiere dachte er nicht mehr.

Am Mittwoch schickte ihm der Herzog eine Einladung zum Mittagessen. Er entschuldigte sich, denn er wollte Soledad nicht sehen. Der Herzog kam ins Hotel, sie regelten die Einzelheiten. Der Jüngere stimmte immer dem Älteren zu, weil er ihn mochte.

Nichtsdestoweniger fand er, der Herzog sei ein wenig kühl. Zweifellos war ihm das Gerede über die Schrulle Albans zu Ohren gekommen, wie er den letzten *encierro* in Unordnung gebracht, die Stiere in eine Gangart versetzt hatte, die sie ermüden konnte. Alban war noch in dem Alter, wo es Eindruck macht, wenn einem jemand ein böses Gesicht zieht, das wird ihm schnell vergehen.

Seine Beschlüsse waren jetzt gefaßt. Auf alle Fälle wollte er in etwa vierzehn Tagen heimfahren; sein Geld ging zur Neige, er hatte an Frau von Bricoule geschrieben, um einen Betrag für die Hinterbliebenen von Buñuelo zu erbitten. Doch er konnte diese vierzehn Tage nicht in Sevilla bleiben, aus Furcht, Soledad zu begegnen und am Ende dem Herzog alles erzählen zu müssen. Gleich am Abend nach seinem Stierkampf würde er dem Herzog schreiben, er sei durch die Krankheit seiner Mutter Hals über Kopf zurückgerufen worden, und sich dann in einer unbekannten, kleinen Pension einmieten; denn er wollte die Stierkämpfe der Feria nicht versäumen. An den vier Tagen der Feria würde er nur das Haus verlassen, um in die Arena zu gehen, und zwar auf *sol-y-sombra*-Plätze, wo ihn der Herzog und seine anderen Bekannten nicht entdecken konnten. Dann wollte er so lange in Andalusien herumreisen, bis das Geld, das ihm der Verkauf des Galgo einbringen sollte, aufgebraucht war. Er hatte immer daran gedacht, den Galgo vor seiner Abreise zu verkaufen; denn der Katzentöter hätte schnell genug die Menagerie des Hauses in Auteuil ausgerottet.

Die Menschen lenkten ihn von seinen Ängsten ab. Sobald er allein war, verfiel er ihnen wieder. Sein ganzes Leben lief nur auf diesen Samstag um halb fünf zu, wenn alles vorüber sein würde.

Am Tage vor seinem Abitur wird er noch fieberhaft sein Pensum wiederholen. Ebenso hatte er heute, in einer wahrhaft kindischen Anwandlung, Don Ali gebeten, ihm irgendeine »Kunst des Stierkampfs« zu leihen. Er dachte, darin im letzten Augenblick noch irgendwelche wundertätigen Rezepte zu entdecken, wie man sich die Stiere unterwirft. Don Ali schickte ihm drei Quartbände. Die erste Zeile, die Alban las, warf alle seine Kenntnisse über den Haufen. Er hatte das deutliche Gefühl, daß es mit seinem geringen Können vorbei sein würde, wenn er die Nase da hineinstecke. Das, was bei ihm taugte, war die Eingebung. Wenn es sich darum handelte, sich an etwas zu erinnern oder etwas zu begreifen, schwamm es ihm wie Nebel vor den Augen. Er schloß das Buch und vertraute auf sich allein. Das hat er seitdem sehr oft getan.

Doch hatte beim Durchblättern des Buches eine Kapitelüberschrift seine Phantasie entzündet: »Die Stierkämpfe und die Kirche.« Das war es, was er brauchte, etwas, das seine Einbildungskraft ankurbelte. Was konnte ihn aufrechterhalten, die Wirklichkeit vor ihm verhüllen bis zu diesem Stierkampf und während dieses Stierkampfes, dessen ängstliche Erwartung sein ganzes Inneres aufrührte? Nichts als die Einbildungskraft.

Sie ging weit zurück, diese Stierreligion, deren Jünger Alban war, sie verlor sich in grauen Vorzeiten. Alban, der die Beziehungen der Stierreligion zur Kirche nicht kannte und auf sie begierig war – er hatte jetzt das Buch wieder geöffnet, um sie kennenzulernen –, prägte ihre Geschichte in der antiken Welt tief in sein Herz ein. Und er beschwor sie an diesem Abend mit aller Macht, zu dieser Stunde, da er fühlte, daß er, um aus dieser Enge herauszukommen, aller seiner Begeisterung bedurfte.

Der Mazdaznaismus bekennt sich zu der Anschauung, daß der Stier das erstgeschaffene unter den Lebewesen sei. Der Indra der Veden ist der göttliche Stier, wie Marduk, Ninib und Anu in Babylon, wie Horus in Ägypten. Heliopolis war ein Mittelpunkt der Anbetung für den Stier des Râ. In Kreta, der Wiege der strahlenden vorhellenischen Kultur, wurde vor sechstausend Jahren der Stierkult durch Stierspiele gefeiert, die eine religiöse und nationale Einrichtung waren. In Griechenland verwandelte sich Jupiter in einen Stier, um die Europa zu verführen. Pasiphae gab sich einem weißen Stier hin, der sie zur Mutter des Minotaurus machte. Der Dionysos der Mysterien wurde in Gestalt eines Stiers dargestellt, oder mit gehörnter Stirn. Die Frauen von Elea sangen bei der Frühlingsfeier eine berühmte Hymne: »Komm herbei, göttlicher Lieber, von deinen Rinderfüßen getragen! Komm herbei, göttlicher Stier, wohltätiger Stier!« In Böotien gab es, wie man annimmt, einen Kult des Poseidon-Stiers, des »Brüllers«. In Thessalien waren die Taurokathapsien analog der spanischen Tienta und der Ferrade der Camargue. In Eleusis kämpften die jungen Männer mit Stieren. In den Taurien von Ephesus identifizierten sie sich mit dem Gott, nannten sich selber »Stiere«. Die unzähligen römischen Darstellungen von Stieren in ganz Spanien bezogen sich auf die Reise des Herkules, des Erbauers von Sevilla, auf die Kühe, die der Heros einem kleinen eingeborenen König geschenkt hatte, und auf den heiligen Charakter, den nach Diodorus von Sizilien der Stier in Spanien besitzt.

Sevilla war die Stadt des Julius Cäsar und dem pompejanischen Cordoba feindlich. Und Julius Cäsar war es, der die Stierkämpfe in Rom einführte, wo sie sich bis gegen Ende der Renaissance erhalten sollten. Dazu kam das Taurobolium und der Kult des tauroktonen Mithra, eine Soldatenreligion, die Alban so tief in sich empfand, daß er zu gewissen Stunden, wenn er sich in seinen dunklen Genius bis auf den Grund versenkte, darüber nachsann, ob er nicht dazu berufen sei, sie wieder aufleben zu lassen.

Noch seltsamere Tatsachen drängten sich dem Geist des jungen Mannes auf, der von seinen Träumen ganz durchseucht und ganz beflügelt war. Je vertrauter unser Verhältnis zur Natur ist, um so näher sind wir dem Übernatürlichen.

Alban von Bricoule war in der Nacht vom 20. auf den 21. April in einem Blutstrom auf die Welt gekommen. Dieses Blut kam zugleich mit ihm aus seiner Mutter und tötete sie; denn seither hatte sie sich nicht wieder zum Leben durchringen können, und sie wird kurz nach dem Ablauf dieser Erzählung verlöschen: es bleibt etwas, wenn man das Leben empfing, indem man es nahm. Nun ist der 21. April der *natale urbis,* der Tag der Gründung Roms durch die Zwillinge, der in ganz Italien gefeiert wird: ein berauschendes Zusammentreffen! Doch wie fühlte er sich erst im Innersten aufgewühlt, als er erfuhr, daß es sich nicht um einen beliebigen Tag des April handelte, sondern, daß gerade in dieser Nacht vom 20. zum 21. die Sonne in das Tierkreiszeichen des Stieres tritt, weswegen die Chaldäer und Perser in sie den Anfang der Schöpfung verlegten! Diese auffallenden Zeichen seiner Vorherbestimmung und mehrere Wunder, die seine Geburt begleitet hatten, boten seinen Träumereien unerschöpfliche Nahrung.

Und immer wieder begegneten sich die drei Genien: die Genien Roms, des Stieres und Albans. Herkules war der

Begründer von Sevilla und des Stierkults in Spanien – und das Wappen der Bricoule wurde von zwei Herkulesgestalten getragen. Alban hegte eine besondere Verehrung für Julius Cäsar – und Julius Cäsar hatte in Rom die Corrida eingeführt. Seiner Sanftmut und Milde wegen liebte er den Scipio Africanus, über den er im Alter von elf Jahren ein kleines Geschichtswerk zusammengetragen hatte – und Italica, ein Vorort des stierliebenden Sevilla, war eine Kolonie des Scipio Africanus. Auch schätzte er manchmal die Familie Borgia um ihres Wirklichkeitssinnes willen – und die Borgia führten einen Stier im Wappen. Sein Geist kreiste immer wieder um den Kaiser Julian – und Julian war ein Jünger Mithras, dessen Mysterien er in seinem Palast zu Konstantinopel feierte. Es war, als ob sich Albans ganzes Leben immer um die beiden heiligen Tiere, den Stier und die Wölfin, sammle, die man Seite an Seite auf einem Tor der Arena von Nîmes gemeißelt sieht.

Julian! Er dachte an diesem Abend an ihn angesichts der Kapitelüberschrift: »Die Stiere und die Kirche.« Christentum und Mithraismus hatten erbittert miteinander gerungen, gerade ihrer Ähnlichkeiten wegen. Hatte Renan nicht geschrieben: »Wenn das Christentum durch irgendeine tödliche Krankheit aufgehalten worden wäre, wäre die Welt mithraistisch geworden«? Der mithraistische Klerus hatte den Christen zahlreiche Entlehnungen vorgeworfen, unter anderem, daß sie mit ihrer »Reinigung durch das Blut des Lammes« die Reinigung durch das Blut des Stieres plagiiert hätten. Die Christen, die, sowie sie zur Macht gelangten, ihrerseits zu Verfolgern wurden, hatten die Mithraisten umgebracht. So geschah es, daß Alban es aufgab, in der letzten Minute nach technischen Ratschlägen zu fahnden, und mit Eifer suchte, wie er die beiden großen Leidenschaften seiner tiefsten Natur zu einem Bau vereinigen könne.

Pius V. hatte zahlreiche Bullen über die *agitatio taurorum* erlassen, ja sogar den Bann gegen die Toreros geschleudert. Die Exkommunikation wurde durch Gregor XIII. aufgehoben, durch Sixtus V. wieder erneuert. Heroische Zeiten! Der akademische Rat der Universität von Salamanca weigert sich, die Exkommunikation anzuerkennen, und der berühmte Fray Luis de Leon faßt im Namen der Doktoren die feierliche Verwahrung ab. Das Ärgernis wächst, denn die Geistlichkeit wohnt in Verkleidungen den Stierkämpfen bei. Der König schreibt an den Papst, daß die Bulle ohne Wirkung bleiben werde, denn die Spanier hätten die Corrida im Blut, und sie ihnen zu verbieten sei »große Gewalt«. Schließlich muß Clemens VIII. in einer Bulle anerkennen, daß die Stierkämpfe eine Schule der Tapferkeit seien, daß sie zu Spaniens Erbe gehörten; und er hebt die Exkommunikation auf, außer für die in der Arena aufgetretenen Geistlichen.

Und damals begann die glückliche Ehe zwischen der Kirche und den überlebenden Resten des mithraistischen Stierdienstes, die sich bis in unsere Tage fortsetzt. Keine Heiligsprechung, keine Überführung des heiligen Sakraments oder von Reliquien in eine neue Kirche, kein Fest eines Schutzpatrons ohne Stierkampf. Die geistlichen Kapitel, die Bischöfe trugen einen Teil der Kosten der Stierkämpfe, an denen alle kirchlichen Würdenträger teilnahmen. Und der Dechant des Domkapitels von Burgos schrieb und veröffentlichte eine Tauromachie. Die Kanonisation der heiligen Therese hat allein zweihundert Stieren das Leben gekostet; denn jedes der von ihr gegründeten Klöster veranstaltete einen Stierkampf. Bei der Kanonisation des heiligen Ignatius von Loyola ersuchten die Jesuiten selbst das Domkapitel von Sevilla, »unmittelbar nach den religiösen Zeremonien« einen »glänzenden« Stierkampf zu veranstalten. Dasselbe geschah bei den Kanonisationen der heiligen Jesuiten

Ludwig von Gonzaga und Stanislaus Kostka. Und der Papst in Person hatte das Jubeljahr 1500 in Rom auf dem Platz Sankt Peter durch einen großen Stierkampf gefeiert. Zur Zeit Calderons beging man die Primiz eines jungen Priesters mit einem Stierkampf. Unter Ferdinand VII. war es, wie es scheint, üblich, daß ein junges Mädchen, am Tage, bevor sie den Schleier nahm, einem Stierkampf beiwohnte und sogar mit einem jungen Stier einige *Pases* aufführte. Es gab Klöster, wo gelegentlich der Feierlichkeiten der Äbtissinnenwahl die *devotas* kleine Kämpfe veranstalteten und mit der Capa junge Ochsen bearbeiteten. Die Darstellung der einzelnen *suertes* der Tauromachie hatte den Chor und das Querschiff von Kathedralen geschmückt: die Kathedrale von Plasencia, die Kathedrale von Cordoba...

In Tudela flehte am Morgen des Stierkampfs ein Kapuziner zu Gott, damit die Stiere tapfer herauskämen. In Salamanca hatte man bei gewissen Gelegenheiten dreihundert Messen für die Seelen im Fegefeuer gelesen, damit das Stiergefecht am Nachmittag nicht durch schlechtes Wetter verhindert werde. Als die Stadt Roa von der Pest errettet worden war, verpflichtete sich der Stadtrat, jedes Jahr vier Stiere zu stiften, die »um der Liebe Gottes willen« getötet werden sollten. In Leon wurde vor dem Stierkampf eine der Picadorenlanzen feierlich dem dem Stierkampf präsidierenden Domkapitel überreicht, das seinen Segen gab. In Caceres nahm eine Bruderschaft zu Ehren der Heiligen Jungfrau nur Mitglieder auf, die zu Pferde mit Stieren kämpfen konnten. Und es handelte sich um mehr als das bloße Nebeneinander von Religion und Vergnügen. Es war der unauslöschliche Glaube an den geheiligten Charakter des Stiers. In Estremadura wurde der Stier des heiligen Lukas verehrt, der im Ruf stand, Wunder zu tun. In Oviedo pflegte man jedes Jahr an Allerseelen während der großen Messe in einem bestimmten Augenblick eine Kuh in die Kirche zu führen, wo sie während eines Teiles der heiligen Handlung verblieb.

So hatte sich denn auch im 19. und 20. Jahrhundert das mystische Bündnis nicht gelöst. Im Jahre 1801 bat die Stadt Colmenar de Oreja um einen Stierkampf »zur Mehrung der Anbetung des heiligen Bildes Christi«. Bis zum Jahre 1845 mußte derjenige, der an der Universität von Salamanca den Doktorgrad erhielt, die Kosten eines Stierkampfes von sechs Tieren bestreiten. In unseren Tagen wurde, da der Abschiedsstierkampf von Lagartijo mit der Fronleichnamsprozession zusammenfiel, die Prozession aus Entgegenkommen auf den Vormittag verlegt. Eine Capa, die Montes benutzt hatte, wurde in der Kathedrale von Sevilla aufbewahrt. Vor kurzem ließ man in Granada die schmerzensreiche Muttergottes, als Schutzpatronin der Stadt, bei einem Stierkampf präsidieren. Als die Cuadrillas einzogen, sanken sie vor ihrem auf einer Tribüne errichteten Standbild auf die Knie. In Huelva weihte ein Matador der Heiligen Jungfrau, der Schutzpatronin der Stadt, das »goldene Ohr«, das er in Madrid gewonnen hatte, was zu einer großen religiösen Feierlichkeit Anlaß gab. In Malaga veranstaltete die Bruderschaft der Muttergottes zur Hoffnung alle Jahre ein Stiergefecht zu Ehren ihrer Schutzpatronin, und die Toreros trugen ihre Farben. Die Guardiane der Camargue waren in einer Bruderschaft vereinigt, deren Schutzpatron der heilige Georg war.

In Saintes Maries de la Mer haben Stierspiele unter dem Vorsitz von Monsignore Rivière stattgefunden, einem Prälaten, den sein römisches Antlitz des römischen Purpurs würdig macht. Die Annalen der Plaza von Sevilla, die der Marquis von Tablantes verfaßt hat, waren der Oberin von Nuestra Señora del Rosario gewidmet. In Fuente la Encina wurde eine Kampfkuh dem heiligen Augustinus geweiht;

ihr unter das Volk verteiltes Fleisch besaß Heilkräfte, ebenso wie ehemals das Fleisch der zu Ehren der Heiligen getöteten Stiere als Reliquie aufbewahrt wurde und gegen Fieberkrankheiten half. Der Glaube an die wundertätige Kraft des heilig getöteten Stiers war von dem Taurobolium und dem Mithraismus auf den christlichen Kult übergegangen. Das tote Kaiserreich stand aus seinem Grabe auf, um sich mit der lebendigen Kirche zu vermählen, die es hatte töten wollen. Nicht ohne Grund waren in Ägypten die Flanke der Kuh Hathor mit dem Kreuz bezeichnet und in Kreta Stirn und Backen der in den Gräbern abgebildeten Stierköpfe. Apis und die dionysische Kuh lebten in dem Stier des heiligen Lukas wieder auf, in dem Ochsen, der das Jesuskind auf dem Stroh wärmte, in der Färse, die in den ersten Zeiten des Christentums bald als Sinnbild des Christen, bald als das unseres Heilands selbst galt. Die Gegend, die die tapferen Stiere nährt, der Campo von Sevilla, verdiente immer noch ihren Beinamen: *Tierra de Maria santissima,* das Land der allerheiligsten Maria. Die Verse der Zarzuela waren für naive Herzen immer noch wahr:

El arte de los toros
bajó del cielo ...

»Die Kunst des Stierkampfs ist vom Himmel herabgestiegen.«

Wo würde Alban auf diesem Wege innehalten? Jesus wurde zu gewissen Zeiten mit dem Sonnengott identifiziert. Sein Name wird in die Mitte des Speichenrads geschrieben. Sein Zeichen in der vom Sonnenrad abgeleiteten Scheibe bewahrt einen sonnenhaften Sinn. Und das antike Sonnenrad besteht in manchen ikonographischen Typen des Mittelalters weiter fort. War aber dann das Bündnis zwischen dem Sonnengott und dem Stiertöter Mithra nicht das Bündnis zwischen dem Stierdienst und dem Gott der Christen? Und daß die Sonne, die am selben Tag, an dem Alban auf die Welt kommt, in das Zeichen des Stiers tritt, bedeutet das nicht, daß dieses Bündnis in ihm seinen Priester und seinen Bacchanten finden soll?

Doch jetzt kann er nicht schlafen, trunken von sich selbst, trunken von allen diesen Dingen, unfähig, den Krater des Synkretismus, der in ihm brodelt und Ströme von Poesie aufwallen läßt, zu beschwichtigen. Geschwellt von den Kräften dieses Abends, scheint ihm nichts mehr unmöglich. Die Stiere niederschmettern? Ach was, es handelt sich nur darum, das linke Horn ins Auge zu fassen (nicht das rechte!) und dann, so gut man kann, zuzustechen. Mut muß man eben haben. Fehlt es ihm etwa daran? Ah, er würde sich gern von seinem Gott töten lassen! Die Berührung, der Zwang, der zwischen ihm und den Tieren oder den Gestirnen besteht – ein kleiner Nebelstern, eine Katze, die sich am Hals kratzt –, alle die inneren Schreie, die ihm das entpreßt, sein Heimweh und gewissermaßen seine Erinnerung an die Tierheit, die Verwandlungen, denen er sich in seiner Einsamkeit ergibt (ein Thema, das wir hier nicht einmal streifen können), stellen ihm den Tod als eine bloße Erneuerung des Daseins vor. Wer weiß, ob er sich nicht einmal in einen Stier verwandeln wird?

Doch am Morgen, als er erwacht, kommt ihm das Abenteuer, das er bestehen soll, im hellen Licht des Tages sinnlos vor, voll unübersteiglicher Schwierigkeit. Die Angst, die es ihm einflößt, steigert sich bis zur körperlichen Übelkeit. Die Nacht hat Penelopes Gewebe zertrennt; ja, genauso ist es: die Nacht hat ihn ernüchtert, und die Morgenröte bringt ihm den Alp. Freitag früh! Er fühlt, er wird es nicht können. Es schießt ihm durch den Kopf, sich bei der erstbesten Gelegenheit in die Hörner zu werfen, um sich verwunden zu lassen, damit alles ein Ende hat. Kein Zügel hielt ihn, als er zum Angriff stürmte, kein Zügel hält ihn vor der Flucht zurück.

An diesem Freitag, dem Tag vor dem Stierkampf, ließ sich Alban mit Esparraguera, Patata und dem Galgo zur Arena von Medina de los Reyes hinausfahren. Patata war ein unrasierter alter Bursche, der frech aussah und auf einem Auge schielte. Er hat den »bösen Blick«, dachte Alban, peinlich berührt.

Für Alban hatte jede Plaza ihr Gesicht, jede Plaza ihr eigenes Leben wie ein Mensch. Die von Vittoria, hoch und streng wie ein Kloster; die von Madrid, ehrwürdig und nichtssagend mit rötlichem Sand; die von Tetuan vor dem Hellblau der Sierra; die von San Sebastian vor dem Dunkelblau des Meeres; die von Aranjuez, deren Fenster schmal sind wie Schießscharten; die von Vista Alegre, die sich auf einer Seite auf Strebepfeiler stützt wie eine Kathedrale, mit ihren Toren aus Schmiedeeisen und ihren Gittern, durch die man in das Innere schauen kann; die von Toledo, lachsrosa und von weitem sichtbar am äußersten Rande der Stadt wie das Steuer eines Schiffes oder das Rettungsboot, das es hinter sich herschleppt; die von Cordoba ganz von Häusern eingeschlossen, so daß man sie von keinem Punkt aus mit dem Blick umfassen kann; die von Segovia, einem römischen Zirkus gleichend, aber von einem Fabrikschlot überragt; die von Sevilla mit kanariengelbem Sand, die von außen gar nicht wie eine Plaza aussieht, die sonderbarste von allen, mit ihren Bogen, ihren Balkonen, ihren Vasen mit Ornamenten, ihren Hängeketten, stellenweise glänzend von weißer Kalktünche, stellenweise schwarz von altem Schmutz, künstlich und verziert, wie es, so scheint mir, die sevillanische Tauromachie ist; die von Jerez, die fahle Plaza, ganz alt, häßlich und mitgenommen, buntscheckig von Reklamen, und im Innern der Sand farblos wie der Stuhlgang von Leberkranken; die von Nîmes mit Phallen geschmückt, die größte und edelste von allen; die von Arles, mit kühlen Steingewölben, die an eine Basilika erinnern; die von Bayonne, rot wie ein marokkanisches Bauwerk; die von Marseille, so gar nicht spanisch mit ihren Bäumen, die aus den Steinstufen mitten unter den Zuschauern hervorwachsen. Er kannte sie alle, diese Heiligtümer, sogar diejenigen, in denen er nicht dem Kult beigewohnt hatte; sein erster Besuch in einer Stadt, bisweilen sein einziger, galt ihnen. Doch keine war so eindrucksvoll wie die von Medina de los Reyes.

Es war die richtige, kleine Dorfarena, wo eine zügellose Jugend unglückselige alte Stierkämpfer regiert und einschüchtert. Abseits von der Stadt, wie eine heilige oder verfluchte Stätte. Sie war, wenn man will, beides. Niedrig wie ein Fort – keine sechs Meter hoch –, geduckt wie ein sprungbereites Tier, ohne Ausblick, schlimmer als ein Gefängnis.

Um sie noch mehr vom Himmel zu trennen, lastete auf ihr ein Drahtgeflecht, ähnlich einem riesigen Spinnennetz, an dem elektrische Lampen befestigt waren; denn man veranstaltete hier auch nächtliche Stierkämpfe. Sie war aus roten, grobgefügten Ziegeln erbaut, und auch die Türen waren rot, doch von dunklerer Farbe, wie Wein oder geronnenes Blut. Mit ihren schlecht verbundenen Ziegeln, die unmittelbar auf das baufällige Dach gesetzt waren, den aus den Mauern starrenden Steinen, den Türfüllungen, die sich warfen, dem räudigen, holprigen Erdboden, der sie wellig umgab, sah sie zottig und wild aus, wie die Stiere im Winter, wenn ihr Fell lang ist. Nie hatte Alban eine Arena gesehen, die wie diese jedes Luxus entbehrte. Sie war wirklich auf das Wesentliche beschränkt: den Stierkampf, den Kult, und darüber hinaus – nichts. Aber sogar, was den Stierkampf selbst betrifft, konnte man sich nicht vorstellen, daß die in einem großen Zirkus üblichen Aufzüge hier Platz gefunden hätten. Das, was hier vermutlich gefeiert wurde, war ein wilder, nackter Zweikampf. *De verdad.*

Die drei Männer gingen um die Plaza herum und suchten den Eingang der Corrales. Eine Kirche – wie die anderen Kirchen Spaniens um diese Stunde schien sie hermetisch geschlossen. Allenthalben blutrote Türen, mit mächtigen Nägeln gepanzert, mächtige Schlösser. Auf ihrer Rückseite war unten in der Mauer ein Loch, durch das sie sich morgen abend nach der Tötung der Opfertiere vom Blut entleeren sollte, unmittelbar auf den öffentlichen Platz –, auch sie wie ein Tier.

Durch ein Guckloch sah man auf einen Innenhof. Sie pochten mit einem schmiedeeisernen Türklopfer und traten ein. Im Hof beschlug ein Bursche die für den morgigen Tag bestimmten Pferde. Die Eisen holte er sich aus einem Haufen alter, verrosteter Hufeisen, die man den beim letzten Stierkampf getöteten Pferden abgenommen hatte. So wurden dieselben Eisen immer wieder benutzt. Man hörte den Silberton des Hammers und das Klappern der Hufe auf dem holprigen, rosafarbenen Pflaster.

Sie kletterten eine kleine Holzstiege hinauf und gelangten auf einen Steg, von dem aus man auf die Stiere hinabblicken konnte.

Alle vier waren in ein Gehege eingeschlossen, zu dem enge Öffnungen in der Palisade den Zutritt gestatteten. Zwei von ihnen lagen, majestätisch wie Patriarchen, in dem Schattenstreifen an der Mauer; doch der ›Böse Engel‹ stand aufrecht da. Ein anderer hielt, weil das Wasser im Trog von der Sonne warm war, seine Nüstern unter den Wasserhahn und leckte das frische, heraustropfende Wasser auf – war der schlau trotz seiner großen Hörner! Hunde strichen ungeniert herum. Ein Köter verrichtete zynisch – was bei einem Köter nur natürlich ist – vor ihrer Nase seine Bedürfnisse, mit einer aufreizenden Seelenruhe: wirklich, er nahm sich Zeit! (Alban freute sich, daß sein Galgo keinerlei Lust zeigte, mit diesem Geschmeiß zu verkehren.) Auch kleine Vögel flogen ganz dicht an den mächtigen Körpern vorbei und setzten sich unmittelbar vor den Stiermäulern auf die Futterkrippen. Und gegenüber der Unschuld, der Vertrautheit aller dieser Geschöpfe untereinander fühlten sich diese drei Menschen isoliert in ihrem Mordkomplott.

Bei dem Geräusch über ihren Köpfen kam Leben in die Augen der Tiere. Die liegenden richteten sich mit ärgerlichem Brüllen auf. Einzig Albans Stier hob den Kopf, er hatte sofort herausgefunden, woher das Geräusch kam. Und wieder trafen seine Augen Albans Augen und hefteten sich mit menschlicher Eindringlichkeit auf ihn.

»Man könnte meinen, er erkennt Sie«, sagte Esparraguera.

»Die Kokardenstiere in der Provence erkennen die Männer, mit denen sie häufig einen Strauß zu bestehen hatten, sehr genau. In der Menge der Razeteure* stürzen sie, ohne zu zaudern, auf sie los.«

Die Tierkämpfer lehnten sich über das Geländer und sagten nichts. In das Schweigen tönte das Glöckchen eines Cabestro wie für die heilige Wandlung. Alban war es, als ob diese Tiere, von der Herde abgesondert und in diesem kleinen Raum gesehen, noch mächtiger seien. »Man hat sie wohl seit neulich aufgepumpt«, bemerkte er. »Verflucht, man hat ihnen die Hörner begossen, sie sind gewachsen.«

---

* Razeteur: provenzalischer Stierkämpfer. Die Aufgabe der Razeteure besteht darin, dem Stier eine Kokarde von der Stirne zu reißen.

Und er verspürte ein Kältegefühl in den Waden. Aber dann stellte er sich vor, daß neben ihm auf dem Stege einer seiner Lehrer, Paul Archambault, stehe.

Plötzlich packt er ihn und schmeißt ihn in den Tierzwinger hinunter. Der Herr Lehrer wird ihn nicht mehr hindern, in der Stunde laut zu schwätzen.

Jetzt stiegen sie wieder hinab, um den Sandplatz zu untersuchen. Die massige Kirche beherrschte ihn, ganz nahe und sehr hoch, als ob die Plaza und sie zusammengehörten. So überragt in der Arena von Nîmes die Spitze eines Kirchturms, in der von Arles ein Standbild der Heiligen Jungfrau den Kampfplatz. Und Alban, der den Frieden der geistlichen Mächte liebt, wird von einer sanften Freude durchströmt bei diesem neuen Beweise der Aussöhnung zwischen Mithra und Christus.

Er wiegte sich in der Illusion, daß unter einem Kirchturm die Wahrscheinlichkeit zu sterben geringer sei. Doch Esparraguera sah zu den elektrischen Lampen auf, die über dem Rund hingen, und sprach von den Gefahren nächtlicher Stierkämpfe. Ostioncito war bei solch einem Stierkampf, durch den Widerschein der Lampen auf dem grell beleuchteten Sandboden geblendet, verwundet worden. Doch Patata sagte, daß in den Dorfarenen wie diesen hier die Anzahl der Todesfälle weit überwiege …

Die Gestalt der Plaza war ganz unregelmäßig; die ringsum laufende Plankenwand schien eher ein Vieleck als einen Kreis zu beschreiben. Diese Wand war an den Stellen, wo die Stiere des letzten Stierkampfs sie aufgerissen hatten, voller Flicken aus weißem Holz. Ein Zimmermann war eben dabei, die Flicken rot anzustreichen. Außerdem war sie ganz mit eingetrocknetem Blut bedeckt. Die Art der Flecken zeigte die Kraft und Richtung der Blutspritzer an. Der Galgo erhielt die Erlaubnis, sie aufzulecken.

Sie gingen über den Platz und tasteten mit dem Fuß den Boden ab. Alban erinnert sich an die Abbildungen aus Illustrierten, wie ein Mann mit einem Spazierstock die Stelle im Sande bezeichnet, an der der Matador Soundso tödlich getroffen worden war. O unschuldiger, o verräterischer Boden! An welcher Stelle dieses Bodens wird vielleicht Alban verwundet hinstürzen? In den modernen Arenen fällt der Boden vom Mittelpunkt zu den Planken hin ganz sacht, fast unmerklich wie die Schwellung bei den Parthenonsäulen, nach allen Seiten ab. Das ist sowohl dem Abfluß des Wassers als auch der besseren Sichtbarkeit des Schauspiels förderlich. Hier schien ihm an gewissen Stellen, die er in seinem Gedächtnis verzeichnete, die Neigung stärker; wenn man auf die Plankenwand zulief, um sich in Deckung zu bringen, mußte man in Schwung geraten und verlor die Herrschaft über seine Bewegung. Sie fluchten auch über die Vertiefungen im Boden, wo das Wasser, mit dem man unlängst gesprengt hatte, nicht ganz eingetrocknet war, so daß man ausgleiten konnte. Sie fluchten ferner über andere Stellen, wo die Erde lockerer war, was dem Stier mit seinen spitzen Hufen zugute kam, aber nicht dem Menschen. Wenn sich ein Stier an einer solchen Stelle festsetzte, war er nicht wieder wegzubringen.

Er sah auf die Uhr: drei Viertel vier. Wird es denn niemals halb fünf werden, damit er sich sagen kann: »Morgen um diese Zeit ist alles vorbei!«

Nun sprang er an verschiedenen Stellen über die Planken, um sich an sie zu gewöhnen, vergewisserte sich, daß die von den Hörnern abgeschundenen Burladeros fest waren und so breit, daß man leicht durchschlüpfen konnte. Er lobte sich seiner Vorsicht wegen. Wie oft hatte er es erleben müssen, daß Toreros, weil sie auf die Gefahr nicht geachtet hatten, verwundet worden waren. Genauso wie demnächst die

Soldaten im Kriege aus demselben Grunde. »Gefährliche Dinge tun, aber sie mit möglichst großer Vorsicht tun«, dachte er. Er wird auch ferner diese Verbindung von Weisheit und Narrheit lieben.

Als sie herausgingen, sagte Patata: »Sie sind ganz voll Blut.« Alban fuhr zusammen. Auf seinem Ärmel hatte der frische Anstrich der Planken einen großen roten Fleck hinterlassen. »Der Teufel hole diesen alten Dummkopf!« dachte er. Der Alte rollte neckisch sein Schielauge, es saß unter einer Braue, so buschig, daß sie wie aufgeklebt aussah. Doch Albans Herz trommelte zum Rückzug.

Angst stieg in ihm auf. Nicht mehr imstande zu lächeln, nicht mehr imstande zu sprechen. Er überstürzte den Aufbruch. »Morgen um halb drei holen wir Sie im Hotel ab.«

Zu Hause angekommen, wollte er nicht allein bleiben. Irgend etwas, gleichgültig was, nur nicht denken! Er kaufte einen Roman und las ein paar Seiten mit wachsender Verblüffung. Alle die Personen in diesem Roman, mit ihren platten, kleinen Existenzen – sein Vermögen hätte man dafür hingegeben, um in der Wirklichkeit nichts mit ihnen zu tun zu haben –, und da zahlt man noch, um sie in einem Buch wiederzufinden! Nein, man mochte sagen, was man wollte, man mußte schon selber etwas Mittelmäßiges in sich haben, um sich – als Autor oder als Leser – dreihundert Seiten lang für Mittelmäßige zu interessieren. Angesichts dieser Enthüllung eines gewissen sozialen Milieus wird Alban, der mancherlei Fehler hat, aber kein Poseur ist, sich plötzlich des Romanhaften in seinem eigenen Leben bewußt. Das war ihm bisher noch nie eingefallen. Voll Abscheu wirft er die Erzählung weg, von der er irgendeine Bezauberung erwartet hatte und deren Helden alle weniger sind als er. Wenn er das Bedürfnis nach Rettung fühlt, muß er sich vor sich selbst retten. Er klingelt und sagt, er sei für niemanden zu sprechen.

Furcht dringt in ihn ein wie das Wasser durch eine Schleuse, die verstopft und wieder geöffnet worden ist. Es tröstet ihn, daß auch die rauhen Tierkämpfer zuweilen Furcht empfinden gleich ihm. Er kennt sie wohl, die Töter mit den Weibernerven. Den reifen Mann, mit Tränen der Wut in den Augen, weil ihn eine Rangfrage beim Stierkampf um einen Effekt bringt ... den jungen Burschen, der die Nacht vor dem Stierkampf nicht schlafen kann, »die ganze Zeit sich in seinem Bette wälzt« (sein Vater hat es Alban erzählt) ... Alban kennt alles, was an ihnen klein ist, und dennoch muß er sich heute abend gestehen, daß er oft ungerecht gegen sie gewesen ist, zuviel von ihnen gefordert hat; denn er ermißt den Mut, dessen sie bedürfen. Und er fühlt sich stolz und glücklich, ein wenig mit zu ihrer großen Bruderschaft zu gehören. Er beruhigt sich, lullt sich ein mit dem Gedanken: »Gebet für die armen Toreros« ...

Er denkt auch an die Stiere. In diesem Augenblicke ruhen sie, sie leben ihre letzte Nacht, und der Tau legt sich auf ihre Hörner. Müßte er jetzt nicht ganz fest schlafen, um morgen frisch und ausgeruht zu sein, nur zu gern würde er dann in der Plaza an ihrer Seite liegen, wie ihr Mayoral. Ihnen diese Ehre erweisen, ihnen, die er opfern wird. Unter dem Mond, von dem Artemis, die Göttin der Abstoßung und Anziehung zwischen den Menschen und den wilden Tieren, herabsieht, in sich die Raserei zu entfesseln, die von ihr, der Mondgöttin, kommt, die Raserei, die die Raserei der Tiere ist, doch auch des Menschen, wenn er in enger Berührung mit ihnen lebt.

Morgen wird sich dieser Degen in ihre Körper senken. Er wird ihnen die zeugende Kraft entziehen und sie in den Körper Albans überströmen lassen. Er scheint ihm tatsächlich mit der männlichen Kraft begabt. Er fühlt es wohl, auch ihn wird er eines Tages anbeten. Er betrachtet ihn. Das Gefäß mit rotem Tuch überzogen, der Knopf breit, aus nacktem Holz, ohne Erhöhung, so daß man mit der Handfläche gut nachdrücken kann, die Klinge leicht gebogen, buchstäblich schauernd vor Biegsamkeit. Mit dem Geld, das er bekommen wird, wenn er sein Abitur bestanden hat, wird er die Oberklinge blauglühen und mit Gold verzieren lassen. Auf der einen Seite der Oberklinge wird er zwischen Laubwerk den brennenden Turm und die beiden sich kreuzenden Schwerter eingravieren lassen, auf die andere einen jener schönen Sprüche, die uns wie mit einer Injektionsspritze eine größere Gewalt über das Leben geben. Aber vorläufig drückt er ohne jedes Ästhetentum einen kräftigen Kuß darauf. So küßt er auch eine Blume, einen Stoff, ein Kunstwerk, ein Katzengesicht. Während eines ganzen Jahres seiner Kindheit war er in einen kleinen, blaugeäderten Stein verliebt. Wenn man liebt, küßt man, nicht wahr? »Er schärfte das Eisen an den Flügeln seines Falken«, heißt es in der Romanze vom rächenden Knaben.

Und wie steht's mit Soledad? Er ist ihr nicht böse. Freilich, sie muß bestraft werden, weil sie gesündigt hat. Albans Verstand verlangt das, mehr als sein Herz. Um die Wahrheit zu sagen: sie ist aus ihm verschwunden. Auf dem nächtlichen Ritt hat er sie mit seinen Tränen aus sich herausgeschüttelt. Eine appetitliche Frucht, die einem, wenn man sie anbeißt, den Mund vergiftet – man leidet nicht um sie, man ist ihr nicht böse, man wirft sie weg. Es gibt noch andere Früchte. Noch andere Körper. Ah, er hält inne...

Er kann sie besitzen, übermorgen vielleicht. Wie, dieser ganze heldenhafte Aufbau, dieser hohe Turm seines Menschentums, soll zusammenbrechen? Und was weiter? Aufbauen und dann wieder alles mit einem Fußtritt umwerfen, lachend ... nein, das stört ihn nicht. Er würde sie besitzen mit aller Kraft, entledigt aller Bedenklichkeiten und Mühen einer großen Liebe. Er steht vor sich selbst, wie ein Gelehrter vor einem Experiment, und weiß nicht, was dabei herauskommen wird. Vielleicht wird er morgen ein so erbärmlicher Matador sein, daß einer auf dem Kampfplatz einspringen muß, um seinem Opfer den Todesstoß zu geben. Vielleicht wird er so gut sein, daß eine Mauer von Beifallsgeschrei sich um ihn erhebt. Vielleicht wird er die Arena verlassen, verzweifelt darüber, daß er sein Glück dem opfern muß, was er für seine Würde hält. Vielleicht wird er überhaupt nicht mehr an Soledad denken, als sei sie gar nicht vorhanden. Vielleicht wird er die Feigheit so weit treiben, daß er von ihr erbetteln wird, was sie versprochen hat.

Er denkt an sie, sein Atem geht schneller, seine Wangen brennen.

Der Schlaf überwältigt ihn. Am Himmel ist eine Arena. Überallher drängen sich Sterne, wie Kühe sich am Abend zur Hürde drängen. Weiße Stiere mit goldenen Hörnern wandeln sanft um ihn her. Sie haben Korallenhalsbänder und Ohrgehänge und große Flügel aus Pfauenfedern, mit denen sie aber nicht fliegen, sondern sich nur ein wenig von der Erde erheben. Sie paaren sich, und der Deckende verbirgt den anderen mit seinen schlagenden Flügeln, wie der Falke, wenn man ihn überrascht, seine Flügel liebend über die Beute breitet, die zu zerfleischen er im Begriff war.

## Siebentes Kapitel

Er erwachte mit schwerem Kopf. Das erste Lebenszeichen war ein Gefühl des Entsetzens, der erste Gedanke ein schändlicher: »Sich leicht verwunden lassen, damit es vorbei ist...« Doch Soledad würde gar zu stolz darauf sein. Ein Mann um ihretwillen verwundet! Nein! Diese Freude wollte er ihr nicht machen. Zudem kann man sich nicht auf Bestellung verwunden lassen. Aus der Ferne, in einem Augenblick der Verwirrung, kann ein Mensch so etwas planen. Auf dem Sand der Arena kämpft er, um heil zu bleiben, wie sein auf diesem Sande regierender Instinkt es fordert, und darum nennt man diesen Kampfplatz den Boden der Wahrheit. Im Grunde weiß Alban das alles.

Er sieht sich im Spiegel, ungekämmt, mit trockenen Lippen, trüben Zähnen, eine Spur gelben Schleims in den Augenwinkeln. Das da also soll heute nachmittag zwei wilde Tiere, ein halbes Dutzend Untergebener und dreitausend Zuschauer bezwingen. Was wird diese Auferstehung zuwege bringen? Immerhin, das Weiße seiner Augen ist geädert wie bei den Stieren, und er findet das gut. Gut auch, daß er sich gestern das Haar hat schneiden lassen, um sich leichter und jünger zu fühlen.

Im Bade betrachtet er seinen Körper. Welche Stelle wird um vier Uhr zerfleischt, furchtbar anzusehen sein? Die Leistengegend, der Unterleib, immer ist es dort.

Er könnte jetzt schon die für den Nachmittag bestimmte Unterwäsche anziehen. Doch nein, er will sich lieber nach dem Mittagessen noch einmal umziehen. Das wird Zeit beanspruchen.

Der Tag war strahlend. Er sagte »danke« zum Himmelsblau. Er sagte: »Es lohnt sich, bei diesem Wetter getötet zu werden.«

Ein Auto brachte ihn nach Medina de los Reyes.

Als er hinkam, war man gerade dabei, jeden Stier einzeln abzusondern und in den *chiquero* zu schaffen, von wo er unmittelbar auf den Kampfplatz hinausläuft.

Alban versteckte sich hinter einem Balken, denn Soledad und der Herzog sahen, über das Geländer gebeugt, unter zahlreichen Zuschauern dem Vorgang zu. Von diesem oberen Gang aus, auf dem man sich befand, versuchten Männer mit langen Stangen Albans schwarzen Stier in einen daneben liegenden Verschlag zu treiben. Er stieß gereizt mit den Hörnern um sich und schlug aus. Seltsam anzusehen: in diesem erst leblosen Auge flammt plötzlich, wie in dem Auge eines Menschen, der Zorn auf! »Ahi ... ahi ...ahi ...« machte der Conocedor, wie einer, der Tauben lockt. Endlich war er drin. Durch die offenen Fenster waren Schwalben hereingekommen und flatterten in dem großen Gebäude umher, wie in alten Kirchen mit zerbrochenen Scheiben.

Der ›Böse Engel‹ rast herein wie ein Sturmwind. Er war so wild, wie elektrisiert, daß sein Herumwirbeln in dem engen Raum unter den Stößen der Stangen an einen erschreckten Fisch im Aquarium erinnerte. Furchtbar war, wie er ausschlug. Und da gibt es französische Aficionados, die behaupten, der spanische Stier sei schwerfällig und könne nicht seitlich ausschlagen!

Da der Stier durchaus nicht wollte, bat der Conocedor um Ruhe; man schloß die Fensterläden und knipste in dem Verschlag, in den das Tier gebracht werden sollte, das elektrische Licht an. Darauf würde es zustürzen, wie ans Sonnenlicht. Doch die geschlossenen Fensterläden ließen in die Dunkelheit einen breiten Sonnenstreif ein, dem ›Bösen

Engel‹ geradewegs am Maul vorbei. Und der ›Böse Engel‹ begann, wie in einem wunderbaren Mythos, mit den Hörnern nach der Sonne zu stoßen. Der Kampf zwischen Mithra und der Sonne! Endlich sah er das Licht im Nebenraum und trabte schnell drauf zu. Das Tor schloß sich hinter seiner Kruppe, er schlug so kräftig dagegen aus, daß es dröhnte. Alban verzog sich. Die Fensterläden wurden wieder aufgemacht.

Jetzt war er durch das Gewirr der Balken oberhalb des Chiquero angelangt, in dem der ›Böse Engel‹ wie in einer großen Kiste eingesperrt war. Sie starrte schon von Geifer und Mist, die er in seinem Toben an die Wände geschmiert hatte. Alban sah durch die obere Öffnung auf ihn hinab. Der Kopf des Gottes war etwa einen Meter unter ihm. Schweigend betete ihn der Knabe-Mann an.

Er betete alle Stiere an, das wissen wir. Doch die Furcht lehrte ihn in diesem Falle geschwinder, diesen einen anzubeten, ganz davon zu schweigen, daß er hoffte, durch die Anbetung seine Wut zu beschwichtigen. »Mistvieh! Schwein! Elender Schuft!« betitelte er ihn ganz leise in einem andächtigen Tonfall, so wie man eine Litanei herunterbetet. Unter den langen, durch das von oben einfallende Licht beglänzten Wimpern gaben die milchigen Augäpfel des Gottes einen hellblauen Widerschein. Plötzlich, beim Nahen des Unbekannten, wurden sie unruhig. Alban sah Alban auf ihrem Grunde, sie rollten vor Unruhe, die Hornhaut, rötlich von Blut, wurde sichtbar. Zwei lange Tränen flossen herab. Die Ohren spitzten sich, bald das eine, bald das andere, bald beide zugleich, in einer rastlosen Bewegung. Das Tier und der Tierkämpfer – einer hatte so viel Angst wie der andere. »Wie sein Herz pochen muß«, dachte der Tierkämpfer gerührt. Die schwarze Schnauze, an der ein Seehundsschnurrbart hing, war mit feuchten Poren besät, die regelmäßig angeordnet waren wie auf dem amerikanischen Sternenbanner. Der Stier steckte seine Zunge abwechselnd in jedes Nasenloch – jetzt rechts, jetzt links, jetzt rechts, jetzt links –, eine rosige Zunge mit schwarzem Saum, wie ein Ordensband, und man hörte das Raspeln der Zunge auf den Nüstern. Und die Nüstern zitterten, voll von einer opalisierenden Flüssigkeit, wie die Löcher, die man am Meeresstrand in den Sand bohrt. Als sich Alban bewegte, blitzte das Auge auf.

Plötzlich brüllte ihm der Stier mitten ins Gesicht. Alban fuhr zurück, ihm war nicht ganz geheuer. Er bedauerte jetzt, daß er sich noch einmal zu erkennen gegeben hatte. Und er machte sich ziemlich übereilt davon, er glaubte hinter sich den Gott zu hören, der aus seinem Loch gesprungen war und ihm schnaubend nachsetzte.

Auf dem Kampfplatz war ein hektisches Pferd vor einen Balken gespannt, an dem ein altes Stück Korbgeflecht angebracht war. Ein Mann schleppte sich mühsam mit der Mähre und dem Strohwisch. Das Ganze diente zum Glätten des Sandes.

Am Tage vor dem Kampf setzte man den römischen Tierkämpfern ein köstliches Mahl vor, weil es vielleicht ihr letztes war. In einem *ventorro* nahm Alban sein Mittagessen ein, bestehend aus einer Fleischbrühe, einem Stückchen Brot und einem Glas Kognak. Von den Fliegen gequält, sagte er sich, daß die Stiere noch viel mehr von ihnen gequält würden, und das bewog ihn schließlich, sein Leiden zu lieben. Als er heraustrat, hatte er trotz der Hitze des Mahles, trotz der Hitze des Mittags eiskalte Hände und Füße.

Unaufhörlich traf ihn der Anblick hübscher Mädchen und Frauen mitten ins Herz und verschlug ihm den Atem. Im gleichen Falle hätte das, was er in Paris vom Leben sah, ihn veranlaßt, sich mit dem Gedanken vor die Hörner zu werfen, er habe doch nichts zu verlieren. Doch angesichts dieser entzückenden Gestalten sagte er sich: »Werde ich getötet, so werde ich von dieser toll schönen Welt nichts mehr haben.« Und jede von ihnen vermehrte seine Niedergeschlagenheit.

Im Hotel zog er sich um: einen einfachen andalusischen Anzug. Während dieser Zeit ging es ihm besser, weil er beschäftigt war. Er streifte seine Ringe ab, um für den Kampf die Finger frei zu haben. Dasselbe wird er später einmal vor den Rendezvous tun, um sie für die Zärtlichkeiten frei zu haben. Er betrachtete seine rechte Hand, die Hand, die tötet, sie war vom Schnappen des Galgo ganz zerkratzt. Er fand sein Handgelenk recht schmal.

Er umwickelte seine Füße mit Binden, überzeugte sich, daß seine Socken gestopft waren, für den Fall, daß man ihn im Lazarett entkleiden sollte, zog keine Unterhose an, damit beim Eindringen des Horns nur wenig Stoff in die Wunde kommen könne, schnallte seine Hose so eng wie möglich, überzeugte sich, daß alles gut hervortrat, was gut hervortreten sollte. Es konnte nicht anders sein: er sah sich in zerrissenen, von Blut und Erde beschmutzten Kleidern. Er hatte für das Ankleiden mit zwei Stunden gerechnet. In einer Stunde war er fertig; der Stierkampf begann um drei, und es war erst halb zwei.

Während er sich anzog, hatte man ihm die Karten Uhagons und Don Alis gebracht, und er hatte sagen lassen, er empfange niemand. Wie bedauerte er das jetzt. Was für eine scheußlich leere Zeit lag vor ihm!

Die Angst nahm von Minute zu Minute mehr von ihm Besitz, wie bei jemandem, der fühlt, daß eine Krankheit in ihm steckt. Er rang nach Atem. Sein Herz schien sich wie eine Geschwulst in seiner linken Seite auszubreiten. Er machte nervöse Bewegungen. Er kratzte sich am Scheitel, er steckte den Finger in den Kragen, um sich Luft zu machen. Er hatte Lust zu rauchen und wagte es nicht; denn das konnte ihn schwächen. Er hatte Durst und wagte nicht zu trinken; denn das konnte seinen Magen erweitern. Immerhin war sein kläglicher Zustand ein Gleichgewichtszustand, den ein Nichts umwerfen konnte. Es läßt sich denken, wie oft *los retretes* seinen Besuch empfingen.

Er streckte sich auf dem Bett aus, und die Angst legte sich über ihn. Er hätte seine Ringe, seine Uhr dafür gegeben, wenn nur diese anderthalb Stunden schon vorüber gewesen wären. Wie vor den Kopf gestoßen fragte er sich: »Was tue ich hier? Auf was für ein Abenteuer habe ich mich eingelassen?« Er stellte sich alle die Zuschauer vor, die jetzt eine Zigarre schmauchten oder sich ein Gläschen Likör zu Gemüte führten, und er fand sie abscheulich. Und sogar der Herzog, der Herzog mit den Raubtierzähnen, kam ihm wie ein Ungeheuer von Gefühllosigkeit oder von Grausamkeit vor. Er konnte sich nicht vorstellen, daß der Tag ohne einen Unglücksfall zu Ende gehen würde. Wie oft hatte er beim Anblick gewöhnlicher Toreros gedacht: »Nur der Tod, der sie streift, unterscheidet sie von Komödianten.« Und er hatte sich eine schwere Verwundung gewünscht, die das, was an seiner Religion ein wenig trübe war, läutern sollte. Doch jetzt, der Operationstisch – nein! nein! davor wich er schaudernd zurück. Und er blieb so, mit starren, blicklosen Augen, wie ein Mann, der an eine Frau denkt. Nein, nein, nicht an Soledad! Gott, wie fern war sie ihm! Nichts für sie, nichts gegen sie. Nicht vorhanden.

Plötzlich stand die Versuchung vor ihm. Sie schlich sich nicht ein, sie nahm nicht langsam Gestalt an, sie stand mit einem Schlage vor ihm, lebendig, augenblicklich durchführbar, so mächtig, daß er sich erhob und sich auf den Bettrand setzte. Aufgeben! Das Telegramm, das er heute abend angeblich bekommen wird, um Soledad und dem Herzog zu entgehen – jetzt gleich trifft es ein: »Mutter schwer krank, Rückkehr dringend nötig.« Die Cuadrilla, die ihn holen kommt, findet ihn beim Kofferpacken. Irgend jemand wird für ihn einspringen. Es gibt übrigens Präzedenzfälle. Ein Matador, der mitten in einem Stierkampf ein ähnliches Telegramm erhielt, bekam die Erlaubnis, sich zurückzuziehen. Heute abend wird Alban nicht verwundet, er wird nicht tot sein, er wird im Zug nach Paris sitzen. Wer wird ein solches Übermaß von Feigheit für möglich halten? Und wenn man es für möglich hält, was schert es ihn? Alle diese Leute wird er, wenn er will, nie in seinem Leben wiedersehen.

Alban steht auf, wie irre, und geht die Treppe hinab. Er muß sich betäuben, die Menschen müssen ihn in der Zeit, die noch bis zum Stierkampf bleibt, betäuben. Und in der Halle verlangt er, sich in Positur werfend, sich in den Hüften drehend, ein Glas Kognak.

Er will die Zeitung lesen. Das Papier zittert in seinen Händen. Hinter einer Glastür beobachten ihn die Kellner im Frack. Leute flüstern. Der Hotelier und seine Frau kommen zu ihm. »Wir trinken auf Ihr Glück! Möge die Heilige Jungfrau Sie behüten!«

Alban empfand keine sehr heftige Verehrung für die Heilige Jungfrau. Aber er liebte die »Gute Mutter« von Marseille, deren Name im Christentum ein überlebender Rest der ›Guten Göttin‹ Roms und der ›Großen Mutter‹ Griechenlands zu sein scheint: Kybele, Göttin des Taurobolims. Er erhob die *copita:*

»Auf das Wohl der ›Guten Mutter‹.«

Er fühlt, daß der schwerste Schritt hinter ihm liegt. Auf seinem Mund läßt sich ein breites, ein wenig geckenhaftes Lächeln nieder. Die Hände in die Seiten gestemmt, scherzt er. Und als er nach und nach zu dem wird, was er scheinen will, fühlt er, wie ihm leichter zumute wird. Die geschmeichelte Eigenliebe, die Menschen, die ihn umgeben, der Strom seiner Worte, die er mit Absicht sehr schnell und sehr laut spricht, berauschen ihn in der Tat, so wie er es gewollt hat.

Das Auto mit seinen Leuten war da. Die Boys holten aus seinem Zimmer den Degen und die übrigen Sachen. Eine Minute später fuhr das Auto ab.

Alban war noch ernst, aber seine Panik hatte sich, wie die Herde, »gesetzt«. Er befand sich irgendwie schon mitten in der Handlung. Wie jene Bilder, die, je mehr man sich ihnen nähert, immer weniger deutlich werden, so wurde ihm die Gefahr, je mehr er sich ihr näherte, immer weniger bewußt. Er war sich stets klar darüber gewesen, daß die Einbildungskraft seine Herrin war und daß alle seine Ängste aus ihr kamen, ebenso wie alle Hilfe. Sie würde ihn um so weniger mit Gespenstern verfolgen, je mehr die Wirklichkeit an ihre Stelle trat. Und so begann er denn zu hoffen, daß er auf dem Kampfplatz beinahe Herr seiner selbst sein würde. Die Gefahr war nichts. Das ganze Übel kam aus der Angstvorstellung. Und jetzt, in anderthalb Stunden, würde alles – gut oder schlecht – vorbei sein. Vorbei!...

Technische Fragen drängten sich ihm auf die Lippen; es war der gleiche Trieb, der ihn veranlaßt hatte, von Don Ali Handbücher zu verlangen. Er meinte, ein ganz frisches Wissen müsse sich immer »unterbringen« lassen. Vielleicht war dieser Glaube gar nicht so widersinnig, wie es zunächst scheint. Aber er wagte nicht, Fragen zu stellen. Endlich entschloß er sich doch:

»Was würde passieren, wenn ein Stier in die Luft stößt und man die Capa hochhält?«

»Aber hören Sie mal, Sie müssen sie niedrig halten!...«

»Würde die Notwendigkeit, sehr hoch zu stoßen, nicht bewirken, daß er infolge der Ermüdung der Nackenmuskeln den Kopf senkt, geradeso wie bei den niedrigen *Pases?*«

Sie brachen in Lachen aus. Zumal Patata schien sich über ihn lustig zu machen. Der dritte Torero, Gutierrez, den er zum erstenmal sah, hatte ein langes Kaffeehauskellnergesicht mit fliehendem Kinn. Einstimmig erklärten sie, daß es unmöglich sei usw. ... Alban ärgerte sich und stellte keine Fragen mehr.

Auf der Landstraße kamen ihnen immerzu Herden von Pferden, von Maultieren, von wilden Eseln entgegen. Sie wurden von Zigeunern zur Feria geführt, die an diesem Abend begann. Die Tiere hoben sich von dem dicken Staub, den sie aufwirbelten und in dem sie versanken, als wäre es Seesand, wie chinesische Schattenrisse ab. Auch eine Rinderherde kam vorbei. Man mußte bei den Toreros, bei den Insassen der haltenden Wagen, das einmütige Lächeln sehen, das alle Gesichter erhellte, den Ausdruck der Freundschaft für das vertraute, das feindliche Tier. Wie Alban liebten alle diese Leute die Stiere, zu deren Tötung sie sich begaben.

Das Dorf war nicht mehr weit. Die Equipagen wurden zahlreicher. Die Fußgänger trotteten in zwei Reihen zu beiden Seiten der Landstraße. Ach, einer dieser verdauenden, unbeteiligten Zuschauer zu sein, die zum Himmel beteten, daß die heutigen Stiere wahre Vampire sein möchten! Sie überholten einen Picador auf seinem wackligen Pferd. Hinter ihm saß, blau und rot, der »kluge Affe«*, der ihm die Schindmähre gebracht hatte. Beim Vorbeikommen ließ man von beiden Seiten ein paar Rufe in die Luft flattern. Da

---

* mono sabio. Ein Wort der Stierkämpfersprache, mit dem man die Arenagehilfen bezeichnet, die den Picadoren besonders zugeteilt sind.

der Gaul sich quer stellte und Mucken hatte, rief der Picador:

»Er wird verrecken, aber er rächt sich dafür.«

Nun fuhren sie in die breite Allee ein, die zur Plaza führt. Die Straßenjungen winkten schon von weitem; sie wollten das Auto während des Schauspiels überwachen, aber als es auf sie zukam, stoben sie vor den Schmutzspritzern entsetzt auseinander (aus irgendeinem Grunde war diese Stelle immer ein Morast).

»Dieses Anlocken, dem eine Panik folgt, ist schon ganz toreromäßig«, sagte sich Alban mit Bitterkeit.

An der Auffahrt der Plaza hingen sich zehn tobende, schwärzliche Burschen an den Wagen, die Tierkämpfer mußten ihnen auf die Finger schlagen, um sie loszuwerden. Kleine Mädchen schrien: *»Agua fresquita!* Frisches Wasser!« Auf der nackten Erde lagen Broschüren über die berühmten Matadoren zum Verkauf aus. Alban, der Kinder sehr gern hatte, wunderte sich über sich selber, mit welcher Roheit er sich einen Weg durch die schreiende Meute bahnte.

Die Corrales waren voll von Menschen. Die Maultiere, die die Kadaver der Stiere und Pferde wegschleppen sollten, stampften. Die Schindmähren an der Mauer fraßen – ihr letzter Festschmaus – die Stricke, mit denen sie angebunden waren. Ihre Ohren waren mit Bindfaden zugebunden, damit der Lärm der Arena sie nicht erschrecke, das rechte zugedeckt. Ein kleiner, in helle Farben gekleideter Alter klopfte sie unermüdlich: er wollte nichts von ihnen, er tat es nur zum Vergnügen. Eine *alegria,* eine nervöse, rauschende Freude geht von diesem ganzen Gewimmel aus, glänzend ist es und schwarz, wie die mit Schatten gemengten Lichter, die sich – herzhaft duftet der Mist – auf all den Lebewesen und Dingen drängen. Fürwahr, das heißt leben! Nichts auf der Welt ist dem vergleichbar!

Ein *arenero* wandte sich um, und Alban erkannte Jesús. Er! Rote Mütze, rote Bluse, blaue Hose, weiße Stoffschuhe, seine jugendliche Herrengestalt! »Mein Gott«, denkt Alban, »zuviel auf einmal. Was wird sich heute noch begeben? Und ich muß alledem gewachsen sein!«

Pepe Alcaraz war schon da. Sie grüßten einander durch ein Neigen des Kopfes, das war alles. Mit einem Blick hatte Alban bemerkt, daß Alcaraz' Cuadrilla aus jungen Herrn der Gesellschaft bestand, während seine eigene sich aus Professionellen zusammensetzte. Er dachte, daß die »feinen« Spanier nicht unter dem Befehl eines Ausländers stehen wollten, und war ein wenig gekränkt darüber. Um so mehr wünschte er, sie zu übertreffen. Übrigens schmolz die Furcht in ihm wie Schnee unter der Sonne – oder vielmehr, näherliegende Regungen verdrängten in ihm die Furcht: Rivalität, Ergriffenheit über das Zusammentreffen mit Jesús, das unmittelbare Bevorstehen der Tat. Als er unter den Sitzreihen des Amphitheaters auf die Tür, die sich zur Arena öffnet, zuschritt – und der Übergang von der Sonne in den Schatten war so empfindlich, daß er niesen mußte –, fühlte er sich wirklich so ziemlich Herr seiner selbst.

Die Schranken taten sich auf. Der Zirkus erscheint überströmt von Sonne – dieses Biest von Sonne, es *schlägt* einen förmlich in die Augen –, und im Kampfrund hat der Sand verschiedene Tönungen, wie das Meer seine lichteren Wasserstreifen hat, und der Staub steigt langsam von ihm auf wie Opferrauch von einem Altar. Die Sitzreihen sind gedrängt voll. Der rings um den Platz laufende Gang, der nur das allernötigste Personal enthalten soll, ist schwarz von Menschen. »Das kann ja gut werden, wenn ich hineinspringen muß«, denkt Alban. Von oben blicken Zuschauer auf den Eingang hinunter, von dem die Toreros auf den Kampfplatz hinausmarschieren sollen, und wünschen ihnen lachend Glück:

*»Vivan los tios toreros!«*

Sie aber lachten nicht. Was waren diese jungen Stiere für Albans Leute, Stierkämpfer von Beruf? Und dennoch: diese Minute vor dem Eintritt in die Arena konnte nicht anders als ernst sein. Keiner von ihnen trug das »Lichterkleid«, aber ihre von goldnen Tressen schweren Paradecapas und ihre Gesichter verliehen ihnen das Aussehen eines Klerus, der in der Sakristei auf den Augenblick wartet, zum Altar zu treten.

Unbekannte klopften ihnen auf die Schulter, kniffen sie in den Nacken. *»Ahora!«* Jetzt würde man die Tapferen erkennen. Dann, als der Eingang geräumt wurde, zogen alle an den Toreros vorüber, die nebeneinander an der Wand lehnten, schüttelten ihnen die Hände und murmelten ein paar Worte, wie zu den »Leidtragenden« bei Begräbnissen. Alban hörte eine Stimme, die französisch sprach: sie kam von einem fahrigen Zwickermann, mit einer Gesichtsfarbe wie eine Kellerassel und Kopfschuppen auf dem Rockkragen. »Was treibt sich denn der hier herum?« brummte Alban vor sich hin und drückte sich beiseite, um die Stimme nicht mehr hören zu müssen. Ein Franzose an diesem Ort, der konnte nur dummes Zeug reden.

»Ein bißchen blaß, wie? *Un poquitiyo?*« sagte Esparraguera lächelnd und legte ihm die Hand auf die Schulter.

Esparraguera hatte zu ihm immer mit einer beinahe übertriebenen Ehrerbietung gesprochen. In der Vertraulichkeit dieses Augenblicks lag etwas, das sagen wollte: »Ich bin deinesgleichen, ja sogar mehr, jetzt, da wir auf dem ›Boden der Wahrheit‹ stehen.« Alban gab ihm die Hand: »Viel Glück!« Jetzt traten auch die anderen heran, und alle schüttelten sich die Hände. Dieser Augenblick war ein guter Augenblick. Die Cuadrilla der Señoritos bildete eine Gruppe für sich.

Plötzlich sprühten Albans Augen vor Wut. Auf der Mauer war mit Kohle in groben Strichen ein Herz gezeichnet, das statt von einem Pfeil von einem Matadordegen durchbohrt war. Alban ging nicht so weit, sich zu bekreuzigen; doch instinktiv, halb unbewußt, küßte er seinen Daumen, um das böse Schicksal zu beschwören. Ein Herz! »Dir befehle ich meine Seele!« usw. Der Teufel hole den Gimpel, der das an diese Stelle gezeichnet hat! So was bringt sicherlich Unglück.

Sie machten Platz, um die Señorita Carmen Zaballos vorbeireiten zu lassen, die, als Alguazil, den Schlüssel zum Stierstall verlangen sollte. Alban bückte sich und tat als ob er einen Stein aus seinem Schuh zöge. Er wollte, daß das Blut ihm ins Gesicht trat, »ein bißchen blaß« darf man nicht sein.

Jetzt waren die Männer allein im Eingang, sie warfen ihre Zigaretten weg und wickelten die Schöße ihrer Capas wie einen Gürtel um den Leib.

Einmütiges Klatschen begrüßte die Señorita, als sie unter der Loge des Präsidenten ankam. »Das Klatschen für die Lächler«, dachte Alban, »für die anderen, die was leisten und sich in Gefahr begeben, wird's gleich Pfiffe setzen.« Leute, die von den Sitzplätzen Prospekte herunterwarfen, von denen viele im Sand liegenblieben, brachten ihn vollends auf. »Das ist ja unerhört, ich würde diese Leute alle einsperren lassen!«

Die Señorita ritt im Galopp zurück und machte mit ihrem Pferd eine Wendung, um sich an die Spitze des Zuges zu setzen. Ein Augenblick der Lähmung, die Musikkapelle war noch nicht bereit. Hinter ihnen hatten sich die Corrales von den Neugierigen geleert, nur noch ein paar Nachzügler drückten sich im Laufschritt zwischen den sich drehenden

Pferden der Picadore durch. Dann setzte die Blechmusik mit dem Paso doble Mazzantini ein, und die Männer, Brust heraus, die Hüften drehend, den rechten Arm schwenkend – der andere hielt die um den Leib gewundene Capa –, defilierten über den Sandplatz.

Als sie sich den Sitzreihen auf der Schattenseite näherten, wo alles sich erhoben hatte, wollte Alban bekannten Gesichtern zulächeln. Aber er war unfähig, ein Lächeln auf seine Züge zu bringen. Doch als er, nachdem sie das Präsidium begrüßt hatten, Soledad mit drei anderen jungen Mädchen in weißen Mantillas in einer Loge erkannte, versuchte er ihr zuzulächeln, damit sie glaube, er sei ihr immer noch treu –, um sie heute abend noch heftiger zu enttäuschen. So verzog er denn sein Gesicht zu einer Art Lächeln, doch es war so gezwungen, so krampfhaft, daß er selber empfand, es sei nicht das Richtige. Es war sonderbar: wenn er ins Publikum blickte, gelang es ihm nicht, ein einzelnes Gesicht ins Auge zu fassen, und wenn er es dennoch tat, so sah er es nicht.

Angestellte warfen aus dem Gang den Zuschauern Kissen zu. Rechts an der Plankenwand waren die Kampfcapas nebeneinander aufgehängt, wie ein riesiger Harlekinsmantel. Alban vertraute seine Paradecapa Don Ali an, der in der ersten Reihe saß und sie ungeheuer aufgeregt vor sich ausbreitete. Dann nahm Alban seinen Posten auf dem Kampfplatz ein. Seit dem Augenblick, da er in die Sonne hinausgetreten war, waren seine Zähne aufeinandergebissen, seine Lippen zusammengekniffen, seine Haut gespannt, als ob er alle Kraft in seinem Gesicht sammelte. Er verspürte eine beklemmende Erregung, doch keine Furcht. Er war über die Furcht hinaus, sie lag hinter ihm.

Die Zuschauer setzten sich. Nicht alle. Eine kurze Stille, bevor die Trompeten den ersten Stier – es war der Alcaraz' – ankündigten. Die Männer versicherten sich durch einen flüchtigen Seitenblick, daß ihre Gefährten an ihren Plätzen waren. Alban drückte sich zum Schutz gegen die Sonne den Hut bis an die Brauen ins Gesicht. Dann spähte er nach Jesús aus. Ein Picador rückte sein Sturmband zurecht. – Und jetzt fühle auch ich, Montherlant, der dieses schreibt, mich ein wenig beklommen. Halten wir einen Augenblick inne.

Die Pforte des Toril öffnete sich. Der Stier kam, behaglich wie ein Bürger, herausgetrabt. Beim Vorbeilaufen hatte man ihm eine Bänderquaste in den Farben des Herzogs in den Nacken gestoßen, und so glich er dem bändchengeschmückten Opfer des Tauroboliums. An seinen Angriffen sah man sofort, daß er unbedeutend war. Alcaraz machte mit ihm einige Veronikaschwünge, beugte sich dabei vor und bewegte sich viel. Auf der Schattenseite applaudierte man aus Kastengeist. Alban ärgerte sich darüber.

Noch am selben Abend sollte kein Mensch mehr sich daran erinnern, was dieser Stier getan hatte. Nicht einmal die Männer, die mit ihm arbeiteten. Die Berichterstatter schrieben nur *»Regular«*. Das war nun alles recht anständig und farblos, bot weder dem Verstand noch der Seele noch den Sinnen etwas. Recht, um in einer Akademie preisgekrönt zu werden. Es war nicht schlecht, aber heillos langweilig und überflüssig.

Alban, der keinen Wert darauf legte, für die Señoritos zu arbeiten, hielt sich in Bereitschaft, doch ein wenig abseits, wie übrigens alle seine Leute, mit Ausnahme Esparragueras, der sich zeigen wollte. Da die Beziehungen zwischen den beiden Matadoren kühl waren, hatte man stillschweigend beschlossen, daß jeder seinen Stier mit seinen Leuten bearbeiten sollte. Die beste Art, Streitigkeiten zu vermeiden.

Nach den Regeln hätte Alban den Stier nach einem der Zusammenstöße mit den Picadoren ablenken müssen. Er hätte nicht ungern geglänzt, doch der Stier lief weg, und er verfolgte ihn nicht. Dieses stumpfsinnige Vieh bewirkte bei allen eine Art Lähmung.

Während die Banderillas gesetzt wurden, war Alban in den Gang zurückgetreten und beobachtete Alcaraz' Degenträger, der für seinen Herrn die Muleta vorbereitete. Als er sah, wie furchtbar verwickelt und künstlich das war, fühlte er in seinem Gehirn dasselbe Loch wie ein Schauspieler, der sich nicht mehr an seine Rolle erinnert. »Niemals werde ich damit hantieren können.« Es fiel ihm nicht einmal ein, wie er sie halten mußte.

Don Ali gähnte mit Nachdruck und drehte sich nach rechts und nach links, um auch seine Nachbarn aufzufordern, ihre Langeweile zu bekunden. Dann zwinkerte er Alban zu:

»Die Soledad läßt Sie nicht aus den Augen.«

Alban machte eine ausdruckslose Geste. Er blickte Jesús an – die kleine, geschmeidige, fiebernde Bestie –, der es sich anscheinend besonders angelegen sein ließ, den toten Pferden den Schweif zu drehen, um zu versuchen, ob sie nicht wieder aufstünden. »Ah«, dachte er, »ein wahrer kleiner Falke! und welch hübscher Zug der spanischen Sprache, daß ihr Wort *rapaz* zugleich einen jungen Burschen und einen Raubvogel bezeichnet.«

Plötzlich wandte sich Don Ali um, unsagbare Freude und Ehrfurcht malten sich auf seinem Apfelgesicht.

»Der Fürst, der Fürst!«

Und er hatte die Frechheit, Alban auf die Schulter zu klopfen, damit auch er sich umwende, um den Ankommenden zu sehen. »Ich pfeife auf den Fürsten«, sagte Alban laut. Das bloße Wort »Fürst« löste in ihm automatisch diese Äußerung aus, geradeso, wie es ihm unmöglich war, den Namen Patatas auszusprechen, ohne hinzuzufügen »dieser alte Dummkopf«.

In der Tat: ein junger Mann begab sich in die Ehrenloge. Er war Fürst irgendeines osteuropäischen Staates. Sein stumpfsinniger, unangenehmer Ausdruck charakterisierte ihn sofort als einen von Geblüt. Man nennt sie so aus Ironie, denn Blut haben sie keins. Doch in diesem Augenblick trat in sein verwaschenes, finniges Gesicht die Röte der Wut, weil man ohne ihn angefangen hatte. Der richtige Kopf, um auf eine Pike gesteckt zu werden.

Um ihn herum lächelte alles in serviler Untertänigkeit, nur er selber lächelte nicht. Selbst den Herzog, der von Natur so ungezwungen war, sah Alban das erste Mal mit einem Monokel, das sein Gesicht zu einer idiotischen Grimasse verzerrte. Er tänzelte vor dem Fürsten, ohne Zweifel überbot er sich vor ihm, der zu spät gekommen war, in Entschuldigungen. »Mein anbetungswürdiger Herzog«, dachte Alban traurig, »in welchen Zustand versetzt ihn das Gottesgnadentum!«

Auf dem Sandplatz unterbrach der vor Ehrfurcht zerfließende Pepe Alcaraz seine Vorbereitung zu den Banderillas mit respektvollem Äugeln zur fürstlichen Loge hinüber. Für einen dieser abschweifenden Blicke hätte er sich mit Begeisterung aufspießen lassen.

Mit der Muleta arbeitete er besser als man gedacht hätte. Alban hielt sich in seiner nächsten Nähe, wie es vom zweiten Matador gefordert wird. Doch vermochte er nicht, seine Abneigung gegen ihn zu verbergen.

Der Señorito entledigte sich seines Gegners ziemlich rasch. Sobald der Stier gefallen war, wandten sich alle Zuschauer unter der Loge des Präsidiums dem Fürsten zu, um zu sehen, ob er wenig, viel, leidenschaftlich oder gar nicht klatschte, und sich nach ihm zu richten. Und alle klatschten mit derselben Nuance wie er: zwischen zuviel und zuwenig, wie es einem von Geblüt ansteht, der für die Belustigungen des Volkes, das ihn aufnimmt, Entgegenkommen zeigen muß, doch zugleich zu verstehen gibt, daß er sich herabläßt. Alban blickte weg. Er litt unter diesem Erfolg und versuchte nicht, es zu verhehlen. Eine Hand drückte auf seine Leber, wie der Falke die behandschuhte Faust umkrallt. Während man den Platz säuberte, standen viele noch dem Fürsten zugekehrt und ließen mit offenem Munde kein Auge von ihm, als ob er Tauben aus seinem Ärmel hervorzaubern würde.

Trompetenblasen. Albans erster Stier – der Schwarze – schoß in die Arena, begrüßt von einem allgemeinen ›Ah!‹ der Befriedigung. Im Nu hatte er den Kreis wie ein Wahnsinniger durchlaufen. Endlich ein Stier! Die Stierkämpfer reizten ihn von weitem durch Capaschwingen und flohen bei seinem Heranstürzen hinter die Burladeros. Alban beobachtete ihn, die Augen traten ihm aus den Höhlen vor Spannung. Er fuhr sich mit dem rechten Zeigefinger unter die Nase, bei ihm ein Zeichen fieberhaften Interesses. Esparraguera hielt ihm den Mantel hin, der Stier stob heran; doch vor ihm machte er plötzlich mit steifen Beinen, ein wenig bebend, Halt, schnaubte zweimal, und, ohne zuzustoßen, bog er ab und galoppierte davon. Zwei, drei Capas, die man ihm hinhielt, hatten nur den Erfolg, daß er wieder kehrtmachte. Zwischen ihm und dem Stoff schien eine unerklärliche Abstoßung zu bestehen. Alban verlor den Mut.

Als der Stier sich etwas ausgetobt hatte und lenkbarer schien, ging Alban auf ihn zu und zitierte ihn mit seiner Capa. Er empfing ihn in einer Veronika, fast Leib an Leib, obwohl er nicht das Gefühl von Gefahr dabei hatte. Doch machte er sie tanzend, die Beine nicht geschlossen, das heißt schlecht. Als er ihn aber wieder ins Tuch bringen wollte, entwischte das Tier, war schon weit weg. Er lief ziemlich lächerlich hinter ihm her, erreichte es in dem Augenblick, als es bei seiner Galoppade gerade in eine Lanze geriet, die es, ob es wollte oder nicht, annehmen mußte.

Er hielt ihm die Capa hin, während der Picador bäuchlings über der Plankenwand lag und aussah wie einer, der Schwimmen lernt. Doch gleich wurde ihm klar, daß die Situation sich verändert hatte. Der Stier lief geradenwegs vor ihm weg und stieß fuchtelnd mit dem Kopf herum, ohne ihn wirklich zu erheben. Und jedesmal, wenn er so drauflosstieß, brummte er lächerlich, wie ein Mensch, der sich beschwert, weil man ihn stört. Vorher war er nur schwierig gewesen, jetzt wurde er gefährlich. Gefährlich, weil er seit dem Lanzenstich wirklich Furcht hatte, gefährlich wie alles, das Furcht hat. Jeder beliebige wilde Stier wäre leichter zu bekämpfen gewesen als dieser klägliche Ochse.

Da alle schwindelten aus Untertänigkeit gegen den Fürsten und um die Ehre der Züchterei zu retten, erhielt er schließlich die drei vorschriftsmäßigen Lanzenstiche. Nun kamen Esparraguera und Gutierrez mit den Banderillas an die Reihe; es war schwierig, denn der Stier stürzte sich ihnen nicht entgegen. Doch was für Kinkerlitzchen machte Esparraguera! Eine »artistische Vorbereitung« mit effektvollen Armbewegungen, mit wackelnden Hinterbacken, mit einem Kopfneigen, wie der Photograph, bevor er sagt: »Jetzt bitte einen Moment stillhalten«, ja sogar mit Äugeln wie eine Hure. Vergeblich trat Alban voll Ungeduld von einem Bein aufs andere wie ein kleiner Affe, vergeblich machte er ihm Zeichen, sich zu beeilen – denn die Regel verlangt, daß das Spiel der Banderillas schnell vor sich geht –; seine Cuadrilla beherrschte ihn, wie ihn der Sier beherrschte. »Die Pest hole die Tuberkulose!« fluchte er innerlich. »Wenn ich bedenke, daß ich ohne das Mitleid, das mir dieser Bursche eingeflößt hat, jetzt Vinares hätte, einen der ersten Banderilleros von ganz Spanien!«

Endlich stieß Esparraguera zu: die eine Spitze in die Schulter, die andere in den Sand. Als er wieder an die Plankenwand zurückkam, stürzte er sich auf die Wasseralcaraza, als ob seine halb zerstörte Brust von einem Brand verheert würde. Nach dieser Anstrengung schienen seine Augen noch tiefer in den Höhlen zu liegen, und sein Gesicht klebte von ungesundem, klebrigem Schweiß. Hierauf banderillierte Gutierrez mit Brio. Wer hätte das gedacht? Von Albans drei Leuten war dieser mit seinem Kaffeehauskellnergesicht der einzige, der was taugte.

Bei jedem Banderillapaar sprang der Stier auf, schlug vor Schmerz aus und spritzte Geiferstrahlen in die Luft, die im Herunterfallen an seinen Hörnern hängenblieben. Ein wenig lebhafter geworden, erfüllte er die Arena mit seinem Wehgeheul, rief das Publikum zum Zeugen auf für die Pein, die man ihm antat. »Was will man eigentlich von mir? Ich verlange doch nur, daß man mich in Ruhe läßt . . . Was, man will nicht?! Na, warte!« Und plötzlich wurde aus seiner Panik eine Attacke, und er verfolgte einen überraschten Mann, der im Fliehen seine Capa hinwarf, bis an die Plankenwand. Dann legte er die Schnauze mit einem komischen Ausdruck darauf, der bedeuten sollte, wieviel lieber er auf der anderen Seite wäre.

»Achtung!« sagte Alban. »Er wird hinüberspringen!«

Schon war der Stier drüben, während die Leute im Gang auf den Sandplatz hinaussprangen. Von dort aus sah man ihn nicht, wie er durch den Gang galoppierte; man konnte nur den Schatten verfolgen, der aus dem Zwischenraum zwischen der Plankenwand und dem Boden herauskam und unglaublich schnell von der Stelle rückte. Und dieser sich bewegende Schatten, der bedeutete, daß der Tod dahinter lauerte, war unheimlich wie ein Raubvogelschatten, der zu unseren Füßen kreist.

Als der Stier wieder auf dem Platz war, nahm Alban die Muleta, machte sie naß und rieb sie ein wenig mit Sand ein, um sie schwerer und widerstandsfähig gegen den Wind zu machen. Er nahm den Griff seines Degens fest in die Hand und fuhr mit seinen mit Speichel befeuchteten Fingern über die Spitze, damit sie leichter ins Fleisch dringe.

*»Pase de pecho! Pase de pecho!«* schrie ihm Don Ali zu. »Und wenn du ihn schwächen willst, setz ihm von unten zu! Tack! – tack! – tack!« – er machte wie im Kaffeehaus die Bewegungen – »und du schmeißt ihn!«

In seinem rührenden Eifer duzte er ihn. Alban nickte: Ja, ja! Wie unbekümmert hatte Don Ali das hingeworfen: »Und du schmeißt ihn!« In der Tat, wenn man auf dem ersten Platz auf einem weichen Kissen saß, mußte das sehr leicht sein.

Alban blieb unter der Präsidententribüne stehen, in der sich der Herzog befand, warf sich in die Brust und sagte: »Señor Herzog, meine Dankbarkeit und die Höflichkeit verlangen, daß ich Ihnen diesen Stier widme, der schon Ihre Farben trägt. Doch wie Sie selbst sehen, ist es ein Stier, mit dem gar nichts anzufangen ist, so widme ich ihn denn in Wahrheit dem, der ihn mag.«

Er wandte sich um, warf seinen Hut in den Gang, zu schnell, um die verblüfften Gesichter derer zu sehen, die ihn verstanden hatten und über diese tolle Unverschämtheit ganz verdutzt waren. Doch ihn hatte die Unverschämtheit ein wenig beruhigt, und jetzt schritt er geradenwegs auf den Stier zu, um ihn auf seinem Standplatz aufzusuchen.

Er hob und schwenkte die Muleta, den Kopf ein wenig vorgeneigt, und stampfte mit dem Fuß. Der Stier senkte die Schnauze, wie um angelegentlich die Erde zu beschnuppern, wiegte sich von einem Vorderbein auf das andere, scharrte, und der Sand, den er aufwarf, fiel wie ein Regen auf ihn herab und blieb in seinen Wunden kleben – dann setzte er zu einem Hornstoß an, den er aber nicht ausführte. Alban trat näher und fuhr ihm mit der Muleta unter die Nase. Der Stier stieß von rechts zu und streifte den jungen Mann, ohne ihn zu verwunden.

Auf ein Zeichen Albans nahmen ihn jetzt die anderen vor und lockten ihn fort.

»Was soll ich jetzt versuchen?« fragte sich Alban. Und die Notwendigkeit, jetzt gleich etwas tun zu müssen, umnebelte sein Hirn. Vor diesem trägen und dennoch tückischen Tier wurde ihm sein Mangel an Erfahrung peinlich bewußt, und er hatte nur einen Wunsch: den Stier so schnell wie möglich mit dem Degen zu töten. Der Degen, immer wieder kam er auf ihn zurück. Dieses Vieh töten, nur das konnte Ruhe bringen. Es töten, um sich von seiner Kraft zu nähren.

Er versuchte drei oder vier *Pases,* auf die der Stier immer nur mit dem Kopf antwortete, ohne sich von der Stelle zu rühren. Nun wandte sich Alban dem Publikum zu, um es zum Zeugen aufzurufen, daß hier alles vergeblich sei. Dann band er die Muleta und zielte. Doch dem Stier schien dieser auf ihn gerichtete spitze Degen nicht zu gefallen, er begann zurückzuweichen. Einige Schritte wich er so zurück, während ihm Alban immer mit vorgestrecktem Degen folgte, worüber die Zuschauer zu lachen anfingen. Mit der Muleta bannte er das Tier, machte sich einen Augenblick zunutze, wo es fest auf seinen Beinen stand, und warf sich ihm in seiner gewohnten Art entgegen, entschlossen, ohne den Kopf zu drehen. Im nächsten Augenblick fand er sich taumelnd hinter dem Stier, sah, daß der Degen etwas zu weit vorn und nicht tief genug eingedrungen war. Ein paar Leute klatschten Beifall, weil der Stoß gut geführt war. Doch der Stier

STEIDL

Düstere Straße 4 · D-37073 Göttingen
Telefax (05 51) 49 60 649

## Gudbergur Bergsson
## Der Schwan

*Roman. Aus dem Isländischen von Hubert Seelow*
*192 Seiten, Halbleinen*
*DM 34,00/öS 248,–/sFr 33,00*
*ISBN 3-88243-607-7*

**Isländischer Literaturpreis**
Als Strafe für einen Ladendiebstahl soll ein Mädchen, dessen Namen wir nicht erfahren, einen Sommer auf einem Bauernhof verbringen. Verlassen in der Fremde, allein unter schweigsamen Bauern, kann das neunjährige Mädchen die Rätsel des Landes und des Lebens allein mit ihrer Phantasie deuten. »Der Schwan« zeigt den gleichermaßen halluzinatorischen wie erheiternden Blick eines aus seiner Unschuld erwachenden Kindes – zutiefst human in seiner Naivität und seinem beglückenden Witz. »Noch viele Tage nach der Lektüre des ›Schwan‹ war ich wie verzaubert. In diesem Buch werden Sie einen großen europäischen Romancier entdecken, dem es mit einzigartiger Finesse gelingt, das Leben eines heranwachsenden Mädchens einzufangen.«
*Milan Kundera*

Literatur

## Frída Á. Sigurdardóttir
## Ninas Geschichte

*Roman. Aus dem Isländischen von Ingolf Kaspar und Hubert Seelow*
*256 Seiten, Halbleinen*
*DM 28,00/öS 204,–/sFr 28,00*
*ISBN 3-88243-608-5*

**Isländischer Literaturpreis**
**Preis des Nordischen Rats**
Nina ist eine moderne junge Frau. Sie ist intelligent, selbstbewußt und desillusioniert. Bei ihrer sterbenden Mutter zu wachen, dieser lästigen, altmodischen Pflicht möchte sich Nina am liebsten entziehen. In der Stille der Nacht schweifen ihre Gedanken ab, verliert sie sich in einer fast vergessenen Vergangenheit. Dort begegnet Nina ihrer Urahnin Sunneva, einer Bäuerin im unwirtlichen Norden Islands, deren begabter Tochter Solveig, die sich im Schnee das Leben nahm, und Katrin, ihrer eigenen Großmutter. Frauen voller Leidenschaft, die ihr Leben und ihr Lieben der kargen Natur abtrotzten.
»Eine schöne, beängstigende und faszinierende Familienchronik, die von sechs Generationen isländischer Frauen handelt.«
*Berlingske Tidene, Kopenhagen*

## Michael Rutschky
## Lebensromane

*224 Seiten, Halbleinen*
*DM 38,00/öS 277,–/sFr 37,00*
*ISBN 3-88243-606-9*

Niemand kriegt, was er sich wirklich wünscht. Deshalb machen wir ja weiter. Stets muß man fortfahren sich etwas zu wünschen, was nicht da ist. Jeder braucht seinen höchstpersönlichen Roman.
Nachts, vor dem Einschlafen, kann man sie leicht am Werk sehen, diese »Lebensromane«, wie sie einem das Leben ausmalen, das man eigentlich führen müßte. Oder beim Fahren auf der Autobahn. Oder im Speisewagen, während der Intercity durch die Landschaft saust: blöde starrst du aus dem Fenster, weil die Aufmerksamkeit gründlich beschäftigt ist mit dem Roman in deinem Kopf.
Michael Rutschky wurde 1997 mit dem Heinrich-Mann-Preis ausgezeichnet.

## Oskar Negt/
## Hans Werner Dannowski
## Königsberg – Kaliningrad
## Reise in die Stadt Kants und Hamanns

*160 Seiten, Halbleinen*
*DM 34,00/öS 248,–/sFr 33,00*
*ISBN 3-88243-613-1*

Die russische Enklave Kaliningrad im Juni 1996 – das eingekesselte Königsberg im Januar/Februar 1945: dazwischen liegen fast 50 Jahre Kommunismus, in denen Kaliningrad als militärisches Sperrgebiet völlig vom Westen isoliert war.
Mit den Königsberger Philosophen Immanuel Kant und Georg Hamann im Gepäck suchen Oskar Negt und Hans Werner Dannowski nach Spuren ihrer Kindheit im ländlichen Ostpreußen, die 1945 abrupt beendet war. Mit dabei haben sie viele Fragen an die Verantwortlichen der Stadt und an die jungen Kaliningrader: nach ihren Hoffnungen und Problemen, den Schwierigkeiten des wirtschaftlichen Neuanfangs, nach der kulturellen Identität des russischen Kaliningrad und seiner Zukunft in einem vereinten Europa.

**Michel Leiris**
**Alphabet**

*Aus dem Französischen von Hans Therre, mit einem Nachwort von Hubertus v. Amelunxen, in der Gestaltung von Klaus Detjen. Typographische Bibliothek 3*
*96 Seiten, Halbleinen, Schuber*
*DM 58,00/öS 423,–/sFr 55,00*
*ISBN 3-88243-532-1*

Der französische Schriftsteller Michel Leiris ist ein Sprachverschlinger. Mit dem freudigen Staunen eines Kindes spürt er dem Zauber der Buchstaben nach. Er betrachtet, berührt, beschnüffelt und erschmeckt sie: als gelbe Butterkekse und in einer Buchstabensuppe. Als Chemiker des Alphabets prüft Leiris den Stoff, aus dem ein Kunstwerk wird. Der Typograph Klaus Detjen nimmt die Aufforderung der Zunge, einer »Ballerina im rosa Schleimhaut-Trikot«, zum Tanz an. Und so biegt sich der Text im schwerelosen Pas de deux in elegante Figuren, taumelt, hält inne, dreht sich kokett und gleitet schon wieder zum nächsten auf Messers Schneide tanzenden Wunder in Zartrosa, Pistaziengrün und Hellblau.

Steidls schönste Seiten

**Stéphane Mallarmé**
**Un coup de dés jamais n'abolira le hasard**
**Ein Würfelwurf niemals tilgt den Zufall**

*Zweisprachig: französisch/deutsch*
*Übertragung von Wilhelm Richard Berger. Gestaltet von Klaus Detjen Typographischen Bibliothek 2*
*88 Seiten, Leinen, japanische Bindung, Schuber*
*DM 65,00/öS 475,–/sFr 61,00*
*ISBN 3-88243-374-4*

Mallarmés Gedicht »Un coup de dés» ist ein Schlüsseltext der literarischen Moderne. Er gehört im weitesten Sinne in die zweitausend Jahre alte Tradition der visuellen Poesie in Europa, mit deren überkommenem Formrepertoire er aber auf revolutionäre Weise bricht. Scheinbar zufällig ergibt sich ein über die jeweilige Doppelseite ausgestreutes und dennoch mit genauestem Kalkül angeordnetes Wortmuster. Wilhelm Richard Berger hat das Gedicht neu übersetzt und zeigt, daß auch bei einem so hermetischen Text die Harmonie zwischen poetischer Schönheit und genauem Wortlaut gelingen kann.

**Stephan Wackwitz**
**Walkers Gleichung**

*Eine deutsche Erzählung aus den Tropen. 256 Seiten, stb 123*
*DM 16,80/öS 123,–/sFr 16,80*
*ISBN 3-88243-598-4*

»So spannend, so witzig und so erotisch wurden jene gesellschaftlichen Bande, die Deutschland im Innern zusammenhalten, noch selten geschildert.« *Tobias Heyl, Die Weltwoche*

**Jürgen Alberts: Landru**

*Roman · 264 Seiten, stb 124*
*DM 16,80/öS 123,–/sFr 16,80*
*ISBN 3-88243-599-2*

Jürgen Alberts spannender Roman über den Frauenmörder Landru wurde ausgezeichnet mit dem »Glauser« als »bester deutschsprachiger Kriminalroman«.



**Geschichten aus den Ostfjorden**
**Isländersagas**

*Aus dem Altisländischen von Ingrid Pak*
*96 Seiten, stb 121*
*DM 10,00/öS 73,–/sFr 10,00*
*ISBN 3-88243-595-X*

Diese zwei Geschichten, Erzählungen aus dem alten Island, sind Meisterwerke realistischer Prosa – in einer überraschend modernen Sprache.

**Heinrich Heine**
**Briefe aus Berlin**

*96 Seiten, stb 118*
*DM 10,00/öS 73,–/sFr 10,00*
*ISBN 3-88243-592-5*

Heines Brieferzählungen aus der preußischen Hauptstadt, dem »großen Krähwinkel«.

**Ferdinand von Saar**
**Leutnant Burda**

*96 Seiten, stb 119*
*DM 10,00/öS 73,–/sFr 10,00*
*ISBN 3-88243-593-3*

Der preußische Leutnant Burda bildet sich ein, seine Liebe zu einer der Kaisertöchter werde erwidert. Die tragikomischen Verwicklungen, die sich daraus ergeben, werden so erheiternd wie hintergründig geschildert.

**Andrej Platonow**
**Die Epiphaner Schleusen**

*96 Seiten, stb 120*
*DM 10,00/öS 73,–/sFr 10,00*
*ISBN 3-88243-594-1*

Die Geschichte zielt auf Stalin und den von ihm befohlenen Weißmeerkanal. Ein Vorhaben, das unzähligen Arbeitern und Bauern das Leben kostete und, von vornherein absehbar, ein Fehlschlag war.

## Herman Bang
## Das weiße Haus/Das graue Haus

*Aus dem Dänischen und mit einem Nachwort von Walter Boehlich*
*Bibliothek der Romane, Band 5*
*Herausgegeben von Jürgen Manthey*
*276 Seiten, Halbleinen*
*DM 20,00/öS 146,–/sFr 20,00*
*ISBN 3-88243-615-8*

Man hat Herman Bang mit dem frühen Thomas Mann verglichen oder auch einen dänischen Tschechow genannt. 1857 auf der Halbinsel Alsen als Sohn eines Pfarrers geboren, versetzt er uns mit dem Roman »Das weiße Haus« in das »Paradies seiner Jugend«. Eine junge Mutter steht im Mittelpunkt dieser Geschichte, eine der anrührendsten, liebenswertesten Frauenfiguren der Weltliteratur. Dagegen hat »Das graue Haus« die Kopenhagener Honoratioren-Gesellschaft zum Schauplatz, aus der Bangs Vater stammte: Eine düster verhängte Salon-Atmosphäre umfängt uns, eine Schattenwelt abdankender Männermacht, die mit bitter-bösen Weisheiten Abschied von einer historischen Epoche nimmt.

Literatur

## Henry de Montherlant
## Tiermenschen

*Aus dem Französischen von Hans Kauders, durchgesehen und revidiert von Ernst Sander*
*Bibliothek der Romane, Band 6*
*Herausgegeben von Jürgen Manthey*
*260 Seiten, Halbleinen*
*DM 20,00/öS 146,–/sFr 20,00*
*ISBN 3-88243-616-6*

Ein mitreißendes Buch über die spanischen Erlebnisse eines französischen Amateur-Stierkämfers – wie der Autor in seiner Jugend selbst einer gewesen ist. Von der hübschen Soledad zwischen herausfordernden Blicken und abweisenden Worten ständigen Wechselbädern ausgesetzt, stürzt sich der Gymnasiast Alban in sein Ferienabenteuer auf Leben und Tod. Zu Hause erschrickt derweil die indiskrete Mama über sein Tagebuch.
Montherlant ist nicht bloß in die Geheimnisse der spanischen Stierreligion eingeweiht, er ist vor allem ein »aficionado« der Sprache, ein Matador des treffsicheren Ausdrucks und der galanten Poesie.

**Günter Grass**
**Auf einem anderen Blatt**

*Zeichnungen*
*Herausgegeben von Peter Joch*
*224 Seiten, Leinen*
*DM 48,00/öS 350,–/sFr 46,00*
*ISBN 3-88243-617-4*

Der Ruhm des Schriftstellers Günter Grass hat lange die unvoreingenommene Sicht auf die mythische Welt seiner Zeichnungen und Grafiken verstellt.
Der Kunsthistoriker und Kurator Peter Joch legt nun ein Buch vor, in dem die Zeichnungen von Günter Grass umfassend erläutert und vorgestellt werden. Der Leser erfährt nicht nur etwas über die berühmten Bildmotive wie »Butt« und »Rättin«, »Schnecke« und »Calcutta«. Er erhält auch zahlreiche Anregungen über kunstgeschichtliche Grundfragen nachzudenken und sich aus dem Blickwinkel der Zeichnungen mit der künstlerischen Moderne auseinanderzusetzen.
»Auf einem anderen Blatt« ist eines der wenigen Bücher, die auf eine unmittelbar nachvollziehbare Weise detaillierte Deutungen mit einem kulturgeschichtlichen Panoramablick verbinden.

**Günter Grass**
**Lübecker Werkstattbericht**

*2 Videokassetten, 540 Min.*
*DM 78,00/öS 569,–/sFr 73,00*
*ISBN 3-88243-618-2*

Im Wintersemester 97/98 hat Günter Grass im Klinikum der Medizinischen Universität Lübeck sechs Vorlesungen gehalten. Sie bieten einen weit gespannten Bogen über fünf Jahrzehnte schriftstellerischen, grafischen und bildhauerischen Schaffens – seiner Werkstatt. Dabei verknüpft Grass zeitgeschichtliche Ereignisse, die er im Vortrag in Erinnerung ruft, mit Berichten über seine Arbeitsweise und ergänzt dies zum Abschluß mit einer Lesung seiner Gedichte beziehungsweise den »zur Zeit« geschriebenen Prosatexten.

**Günter Grass**
**Reinhard Höppner**
**Hans-Jochen Tschiche**
**Rotgrüne Reden**

*96 Seiten, stb 122*
*DM 10,00 / öS 73,- / sFr 10,00*
*ISBN 3-88243-596-8*

Der Schriftsteller Günter Grass hat erneut, wie schon einmal für Willy Brandt, seine »windstille Werkstatt«, seine Papiere und sein Schreibpult verlassen, um Wahlkampf zu machen – für eine rotgrüne Koalition, gegen die »unser Land lähmende Stagnation« und die »Altlast Kohl«.

**Jetzt lieferbar:**
**Die Günter Grass Werkausgabe in Einzelausgaben!**

**Hölderlin/Kelly/Schuldt**
**Am Quell der Donau**

*Teil 1: Mappe mit 8 farbigen Leporellos*
*Teil 2 und 3: Buch (80 Seiten) gebunden in Fabriano-Murillo-Bütten, fünffarbiger Druck. Beigegeben ist die CD »Schallgeschwister«, alles zusammen im Schuber*
*DM 58,00/öS 423,–/sFr 55,00*
*ISBN 3-88243-521-6*

»Am Quell der Donau« beginnt eine lyrische Entdeckungsreise. Die Dichter Robert Kelly und Schuldt lenken den Hölderlinschen Flußlauf ab, und indem sie über die Grenzen der Sprache springen, erfährt der Text neue Rhythmen, neue Klangfarben, rücksichtslose Interpretationen, herrlich schräge Ableitungen und witzige Sprachüberraschungen. Aus der Verwandlung, Beschädigung, Brutalisierung des Originals geht eine heisere, böse, verschlissene Dichtung hervor, ein seltenes Zeugnis moderner Dichtkunst, das zugleich zwei Sprachen und zwei Jahrhunderte umspannt.

Steidls schönste Seiten

**Anna Achmatowa**
**Ein niedagewesener Herbst**

*Gedichte*
*Aus dem Russischen von Rainer und Sarah Kirsch*
*Mit Aquarellen von Sarah Kirsch*
*64 Seiten, Leinen*
*DM 48,00/öS 350,–/sFr 46,00*
*ISBN 3-88243-619-0*

Diese Auswahl von Gedichten Anna Achmatowas wurde von Sarah und Rainer Kirsch übersetzt, oder besser: nachgedichtet. Mehr als zwanzig Jahre später fügt Sarah Kirsch einen Aquarellzyklus hinzu, der der Lyrik nicht illustrativ beigegeben ist, sondern die sinnliche Wahrnehmung des Werkes befördert. Anna Achmatowa (1889–1966) ist neben Marina Zwetajewa, Ossip Mandelstam und Boris Pasternak die bedeutendste russische Lyrikerin dieses Jahrhunderts. Wie kaum eine zweite Autorin hatte sie unter Stalins Terrorherrschaft zu leiden: Ihr Mann und viele ihrer Freunde wurden hingerichtet, ihr Sohn mehrfach verhaftet, sie selbst aus dem Schriftstellerverband ausgeschlossen und mit Publikationsverbot belegt.

**Dorothee Beck/Hartmut Meine**
**Wasserprediger und Weintrinker**

*Wie Reichtum vertuscht und Armut verdrängt wird.*
*Aktualisierte Neuauflage*
*224 Seiten, stb 125*
*DM 19,80/öS 145,–/sFr 19,80*
*ISBN 3-88243-600-X*

Dorothee Beck und Hartmut Meine nennen Namen und Zahlen. »Geboten wird ein Atlas bundesdeutscher Obszönitäten der Reichtums- und Verarmungspolitik, sorgfältig recherchiert und journalistisch brillant aufgearbeitet.« *Stefan Welzk, Deutschlandfunk*

**Danilo Zolo**
**Die demokratische Fürstenherrschaft**

*Für eine realistischere Theorie der Politik*
*Aus dem Italienischen von Moshe Kahn*
*256 Seiten, stb 126*
*DM 19,80/öS 145,–/sFr 19,80*
*ISBN 3-88243-601-8*

»Zolos Buch ist als Warnsignal der verlorengehenden Geduld und der Sehnsucht nach Sicherheit in totalitärer und zynischer Unterdrückung mitten aus Europa sehr ernst zu nehmen.« *Udo Knapp, DeutschlandRadio Berlin*

*Taschenbücher*

**Oskar Negt**
**Warum SPD?**

*7 Argumente für einen nachhaltigen Macht- und Politikwechsel*
*Originalausgabe, 96 Seiten, stb 127*
*DM 10,00/öS 73,–/sFr 10,00*
*ISBN 3-88243-602-6*

Der Soziologe und Philosoph Oskar Negt analysiert, warum die SPD aus ihrer Geschichte und ihrer Gegenwart die besten Perspektiven für die Zukunft bietet.

**Bernt Engelmann**
**Großes Bundesverdienstkreuz**

*Tatsachenroman*
*224 Seiten, stb 128*
*DM 10,00/öS 73,–/sFr 10,00*
*ISBN 3-88243-602-4*

Bernt Engelmanns Polit-Thriller über Helmut Kohl und politische Freunde.

**Bernt Engelmann**
**Schwarzbuch Helmut Kohl oder: wie man einen Staat ruiniert**

*160 Seiten, stb 110*
*DM 10,00/öS 73,–/sFr 10,00*
*ISBN 3-88243-570-4*

Engelmanns »Schwarzbuch« war nie so aktuell wie heute!

*Taschenbücher*

**Günther Schwarberg**
**Angriffsziel Cap Arcona**

*Originalausgabe*
*192 Seiten, stb 116*
*DM 16,80/öS 123,–/sFr 16,80*
*ISBN 3-88243-590-9*

Wenn man die Leute fragt, welches die größte Schiffskatastrophe in der Geschichte der Menschheit war, wird man mit Sicherheit hören: der Untergang der Titanic. Doch das ist falsch. Die größte Schiffskatastrophe geschah am 3. Mai 1945 in der Lübecker Bucht vor Neustadt. Englische Flugzeuge versenkten die »Cap Arcona« und die »Thielbek«, zwei Schiffe mit mehr als 7500 Menschen an Bord. Aber es waren keine Millionäre, es gab keine Luxus-Diners, keine Bordkapelle spielte zum Tanz. Es waren abgemagerte Gefangene deutscher Konzentrationslager.

*Taschenbücher*

**Edith Großpietsch**
**Georg Benz (Hg.)**
**Wissen, um zu handeln**

*Ein Buch der Solidarität mit Heinz Dürrbeck*
*Originalausgabe*
*224 Seiten, stb 129*
*DM 18,80/öS 137,–/sFr 18,80*
*ISBN 3-88243-604-2*

Heinz Dürrbeck kämpfte als Kommunist gegen die Nazis, arbeitete als Sozialdemokrat am Aufbau der Bundesrepublik mit und prägte wesentlich die gewerkschaftliche Bildungsarbeit. Seit Jahren wird ihm vorgeworfen, für die DDR spioniert zu haben. Er wurde jedoch nie verurteilt, auch eine Auswertung der Stasi-Akten erbrachte keine Beweise. Dürrbeck lebt heute, fast vergessen, 86jährig, in Budapest.

Wenn Sie uns schreiben, schicken wir Ihnen gern regelmäßig kostenlose Informationen über unser Verlagsprogramm.

**STEIDL**

Düstere Straße 4 · D-37073 Göttingen
Telefax (05 51) 49 60 649

schien keineswegs überzeugt; er stand da und sah die Leute an, die applaudierten, als wollte er sagen: »Wegen so was klatscht ihr?«

Gutierrez beförderte mit einem Schwung seiner Capa den Degen wieder heraus. Alban wischte das Blut an der Muleta ab und stürzte sich ohne weitere *Pase* von neuem auf den Stiernacken. Doch der Stier bewegte sich zu früh, der Junge war erschrocken und hatte sich nach außen geworfen. Der Degen kam auf der anderen Seite wieder heraus, und der Stier fing an, Blut zu speien.

Im Begriff, aus den Händen seines Degenträgers eine neue Waffe entgegenzunehmen, sah er in der zweiten Reihe die Señora de Trujillos, die ihn mit Freundschaft und Verständnis aufgenommen hatte. Sein Blick traf den der guten Dame, und er bemerkte in ihrem etwas verzogenen Gesicht einen besorgten Ausdruck. Er hatte die deutliche Empfindung, daß sie um seinetwegen litt, litt, weil er recht schlecht war. Und das nahm ihm seine Sicherheit; denn – seltsam genug – er hatte bisher nicht den Eindruck gehabt, daß er schlecht war, erst jetzt ging es ihm auf.

Der Stier, die Schnauze am Boden, rührte sich nicht. Er streckte eine graue Zunge heraus und heftete den Blick auf Albans Muleta und Esparragueras Capa, die sie fast unter seiner Nase hin und her schleiften, um ihn in die gewünschte Stellung zu bringen. Er war leblos wie ein ausgestopfter Stier. Und ein Harnstrahl ergoß sich ohne Aufhören aus ihm wie das Wasser aus einer Lokomotive. Alban bereitete sich zum Descabello vor, als der Stier plötzlich losstürzte. Wie sprang er da zurück! Schräg hinüberfliehend, hielt er dem Tier die Spitze der Muleta entgegen, um es zu blenden. Endlich wurde es von den Capas abgelenkt.

Nun setzte sich der Stier in Bewegung und marschierte an der Plankenwand entlang, die ganze Cuadrilla dicht hinter ihm drein, und im Gang ging auch der Degenträger mit, was nichts Gutes zu verheißen schien. (Wie viele Degen würde man noch brauchen?) So legten sie etwa den vierten Teil des Kreises zurück. Bei dieser Wanderung hatte Alban die Kirche vor sich, die über dem Sandplatz aufragte. Alban sah ziemlich verzweifelt zu ihr empor. Jetzt begann die Sache wirklich übel zu werden.

Wieder stand der Stier wie festgebannt, diesmal neben einem Pferdekadaver, der platt dalag, als wäre eine Dampfwalze über ihn hingegangen. Alban stieß mit der Degenspitze die Banderillas beiseite, zielte einen Augenblick zum Descabello und stach zu. Der Stier zuckte mit dem Kopf und blieb aufrecht. Ein zweites Mal – das gleiche Ergebnis.

Jetzt schloß Alban bei jedem Fehlschlag vor Nervosität die Augen und wischte sich mit dem Handrücken über den Mund. Er besaß keine Gewandtheit im Descabello und wußte es. Zudem fühlte er sich von diesem Stier immer wieder überrascht, immer wieder neuen Fragen gegenübergestellt, auf die er keine Antwort fand. Noch einmal stellte er sich in Positur, um die Estocada zu versuchen. Dabei hatte er (obwohl er die Zuschauer nicht sah) das deutliche Bewußtsein, daß viele in den ersten Reihen die Stöcke hoben, um den Degen abzuwehren, falls er, schlecht eingestoßen, durch eine Bewegung des Stiers ins Publikum geschleudert werden sollte. Er nahm auf den Fußspitzen einen leichten Anlauf und stieß los; doch er hatte noch nicht getroffen, als der Stier schon den Kopf hob, so daß der Degen absprang und auf den Sand niederfiel.

Da ging der Stier, den man schon halbtot geglaubt hatte, durch den Stich gereizt, auf die andere Seite des Kampfplatzes; er hatte genug und suchte nur noch verzweifelt nach einem Ausgang. Alban rannte hinter ihm her. Er fühlte sich in den Beinen so schlaff, daß er meinte, sie müßten ganz krumm aussehen. Er erinnert sich, daß auf der andern Seite der Arena, rechts vom Toril – solche Einzelheiten bleiben im Gedächtnis – Angestellte der Plaza hinter einem vergitterten Tor zusahen, das unmittelbar auf den Sandplatz hinausging, so wie die Christen, die warteten, bis man sie in den Zirkus ließ. Zur Linken glänzte die Sonne auf den Spitzen der Ersatzlanzen, die rot gestreift in ihrem Gestell lagen.

»Zum Descabello, das ist ganz bestimmt das einzige Mittel«, riet Esparraguera.

Mechanisch, ohne daß etwas in ihm vorging, richtete er den Degen auf das Kleinhirn, doch statt von weitem zu zielen, legte er ihn flach zwischen die Hörner und tastete sich weiter, was sicherer ist. Bei diesem Stich schüttelte der Stier den Kopf – schon hatte Alban einen Satz nach rückwärts gemacht. Dieses Zurück war in seinen Beinen, so wie die Knochen darin waren. Ach, diese fürchterliche Ungeschicklichkeit, dieses Hüpfen wie ein elektrisierter Frosch wegen nichts und wieder nichts, als wäre sein Nervensystem an einen Stromkreis angeschlossen und erschlaffte beim leisesten Kontakt. Und dann die Wutgrimassen, das Zusammenkrampfen der Faust über der Muleta, wenn er sich dessen bewußt wird, daß er sich ganz allein die Schuld zuzuschreiben hat. Und die aufsteigenden Angsttränen in seinen Augen.

Der Stier ging, und Alban folgte ihm, seine Blicke waren wie die eines Gehetzten. Und hinter ihm, dicht nebeneinander, marschierten wie zwei Auguren Alcaraz und Esparraguera. Ihre Anwesenheit wurde ihm nur durch ihre Schatten bewußt, die sich vor ihm streckten, blau wie das Mittelmeer.

Wiederum aus respektvoller Entfernung stach Alban zu. Sein ganzer Wille spannte sich, um nicht zurückzuzucken. Er zuckte zurück. Plötzlich brach der Stier los, mitten unter die Männer, die, nicht darauf gefaßt, auseinanderstoben; dieser ganze Teil der Arena bedeckte sich im Nu mit Capas. Alban floh, glitt aus, floh quer hinüber, den Kopf abgewandt, um die Gefahr nicht zu sehen. Der Degen entfiel ihm.

*»¿Gaseosa de mi tia, quien quiere?«*

Der Schrei des Limonadenverkäufers ging Alban durch Mark und Bein. Der Bursche mit den Degen, eine Zigarette im Mund, hielt ihm hinter der Plankenwand eine neue Waffe in der Scheide hin, aus der sie ein wenig hervorstand. Jetzt hob sich Albans Gestalt im Schatten von dem glänzenden Hintergrund der ausgebreiteten Capas ab, jetzt in der Sonne von dem Hintergrund der baumelnden Beine der Straßenjungen in der ersten Reihe.

Alban nahm einen neuen Degen und bog ihn über seinem Schuh.

»Eine Muleta! Was, keine Muleta mehr da?«

»Wozu denn?« erwiderte der Bursche hart. »Die ist gut genug, wenn einer mit ihr umzugehen weiß.«

Das war richtig. Doch Alban hatte eine Pause nötig, um zu versuchen, wieder in den Besitz seines Willens zu gelangen und sich auf ihn zu stürzen.

*»¡Hay gaseosa! ¿Quien quiere?«*

Er wollte die Spitze des Degens anfeuchten, aber in seinem Mund war kein Tropfen Speichel mehr; so ging er zur Plankenwand zurück, um ihn in die Wasseralcaraza einzutauchen, die für ihn bestimmt war, dem Gefäß gleichend, das bei der Opferhandlung des Tauroboliums das reinigende Wasser enthält.

»Geh nur hin zu ihm, er wird dich schon nicht beißen«, rief ihm einer aus der ersten Reihe zu, und Gelächter folgte.

»Das Descabello!« soufflierten ihm seine Leute.

Aber selbst wenn ihn das Publikum gesteinigt hätte, um ihn zu diesem Stoß zu bewegen, hätte er es nicht getan. Seltsame Insel des Widerstands in seinem Innern, das sich in unaufhaltsamer Auflösung befand! Es war sein alter, instinktiver Trotz: niemand kann mich veranlassen, etwas zu tun, das ich nicht will. Ja, beinahe war es ein physiologischer Zustand: gegen alles, was vom Stier kam, überempfindlich, war er gegen alles, was vom Publikum kam, wie gefeit – gegen alles, außer gegen den peinigenden Schrei:

*»¡Hay gaseosa!«*

Beim Anblick eines Arenero, der nur ein paar Schritte hinter dem Stier mit einem Rechen den Sand glättete, faßte er Mut. Er warf sich mit einem ›Ho!‹ gegen den Nacken des Tiers mit seiner ganzen lechzenden Leidenschaft. Als er sich umwandte, sah er, daß der Degen an der rechten Stelle saß, und seine Nerven entspannten sich ein wenig. Er hob die Hand zum Zeichen, daß das Tier erledigt sei. Es machte ein paar müde Schritte, schleppte sich an die Plankenwand, wie's die Stiere zu tun pflegen, wenn es ans Sterben geht. Wie ängstlich beobachtet Alban sein Hintergestell, wie lauert er auf das Schlaffwerden der Beine!

Der Stier stand mit dem Rücken gegen die Plankenwand, sein Maul war eine Höhle von Schaum und Blut, bei jedem Atemzug klebte sich die Zunge an den Gaumen. Und er reagierte noch mit dem Kopf, bald rechts, bald links, und spie zugleich Strahlen von Blut aus. Esparraguera zur Rechten, Alban zur Linken, der eine mit seiner Capa, der andere mit seiner Muleta, schienen ihm zu fächeln. Doch unbeweglich, ohne auch nur einen Huf vorzusetzen, stand er, an seinen Beinen war kein Einknicken bemerkbar. Wie lange sollte das noch dauern? Welche dämonische Kraft wohnte in diesem Tier? Und dennoch war es das Tier, nicht Alban, das dem uralten, auf dem Sande dieser Arena wieder einmal sich erfüllenden Verhängnis zum Opfer fiel. Wie der antike Heros. Was immer es tat, ob es sich wehrte, ob es verwundete, ja, ob es mordete, sein Tod war besiegelt, nichts vermochte es aus den Händen der Moira zu befreien; noch wenige Minuten, und es war mit ihm vorbei. Und so stand es da und hatte auf seine Art gesiegt, dadurch daß es noch immer lebendig war; doch in Wirklichkeit war es von Anfang an besiegt, unentrinnbar besiegt, grauenhaft anzusehen mit seinen Papierchen und vielfarbigen Bändern, die wie Blumen aus seinem niederrieselnden Blut sprossen, erschreckend wie jener Stier, vor dessen sterbender Masse die Cabestros* zurückwichen, die gekommen waren, ihn zu holen – ganz lustig waren sie hereingetrottet, und dann hielten sie vor ihm an, wagten nicht, sich zu nähern, und sahen ihn mit Augen an, in denen man das Todesgrauen las.

*»¡Gaseosa mu fresca! ¡Ahi va la gaseosa!«*

Esparraguera und Gutierrez warfen sich buchstäblich auf den Stier, um ihn zu einer Wendung zu zwingen, forderten ihn mit heiseren Schreien heraus. Von den nahen Sitzreihen erhoben sich Leute und beschimpften sie:

»Meuchelmörder! – Aufhören! ... Was für eine Schinderei! – Einen toten Stier zum Tanzen zu bringen!«

---

* Ist nach zehn Minuten Arbeit des Matadors der Stier noch am Leben, so gibt der Präsident dem Matador ein Aviso, nach weiteren drei Minuten erfolgt ein weiteres Aviso, nach zwei Minuten das dritte. Dann kommen die Cabestros, um den Stier zu holen, der in den Corrales umgebracht wird. Bei dem hier beschriebenen Stierkampf wird die Regel der drei Avisos nicht angewendet. Ebensowenig würde es bei einem regelrechten Stierkampf die Unordnung geben, die später auf dem Platz herrschen wird, noch die Gespräche zwischen dem Matadoren und dem Präsidenten, noch die Erlaubnis zu töten, die einer Nebenperson erteilt wird usw. ... Es kann nicht genug betont werden, daß alle diese Regelwidrigkeiten sich aus der Tatsache ableiten, daß es sich hier um einen Amateurstierkampf handelt. Obwohl dem Volk der Zutritt gestattet ist, denken die vornehmen Leute, die ihn veranstaltet haben, doch hauptsächlich daran, sich zu unterhalten, und lassen es bisweilen zu, daß die strengen Vorschriften überschritten werden, vorausgesetzt, daß dabei das Spiel, mit dem sie sich vergnügen, nicht ernsthaft verpfuscht wird.

Im Nu verwandelte sich das Schimpfen in Lachen, das Volk gab seinem unwiderstehlichen Bedürfnis, Witze zu reißen, nach. Und obwohl die beiden Spitzbuben sich in ihrem Treiben nicht stören ließen, beschimpfte man sie nicht mehr, jetzt, nachdem man gelacht hatte.

Die Tierkämpfer brachten den Stier zum Drehen, während ihr wütendes Geschrei auf ihn herabprasselte. Ja, das war wirklich ein Tanz, ein unmenschlicher, ein schauriger Tanz. Die Panik wirbelte im Kreise wie toll gewordene Stiere. Und auch in Alban drehte sich alles. Er war schließlich an dem Punkt angelangt, wo man nicht mehr weiß, was man tut. Bald war er näher, bald weiter von dem Tier, das endlich stillstand, dabei trat er auf den Zipfel seiner Muleta. Wie im Traum vernahm er die spanischen Rufe, die das A und das O am Ende fallenlassen, lange Pfiffe, die von einem Ende der Arena zum andern schwirrten wie das Pfeifen von Geschossen. Seine Halsmuskeln hielten den schwankenden Kopf nicht mehr aufrecht. Es verlangte ihn, das Tier am Horn zu packen und mit der andern Hand den Degen einzustoßen, aber er wagte es nicht. Gutierrez versuchte es über die Umfriedung hin, ohne Erfolg. Von links her fuhr Patata – wenn die Stiere wehrlos schienen, traute er sich näher heran – dem Tier mit seiner Capa zwischen die Beine, um es zu Fall zu bringen. Und der lebende Leichnam schlug rasend aus, worüber sich neuerlich Gelächter erhob.

*»¡Hay gaseosa!«*

Wild schwang Alban das rote Tuch unter der Schnauze hin und her, in der Hoffnung, daß eine Bewegung das Tier entkräften und sein Ende beschleunigen würde. Wild, tack! tack! *Hay gaseosa! Hay gaseosa!*

Endlich kniete das Tier friedlich hin, ließ dann sein Hintergestell sinken und schob die Vorderhufe ein wenig vor, wie um es bequemer zu haben. (Was für Geschichten, um zu sterben! Mistvieh, beeil dich doch!) Und so blieb es, stumpfsinnig und empört.

Alban wischte sich die Stiern, von der die Schweißbäche herunterliefen. Seine Augen sahen ins Unbestimmte, sein Mund stand halb offen, seine Gesichtszüge waren verfallen. Doch über sein Gefühl der Erniedrigung hinaus stieg eine zynische Freude in ihm auf, die er nur schlecht verhehlen konnte – ja, nach alledem ein Freudenschwall, daß es damit vorbei war. Und er wagte nicht, dem Publikum sein Gesicht zuzuwenden, das zugleich beschämte und unverschämte Gesicht.

Aber da hüpfte aus dem Gang ein alter Hanswurst mit geflicktem Hosenboden heraus. Sein rechter Arm war von einem Ärmelschoner aus Wachsleinwand umhüllt; das war der Torero, der die Aufgabe hat, dem liegenden Stier den Garaus zu machen, während jeder stehende Stier dem Matador zufällt. Er kam von hinten heran und hob sein Messer, das dem Opfermesser des Tauroboliums glich, und so in hockender Stellung mit erhobenem Messer eine Weile zielend, ganz in der Stellung des Mithra auf den Basreliefs, stach er das Eisen in den Stiernacken. Doch jetzt ereignete sich folgendes: das Tier, statt für immer still zu werden, richtete sich – o Schrecken! – unter dem Schmerz der ungeschickten Verwundung auf; während der Hanswurst hurtig hinter einem Burladero Schutz suchte. Das Geschöpf der Hölle fiel wieder in die Hände Albans.

Man sah, wie er dem Alten einen Blick zuwarf, als wolle er ihn töten, dann warf er vor Wut seinen Degen hin und lehnte sich wie einer, der im Übermaß der Erregung das Bewußtsein verliert, gegen die Umfriedung, seine Gebärde glich der des Pelotaspielers, der, wenn er seinen Wurf verfehlt, sich umwendet und, den Kopf in den Arm gelegt, sich gegen die Wand lehnt. Was ging nun eigentlich vor? Ein paar Augenblicke allgemeiner Verwirrung. Leute aus dem Gang sprangen auf den Sandplatz herunter. Alban wandte sich um. Der Stier hatte sich wieder gelegt.

Von weitem sah er zu. Er dachte, der Stier würde sich noch einmal erheben. Doch jetzt war ihm alles gleich. Er hatte es aufgegeben. Die Cabestros mochten kommen. Für ihn war es zu Ende. Er erwartete das Unvermeidliche mit ruhiger Unbekümmertheit. Wie er eben jenseits aller Furcht gewesen war, so war er jetzt jenseits aller Verzweiflung.

Der Alte senkte seinen Dolch ein. Der Stier fiel auf die Seite, streckte die Beine steif von sich, schnell waren sie unbeweglich. Der Alte wischte seinen Dolch an den Löckchen des Hauptes ab, das nun dem Spott preisgegeben war.

Alban hätte durch den Gang auf seinen Platz zurückgehen können; doch war er so fassungslos, daß er unter einhelligem Schweigen den ganzen Sandplatz überquerte. Er wußte, daß allein die bei solchen gesellschaftlichen Veranstaltungen einem Amateur und Fremden gegenüber gebotene Höflichkeit dieses Schweigen hinderte, sich in ein Unwetter von Pfiffen zu verwandeln. Beinahe wäre ihm das lieber gewesen: Pfiffen kann man trotzig die Stirn bieten. Er bemerkte Zuschauer auf der Schattenseite, die plauderten und mit gewollter oder unbeabsichtigter Verachtung der Arena den Rücken kehrten, und so ging er mit gesenkten Blicken über den Platz. Ja, kein einziges Mal erhob er die Augen, auch dann nicht, als er den Präsidenten grüßte. Der Schweiß troff von seinem Gesicht, und er hatte das Gefühl, daß dieser Schweiß ihn noch lächerlicher machte, weil er das Mißverhältnis zwischen seiner Anstrengung und dem Erreichten betonte. Und er fühlte, wie Tausende von Blikken sich auf sein Gesicht hefteten, einzig und allein auf sein Gesicht. Die Leute besuchten die Stierkämpfe, um das Spiel zu sehen, gewiß; doch auch das noch: die Verzerrung der Gesichtszüge eines Mannes.

Er sprang in den Gang; er war so außer sich, daß er mit einem Fuß hängenblieb und beinahe gefallen wäre. Wie ein erschöpfter Boxer nicht mehr seinen Platz erkennt und den seines Gegners aufsucht, so fand er den seinen im Gang nicht mehr und wankte nun, auch er, wie sein Opfer gewankt hatte. Don Alis Stimme wurde ihm zum Führer.

»Was für ein Schindluder! Es ist nicht Ihre Schuld! Sehr tüchtig, daß Sie sich nicht haben entmutigen lassen.«

Alban zuckte müde die Schultern. Diese Trostreden waren ihm schmerzlicher als das Schweigen. Er wusch sich die vom Blut geröteten Hände, trocknete sich mit dem Frottierhandtuch das Gesicht ab, feuchtete seinen Mund mit demselben Wasser an, in das er den Degen getaucht hatte, und spie es wieder aus, um sich nicht zu beschweren. Don Ali nahm ihm, ohne daß Alban den Sinn dieser Bewegung verstand, mit seinem Taschentuch einen Geiferfaden ab, der in seinem Haar hängengeblieben war. Dann setzte sich Alban im Innern des Ganges auf die Stufe der Plankenwand nieder, dem Sandplatz den Rücken kehrend, mitten unter Degenfutteralen, unter mit Capas und Muletas angefüllten Körben, und er strich sich mit der Hand über die Stirn wie jemand, den man unversehens aus dem Schlaf gerissen hat, doch immerhin recht zufrieden; in diesem Gang war man wenigstens vor den Stieren ziemlich sicher.

Jetzt wurden auf dem Platz die Blutflecken schnell mit Sand überdeckt. Die rot aufgeschirrten Maultiere schleiften unter Schellengeläute ein totes Pferd davon, sein Hals wand sich wie eine Seeschlange, und seine Nüstern furchten den Sand, der in der Schnelligkeit der Bewegung aufspritzte, als ob aus diesem platten Kadaver ein mythischer Atem bliese.

Genau über Alban in der ersten Reihe delektierten sich

Kokotten an Langusten und Champagner, so recht einem Schmaus für reiche Leute, der vor ihnen auf der Brüstung wie auf einem Tisch ausgebreitet war. Und sie wischten ihre Brösel auf die Hüte der Zuschauer im Gang hinunter, die das entzückend fanden. Sie unterbrachen sich, um sich einen falschen Mund, falsche Augenbrauen anzumalen, alles falsch, um zu gefallen; dann blickten sie, zufrieden mit sich selbst, auf Alban. Er wandte sich voll Ekel ab. Er folgte ziemlich stumpf, wie einem spannenden Ereignis, allen Bewegungen des Hanswursts, der sein Messer sorgfältig mit einem Gummischwamm säuberte, allen Bewegungen seines Degenträgers, der sie Spitze eines Degens an einem braunen Stein schärfte, ganz ähnlich dem Stein, den man vor dem Altar des Mithra sieht. Der Schweiß kitzelte ihn im Kreuz, wo er wie das Wasser an den Fensterscheiben nach einem Gewitter herabfloß. Er klebte seine Hose an die Haut und kam in Mustern auf dem Stoff zum Vorschein. Alban fröstelte und zog die Capa enger um seine Schultern. Er fühlte deutlich, wie die Nerven in seinem Innern zitterten. Wenn er jetzt hätte schreiben müssen, wäre seine Schrift unleserlich gewesen. Über dem Dideldumdei der Musik brauste der Applaus auf, mit dem man den Stier begrüßte, der aus der Arena geschleift wurde. Und dieser Beifall für den Stier drückte aus, was das Schweigen gegenüber dem Matador nicht hatte vernehmlich machen können. Daß der Sprengwagen rings um den Platz fuhr, erriet Alban an dem frischen Hauch, der dem Erdboden entströmte, so wie der Duft der Jugend zuweilen einem menschlichen Gesicht entströmt.

## Achtes Kapitel

»Ach! . . .«

Alcaraz wird auf den Rücken geworfen, klammert sich an ein Horn, drängt sich gegen die Schnauze, um vom Horn nicht getroffen zu werden. Furchtbar hin- und hergebeutelt, läßt er los, und mit der Ungeschicklichkeit seiner Rasse stößt der Stier zu, bald rechts, bald links, überallhin, nur nicht auf den sich darbietenden Körper. Alban, der am nächsten ist, stürzt vor, hält dem Biest seine Capa unter die Nase, lenkt es auf seine Seite. Pariser, ihr werdet ihn für edelmütig halten: er hat seinen Feind gerettet. Doch nein, es war eine Reflexbewegung. Und das sind dreiviertel aller aufopfernden Taten.

Bis jetzt war der Stierkampf teils fade, teils lächerlich, teils abstoßend gewesen. Alles, was nun folgt, bis zum Ende, wird sehr deutlich den Stempel der Gewaltsamkeit tragen.

Sobald der Señorito sich erhoben hat, kamen Leute aus dem Gang und suchten ihn hineinzudrängen. Er wollte weiterkämpfen und sträubte sich, dabei drehte er sich um: Alban sah, daß er an der rechten Kniekehle verwundet war und reichlich Blut verlor. Doch er suchte sich ungestüm freizumachen, rang mit den Leuten, die immer zahlreicher über die Umfriedung sprangen und auf ihn zukamen, wobei sie mit ihrer Menschenfreundlichkeit den Wunsch verbanden, bei dem allgemeinen Wirrwarr einen besseren Platz zu erwischen . . . Sie gaben nicht nach, er stieß sie zurück, ging, den Degen und die Muleta zu holen, während das ganze Amphitheater brüllte: »Nein! Nein! Tun Sie das nicht!« und zwar mit solcher Heftigkeit, daß ein Fremder geglaubt hätte, man beschimpfe ihn, wo sie doch im Gegenteil sein Bestes wollten. Die Worte seiner Widmung gingen im allgemeinen Aufruhr unter.

Er überquerte hinkend den Platz, um dem Stier entgegenzutreten; und jetzt erhob sich aus derselben Menge, die ihm eben davon abgeraten hatte, ein rauschender Beifall, der erste dieses Tages. Alban seufzte. Was hätte er gedacht, wenn ihm die Erfahrung gesagt hätte, daß das Verdienst des Señorito geringer war als man annahm, weil der Señorito buchstäblich nicht wußte, daß er verwundet war? Da das Horn, ohne etwas zu zerreißen, hinein- und herausgegangen war, hatte er nur einen Schlag verspürt und die Leute nicht aus Tapferkeit zurückgestoßen, sondern einfach darum, weil er nicht begriff, warum man ihn störte.

Alcaraz war schon in der Mitte des Platzes, als ein Arenero hinter ihm herlief und ihn am Arm faßte, um ihn zur Umkehr zu bewegen. Es kam zu einer wahren Rauferei zwischen den beiden, während der Stier herankam. Der ganze Zirkus sah die Gefahr, nur die beiden nicht. Ein furchtbares Geschrei warnte sie: noch drei Sekunden, und es wäre zu spät gewesen. Eine Capa lenkte den Stier ab. Der Arenero war zurückgeblieben. Alcaraz ging allein auf das Tier zu. Doch kaum hatte er einige Schritte gemacht, als er wankte; der Arenero, der nicht weit war, lief hinzu und stützte ihn. Er ließ sich bis an die Plankenwand führen, über die man ihn hinwegzog. Sein Degenträger leerte schon den Wasserkrug, ein Zeichen, daß die Rolle seines Herrn zu Ende war. Und die Zuschauer, endlich wach geworden, drehten einander aufgeheiterte Gesichter zu, unfähig, die naive Freude zu verbergen, die sie verklärte. Eine Verwundung! Endlich begann es sich zu lohnen, daß man sich herbemüht hatte. Die Freudenmädchen stießen heisere, hysterische Schreie aus, schlugen sich auf die Schenkel, waren voll von bestialischer

Mütterlichkeit beim Anblick dieses geschwächten Männchens. Welch willkommenes Objekt für die Art des Begehrens, die man Mitleid nennt!

Da erst begriff Alban, daß, nachdem Alcaraz verwundet war, es ihm oblag, diesen Stier zu töten. Er schauderte. Aber noch war er sich nicht klar über sein Gefühl, als Jesús mit einem von ängstlicher Erwartung, Aufregung und Hoffnung entstellten Gesicht auf ihn zulief.

»*Señó,* erlauben Sie mir, den Präsidenten zu bitten, daß ich diesen Stier töten darf... (Er sprach so schnell, daß man ihn kaum verstand, mit vor Erregung versagender Stimme, seine hellgrünen, glänzenden Augen erinnerten an feuchte Weinbeeren.) Ich bitte Sie darum, Ihnen ist es gleich... Ich kann sehr gut töten, Sie wissen es! Und wenn ich gut töte, wird man sofort auf mich aufmerksam werden...«

»Aber gewiß«, sagte Alban, »natürlich.«

War es ein Gefühl der Erleichterung, daß er diesen Stier nicht zu töten brauchte? Oder der Wunsch, dem Burschen ein Vergnügen zu bereiten? Beides zugleich.

Esparraguera kam heran und stieß Jesús beiseite.

»Was soll das heißen? Ich kann den Stier töten.«

»Nein«, sagte Alban, »entweder der, der mich zuerst darum gebeten hat, oder ich selbst.«

Unter der Präsidententribüne bat Jesús, sich in den Hüften drehend, um die Ermächtigung. Alban unterstützte seine Bitte: »Ich war zu schlecht, um Ihnen nicht ein anderes Schauspiel zu wünschen als das meine.«

Esparraguera warf heftig seine Capa auf die Plankenwand.

»Wenn dieser Golfo* tötet, arbeite ich nicht mehr. Auch ich bin ein Matador. Ich bin kein ›kluger Affe‹.«

---

* Golfo: Spitzbube

»Sie sind unter meinem Befehl und werden tun, was ich Ihnen sage.«

»Fällt mir gar nicht ein.«

Wie siedendes Wasser stieg in dem Riesenbottich der Arena die gärende Erregung bis an den Rand; jeder Zuschauer, der vom Mittagessen kam, war wie ein großer Weinkrug, auf den die Sonne niederbrennt. In den Sitzreihen demonstrierte man heftig. Da alles auf dem Platz sich gegenseitig anschrie, riefen Zuschauer: »Das reinste Abgeordnetenhaus ist das!« Nie wird Alban erfahren, warum ein beträchtlicher Teil der Sonnenseite Jesús auspfiff, wo doch das Publikum der gemeinen Leute ihn am ehesten hätte unterstützen sollen. Selbst einer der Angestellten der Plaza brüllte Jesús ins Gesicht: »*Rubio**! Intrigant! Immer will er sich hervortun!« Die meisten klatschten Beifall. Offenbar kannten sehr viele Zuschauer seinen Wert. Kurzes Durcheinander. Das nächste, was Alban sah, war, wie Jesús, der schon die Muleta und einen der Degen Albans ergriffen hatte, sie einem Torero in Zivil überließ, dem José Santa Fé, der gerade in den Sand gesprungen war. Und ein Ausdruck der Enttäuschung – den verdunkelten Augen waren die Tränen ganz nahe – malte sich auf dem Antlitz des Knaben, das plötzlich traurig geworden war wie die Gesichter jugendlicher Genien, die man auf den Schilden gemeißelt sieht.

Der größte Teil des Publikums begann Santa Fé auszupfeifen; man verspürte nicht die geringste Lust, ihn arbeiten zu sehen, dieser Mann war dritten Ranges. Und nun fing auch Alban Feuer. Wie der Stier, mußte er gereizt werden, um in Schwung zu kommen. Wie seinen Galgo, riß ihn der Anblick des Blutes aus seiner Empfindungslosigkeit heraus:

---

* Rubio: »Blonder«. Jesús hatte, wie wir wissen, kupferfarbenes Haar.

das Blut und Jesús' Bitte. Ungestüm rief er dem Präsidenten zu:

»*Presidente!* (Man muß es auf spanisch sagen. Das Wort Präsident läßt nicht erraten, wieviel Leidenschaft man in ein *Presidente* legen kann.) *Presidente!* Ich habe diesen Arenero ermächtigt, zu töten. Wenn Sie ihn nicht haben wollen, werde *ich* töten, wie es die Regel ist, und kein anderer.«

Wie schön das Unberechenbare im Menschen! Ich, Montherlant, der dieses schreibt, finde das sehr schön. Noch vor fünf Minuten schauderte Alban bei dem Gedanken, diesen überschüssigen Stier töten zu müssen. Jetzt geht er ihm entgegen. Sagen Sie nicht, daß er mutig ist, das ist nicht Mut. Und Tausende von guten und bösen Taten sind so beschaffen, ohne daß man sich dessen bewußt wird, und die Erinnerung an die Täter lebt fort; man nennt sie Helden oder Verbrecher, aber sie waren keins von beiden.

Die Zuschauer in der Nähe, die es gehört hatten, klatschten Beifall, und auch die andern klatschten, die weiter entfernt saßen und es nicht gehört, aber gesehen hatten, wie Alban für Jesús eintrat, und seine Absicht errieten. Es lag darin das natürliche Wohlwollen des andalusischen Volkes, das glücklich ist, jemanden zu ermutigen, den es eben hat tadeln müssen, und außerdem Höflichkeit. Und siehe: wie das Volk die Taschentücher schwenkt, um für den *Capitalista**, der ihm Vergnügen bereitet hat, die Freiheit zu erwirken, so schmückte sich jetzt das ganze Amphitheater mit dem anmutigen Schneegestöber winkender Taschentücher, das für Jesús die Ermächtigung verlangte. War jemals ein Augenblick demjenigen ähnlicher, wo das römische Volk

* Capitalista: Zuschauer, der während des Stierkampfes in den Sand springt, um mit dem Stier Pases zu machen. Seine Tat wird mit Gefängnis bestraft, es sei denn, daß das Volk beim Präsidenten für ihn, wenn er etwas geleistet hat, die Begnadigung erwirkt.

mit erhobenem Daumen die Begnadigung eines Gladiators forderte?

*»¡Rubio! ¡Jesusillo!«*

*»¡Presidente! El chiquiyo!«*

*»¡Anda, Rubio! ¡Anda, tonto!«*

Und auf ein Zeichen des Präsidenten ergriff Jesús die Waffen und lief auf den Stier zu, den die Toreros auf der andern Seite des Zirkus während dieser langen Unterbrechung abgelenkt hatten. Alban folgte ihm. Als sie auf die Sonnenseite kamen, empfing ein Teil des Amphitheaters Jesús von neuem mit Wutgebrüll. Diese Feindseligkeit machte ihn Alban noch sympathischer. Das war nicht etwa Widerspruchsgeist, sondern er hatte einen solchen Abscheu vor allen, die zu gefallen suchten, daß er in der ersten Aufwallung immer für diejenigen war, die mißfielen.

Wie sehr Alban in sich die Beklommenheit fühlte, die Jesús hätte empfinden müssen – hätte Jesús das begreifen können? Wenn nun nach all dem Lärm, den er aufgewirbelt hatte, der Bursche versagte – welche Schmach! Welcher Triumph für seine erbitterten Gegner! Jesús ging dem Stier entgegen. War es Absicht von seiner Seite, eine Koketterie des Mutes? War es darum, weil die Toreros eine gewisse Abneigung empfanden, diesem Eindringling zu sekundieren? Während Alban und der Señorito alle ihre Leute um sich geduldet hatten, befand er sich so gut wie allein vor der Bestie. Ob er es nun selber so gewollt hatte, oder ob man ihn im Stich ließ, einerlei: es war schön. Und Alban, der in die Fähigkeiten des *rapaz* ein instinktives Vertrauen setzte, glaubte ihm besser zu dienen, wenn er sich ein wenig entfernt hielt.

Während sich diese Vorfälle abspielten, hatten die jungen Burschen dem Tier, das edel und nicht schwierig war, nach Herzenslust zugesetzt und es erschöpft. Angesichts eines

Stieres, der auf Herausforderungen kaum mehr erwiderte, tat Jesús nichts Außergewöhnliches mit der Muleta; doch das, was er tat, geschah in dem Bogen der Hörner und war von Toreroblut eingegeben. O wunderbare, o wahrhaft anbetungswürdige Erscheinung des Wertes nach dem Unwert! Wo immer sie sich zeigt, wer kann sie verkennen! Wer wird sich nicht von ihr hinreißen lassen! Alban wünschte heftig, daß alles günstig für Jesús ablaufe, und man kann sicher sein, daß zahlreiche Zuschauer sich durch seine Tüchtigkeit geradezu körperlich erleichtert fühlten und das gleiche wünschten. Kühn und wie einer, der seine Sache versteht, stieß Jesús das erste Mal zu und zog den Degen wieder heraus, sei es, daß er an einen Knochen geraten oder nicht tief eingedrungen war; denn die andalusische Rasse besitzt mehr Anmut als Kraft. Es war vielleicht das zehnte Mal, daß man das an diesem Nachmittag sah. »Sollte die Serie der Fehlstöße ihren Fortgang nehmen?« fragte sich Alban verstimmt. »Es wäre doch so gut, so folgerichtig, wenn er besser tötete als die andern!« Jesús bewaffnete sich von neuem, warf sich großartig zwischen die Hörner, und man sah das Tier mit dem Degen, der, bis zur Mitte eingestoßen, an der richtigen Stelle steckte. Nach all der schlechten Arbeit dieses Tages war das eine große *Estocada*. Noch eine halbe Minute, und der Stier fiel. »Ja«, sagte sich Alban zitternd vor Begeisterung, »ich habe es immer gewußt: es gibt nur zwei Dinge im Leben, die Wollust und den Mut.«

Jesús machte die Runde in der Arena, überall von rasendem Beifall begrüßt, außer in dem einen Teil der Reihen, wo man ihn, wie vorhin, auspfiff. Alban ging hinter ihm und genoß die Ovation, als ob sie ihm selber gälte. Man wußte ja übrigens, daß er Jesús unterstützt hatte, und so applaudierte man auch ihm aus Liebenswürdigkeit. Er hob einen der

Hüte auf, den man dem Triumphator zugeworfen hatte, und schleuderte ihn wieder zurück, was eigentlich den Untergebenen zukommt. Auf der Sonnenseite gefiel diese schlichte Geste, im Schatten wurde sie verschieden beurteilt. Manche glaubten, darin die berüchtigte französische Demagogie zu erblicken, die überall die Gesellschaft ins Wanken bringt. Sie waren der Meinung, daß dieser junge Mann, wiewohl durch Geburt ihr Standesgenosse, ein Feind sein müsse.

Ah, wie war er jetzt in Schwung, er war ein andrer Mensch. Äußeren Eindrücken zugänglich, immer der Eingebung unterliegend, war er bisher in einer sonderbaren Apathie befangen gewesen; aber seit Alcaraz' Verschwinden atmete er auf. Er vermochte jetzt mehr, jetzt, da ihm nur noch einer ebenbürtig und es von seinen Gnaden war. Zudem hatte die Tapferkeit des jugendlichen Stiertöters seinen Ehrgeiz aufgepeitscht, der nun erwachte, wie ein Tier erwacht und, kaum daß es die Augen öffnet, schon sucht, was es verschlingen kann. Er nahm seinen Posten ein, um den ›Bösen Engel‹ zu erwarten. Hätte ihm jetzt einer gesagt: »Du wirst getötet werden«, er hätte den Lästigen mit den Worten: »Schon gut, schon gut, wir sprechen ein andermal davon« beiseitegeschoben und wäre in den Tod gegangen. Und zwei Stunden vorher hatte er daran gedacht, nicht in der Arena zu erscheinen!

Esparraguera sprang aus dem Gang, um sich auf seinen Platz zu begeben. Da suchte alles, was in Alban unter Druck war, ein Ventil. Nicht die Leidenschaft gab ihm ein, was er tat, sondern der berechnende Wunsch, eine Probe mit seiner Leidenschaft zu machen. Mit einer Handbewegung gegen die Präsidententribüne bat er um Aufschub des Trompetensignals, dann schritt er auf Esparraguera zu.

»Sie haben mir vorhin gesagt: ›Ich werde tun, was ich will‹, infolgedessen gehören Sie nicht mehr zu meiner Cuadrilla. Ich ersuche Sie, den Kampfplatz zu verlassen.«

Und da der Mann protestierte: »Ich bin zum Kämpfen hergekommen«, wandte sich Alban von neuem an den Präsidenten:

»Dieser Mann hat mir vorhin gesagt, daß er tun wird, was er will. Er gehört infolgedessen nicht mehr zu meiner Cuadrilla; befehlen Sie ihm, bitte, den Kampfplatz zu verlassen!«

Der Präsident schien verblüfft, indessen machte im Gang ein dicker Mann, den Alban nicht kannte, dessen Leibesfülle jedoch voll Autorität war, Esparraguera ein Zeichen zurückzukommen. Einen Augenblick lang war die Verwirrung groß, dann sprang Esparraguera mit Hohngelächter über die Plankenwand.

»Na schön, dann habe ich eben weniger Arbeit. Man glaubt, daß mich das ärgert, im Gegenteil, ich bin davon entzückt! *Patata, vamono d'aqui!*«

Er goß sich gierig Wasser ein. Seine Lungen verbrannten ihn. Patata, der schon auf seinem Posten war, zögerte. Er schien hin- und hergerissen zwischen dem Wunsch, mit seinem Kumpan gemeinsame Sache zu machen, und dem, seinen Eifer zu zeigen und so seine siebenundfünfzig Jahre Lügen zu strafen. Diese in ihrer Art rührende Eitelkeit trug den Sieg davon, und so blieb er. Alban sah den Abschluß des Streites nicht mit an. Sein Auge heftete sich auf die Pforte des Torils.

Ein Ausruf begrüßte das Kommen des ›Bösen Engels‹, ein Gelächter beim Anblick seiner absonderlichen Gestalt; doch sofort nahm das Gelächter ab, erstarb, als man den Stil seiner Angriffe sah.

Gutierrez und Jesús forderten ihn zur Rechten und zur Linken heraus, und er stellte sich bald rechts, bald links, indem er sich auf seinen Vorderbeinen drehte und das leichtere Hintergestell schwenkte. Er war schön in seiner Häßlichkeit, mit seinen ungleichen Hörnern, seinem Gesicht einer wütenden Katze, dem hocherhobenen Kopf und den schwingenden Wammen. Wenn er still stand, kamen die Atemstöße ruckweise aus seinen Nüstern und zeichneten sich auf seiner dunkelroten Brust ab.

»Der Augenblick, verwundet zu werden, ist gekommen«, dachte Alban, »doch das ist mir gleich. Es ist mir gleich, ob ich getötet werde, wenn ich vorher einiges meiner Würdige getan habe.«

Heute früh hatte er sich gesagt: »Ich will nicht verwundet werden, Soledad würde sich zuviel darauf einbilden.« Jetzt hatte sie keine Macht mehr, nicht über das Für, nicht über das Wider, gar keine mehr. Sobald der Stier zu stehen schien, ging Alban, ohne seine Leute Kunststückchen machen zu lassen, auf ihn zu.

Schneller, als er dachte, hatte er ihn in seiner Capa, wie einen starken Windstoß, der ihm die Luft entgegentrieb, so daß er mit den Augen blinzelte. Doch seine Füße rührten sich nur, um sich auf den Spitzen zu drehen; eine höhere Gewalt bannte sie, die von seinem Willen ganz unabhängig war. Er wand sich in den Hüften, er streckte die Arme mit einer Langsamkeit, einer Allmählichkeit, einer verhaltenen Kraft, die unvergleichlich waren; die von den Hörnern gehobene Capa schleifte über den zottigen Rücken. Er brauchte nur ein wenig vorzulaufen, schon kam der Stier von selbst zurück, gab mit kurzem Schnauben den Hornstoß, und diesmal raste er so nahe vorbei, daß man aufschrie: *»Suicida!«* Albans Gesicht war gespannt, die Kinnbacken waren wie im Schmerz zusammengebissen, die Nasenflügel gebläht, von sibyllinischem Schweiß bedeckt. Er atmete nicht durch den Mund, hatte keine Furcht, er schnaubte nur durch die

Nasenlöcher wie der Stier. Er war nichts als eine einzige bewußt-unbewußte Unbeweglichkeit, zum Reißen starr und gestrafft. Dreimal, viermal wiederholte sich dieser *Pase*. Immer mit der gleichen pathetischen Bedächtigkeit. Das Gelingen gab ihm Zutrauen. Der Beifall riß ihn hoch, wie die Flut die aufs Trockene gesetzte Barke. Während des *Pase* war er wie betäubt; doch in der Zeitspanne zwischen zwei *Pases* lief ihm ein kalter Schauer das Rückgrat hinab, der während des nächsten *Pase* verging, um sich danach sofort wieder einzustellen.

Jetzt stürzte er, sowie das Tier die Capa passiert hatte, hinter ihm her, um es schneller zurückzubringen, stieß mit den Fäusten, mit den Ellbogen gierig nach ihm, in die Flanke oder in die Kruppe (damit stillte er auch seinen Drang, es zu berühren), so daß es sofort kehrtmachte und aus der Reihe des *Pases* ein einziger *Pase* wurde, ein einziger tragischer Zusammenstoß zweier in eins verschmolzener Wesen, eine einzige brutale, unausgesetzte Liebkosung, in der der Jüngling, zweckgemäß die Capa kürzend, das Ungetüm mehr und mehr an sich zog, nahe, ganz nahe, wie man den Frauenleib, den man begehrt, an sich zieht, es um sich wickelte, zugleich mit seiner Capa. Er fühlte das heiße Maul an seiner geifernassen Hand; denn jedesmal, wenn der Stier zustieß, besprühte er ihn mit Schaumflocken, wie die Brandung den Fels. Ja, ohne es zu wissen, hatte er zum Herzog die Wahrheit gesagt: »Er ist für mich geschaffen.« Dieser Leib war für seinen Leib geschaffen. Und dieser Mensch, der jede Bewegung des Tieres mit einer angepaßten Bewegung beantwortet, dieser Mensch und dieses Tier, die sich abwechselnd in den leeren Raum drängen, den der andere sich weiterbewegend hinter sich läßt, das Lachen, das nicht erschallt, das Lidersenken im Übermaß der köstlichen Empfindung, die Wollust der Gebärden, das ist der Gott und sein Priester, die ihre nahe Vereinigung aufbauen und sie in einem hochzeitlichen Tanz ummauern.

Endlich hielt der Stier inne, und Alban verfolgte ihn nicht weiter, weil er erst einmal Atem holen mußte. Er atmete tief, spie aus, dabei entspannte er seine Brust und verlor seinen Stützpunkt; denn während des ganzen Vorgangs war er wie abgeriegelt gewesen, hatte sich auf seinen Brustkorb gestützt, wie er sich auf seine zusammengebissenen Zähne, sein gespanntes Gesicht stützte, um sich zu halten. (Später einmal, bei einem Hundertachtzigmeter-Lauf, wird er, gezwungen, einmal Atem zu holen, im selben Augenblick auf der Schlackenbahn zusammenbrechen.) Und vor dem unbewegten Tier zog er die Capa ein und wich mit kleinen Schritten zurück.

Kaum war die Gefahr vorüber, da überkam ihn eine solche Schwäche, daß er fürchtete umzusinken. Jäh verwandelt sie sich in Zorn und Eifersucht, als er sieht, wie Patata mit dem ›Bösen Engel‹ zu glänzen sucht, statt ihn auf dem schnellsten Wege dem Picador entgegenzuführen.

»Patata! Laß ihn! Genug! Zu den Planken!«

Doch der kleine Alte blieb hartnäckig und machte sich die Gelegenheit zunutze: ein edler Stier, der ihm die Illusion gewährte, zu arbeiten wie vor zwanzig Jahren, unter dem beifälligen Lachen der Zuschauer, die sich freuten, dem Mann, der auch einmal seine Stunde erlebt hatte, ein Vergnügen zu bereiten. Doch für Alban stand die Sache anders, jede Attacke, die das Tier machte, mußte es ermüden, war eine Attacke weniger für Alban, wenn er von neuem versuchen wollte, mit ihm ein Kunstwerk zu schaffen. Er ergriff den brummelnden Alten beim Arm und stieß ihn weg.

Der Stier empfing mit Freuden eine Lanze, er liebte das. Den Schmerz, den ihm die Lanze bereitete, verschlang die Lust, dem Pferd Schmerz zuzufügen. Als er sich an Lanzenstichen gesättigt hatte, hielten ihm Alban und Jesús zugleich ihre Capas hin; doch er ging auf die von Jesús zu, der, seine Naivität mißbrauchend, mit ihm zu spielen begann. Alban ließ den Muchacho gewähren, zuerst, weil er ihn gern hatte, und später, weil er sich sagte: »Wenn ich ihm befehle aufzuhören, und er fährt fort, muß ich ihn entlassen, muß ich mich mit ihm verzanken wie mit Esparraguera.« Und er schob es immer wieder hinaus und sah ihm, am Sturmband seines Hutes nagend, zu, in quälender Erwartung, daß Jesús endlich aufhöre. Endlich hielt Jesús inne.

An drei Pferden vollbrachte der Stier sein Werk, ohne selbst zu leiden.

Eine harte Probe war für Alban das Setzen der Banderillas. Ein erstes Mal war er ein Opfer seiner Gefühlsseligkeit geworden, als er Esparraguera engagierte, von dem er nur Unannehmlichkeiten hatte, und dennoch war er unverbesserlich, es kam ihm grausam vor, dem alten Dummkopf keine Chance zu geben, der ihm hündisch flehende Blicke zuwarf, damit er ihn ermächtige, dem Stier ein Paar aufzusetzen. Er erlaubte es. Furchtbare Minuten. Wie sehr warf sich Alban seine Schwäche vor! Patata verlor, vor den Hörnern angekommen, den Mut und lief auf seinen zittrigen Beinen, so schnell er konnte, davon. Und jedesmal gewöhnte sich der ›Böse Engel‹ mehr daran, die List der Menschen zu durchschauen, und wurde gefährlicher, zugleich aber schwerfälliger, zurückhaltender, vorsichtig und schlau. Zum Glück gelang es Patata, indem er das Tier von hinten im Halbkreis anlief, ihm ein schlechtes Paar aufzusetzen. Rasch setzte Gutierrez ein zweites und Jesús das dritte; er ließ den Stier auf sich zukommen und täuschte ihn im letzten Augenblick durch einen Seitensprung. Ein Beifallssturm belohnte ihn.

*»Hijo de mi arma«,* ruft ihm im Gang ein Graubart zu und drückt ihn an sein Herz, »du setzt die Banderillas *como la Virgen!*«

Die Heilige Jungfrau, Banderillas setzend! So ist es recht, das sind Bilder, die dem Leben Würze geben.

Alban ergreift die stiertötenden Waffen. Nein, das ist kein beliebiger Degen: das ist sein eigener, der, den er am vorigen Abend geküßt hat. Wem soll er den Stier widmen? Er haßt das Publikum auf der Schattenseite, diese Aristokraten und Bürger, und will es ihnen zeigen. Er durchquert mit kurzen Schritten die Arena, kostet im voraus die Überraschung und den Ärger der Verhaßten aus. »Ich will ihn der Sonne widmen«, denkt er, womit er das Publikum auf der Sonnenseite meint. Doch das bringt einen Gedanken in ihm zum Keimen. Dem Sonnengott den Tod des ›Bösen Engels‹ zu weihen! Der ganze Mythus flutet in sein Herz ein. Ist er nicht selbst eine Emanation des Mithra? Allerdings, der Sonnengott hatte ihn sehr gestört, als er ihm in die Augen schien. Doch warum hatte man auch seine Feier an einem Samstag begangen, statt am Sonntag, dem Sonnentag. Alban bleibt in der Mitte der Arena stehen und wendet sein Gesicht Ihm zu, der am Himmel schwebt. Da ihm dieser Gedanke ganz überraschend gekommen ist, sagt er mit starker Stimme nur das Erstbeste, was ihm einfällt:

»Ich widme diesen Stier dem unbesiegten Sonnengott!« Ein paar Leute, die nicht verstanden haben, klatschen Beifall.

Er schreit Gutierrez zu:

»Bringen Sie mir den Stier hierher in die Mitte!«

Gutierrez geht geradenwegs auf den Stier zu. Er arbeitet so dicht am Stier, daß seine Capa den Kopf der Bestie einzuhüllen scheint, und zieht sie so, immer zurückweichend, hinter sich her, ködert sie mit seinem Locktuch, wie man eine

Katze mit einem Stück Fleisch ködert. Olé! Das ist mir ein Stierkämpfer und ein Mann! Er braucht dreißig Sekunden, um etwas auszuführen, und er führt es aus. Andere brauchen zwei Minuten und führen es nicht aus oder nur halb.

Dort, vier Meter entfernt, steht der ›Böse Engel‹. Gutierrez begibt sich hinter Alban. Jesús stellt sich hinter den Stier. Alban sieht zwischen den Spitzen der Hörner sein junges, entschlossenes Gesicht, das ihn entzückt und sicher macht.

»Wenn ich dieses Tier mit den vier ersten *Pases* in meine Gewalt zwinge, wird das übrige gehen.« Er läßt für einen Moment den Stier aus den Augen, um mit dem Degen seine Muleta zu verlängern. »Ha, jetzt hat er mich erwischt!« Schon sieht er ihn über sich, zu spät, irgend etwas zu unternehmen, er deckt nur instinktiv mit den Armen seinen Bauch. Ein furchtbarer Stoß hebt ihn wie einen Strohhalm auf, alles wirbelt um ihn, er selber wirbelt durch die Luft und fällt wuchtig nieder. Auf dem Boden liegend, hebt er die Schultern, zieht die Beine an, macht dann keine einzige Bewegung mehr, denn sie könnte die Aufmerksamkeit des Stieres erregen; er bleibt so zusammengekrümmt, Gottes Gnade anheimgegeben, eine gute Weile noch, nachdem Gutierrez mit seiner Capa den Stier abgelenkt hat. Dann erhebt er sich wie von einer Feder aufgeschnellt und gebärdet sich wie der Teufel im Weihwasserfaß: »Meine Muleta! Mein Degen!« Als er sie in den Händen hat, besieht er sich. Seine Weste ist aufgerissen; doch hat er weder eine Wunde noch spürt er einen Schmerz, außer dem einer Prellung durch den Fall. Aber er ahnt, daß in seinem Gesicht kein Tropfen Blut mehr ist.

Er läuft und schreit dabei aus voller Kehle, so stark und so wütend, daß die Stimme zu reißen droht, nicht mehr gehorcht.

»Jesús! Laß den Stier in Ruhe, laß mir den Stier!«

Vorwärts, schnell, irgendwie muß er an ihn heran, oder sein Körper, diese menschliche Maschine, wird versagen. Der Stier darf nicht merken, daß man Angst vor ihm hat, sonst ist man verloren. *»Ha – ha toro! Ha – toma!«* Das Tier geht auf den Stoff. Er spricht mit ihm, wie man nur mit Geschöpfen spricht, die sterben müssen: *»Tcha-tcha-toro! Quieto ... quieto ...«* Was sind das für Geschichten in den Handbüchern, daß man aufrecht zustoßen muß? Vorgebeugt mußt du zustoßen, um dem Tier näher zu sein, um ihm von ganz nah deinen Willen einzuflößen, der aus dir durch die Augen herausschießt, damit es deine fürchterliche Fratze sehe, die gerunzelte Stirn, die vorgeschobene Kinnlade, und sich vor ihr fürchte, damit die linke offene Hand nach beendeter *Pase* von ganz nahe das Fluidum ausströme, das Halt gebietet. Du mußt so nahe kämpfen, daß du dich bezwingen mußt – so sehr lechzt du nach unmittelbarer Berührung –, dich bezwingen, um nicht das Horn zu berühren, das Maul zu greifen, ganz sinnlos, nur weil in der Gefahr wie in dem Tier für dich eine Lockung ist, damit das ungeheuerliche Werk des Zaubers, des Zaubers, den du ausübst, zum Himmel schreie!

Sie waren gut, die ersten vier Schwünge, die vier Bändiger. Er fühlt sich seiner Gewalt, seiner Herrschaft sicher, dieser Herrschaft, die ein Hornstoß wie ein Blitz niederwirft. Er hält inne, holt tief Luft und hält sie an.

*»¡Ha! ¡Embiste ya, malaga!«*

Wieder fängt der Stoff die Wut, mit der er spielt, und lenkt sie. Und unter der wilden Muleta voll Sand, voll Geifer und Blut, voller Risse rollt das Tier wie eine Welle, und dann – ha! – bäumt es sich auf wie eine Welle beim Knattern der Banderillas. Alban begleitet den Satz des Tieres mit seinem Ha, als ob er nachhelfen wollte, so wie er seinem Pferd mit einem Schrei nachhilft, wenn es vor dem Hindernis ist, und er wirft seinen Oberkörper zurück im gleichen Augenblick, da der Stier seinen Rumpf hebt. Ein wildes, ein gleichzeitiges Auf- und Niedertauchen von Mensch und Tier. Bald verlangsamt das Paar seinen Rhythmus, bald überstürzt es ihn, bald scheint es sich zu umschlingen, bald sich loszulassen. Wie die Götter der Ilias, so kämpfen Zeit und Raum für und gegen die beiden: eine Spanne von fünf Zentimetern ... eine Spanne von einer halben Sekunde ... Doch in seiner ahnenden Liebe fühlt Alban, was das Tier fühlt, zur gleichen Zeit, und zwar um so mehr, als er sich oft in Stunden der Ekstase mit den Stieren identifiziert hat. Und weil er weiß, was es tun wird, kann er es beherrschen, was er bei dem andern Stier, den er nicht liebte, nicht vermochte. Man besiegt wahrhaft nur, was man liebt, die Sieger sind große Liebende. Wie der unter der Eingebung erschauernde Dichter, wie der improvisierende Komponist, wie der Mann, der die Geliebte nackt im Bette hat, ihr unter seinen langen, tastenden Liebkosungen die gewollte Form gibt, so formt Alban den Stier, seinen Ansturm, seine Seele, so formt er dieses Leben, das sich im Rausch und Schmerz der künstlerischen Schöpfung allmählich in sich selbst verzehrt.

Und siehe, nach und nach wandelte sich der Kampf, war nicht mehr ruckhaft und dramatisch. Wie in jeder Kunst führte die Meisterschaft endlich zur Einfachheit. Die rituellen *Pases* wurden getragen und majestätisch, schienen leicht, wie Handlungen im Traum, begabt mit dem übermenschlichen Adel, der übermenschlichen Freiheit der Zeitlupenaufnahmen im Film. Allen wurde offenbar, daß dort in der Mitte der Arena eine souveräne Macht am Werk war, die allein einer beinahe verächtlichen Unbefangenheit fähig ist. Die Hoheit des Menschen wurde allen offenbar. Das war kein Kampf mehr, es war eine priesterliche Beschwörung, die seine reinen Gebärden vollführten, schöner als die Gebärden der Liebe, schon nahe denen, die zugleich mit dem Stier die rohen Zuschauer bändigen und ihnen die Tränen in die Augen treiben.* Und er, der diese Gebärden zeichnete, fühlte sich durch ein überschwengliches leibliches und geistiges Glücksgefühl über die Erde erhoben wie die Mystiker, erlebte einen jener hohen gelösten Augenblicke, wo uns ein Vollendetes erscheint, das wir aus uns selbst ziehen und das wir Gott nennen.

Zugleich, so sehr waren die beiden in diesem Kampf, in diesem Tanz, in dieser Umarmung eins, hielten der Stier und der Mensch inne. Und jeder schnaubte dem andern seinen Atem ins Gesicht. Die Besitzergreifung war noch nicht besiegelt, und dennoch war sie schon vollbracht. Die Muleta wickeln, sich im Profil aufstellen – all dies geschah mit einer Geschwindigkeit, die den Vorgang kaum bemerkbar machte; denn Alban wollte, daß alles gebunden sei, damit seine Herrschaft nicht zusammenbreche. Einen Augenblick lang sah er den Weg der Sonne zwischen seiner Hand und dem von goldrotem Blut leuchtenden Stiernacken, den Degen wie eine Verlängerung des Strahls, der, aus der Sonne kommend, den Leib Mithras trifft. Die Wucht des Stoßes schleuderte seinen Körper herum, sein Handgelenk krachte, als ob es zerbräche. Er rollte auf den Boden, erhob sich, indem er sich das Handgelenk hielt. Der Degen war auf einen Knochen gestoßen und zitterte; doch saß er richtig. »Rührt nicht an diesen Stier! Keiner!«

---

* Glaubwürdige Leute haben mir erzählt, daß sie bei gewissen Pases von Belmonte in Madrid und Sevilla Tränen in den Augen der Zuschauer gesehen haben. Belmonte selbst hat mir gesagt, daß er bei einem Stierkampf der Feria in Sevilla im Jahre 1913 beim Anblick der Muletaarbeit des Gallo geweint habe.

Das Tier schüttelte den Degen ab. Er hob ihn ohne Verwirrung auf; denn er wußte, daß es sich nur um eine kleine Widerwärtigkeit handelte, daß die nächste Estocada entscheidend sein würde. Alles, was im Bereich des Willens liegt, vermochte er. Er brauchte nur zu wollen, und Esparraguera würde sich wieder unter seinen Befehl stellen, der Präsident würde den Stierkampf unterbrechen.

Er schoß wie ein Falke auf die Bestie los, richtete sich wieder auf, schwankend, die Hand am Herzen, das ihn zu ersticken drohte.

Er stand vor ihr, und er keuchte. Jetzt war er zu Ende, der Kampf mit dem Engel. Was immer Alban wollte, was immer er tat, nichts konnte ungeschehen machen, daß er ihn getötet hatte. Aus der zwiefachen Wunde floß mit dem Ungestüm einer Quelle das zeugende, das reinigende Blut. Das Tier knickte im Hintergestell ein, suchte sich zu straffen, rollte endlich, sein Geschick erfüllend, auf die Flanke. Ein paar Sekunden noch sah man das Blinzeln seiner Augen, sein Atmen. Dann streckten sich allmählich seine Beine wie bei einem Körper, den man aufpumpt, und bei diesem Sichausdehnen knirschten sie in den Gelenken wie ein Schiffstau, das um ein Spill gewickelt wird. Das Tier gelangte mit Emphase auf den Gipfel seines Krampfes, so wie der Mann auf den Gipfel seiner Wollust, und wie er blieb es unbewegt auf ihm. Und seine göttliche Seele entfloh, die Spiele, die Färsen, die liebe Ebene beweinend. Und das Auge, braun und bläulich, erstarrte, weit der Nacht geöffnet.

Alban schaute, voll heiligen Schreckens; die Gespanntheit des Kampfes lag noch auf seinem Gesicht, nur nicht in seinem Blick, der erloschen war. Er wußte jetzt, daß er es geliebt hatte, dieses Ungeheuer, daß sein ganzes Leben sich in dem Augenblick, da es von dem jungen Mädchen abließ, zu ihm hingedrängt hatte, daß alle Erregungen der Sinne nur eine einzige Erregung sind, daß seine Furcht und sein Haß nur Abwandlungen seiner Liebe waren. Das Höchste, was er ersehnt, war nun erfüllt, und seine Kraft war erschöpft, wie ein Sturm, der sich erschöpft hat.

Von den Stufen des Amphitheaters ergoß sich das Volk, sprang in den Sand, um dem Tod nah zu sein und sich von ihm zu nähren. Ein Schwarm kleiner, heißer Wesen drängte sich um Alban, rührte an seine Kleider, griff nach seiner Hand, legte ihm den Arm um den Hals, um auch an dem teilzuhaben, was gesiegt hatte und das Leben war. Er bückte sich, zog den zu dreiviertel geröteten Degen heraus und streckte ihn mit erhobenen Armen der Sonne entgegen. Da ergriff Jesús das Messer des Puntillero, schnitt dem Tier die Geschlechtsteile ab und zeigte sie mit einem hellen Lachen dem Volk, und auch er schwang sie mit hochgerecktem Arm der Sonne zu. Blut rann über sein Handgelenk.

Jetzt, da der ›Böse Engel‹ tot war, triumphierten alle über ihn. Ein Arenero hatte sich frech auf seine Kruppe gesetzt. Ein schmutziger, kleiner Junge riß ihm ein Haar aus der Schnauze; doch das war eigentlich ganz reizend. Ein anderer gab ihm einen Fußtritt. Nein, das war zuviel! Alban packte ihn am Arm und schüttelte ihn: »Schämst du dich nicht! Der war ein guter Stier, besser als du!« Ein Fußtritt!

Gestoßen, gedrückt, getragen, kam er endlich in die Corrales. Sein Rücken war gebeugt, seine Beine trugen ihn kaum, schlaff wie bei einem Menschen, der die Grippe bekommt. Sein ganzes Leben versank, er war gänzlich erschöpft. Er hatte das Bedürfnis, jetzt gleich hinzufallen, sich auszustrecken, die Augen zu schließen, nicht mehr zu wissen, wo man ist. Durst nach eiskaltem Wasser. Eine Weile torkelte er in den Corrales herum, ließ sich Leute vorstellen, sich zum Essen einladen. »Welches Unglück, daß der Fürst vor dem Ende aufgebrochen ist!« sagte ein Mann mit aufrichtig betrübter Miene. Dieses Wort »Fürst« elektrisierte ihn. »Ich pfeife auf den Fürsten!« stieß er hervor. Ach! Entrinnen! Allein sein! – Es ist nicht fein; doch es muß gesagt werden, er machte sich davon und stieg zur Toilette hinauf.

Kaum war er allein, da stellte sich endlich der Schwindel ein, ein physiologisches Versagen, er lehnte die Stirn an die Wand, ließ die Tür offen, um hinausfallen zu können, falls er das Bewußtsein verlieren sollte. Er war nur noch ein verlassener kleiner Junge, der nach seiner Mutter und nach seiner Großmutter schreit; er wünschte, sie wären da. So nähern sich die Stiere, die armen Stiere, der Plankenwand, ja sogar den Menschen selbst, wenn sie den Tod nahen fühlen, so sehr graut ihnen vor der Einsamkeit. Hatte er nicht eines Tages an einen Freund geschrieben: »Ich pflege mein Nervensystem; denn dieses allein wird es schaffen«? Seine Nerven allein hatten es heute geschafft, und er bezahlte es.

Ein Wasserhahn war da, er hielt sein Gesicht darunter. Mögen der Zusammenbruch und alle Katastrophen kommen, ich beruhige mich bei dem Gedanken, daß es immer frisches Wasser geben wird. Soledad, ah, sie war wie ein Wasser in seinem Munde gewesen. Ja, sie war reizend. Doch er schüttelte den Kopf. Sie hatte mit dem Leben eines Menschen gespielt, das verzieh er ihr nicht. Pariser, ihr möchtet, daß er um diese Stunde mit sich ringt, daß er leidet, gebrochenes Herz usw. ... Nein, nichts von alledem. Während dieses Stierkampfes ist sie ganz so aus seinen Gedanken verschwunden wie zum Beispiel die Absicht, sich verwunden zu lassen. Und jetzt, da er an sie denkt, wird er sich dessen bewußt, daß nichts in ihr ist, was ihn festzuhalten vermöchte, daß sie wie eine Zange ist, deren Schraube sich gelockert hat. Oft genug haben Frauen einen Mann, der vor eine Probe gestellt war, entwertet, manchmal tödlich entwertet. Auf zu andern Frauen, zu andern!

Unter seinen Fingernägeln war schwarzes Blut eingetrocknet. Sein rechter Arm, sein ganzes Schultergelenk, sein ganzer Leib schmerzten. Doch noch schmerzender war in ihm der Gedanke, daß der Zauber gebrochen war, diese Eingebung gleich einem Blitz, die er vielleicht niemals wieder haben würde. Warum hatte er nicht die Geistesgegenwart besessen, um den Reservestier zu bitten? Sein Hunger nach Sensationen war noch nicht gestillt. Er hätte Stiere töten mögen, bis die einbrechende Nacht ihn daran hinderte... Plötzlich war er entzückt, daß das alles zu Ende war. Das Gymnasium! Die Katzen! Eine Woge von Glück.

Der Lärm der Menge verebbte. Durch die auf den Himmel geöffnete Dachluke sah er Tauben über die rötlichen Dächer hinziehen. Er stellte sich auf die Fußspitzen und blickte hinaus. Der Zirkus leerte sich, wurde zum Beuteplatz der nach Abfällen suchenden Kinder, die sich um Gott weiß was zankten und sich mit den Kissen bombardierten.

Er stieg wieder hinab. Man sagte ihm, daß viele Personen ihn gesucht hätten, dann hätten sie sich entschuldigt, sie mußten an der Eröffnung der Feria teilnehmen. Mit einem Hebebaum zog man ein totes Pferd hoch, das man im ganzen wegschaffen wollte, und lud es in einen Karren. Und der Karren fuhr im Schritt aus der Arena, hinterdrein gingen die letzten Nachzügler, besonders Soldaten und Jungen, langsam wie hinter einem Leichenwagen. Selbst dieser Teil des Festes durfte nicht versäumt werden.

Und plötzlich gab es ihm einen Stoß. Ach, er hatte nicht daran gedacht, ihn wiederzusehen. Da auf dem Boden sah er noch einmal den Leichnam des Geopferten mit dem rosenroten Bauch, frisch und jung von Farbe, zitternd wie Gelatine. Man hatte ihm einen großen Schnitt in den Hals gemacht, den ein Mann mit dem Fuß erweiterte. Alban dachte an das Messer des Tauroboliums. Es hat unten einen geschärften Sporn, kann also nicht herausgezogen werden, ohne das Fleisch weit aufzureißen, so daß das Blut in Strömen herausrinnt. Zwei Gehilfen wendeten den Kadaver hin und her, um den Abfluß des Blutes zu beschleunigen, das von einem heftigen Wasserstrahl in eine steinerne Abzugsröhre getrieben wurde. Und das Holzgitter, auf dem sie gingen, um nicht im Blut zu waten, war dem durchlöcherten Brett gleich, auf dem man den Stier des Tauroboliums umbrachte. Einer der Gehilfen hatte sich umgedreht und zeigte sein Gesicht. Es war Jesús, der kleine Edelmann, angetan mit einer Schlächterschürze, die nackten Arme bis zum Ellbogen blutig. In den frühesten Zeiten bemalten die siegreichen Feldherrn bei ihrem Einzug in Rom ihren Körper mit Zinnober. Und versinnbildlichten sie nicht ihre Macht in der Gestalt wilder Tiere, die vor ihre Wagen gespannt waren, wie die Stiertöter die ihre, indem sie solche Tiere bezwingen?

Die Schinder arbeiteten genau und behende. Alban folgte wie gebannt der Operation, die diesen großen Körper – vor einer Viertelstunde noch ein Werkzeug des Mordes und des Ruhmes – in eine abgegriffene, nichtssagende Fleischmasse verwandelte. Jesús hob in schöner Pose das Beil über seinen Kopf und hieb die beiden Hörner ab, die Alban in eine Zeitung gewickelt unter den Arm nahm, um sie eines Tages irgendeinem Heiligen darzubringen. Durch ein Loch im Schenkel füllte man den Körper mit Luft; darauf hing man ihn mit einem Hebebaum an den Hinterbeinen auf und zog ihm schnell die Haut ab. Der Held war nun nichts mehr als eine Art eines großen weiß und bläulichen Kaninchens mit Perlmuttönen. Ein Hund leckte mit flinker Zunge die Blutlachen auf, unruhig, als ob gebildete Personen ihm gesagt hätten, daß man so etwas nicht tut. »Wenn der Galgo hier wäre«, dachte Alban, »was für ein Fest für ihn!« Kleine Kinder, kleine Mädchen mit Engelsblicken drängten sich zwischen den wenigen Zuschauern hindurch, um in der ersten Reihe zu sein, so nah wie möglich am Blut, wie die Fliegen um eine Wunde. Ein Mädchen berührte mit der Fingerspitze einen Huf, dann zog sie ihren kleinen Bruder nach, damit auch er ihn berühre. Man hat gesagt, die Grausamkeit sei die Sünde der Engel. Schließlich gibt es keine Grausamkeit bei einer Schlachthausszene.

Die Kirche des Christengottes erhob über alledem ihren hohen, segenspendenden Leib. Die Gottheit des Bluts stieg auf wie Hitzedampf.

Die Straßenjungen schwatzten über den Stierkampf. Da von Alcaraz' Verwundung die Rede war, sagte einer:

»Recht geschieht ihm! Er weiß nicht einmal, wie man den Stier passieren läßt.«

Da brach Alban, der Alcaraz nicht liebte, ihn aber bewundert hatte – und das genügt –, in die Worte aus:

»Schämst du dich nicht, du Ferkel? Recht geschieht ihm? Ah, ich gäbe was drum, wenn auch du verwundet wärest!«

Jesús schlitzte mit einem kräftigen Schnitt des Fleischermessers geschickt den Bauch des Stieres von oben bis unten auf, und die andern tauchten ihre Hand in den Leib und zogen die Organe und die Eingeweide heraus. Sie hatten zarte Farben, rosa, blau, grün, irisierend wie Seifenblasen, man mußte an einen Obstgarten denken. Alban wurde von einem religiösen Schauer durchströmt. Die schicksalverkündenden Eingeweide! Was hätte man aus ihnen lesen können? War das Opfer angenommen? Oder sah man in einem Spalt der Leber Jesús tot auf dem Operationstisch ausgestreckt, bis an die Lenden nackt, mit der Brust des Patroklos und einer Wunde, leuchtend wie ein Lächeln?

Doch war es nicht ein eigentümlich vorbedeutendes Bild gewesen, daß Jesús in der Prozessionsnacht ihm mit seiner

Büßermütze erschienen war, die die spitze Mütze der Haruspices nachahmt? Oder besser noch die Tiara, die Mithra auf dem Basrelief von Antiochus trägt? Und sein rotes Büßergewand glich der roten Tunika des Mithra. Und Jesús trug den Namen eines Gottes, den man lange Zeit Mithra gleichgesetzt hat. Und plötzlich, in einer Aufwallung, in der sich seine Zuneigung zu Jesús, der Wunsch, seine Tapferkeit zu belohnen, und das dunkle Gefühl eines rituellen Opfers mischten, beschloß er, ihm den Galgo zu schenken. Das war das Tiergeschenk – Hase, Hahn, gezähmter Panther –, wie die griechischen Jünglinge es sich gegenseitig schenkten. Das hieß auch, den Hund, den Gefährten Mithras, an ein Geschöpf geben, das durch einige Züge an den jungen Gott gemahnte. Und welche Freude für den Galgo, wenn er jede Woche ins Schlachthaus durfte!

Jetzt wurden dem Stier die Schenkel abgehauen, wie bei Homer. Ein Wagen brachte die Eingeweide fort, und hinter ihm schloß sich das doppelte Tor des Corrales. Der Kult war beendet.

Jesús ruhte sich eine Weile aus. Einer der Jungen steckte ihm eine Zigarette in den Mund, denn seiner blutigen Hände wegen konnte er es nicht selber tun. Da die Sonne untergegangen war, kam die Sonnenfarbe seines Gesichts wieder zur Geltung und wurde eins der Lichter des Tages.

»Es lebe Ihre Mutter, Mosito!« sagte Alban zu ihm. »Sie töten wie ein Engel!« (In der Aufregung des Stierkampfes hatte er ihn geduzt, jetzt sagte er wieder Sie.) »Wissen Sie, daß ich bedauere, damals bei der Tienta beim Herzog nicht die Capa geöffnet zu haben, als der Schwarze Sie zertrampelte? Sie hätten getötet werden können.«

»Die Stiere geben die Hornstöße, und Gott verteilt sie«, sagte der Junge mit Würde. »Übrigens, wenn man tot ist, sch . . . t man nicht mehr, um so besser.«

»Fahren Sie jetzt zurück nach Sevilla?«

»Ja, wenn ich hier fertig bin.«

»Ich habe mit Ihnen zu sprechen, wir fahren zusammen. – Aber warten Sie einen Augenblick, ich muß noch schnell dort hinein.«

Der arme liebe Gott! Man darf ihn nicht ganz fallen lassen. Alban geht auf die Kirche zu. »Immerhin«, denkt er, »wenn ich ihm meinen Galgo schenke, beraube ich mich zweier Ferienwochen, die nur der Verkauf des Hundes mir hätte verschaffen können. Nach den Stierkämpfen der Feria werde ich die Rückreise antreten müssen und mich nur in der Camargue für den 20. April aufhalten.« Doch er liebt es, großartig zu sein. Auch lockt ihn die Widersinnigkeit seiner Handlung wie ein Abgrund.

Er geht in die Kirche und dankt Gott, daß es ihm vergönnt war, diesen großen Tag an der Seite eines Menschen zu verleben, dem er Zuneigung entgegenbringt.

# Epilog

Auf den öden Strand schlug immer auf die gleiche Stelle der große Strom ohne Quelle und ohne Mündung, das Meer der Griechen und Römer, das Meer der Iberer und Sarazenen. Der Himmel war ein schwebender Traum. Die sinkende Sonne, die in Helmform auf dem Horizont lag, spannte eine Brücke beweglichen Feuers, eine goldene Straße bis an das Gestade, auf dem zwei Männer unbewegt verharrten, als hielten sie am Eingang dieser Straße. Es waren der hohe Sonnenpriester und ein Neugeweihter auf ihren weißen Pferden.

»Wir brauchen nur geradeaus zu reiten«, sagte der Ältere der beiden, »um in die Sonne zu gelangen.«

»Möchten wir doch eines Tages in sie eingehen!« meinte der Jüngere. »Daß uns ein Adler dahin entführte, unter die tierbezwingenden Götter!«

Der Hohepriester wandte sein Lichtpferd der Sonne zu und ließ es, sich bäumend, den Untergang grüßen.

Sie ritten zu dem Hause zurück, ganz weiß stand es neben einer Schilfhütte. Es sah der Sonne entgegen, die auf seiner Wand die Stunde der Menschen anzeigte. Auf dieser Wand war der Spruch zu lesen, der fordert und nimmt: *»Que Dieus renda la terra als sieus fizels amans.«* * Denn die beiden Sonnenbekenner waren nichtsdestoweniger eifrige Christen, treue Anhänger der neuen Religion: der Hohepriester – Prior der provenzalischen Sankt-Georg-Bruderschaft, wie der Jün-

* »Gott schenke das Land seinen getreuen Liebenden.« Kreuzritterlied, 13. Jahrhundert.

gere im Begriff war, Mitglied der katalanischen Bruderschaft Unserer Lieben Frau von Montserrat zu werden.

Die heiligen Tiere kehrten, im aufgeweichten Boden plätschernd, heim zur nächtlichen Rast. Ihre Rasse war untadelig rein wie die der Pferde. Sie waren ganz schwarz, und ihre Hörner waren ganz weiß. Ihre Hörner, gleich funkelnden Sicheln, waren nicht der Erde, sondern dem Himmel zugewandt. Auch sie hatte die neue Religion in ihre Hut genommen: mehrere Male im Jahr segnete sie der Pfarrer auf dem Dorfplatz, vielleicht trieb er ihnen den Teufel aus.

Der Hohepriester stieg, sich auf seinen Dreizack stützend, vom Pferde; das blaue Nüstern hatte. Der Jüngere stieg von seinem Pferde; das rosenfarbene, durchscheinende Hufe hatte.

Sie nahmen ihnen das kärgliche Zaum- und Sattelzeug ab, die Steigbügel, gegittert wie die der Turniere des 15. Jahrhunderts; und die Pferde suchten das Weite, nackt wie die ersten Tiere; wie jene hatten sie nicht einmal Eisen. Sicherlich waren sie Abkömmlinge der Höhlenrasse; mit ihren abfallenden Kruppen, mit ihren Ziegenhälsen, den übergroßen, hocherhobenen Köpfen, den im Winde wehenden Mähnen und langen Schweifen trabten sie gegen die rötliche Dämmerung. Ringsumher löschte die Camargue ihr welkes Rostbraun aus. Der Teich grünte rosig überhaucht. Schaum zitterte an seinen Rändern.

Vor das helle Haus kamen die gewaltigen Tiere, um an den Tränken zu saufen. Müßig, sattgefressen an blauem Seelavendel, stießen sie spielend die Hörner aneinander. An den Stämmen der Tamarisken scheuerten sie die rechte, dann die linke Schulter. Da nur einige Bäume da waren, warteten die anderen, bis sie an die Reihe kamen. Und alle brüllten sie; denn es war die Stunde des Brüllens.

Der Hohepriester zeigte mit der Hand auf einen.

»Das ist der Bandit. Er hat Prouvénço, seinen Kameraden, einer Kuh wegen getötet.«

Er zeigte auf einen andern.

»Der Condoulié, der bei der Ermordung von Prouvénço mitgeholfen hat.«

Er zeigte auf einen dritten.

»Der Bouquet, der den Razeteur Laplanche verwundet hat.«

Und die sanften Mörder erkannten die Stimme ihres Herrn, und jeder erwiderte bei der Nennung seines Namens mit einem Muhen.

Der ganze Himmel war ein großes, rosiges Gewölbe. Eine Wolke von Flamingos zog vorbei und strich den Etangs Impériaux zu.

Doch von Saintes-Maries her nahte sich ein Reiter, und der Schritt seines Pferdes war wie das Knattern eines Segels. Er trieb es mitten in die Herde hinein, die sich vor ihm öffnete. Und der Hohepriester lächelte über diese jugendliche Tollkühnheit. Der Reiter war älter als der Jüngere der beiden andern; denn er schien zwanzig Jahre alt zu sein. Er wirkte, als habe ihn eine Welle herbeigetragen, seine Augen waren voll vom Widerschein der mütterlichen Lagune. Ein Schwarm von Moskitos folgte ihm und schwirrte um sein Gesicht. Er stand beinahe in seinen Steigbügeln. Da er stehende Wasser durchquert hatte, war die Brust seines Pferdes mit grünem Schaum bedeckt, wie ihn die Kiele der Schiffe am Strande bewahren.

Als er herauskam, hob er sein Reittier, eine jährige Stute, wie zur Beschwörung. Er sprang ab und ließ sie frei. Einen Augenblick lang blieb sie unbewegt stehen, dampfend und rührend wie eine kleine Tänzerin, wenn der Tanz beendet ist, fiebrig wie der Boden, der sie nährte. Dann kam sie, den Hohenpriester zu beschnuppern, der ihr Gebieter war und den sie liebte. »Marquis«, sagte der Reiter, sich rötend wie ein Feuer, in das man hineinbläst, denn er hatte eine Taubenseele und fürchtete immer, etwas Dummes zu sagen, »Ihre Stiere sind wirklich Sonnensöhne. Von Morgenanbruch bis zur Abenddämmerung beschreiben sie, langsam vorwärts weidend, Tag für Tag den gleichen großen Kreis. Von weitem wußte ich die Uhrzeit, wenn ich nach ihrem Standort sah.«

»Ich«, sagte der Jüngere, »hatte gemeint, sie seien Söhne der Meeresgezeiten. Das erste Mal, als ich herkam, ging ich schnell und fühlte sie, ihr gewaltiges Weiterrücken hinter mir wie eine steigende Flut. Und ich dachte, wenn ich auf der Steppe, noch sehr weit von ihnen einschliefe, würde ich unter ihren Hufen aufwachen ...«

»Wasser und Feuer«, flüsterte voll Ehrfurcht der Hohepriester. »Jeder von euch hat recht gesprochen: sie sind Söhne der Sonne und der Gezeiten.«

Zum Unterschied von den andalusischen Herden, die die Umfriedung erst kennenlernen, wenn sie sterben sollen, scharten die Tiere sich von selber zusammen, um in ihren Pferch zurückzukehren, dessen Reisigumgürtung der Abend rot überglutete. Doch ebenso wie in Andalusien waren die Stiere die vernünftigeren, weil die stärkeren; sie gingen fügsam als erste hinein. Und wie dort trotteten die Kühe hinter ihnen her, geschäftig, drängelnd, genauso unverständig wie ihre Kälber. In der Ferne über die weite Fläche galoppierten die nackten Pferde mit wehendem Haar wie rasende Jungfrauen; Reiter verfolgten sie. Die beiden himmlischen Tiergeschlechter! Die Pferde, die den Sonnenwagen ziehen, die Stiere, die den Mondwagen ziehen.

Die Männer gingen in das Haus. An den Wänden waren eine Muleta und ein Degen aufgehängt, Bilder von Stieren und Pferden, Porträts mit Widmungen von Siouxhäuptlingen, Freunden des Hohenpriesters; seine roten Brüder nannte er sie, Abkömmlinge des Sonnengottes, den er verehrte. Unter all diesen Dingen des freien Lebens ein paar Möbel des 18. Jahrhunderts, die man aus dem Palais des Hohenpriesters in Avignon herbeigeschafft hatte. In einem Winkel geladene Gewehre. Sie teilten das Liebesmahl, indem sie sich selber bedienten, wie bei der mystischen Mahlzeit der Jünger des Tauroboliums und der Mithraisten. Sie zerstießen Minzenstengel auf der Schwelle, um den Tee zu würzen. In dem mächtigen Kamin, den ein Rosenkranz aus roten Pfefferschoten krönte, bliesen sie durch ein Schilfrohr das lebendige Feuer an. Man sah durch die offene Tür die Nacht, die sich mählich senkte. Man hörte durch die offene Tür den ewigen Laut der Fluten.

Zu seinem in dieser Nacht vollendeten siebzehnten Jahr schenkte der Hohepriester dem Jüngeren zwei Münzen. Die eine war ein Obolus aus Krannon: auf der Vorderseite war ein Stierkopf, auf der Rückseite ein Pferdekopf mit einem Dreizack. Die andere war eine Drachme aus Pheres: auf der Vorderseite der Heros Thessalos, der einen Stier an den Hörnern niederzwingt; auf der Rückseite ein kleines Pferd mit starkem Kopf, das galoppiert und seine Leine hinter sich herschleift. Der Inbegriff der Camargue auf diesen beiden thessalischen Münzen.

Als sie, mit ihren weiten Schäfermänteln angetan, heraustraten, hätte man sie für Hirten der Gestirne halten können. Die ganze Nacht stand in der Hut der Welten.

Sie blieben vor dem heiligen Gehege stehen, in dem die Tiere, liegend oder aufrecht, schliefen, die Stiere im Hintergrund auf dem besten Platz, die Kühe vorn, wie es sich gerade traf, ein jedes an seiner gewohnten Stelle.

»Stiere ...« flüsterte der Jüngste, und dieses einzige Wort, das über seine Lippen gekommen war, ließ ein Lächeln auf ihnen zurück, sein Kinderlächeln. Es sandte Strahlen aus, verbreitete sich über sein Gesicht und verharrte darauf.

Zunächst sah man sie nicht, man erriet nur an leisen Geräuschen, daß sie dort hinter der Hecke waren: einer leckt, einer pißt, einer tut einen Schritt, einer hustet mit einem Laut wie ein Sumpfvogel; das weiche Aufplatschen eines fallenden Kotfladens. Dann wurden sie sichtbar, ganz nahe, mit der Hand zu erreichen, und einige drehten erwachend den Männern ihre gewundenen Stirnen zu. Die weißen Hörner starrten aus der schwarzen Masse wie Lanzen aus einem Reitertrupp. Eine Fledermaus flatterte, vom Tierbrodem angezogen, im Gehege in die Runde wie in einem Zirkus.

Der Abend war mondlos. Doch oft, wenn der Mond gerade hinter dem Gehege aufstieg, erschien er ungeheuer groß auf einem Rinderhaupt, zwischen die beiden Hörner eingesetzt, wie bei den Statuen des Gott-Rinds Apis. Es war der Mond der Artemis, die auf einem Stier reitend nach Tauris ausgewandert war; und die Mithraisten sahen ihren Wagen von weißen Stieren gezogen... Artemis, die unberührte, die harte, die frische Göttin, die die Moräste liebt, die wilden Tiere, das Blut gegeißelter junger Knaben, die Göttin der rasenden Tiere, die Göttin der Liebe zwischen Menschen und Tieren, die Schützerin von Saintes-Maries, wie sie die Schützerin von Massilia war, das jetzt Marseille heißt, von Antipolis, das jetzt Antibes heißt, von Arelate, das jetzt Arles heißt, von Nemausus, das jetzt Nîmes heißt, vom ganzes Gestade des Löwengolfs, zu dem die Phokäer sie gebracht haben, wo Christi Kirchen über ihren Tempeln erstanden, ja aus den Steinen ihrer Tempel erbaut wurden, als ob sie im Entweichen bliebe.

Die drei Männer gingen dem Meere zu. Nur eine schmale Erdzunge trennte es vom großen Binnensee, den zwei lange leuchtende Streifen, gleich Schienen auf seiner leblosen Fläche, ahnen ließen. Der Spiegel des Meeres schien höher als der des Sumpfes zu sein, als ob es sich nur ein wenig zu dehnen brauche, um die verlassenen Küsten zu überfluten. Ein wenig Helle verweilte noch dort, wo die Sonne untergeht und von wo das Volk der Zigeuner gekommen ist.

Sie gingen weiter auf dem schwärzlichen, vollgesogenen Sand, der ihre Schritte verschlang, ganz bedeckt mit Wüstenstreifen, die der Wind auf ihn gezeichnet hatte. Hier und dort wuchs eine traurige Pflanze, von Salz geweißt. Ein toter kleiner Fisch glänzte wie ein Dolch, wie der Dolch, den der Vorfahre des Hohenpriesters fallen ließ, als er Giuliano de' Medici getötet hatte. Man gewahrte Spuren nackter Füße. Und der Jüngere dachte: »Ob ich wohl die Füße derer wiedererkennen würde, die ich liebe?«

Eine Barke lag auf dem Sand, in ihr war ein Gardian mit einer vergitterten Schiffslaterne. Daneben trocknete ein Netz, besät mit Fischschuppen wie mit Sternen.

Es war die Barke des Jüngeren, die immer dort auf ihn wartete; die Wiegenbarke, wie er sie nannte. Ein holzgeschnitzter Stierkopf war an ihren Bug angebracht. Er hatte ein Paar andalusischer Stierhörner dazugegeben, damit sie an dem Kopf befestigt würden. Doch der Gardian, in seinem Herzen aufgebracht, wollte sich zu dieser Beleidigung der Ortsgottheit nicht verstehen, und so setzte er zwei Camarguehörner in den Kopf ein, die höher und spitzer sind als die andalusischen. Und in ein Ohr schnitt er das Abzeichen der Stiere des Hohenpriesters. In eins der Hörner hatte er mit seinem Messer eine Sirene eingeritzt, in das andere eine Chimäre.

Fünfhundert Jahre vor Christi Geburt war ein phokäisches Schiff mit Namen Taurophoros, der Stierträger, weil seine Galionsfigur ein Stierkopf war, von der Flotte abgetrieben und nahe von Kitharista, das heute La Ciotat heißt, an

Land gespült worden. Und die Seefahrer hatten eine Stadt gegründet, die sie Taurois nannten, von der man heute noch einige Spuren sieht. Die Wiegenbarke trug zum Andenken daran den Namen Taurophoros.

Sie stießen sie ins Meer. Der Gardian und der Jüngling mit den Lagunenaugen ergriffen die Ruder. Der Rock des Gardians war der empfangenen Hornstöße wegen allenthalben geflickt. Und aus der Rasse des Eingeborenen von Saintes-Maries sprach das alte Zigeunerblut: sein Gesicht war gelb mit vorstehenden Backenknochen, seine Nase war wie ein Raubvogelschnabel.

Das Meer erblühte in Perlmutt und Opal, schaukelte unter ihnen wie ein Pferd oder wie ein Weib. Kleine Wellen verfolgten sich wie Hunde. Das göttliche Feuer der Laterne warf seinen Widerschein in das göttliche Wasser, das sein Bruder ist, um ihm eine Freundlichkeit zu erweisen. Der Jüngere hatte sich auf dem Heck des Bootes ausgestreckt und ließ seine herabhängende Hand benetzen, um auch noch durch diese Berührung an der Weltseele teilzuhaben. Auf dem Grunde der Barke führte man ein Insekt vom Ufer, ein wenig Sand vom Ufer mit und auf dem Korkschwimmer einen noch frischen Tamariskenzweig, als wollte die Erde dem Wasser Geiseln darbieten.

Die Leuchttürme von Beauduc und Faraman blitzten auf und verloschen rhythmisch wie ein blinzelndes Auge, das gegen den Schlaf ankämpft. Es waren so recht die Feuer, das Land der Artemis anzuzeigen, das eine weiß, das andere rot, das eine aus Reinheit, das andere aus Blut. Sie verdunkelten sich zeitweilig wie der Ruhm.

Diese Reinheit und dieses Blut ließen in dem Jüngeren ein Bedauern aufkommen.

»Morgen«, sagte er, »werde ich dem unbesiegten Sonnengott und den heiligen Frauen in ihrer Kirche, der ich dies

Geschenk mache, die Hörner des letzten Stiers weihen, dem ich mit Hilfe all meiner Raserei den Tod gegeben habe. Doch hätte ich die Hörner in dieser Nacht im Freien lassen sollen, damit sie, da sie das Blut nicht mehr speist, vom Tau gespeist würden.«

Bei dieser Nennung der Kirche der heiligen Marien war vor den Augen aller vier Männer die alte Festung erstanden. Das Allerheiligste der Stierreligion in Frankreich. Bevor sie Christus geweiht wurde, war sie dem Sonnengott, dem Freunde Mithras geweiht gewesen, dann Mithra selbst, dem Stiertöter, dann der Kybele, der Gottheit des Tauroboliums. Mitten im Kirchenschiff sprang noch die mithriakische Quelle, wie in der ersten dem Mithra durch Zoroaster geweihten Grotte, »geschmückt und bewässert durch eine Quelle«. In dem ehemaligen Mithräum, das zu ihrer Krypta geworden war, erhob sich ein taurobolischer Altar, der den Schrein mit den Gebeinen der heiligen Sarah, der Ägypterin, trug, der Magd der beiden Marien und Schutzpatronin des Zigeunervolks. Und jedes Jahr kamen von überallher, wie vom Wind herbeigeweht, die pferdeliebenden Zigeuner (von denen der Hohepriester annahm, daß sie samt den Ägyptern, den Basken, den rothäutigen Indianern von den Einwohnern von Atlantis abstammten) und versammelten sich in der Krypta, um dort die geheimnisvollen Zeremonien des Wassers und der Flamme zu vollziehen und zugleich mit der christlichen Heiligen das Feuer anzubeten, das männliche Feuer auf dem Altar des Stieres, der sein Zeichen ist.

Alle vier Männer hatten sie im Geiste vor sich gesehen, und der Jüngste dachte: »In dieser Kirche soll meine glückselige Hochzeit mit einer Tochter der Stiere gefeiert werden; denn die Töchter der Stiere vermögen viel über mein Herz, und Soledad ist schon verziehen; es hieße sie zu wichtig nehmen, wenn man ihr lange böse sein wollte. (Vielleicht werden wir ihr sogar eine kleine Postkarte schicken.) Und zu meiner Hochzeit werde ich einen großen Stierkampf veranstalten, in dem ich töten werde, wie Karl V. Stiere tötete, um die Geburt seines ältesten Sohnes zu feiern, wie Cesare Borgia als Kardinal Stiere tötete zu Ehren der Vermählung der Lukrezia. Und ich muß viele kleine Töter in die Welt setzen, wenn Gott will und die Gestirne helfen. Denn es gibt so viele Vornamen, die ich liebe und die ich mit Freuden ausspräche!«

»Vor seinem jetzigen Namen«, sagte der Hohepriester, wobei er die Stimme senkte, »trug das Dorf der heiligen Marien den Namen Ratis von einem Zigeunerwort, das bedeutet: blutentsprossen ...«

Er sagte nicht mehr davon, denn er hatte nur Knaben vor sich, die noch nicht die letzte Weihe zu erlangen vermochten. Doch er war ein alter Italiker, von Zeichen ganz besessen, und er wußte viele Dinge.

»Blutentsprossen!« wiederholte der Jüngste, vor Ehrfurcht schauernd. Der ganze Stierdienst – Mithra, Taurobolium, Corrida – war er nicht gegründet auf das »blutentsprossene« Heil? Und er selber, war er nicht – gerade in dieser Nacht wurde er siebzehn Jahre – geboren aus dem Blut seiner Mutter und geboren in diesem Blut, damit sein Schicksal ihm damit bedeutet würde?

Er hob die Augen zum Himmel auf. In dieser Nacht des 20. April, da sich seine Geburt, da sich die Geburt der Welt jährte, trat die Sonne in das Tierkreiszeichen des Stiers ein. Dicht über dem Horizont, jenseits der Milchstraße, die aussah wie ein Schaumstreif, den die Wellen der Nacht dort zurückgelassen hatten, leuchtete sehr blaß das Maul des göttlichen Stiers. Man sah weder die Gruppe der Plejaden, die auf seiner Schulter funkeln, noch die der Hyaden, die auf seiner Stirne funkeln. Doch sein Auge war noch sichtbar in dem prachtvollen Stern Aldebaran, der eben daran war unterzugehen, rot wie das Kondorauge. Dieses Schweigen der unendlichen Räume ermutigt den Jüngsten. Er, der mit allem Ungetüm Vertraute, fühlt sich der Freundschaft der Planeten sicher. Und schließlich, selbst wenn die Natur gleichgültig wäre! Was bedürfen wir einer andern Liebe als derer, die wir schenken?

Der Hohepriester zeigte ihm den weißen Stern, der das Herz des Löwen bildet.

»Sie sind unter Basilikos geboren. Er ist der Stern der Könige, wie Geminus sagt.«

Der Jüngste senkte das Haupt und grüßte seinen Stern. Er grüßte auch den Ochsentreiber über dem goldenen Arcturus, der fünfundzwanzig Lichtjahre entfernt ist.

Doch der Gardian rief sie zur irdischen Erbärmlichkeit zurück: »Achtung, das Semaphor!«

Es sind noch nicht zehn Jahre her, da stand hier ein Semaphor auf dem festen Lande. Seine Trümmer waren jetzt mitten im Meer. Das harte Meer enführte die Sandmassen vom Ufer, rückte stetig vor, veränderte stetig die Gestalt des Küstenstrichs, der sich wandelte wie ein Leib und wie eine Seele. In Saintes-Maries wäre es schon in das Dorf eingedrungen ohne den Deich, den es in Stunden des Zorns bereits übersprang. Vielleicht wird es schließlich das Dorf mit sich fortreißen, wie es Anatilia fortgerissen hat, die große Camarguestadt dort drüben jenseits der Rhône. Das Wasser, den Sonnentempel von Ratis verschlingend, den zweiten Sieg über seinen Bruder, das Feuer, feiernd.

»Marquis«, sagte der Jüngling mit den Lagunenaugen im Ungestüm seiner Jugend, »sagen Sie uns Ihr Gedicht auf: Der Stier.«

»Vetter«, bat der Jüngste, »ja, sagen Sie uns das Gedicht auf neben dem Stierhaupt meines Taurophoros, auf den Wassern, auf denen Mithra, von Piraten herbeigebracht, in die römische Welt gelangte, in denen Ihre Stiere sich so viele Male gespiegelt haben, unter diesem Himmel, auf dem das Stierzeichen an diesem Abend die Sonne zu tragen beginnt, in dieser Nacht, in der ich geboren bin. Es ist ein Gedicht, das man mit dem Geschmack des Salzes auf den Lippen sprechen muß.«

»Wissen Sie«, sagte der Jüngling mit den Lagunenaugen geheimnisvoll, indem er die Ruder hob, um sich zu dem Jüngsten herunterzubeugen, »daß auf dem taurobolischen Altar von Tain eine Inschrift berichtet, jenes Taurobolium sei am 20. April begonnen worden?«

»Das war der Tag der Mysterienweihe des Mithra. Ja, alles vereinigt sich, um aus diesem Tage den Höhepunkt des Stierjahres zu machen... Lieber Vetter, sagen Sie uns die Hymne in dieser schicksalsträchtigen Nacht auf.«

Der Hohepriester machte Ausflüchte. Er erinnere sich an die Hymne nicht mehr genau. In Wirklichkeit schreckte ihn der Gedanke, um Beifall zu buhlen. Dieser Bezwinger wilder Tiere hatte die Schüchternheit der Menschen, die in Freiheit leben. Er war vollkommen lauter. Doch der Jüngste wurde aufgebracht in seinem Herzen.

»Vetter, wenn Sie es uns abschlagen, ist das ein großer Schimpf. Ihr Zartgefühl macht Sie blind gegen das, was das wahrhaft Gute ist. Und dennoch haben Sie mir diesen Gesang versprochen in Arles, der edlen Stadt, am Abend, als ich Ihr schilfgenährtes Pferd am Zügel nahm, unter dem Palast des Podestat zwischen den bartlosen Reitern. Und Sie sagten zu mir: ›In diesem Palast war ein brüllender Löwe eingeschlossen!‹ Und ich erwiderte: ›Heute abend brüllt in meinem Herzen der Hunger nach Ihrer Dichtung stärker.‹

Und Sie sagten: ›Vetter, ich werde Ihnen dieses Gedicht nicht in Arles, der edlen Stadt, aufsagen, sondern in der unverletzten Einsamkeit.‹ Erinnern Sie sich dessen, Vetter? Ihre Pferde stampften auf dem hellen Pflaster, der Tau perlte auf dem Eisen Ihrer Dreizacke, der Stein und der Mond leuchteten im Wetteifer über der Römerstraße, und wir beide erhoben im Geiste den heiligen Becher, den Wein des Abschieds zu trinken. Erinnern Sie sich dessen? Und jetzt entziehen Sie uns das, was für uns ein großes Andenken wäre, und Sie bringen mich in meinem Herzen auf gegen Sie.«

»Vetter«, entgegnete der Hohepriester, »verzeihen Sie mir, wenn ich Sie aufgebracht habe. Ich will Ihnen keinen Schimpf antun. Ich will Ihnen also das Gedicht rezitieren, da Sie mir sagen, es sei das Gute.«

Da senkten sie voll Freude die Köpfe wie Pilger, die nach langer Tagesreise ein milder Wirt empfängt; denn es verlangte sie nach seinem Gedicht wie nach Brot und wie nach einem Lager.

Und die Stimme erhob sich in provenzalischer Sprache, singend, sich mit dem Rauschen des Meeres mischend. Sie ließ die Nacht über dem Camargueland erstehen, wenn die Lichter alle, eins nach dem andern, erloschen sind. Um diese Stunde von Iscles her, am Saume der Moräste...

*Dóu païs ounte ges de clavo*
*D'ome ni de chivau s'enclavo*
*Dóu desert imourous d'abisme e de rousèu*
*De fangas e de boutarèu,*
*Sort un biôu fabulous, bourlant dins l'aigo blavo,*
*Tout negre sus l'encrour dóu cèu.*

*E, reniflant l'oúdour marino,*
*Lou moustre banu s'acamino.*

*Li gardian que, de niue, van en courso, l'an vist,*
*Oumbro liuencho que li seguis.*
*Alor, un refoulèri aganto la bouvino,*
*E tout s'enauro, e tout fugis.**

Der Sturmwind der tierischen Raserei bog die beiden jungen Menschen, wie einst in der Grotte die Korybanten beim Nahen der mystischen Hochzeit. »Ach«, dachte der Jüngste, »warum habe ich nicht meinen Hund mit den frischen Zähnen neben mir, um ihm aus meinen Armen ein Halfter zu machen! Die Hände auf einer Bestie, die Augen am Himmel...« Seine leise verzückten Hände griffen in die Luft nach den Lenden des edlen Tieres, wie man den Leib einer Frau umfaßt, glitten unter die Lenden, wo die Haut am zartesten ist, tasteten die Hechtschnauze, den sehnigen Schenkel, diese ganze schauernde, für den Raub gebildete Magerkeit ab. Und er glaubte, ganz dicht an seinem Gesicht den Seegeruch des jungfräulichen Maules zu spüren.

Und die Stimme des Sängers fuhr fort, strömte über seine salzigen Lippen. Eines Abends hatte er es gesehen, das Stiergespenst, die lebendige Sphinx mit den grünlichen Augen, nur zwanzig Schritte vor seinem Pferd, und der Mond war ein Blutball. Er hatte ihm nachsetzen wollen mit seinem Dreizack, um endlich zu wissen, ob es Schatten oder Fleisch war; doch der Stier brüllte, und dies Brüllen ward verständlich wie Worte, indes der Sänger zu zittern begann. Und

* Aus dem Lande, wo niemals die Spur / von Menschen oder Pferd sich eingräbt, / aus der feuchten Öde von Schlünden und von Schilf, / von Torfmoor und Gestrüpp, / kommt ein Fabeltier hervor, durchs farblose Wasser plätschernd, / ganz schwarz ist er auf dem Dunkel des Himmels. // Und den Geruch des Meeres einsaugend, / wandelt das gehörnte Ungetüm. / Die Gardiane, die des Nachts Stiertrupps fortbringen, haben ihn gesehen, / einen fernen Schatten, der ihnen folgt. / Dann bemächtigt sich ein Wahnsinn der Stiere, / und alles wird toll, und alles flieht.

siehe, die beiden Jünglinge in der Barke, auch sie fingen zu zittern an.

*Siéu lou Biôu que, despièi l'Asìo*
*Jusqu'i séuvo de Ligourio,*
*A regna pèr la Gau, pèr l'Art e pèr lou Sang*
*Subre li pople mieterran.*
*Moun image adournè li tèmple d'Assirìo.*
*Ai douna ma forço i Rouman.*

*Siéu Apis, siéu lou Minotaure.*
*Siéu l'Alen que res pòu enclaure,*
*Iéu dins vôsti chivau qu'ame d'èstre embarra,*
*L'Alen que lou Creaire a tra*
*Pèr que la Formo visque. Ai treva li Centaure,*
*E fuguère lou diéu Mitra.**

Vorn hob und senkte sich wuchtig der Galionsstier mit jedem Wellenschlag, den Sprühregen spaltend, gleich einem Pferd, das über das Hindernis setzt; sein Maul troff von Schaum, wie das seiner Brüder von dem Geifer, den sie bei den *Pases* uns auf die Hand spritzen. War er es nicht selber, der da durch die Stimme seines Priesters sprach, der mit ihm eins wurde wie in den antiken Mysterien? Er selber, der seine Sendung verkündigte, der da seine Geschichte im Laufe der Jahrhunderte erzählte, seine Geschichte auf dieser südfranzösischen Erde, wo seit dem Anbruch der Zeiten

* Ich bin der Stier, der von Asien / bis zu den Wäldern Liguriens, / durch die Freude, durch die Kunst, durch das Blut geherrscht hat / über die Völker des Mittelmeers. / Mein Bild schmückte Assyriens Tempel. / Ich habe meine Kraft den Römern gegeben. // Ich bin Apis, ich bin der Minotaur, / ich bin der Atem, den niemand einzuhegen vermag, / ich, der es liebt, eingezirkt zu sein in den Kreis eurer Pferde, / der Atem, den der Schöpfer ausgegossen hat, / damit die Form lebe. Ich habe die Zentauren gekannt, / und ich war der Gott Mithra.

der Mensch ihn angebetet und verfolgt hat? Und er hatte Protis gekannt und Sara, seine Priesterin, und den König der Salyer. Und er hatte sein Blut verschwenderisch vergossen, damit es keime auf den Gestaden des erlauchten Meeres.

Doch wo waren sie, diese fernen Begebenheiten? Neue Menschen waren gekommen, die den jungfräulichen Boden urbar machten, auf der geliebten, verödeten Ebene bauen wollten.

*Mounte soun li séuvo, abritouso*
*Contro li reguignado aurouso?*
*Li séuvo immènso ounte, l'ivèr, nous escoudian,*
*Sèns vèire meme de gardian,*
*Nôsti séuvo invioulado, e tèbo, e silenciouso,*
*Ounte mourian e reneissian!**

Der Mythos vom toten und wiedererstandenen Gott wandelte über diese Wasser, auf denen in alten Zeiten ein Schrei verkündete: der große Pan ist tot. Aber er, der dionysische Stier, er, der auf den Münzen von Marseille mit seinem Horn die Erde schlägt, auf daß sie blühe, war er nicht der wiedererstandene große Pan? Seine von Kraft geschwellte Stimme verkündete jetzt das Verderben denen, die die falschen Güter bringen, das antike Gesetz der Natur durch die Trugbilder einer widernatürlichen »Zivilisation« ersetzen wollen, die nur der Materie gibt und der Seele nimmt, ohne ihr auch nur Glück zu schenken. Auch die Stadt Anatilia hatte vermeint, mit ihren Händlern und ihrem Hafen Wunder zu vollbringen. Vom Schachergeist besessen, hatte

* Wo sind die Wälder, die uns Obdach boten / gegen die Gewalt des Aurus? / die ungeheuren Wälder, in denen wir uns im Winter verbargen, / ohne auch nur die Gardiane zu sehen, / unsere Wälder unverletzt und laut und schweigend, / in denen wir starben und wieder geboren wurden!

sie den Stierkult aufgegeben. Doch er, er rief das Wasser zu Hilfe und stürzte sie in den Abgrund.

Das Feuer in der Laterne erhellte mit roten Lichtern den Sänger und sein Indianergesicht. Das Wasser lieh dem Feuer sein Wellengekräusel, um ihm eine Freundlichkeit zu erweisen. Der Sänger schien ein Oberhaupt in seinem weiten Kriegsmantel, ein Hüter der Flamme des Herdes, eine Verkörperung aller Völker, die für die Unverletzlichkeit des Ererbten und die Vorrechte der Rasse kämpfen. Als er das Wort Anatilia aussprach, wandte sich sein Auge, einen Pfeil schleudernd, gegen das sumpfige Land, gegen den Ort, den man das ›Goldloch‹ nennt, weil dort Münzen der versunkenen Stadt aufgelesen werden. Und instinktiv blickten die jungen Männer mit weit aufgerissenen Augen auf das Wasser, als ob all sein Blühen und Glänzen, das aufblitzte und verlosch wie Glühbirnen, die man zur Belustigung an- und ausschaltet, als ob all dies Blühen und Glänzen nur ein Widerschein des überfluteten Goldes sei. Und sie glaubten unter sich die steinerne Stadt wahrzunehmen, köstlich und verwest, ein weißer Schatten hinter dem Flutenreich.

Ein letztes Mal noch vor dem beschwörenden Schlußgesang erinnerte der Stier an das wesentliche Dogma seiner Religion:

*Gardian regardo l'espandido*
*De la Creacioun, infinido:*
*Pertout, veiras que nais l'armounio d'un tuert.*
*Regardo dins lou cèu dubert:*
*Fau de sang e la mort pèr coungreia la vido.*
*Lou Creatour meme a soufert.**

* Gardian, schau die Entfaltung / der unendlichen Schöpfung: / überall siehst du die Harmonie aus einer Gewalttat entstehen. / Schau in den offenen Himmel: / Blut und der Tod sind nötig, um das Leben zu erzeugen. / Der Schöpfer selbst hat gelitten.

Ein letztes Mal noch verkündigte er die Fortdauer seiner Gottheit, der Gottheit Pans, des Weltstiers, der auf seinen Hörnern die Sirene und die Chimäre trägt.

*Vuei, ai pèr tèmple ti grand cièri*
*Ounte lou mounde crido i fèrri.*
*I Santo, au mes de mai, coume i'a tres milo an,*
*Acampe lou pople gitan.*
*E – per trone elo aguènt moun autar (o misteri) –*
*Saro viho enca lou fiò sant.**

Er machte vor der letzten Anrufung eine Pause. Die Barke schien unter ihrer Ladung zu sinken, immer schwerer von Träumen, immer schwerer von all den gaukelnden Bildern, die sich aus diesen Männern wie aus der Fieberluft ihrer Insel erhoben. Ein Flöckchen Schaum hüpfte hinein, gleich einem fallenden, vom Gesange trunkenen Vogel. Draußen machte eine kleine Welle einen Sprung wie ein Delphin. Der Zauber verbreitete sich über die flüssige Weite. Verzückte Vögel rasteten mit gehobenen Flügeln auf dem Wellenschlag, der sie schaukelte, tauchten dann wie durch einen Zauber unter. Fische flogen über die Fläche des Meeres, glitten über die Barke, ihre Schatten unter ihnen. Und tief unten auf dem Meeresgrunde die ganze untergegangene Beute des Verres, ein Volk von Göttinnen und Göttern, zitterte der Auferstehung der antiken Welt entgegen. Und es erzitterte drüben das ganze Südland, jede Stadt mit ihrem taurobolischen Altar, jede Stadt in ihre Wälle eingefangen

* Heute habe ich als Tempel deine großen Zirkusse, / wo die Menge nach den Dreizacken schreit. / In Saintes-Maries, im Monat Mai, wie vor dreitausend Jahren, / versammle ich das Volk der Zigeuner. / Und – zum Thron dient ihr mein Altar (o Geheimnis) – / Sara wacht immer noch über dem heiligen Feuer.

wie die Frau in die Arme ihres Gebieters, die ganze Provence mit den hellen Ölbäumen, den hellen Pappeln, dem hellen Stein, den weißen Häusern, dem weißen Staub, den verblaßten Ziegeln, alle diese Helle durchbohrt von den schwarzen Speeren der Zypressen, den Strom entlang, dessen eines Ufer den Namen Königreich und dessen anderes den Namen Kaiserreich hat.

Der Sänger hatte sich gesammelt und hob wieder sein Haupt. Die Heimatluft kam heran, die Worte von seinen Lippen zu holen.

*Raço d'O. tantque ta jouvènço*
*Au Tau gardara sa cresènço,*
*Iéu proumete, sarai toun brèu e toun blouquié.*
*M'encarnant dins ta fe, parié*
*Coume fuguère Apis, pèr tu sarai Prouvènço,*
*Sarai lou Pare e lou Senglié!*

*Siéu lou Biôu! Prouvènço abelano,*
*Ai liga'me lou fiéu d'Ariano*
*L'Ouriènt à toun astrado, Oumèro à toun Mistrau;*
*E la coucardo d'ideau,*
*L'Estello di Sèt Rai, l'ai aducho à Maiano,*
*Pèr toun Pouèto, à moun frountau!**

---

* Geschlecht des Südens, solange deine Jugend / dem Stiere seine Treue wahrt, / verspreche ich, dir ein Talisman und ein Schild zu sein. / In deinem Glauben mich verkörpernd, so wahr / als ich Apis war, werde ich für dich Prouvènço sein, / werde ich der Pare und der Sanglier sein.
(Prouvènço, Pare und Sanglier sind die drei letzten Stiergötter des Landes der Oc-Sprache, also südlich der Loire.)
Ich bin der Stier! Edle Provence, / ich habe gebunden mit dem Faden der Ariadne / den Orient an dein Geschick, Homer an deinen Mistral, / und die Kokarde des Ideals, / den Stern mit den sieben Strahlen, ich habe ihn nach Maillane gebracht, / für deinen Dichter auf meiner Stirne!

Marquis de Baroncelli-Javon

Die Stimme sank, und sie erhob sich nicht wieder. Keiner sagte ein Wort. Doch eine gepreßte Kehle unterdrückte ein Schluchzen, in ein Auge stieg ein bittres Naß, und diesmal nicht um einer unwürdigen Veranlassung willen wie damals an der Spitze des wilden Ritts auf der Ebene der würzigen Düfte. Die Ruderer hatten die Ruder gleiten lassen. Das Meer war verstummt, um aufzuhorchen. In dem Schweigen der Nacht war kein Laut mehr vernehmbar als der des Wellenschlags, den der Bug des Schiffes teilte, während der ewige Geist die Barke hinwegtrug, eine Gefangene im freien Meer.

## Erklärungen

*Aficionado:* Sachverständiger.

*Banderillas:* zwei etwa 75 Zentimeter lange, mit Widerhaken und Flitterschmuck versehene Stäbe.

*Banderillero:* Dieser hat die Aufgabe, den Stier auf sich zu locken und ihm dann im Vorbeigehen die Banderillas zu beiden Seiten des Nackens einzustoßen. Auch das Ablenken beziehungsweise Dirigieren des Stiers durch Mantelschwünge liegt ihm unter dem Befehl des Matadors ob. Scharfer Verfolgung des Stiers entziehen sie sich durch einen Sprung über die Brüstung.

*Becerrada:* Stierkampf mit ein- bis zweijährigen Stieren, die weniger gefährlich sind als die schweren, ausgewachsenen.

*Capa:* spanischer Mantel oder Umhang, mit welchem der Torero, meist zugleich stampfend und rufend, den Stier herausfordert oder »zitiert«, wie der technische Ausdruck heißt. Der Stier rast heran, der Torero läßt ihn mit einem geschickten Schwung des Mantels *(capa)* vorbeipassieren.

*Corrida:* Stierkampf.

*Descabello:* Degenstoß in den Schädel des Stiers. Dieser Stoß, der unmittelbar tötet, wird meist nur angewendet, wenn der Stier nicht in die für die Estocada geeignete Stellung gebracht werden kann, beziehungsweise wenn dem Matador ein oder zwei Estocaden mißlungen sind.

*Estocada:* der klassische Degenstoß. Die Stelle des Einstichs ist genau bestimmt. Der Stoß muß zwischen den beiden

Schulterblättern, durch die Lücke zwischen zwei Wirbeln durchgehen. Richtig und stark genug geführt, trifft er ein Nervenzentrum und wirkt ohne Blutvergießen tödlich. Dieser Stoß ist aber nur bei einer bestimmten Stellung des Stiers möglich, nämlich bei etwas gesenktem Kopf und parallelstehenden Vorderbeinen. Eine der Hauptkünste des Matadors und seiner Helfer besteht darin, den Stier in diese Stellung zu bringen. Eine schlechte Estocada kann zu weit vorn oder zu weit hinten sitzen, auf einen Knochen stoßen, die Lunge treffen und zu Bluterbrechen führen und so weiter.

*Matador:* wörtlich der Töter, die Hauptperson des Stierkampfs, welcher die Stierkämpfertruppe, die *Cuadrilla,* befehligt. Ihm liegt es ob, den Stier zu töten. Er allein hat das Recht, den Degen und die Muleta zu führen.

*Muleta:* das rote, um einen Stab gewickelte Tuch des Matadors. Der Matador allein hat das Recht, die Muleta zu führen. Mit ihr wird, ähnlich wie mit der Capa, der Stier gereizt, ermüdet, in die für den Degenstoß geeignete Stellung gebracht.

*Pase:* Schritt und Schwung mit Capa oder Muleta. Die Pases haben ihre genau vorgeschriebenen technischen Regeln, ihre besonderen Namen. Sie müssen mutig, ohne Wimperzucken, ohne die geringste Äußerung der Angst, tänzerisch, fast spielend ausgeführt werden. Eine verwandte Bedeutung hat das Wort Paso.

*Paso:* Heiligenbild oder Gruppe von Heiligenbildern (Skulpturen), welche bei den feierlichen Umzügen der Osterwoche aus ihrer Kirche geholt und in den Straßen der Stadt herumgetragen werden, zuweilen auch Bezeichnung für die ganze Prozession.

*Picador:* Stierkämpfer zu Pferde. Sie sind an den Beinen dick gepanzert und daher schwerfällig und unbeholfen. Ihre Aufgabe ist, dem Stier entgegenzureiten und ihn im Augenblick, wo er dem Pferde die Hörner in den Leib rennt, mit einer langen Lanze zu stechen. Die Grausamkeit des Gemetzels armer alter Gäule, die zu diesem Zweck gebraucht werden, hat besonders bei Ausländern Entrüstung erregt, darum panzert man neuerdings auch die Pferde, um sie vor Verwundungen zu bewahren; sie werden in diesem Falle zwar geworfen, aber nicht aufgeschlitzt. Manchmal läßt man auch den Akt der Picadoren ganz weg.

*Suerte:* das man etwa mit »Stierkampffigur« übersetzen könnte, so wie man Tanzfigur sagt.

*Torero:* Stierkämpfer. Das Wort »Toreador« ist in Spanien heute kaum mehr üblich, wird oft von Ausländern gebraucht und von den Spaniern belächelt.

*Venta:* Schenke auf dem Lande.

*Veronica:* eine besonders künstliche Pase.

EDUARD VON KEYSERLING

**Wellen**

Roman
Bibliothek der Romane Band 2
herausgegeben von Jürgen Manthey
176 Seiten, gebunden, DM 20,00

*

»Wellen« ist eine Sommergeschichte, eine einzige Liebeserklärung an die Ostsee. Schauplatz ist ein Badeort, wo eine adlige Großfamilie die Ferien verbringt. Irritation und zugleich Faszination übt auf alle ein ungewöhnliches Paar aus: die wunderschöne Doralice, die ihren Mann, einen Diplomaten, verlassen hat, um hier mit ihrem Geliebten, einem Maler, zusammenzuleben. Empörung bei den Damen der Gesellschaft, Neugier bei ihren Ehemännern. Es sind die Kinder, die das Schema, das die Sünder von den Gerechten trennt, durcheinanderbringen. Schließlich besiegt der Charme dieser verbotenen Liebe auch die verhärtetsten Herzen.

EDUARD VON KEYSERLING

**Abendliche Häuser**

Bibliothek der Romane, Band 4
Herausgegeben von Jürgen Manthey
162 Seiten, gebunden, DM 20,00

*

Alles beginnt damit, daß der einzige Sohn des baltisch-deutschen Schloßherrn bei einem Duell ums Leben kommt. Überhaupt haben die männlichen Erben bei ihren Ausbruchsversuchen aus den starren Lebensnormen des alteingesessenen Adels kein Glück. Würden es da die Töchter nicht erst recht schwer haben, ihren eigenen Weg zu wählen? Die junge Baronesse mit dem aparten Vornamen Fastrade wird Krankenpflegerin in Hamburg, kehrt jedoch beim Tod ihres Bruders nch Schloß Paduren zurück. Hier setzt sie die Verlobung mit Dietz Egloff durch, der wegen seiner Affären verrufen ist. Das Abenteuer einer alles anderen als flüchtigen Liebe beginnt.
In diesem Roman fasziniert eine jener unabhängigen jungen Frauen, die sich ihre Gefühle nicht vorschreiben lassen – nicht einmal von denen, die sie lieben.

HERMAN BANG

**Das weiße Haus/Das graue Haus**

Aus dem Dänischen und mit einem
Nachwort von Walter Boehlich
Bibliothek der Romane, Band 5
Herausgegeben von Jürgen Manthey
276 Seiten, gebunden, DM 20,00

*

Man hat Herman Bang mit dem frühen Thomas Mann verglichen oder auch einen dänischen Tschechow genannt. 1875 auf der Halbinsel Alsen als Pfarrerssohn geboren, versetzt er uns mit dem Roman »Das weiße Haus« in das »Paradies seiner Jugend«. Eine junge Mutter steht im Mittelpunkt dieser Geschichte, eine der anrührendsten, liebenswertesten Frauenfiguren der Weltliteratur. Dagegen hat »Das graue Haus« die Kopenhagener Honoratioren-Gesellschaft zum Schauplatz, aus der Bangs Vater stammte: Eine düster verhängte Salon-Atmosphäre umfängt uns, eine Schattenwelt abgedankter Männermacht, die mit bitter-bösen Weisheiten Abschied von einer historischen Epoche nimmt.